本店不接待妖怪

目錄

第一章 雞飛狗跳的同居生活

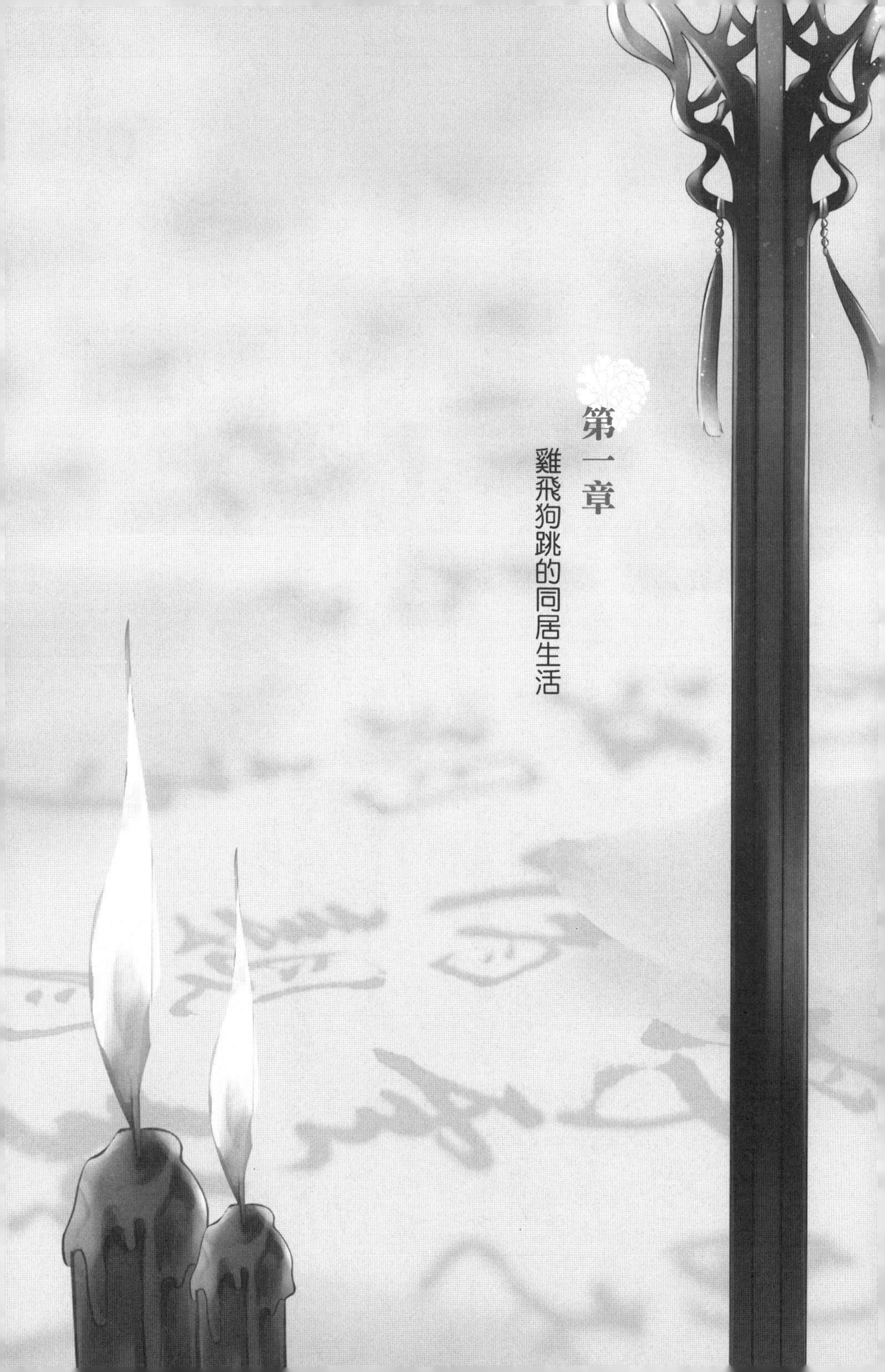

翡翠街十五號有家蠟燭店。
這間店普普通通，名字也很普通，叫「光明」。
這天，店裡來了一位奇怪的客人。
客人推門而入時，許心安正在低頭擦眼鏡。
當聽得「叮鈴」一聲，店門上的鈴鐺響，她趕緊熱情招呼：「歡迎光臨。」
許心安一邊說話一邊下意識地抬頭，看到一位高個子的年輕男人走了進來。淺紅色偏棕的頭髮，高挺的鼻樑，明亮的眼睛，看起來非常帥氣舒服。
許心安把眼鏡戴上。是帥哥呢，得好好看仔細，滋潤一下眼睛，愉悅一下心情。
「妳是老闆，還是打工小妹？」帥哥問。
許心安愣了愣，問這問題的用意是什麼？
「請問你要買些什麼？本店專賣各式蠟燭，喜喪香熏照明裝飾各種功用都有，還有蠟燭式的電子燈，實用環保又美觀方便。今天是萬聖節，我們有鬼怪面具和南瓜燈套餐，還有買一送三的特惠活動，而且進店就能吃糖果喔！」
「妳是店主還是打工小妹？」紅髮帥哥面無表情，完全忽視了許心安的殷勤介紹，直板板地又把問題問了一遍。
態度有點糟糕呢，真是不禮貌！許心安覺得，眼睛是挺滋潤的，可惜愉悅心情沒找到，這男人長得再帥也得給他扣點分數。
「我就是店主。」許心安真想知道來她家這小蠟燭店買個蠟燭而已，是由店主還是由打工小妹來招待究竟有什麼區別？
「妳就是？」那帥哥上上下下打量了許心安一番，似乎有些懷疑。

許心安對他微笑，愛信不信，微笑免費贈送。現在賣個蠟燭也不容易啊，零售業真不好幹。

那帥哥抿抿嘴角，「我是畢方。」

「哦。」

是畢方，要怎樣？對暗號嗎？他若說他是黃河，她可以答這裡沒長江，可他說他是畢方，她不知道跟畢方配對的是什麼。而且他的語氣倨傲，她又偷偷給他減了點分數。

畢方皺了皺眉頭，「妳不知道我？」那語氣儼然他是天王巨星，全世界都該知道他。

「不好意思，不認識。」許心安笑得特別燦爛，畢竟開門做生意，維持好態度是應該的，所以說零售業真的太不好幹了。

「火神畢方。」那帥哥跩跩地又道。

「哦。」許心安擠半天也只能擠出這個字來。

「哦什麼哦？」自稱是畢方的帥哥有些不耐煩了，「妳都不看書嗎？居然不知道畢方！」

「我知道畢方。」許心安努力保持微笑，「就是那隻鳥精嘛！」

她只是不知道一個長得很帥的神經病來她店裡莫名其妙說「我是畢方」她該怎麼回話而已。難道要答「兄弟，好久不見，我是祝融」嗎？畢方跟祝融是什麼關係？應該不是黃河跟長江的關係。誰知道呢？反正她不知道。理直氣壯的不懂，頗有些天下無敵的感覺啊！

「鳥精？」畢方臉皮抽了抽，「我不是鳥精，我是火木之神。」

「哦。」許心安點點頭。他確實不可能是鳥精，她覺得是神經差不多。

神話裡的畢方是火木之神這個她知道，不過不同神話版本裡說的不太一樣，但大多都說祂長得像丹頂鶴，只有一條腿，又有說只有一隻翅膀，且青色的身體夾雜了紅色斑紋。

許心安看了看那年輕男人的頭髮，染成紅的，裝扮得挺認真。不過要是再有個大鳥的面具就更有誠意了。

傳說裡的畢方是火災之兆，又有說黃帝出征黃山大戰鬼妖之時，蛟龍引戰車，畢方伺車旁。

「所以，先生，你到底想買什麼呢？」許心安問：「今天是萬聖節，在前面的街口右轉有個翡翠廣場，那裡正在辦萬聖節露天舞會。雖然是西方節日，但無論是想扮成畢方還是閻王，或是什麼別的妖魔鬼怪都沒問題。不過我們店裡的鬼獠牙面具已經賣光了，沒有鳥類妖怪的面具，但是有黑色翅膀，只剩下兩副小號的。有四隻翅膀也很酷對吧？今天是萬聖節，所有節慶商品都打八折喔！」

畢方面無表情，像看傻子一樣地瞪著她。

是怎樣？許心安臉上堆起假笑也回視回去。

她是一個多麼盡職盡責的老闆啊，這麼賣力地推銷商品，連神經病都不放過，老爸要是看到，一定感動得熱淚盈眶。

「我想要魂燭。」畢方終於開口。

「引魂燭嗎？」許心安微笑著，「你來對地方了，像這樣特殊的蠟燭，別的店都沒有。引魂燭上刻有特殊的符圖，頭七那天晚上點燃，旁邊擺上往生者衣物，能招引往生者之魂回歸。雖然你看不到，但你說的話往生者能聽到。在他生前沒能對他說完的話，可以藉此機會好好說說。不過，蠟燭燃盡之時，他就得離開，沒有機會再回來，所以一定要把握機會。」

畢方不耐煩地打斷她：「我不是要引魂燭，我是要魂燭！」

第一章
雞飛狗跳的同居生活

「有魂燭這兩個字的蠟燭只有引魂燭。」許心安在心裡為自己的耐心拚命鼓掌。

「我要的就叫『魂燭』，只有『魂燭』兩個字。」

這蠻橫又霸道的語氣和紅棕色的頭髮，讓畢方看起來有點生氣的模樣。

他的眼睛真是好看，嘴角抿著也很有型。

看在他這麼帥的分上，再忍耐一會兒。

許心安鼓勵完自己，繼續微笑，「那麼，請問你想要的魂燭，功用是做什麼的呢？」

「點燃魂燭，店主施咒，咒語唸完，受術的神魔便能毫無痛苦地死去，而且是真正的死去。」

許心安的微笑掛不住了。

受術的神魔？真正的死去？

「所以神魔通常假死嗎？」雖然這不是重點，但她真的很好奇。

畢方敲敲她的桌面，「重點是魂燭在哪裡，快拿出來！」

「不不，重點是神魔在哪裡！」

「在妳面前。」

許心安張大嘴，她知道自己現在肯定是一臉呆愣，但她一點都不想掩飾。讓微笑見鬼去吧，看看人家，發起神經來多麼自信又從容，瀟灑又有氣質，這是全新的境界啊！

她開了眼界，也不算吃虧。

「所以這位神，」明明是鳥精，但現在不是跟他計較頭銜的時候，也不是告訴他其實他只是個神經病這個殘酷事實的時候，她真的太好奇了，「你是來我這裡找死的？」

「妳這裡是尋死店，不是嗎？」

「什麼店？」

「尋死店。」

「哦。」許心安一臉恍然大悟，「哦」字音拖得老長。

「不好意思，這位神，」許心安的語氣相當誠懇，「我家店的名字叫『光明』，光明蠟燭店。你認識中文嗎？招牌就在店外頭掛著呢！翡翠街十五號，光明蠟燭店。我這店是老字號，據說有數不清年頭的歷史了，一直沒有改過名字，就叫光明蠟燭店。」

「我知道。」畢方說。

你知道才怪！許心安推了推她的高度數近視眼鏡，微笑道：「你知道就太好了。我送你兩根蠟燭，那兩對翅膀也送你吧。你再拿些糖果，大過節的，你們做神也不容易。拿點東西，然後去翡翠廣場玩一玩，開心開心。順便再跟別的妖怪同類打聽你要找的尋死店在哪裡。」

「就是這裡！」畢方對她這樣胡亂敷衍打發他很不滿，「尋死店只賣蠟燭，代代相傳。你們許氏一族掌管魂燭兩千餘年，妳若是不知情，那妳就不是正牌店主。」

還掌管魂燭兩千餘年，聽起來真是酷斃了！

許心安扶額，「如果我承認我並不是正牌店主，你願意放過小店嗎？」

畢方皺眉頭，「所以妳剛才說假話浪費了我的時間，是嗎？」

許心安嘆氣，「這位神，警察局就在馬路斜對面，只要我大叫一聲，警察們全都能聽得到。」

「那又怎樣？」這位神問：「他們會因為妳說謊浪費了我的時間把妳抓起來嗎？」

許心安張了張嘴，反問他：「那請問，這位神，你想怎樣呢？」

「我想要魂燭。」

「哦。」許心安又拖了個長音，她又好奇了，「這位神，你是想弄死自己，還是弄死別人？」

「我自己。」

「哦。」

「妳笑得假假的很難看，哦來哦去沒完沒了也很煩人。成天一出門就看到你們這樣的嘴臉，心情真不好。還有，這世上也沒什麼好玩的事了，什麼都見過了，什麼都無聊，神活得太久也是煩惱，我還不如死了算了。」

許心安推了推眼鏡，很想告訴他，不用這麼麻煩找什麼「尋死店」尋死，像他這樣動不動就進行人身攻擊，傲慢自大沒禮貌，多出幾趟門遲早會被人打死。

不過她不能這麼說，她跟他是不一樣的，她有禮貌又厚道。

她琢磨著該怎麼辦，要不要乾脆報警幫他找家人或者將他送醫什麼的。

結果，這時候畢方問：「真正的店主在哪裡？」

「外出遠遊。」許心安說的是真的。

這店原本是她爸在經營，雖然她從小就在店裡幫忙，但只是幫忙而已。她的興趣是看書，夢想是開間書店兼咖啡店。只不過當她提出「蠟燭不好賣不如我們改成咖啡書店」這種建議時，她爸說要打死她，於是她只能作罷。

只是她爸不同意這建議就算了，還突然說要實現年輕時環遊世界的夢想，丟下蠟燭店就跑掉。到了機場才打電話給她說「女兒，蠟燭店就交給妳了，我去玩幾年，很快就回來」。

真是夠了，「幾年」叫「很快回來」？

而且他還知道老了要實現「年輕時的夢想」，他怎麼不趁著她「年輕時」讓她實現夢想呢？

蠟燭店的生意肯定沒有咖啡店好賺！

許心安快被她爸氣死，可是想罵他都罵不過癮，因為他淨跑什麼偏僻部落或是什麼山裡，手機沒訊號。還說什麼積蓄太少，錢省著用。他通常是偶爾發發電郵說說遊歷，很久才會來個電話證明他還沒死。就這樣，一晃三個多月過去。

「什麼時候回來？」畢方問。

「他說很快，就幾年。」這次許心安的微笑是真心的，因為她看到畢方的臉綠了，哈哈哈！

畢方瞪她半天，「算了算了，妳什麼都不懂，就算找到魂燭妳也唸不出咒語來。」

「這倒是真的。」許心安附和。

「我還是去別的尋死店吧！」

許心安精神一振。太好了，這決定甚是英明！

畢方一臉不情願地出去了，一邊走一邊說什麼這家店是最近的了，居然快倒閉了，他還要跑到那些遠的地方找尋死店，真是累，好煩啊，真是他媽的！

「叮鈴」一聲，店門在畢方的髒話中打開又關上了。

「呼……」許心安長長舒了一口氣，那位神經病的神終於走了。

許心安隨手整理起貨架來，過了一會兒，她想，不知道下一家倒楣的「尋死店」是哪家呢？他不會走到隔壁去又把同樣的話說一遍吧？許心安走到店門外張望了一下，附近好像沒什麼異常狀況。她回到店裡，在櫃檯後面坐下，習慣性地取下眼鏡擦了擦，這時候「叮鈴」

第一章
雞飛狗跳的同居生活

一聲，店門又開了。

「歡迎光臨。」許心安一邊說一邊下意識抬頭，朦朦朧朧看到幾個小個子，她趕緊把眼鏡戴上，這才看清了。是幾名戴著鬼面具的小朋友，他們笑著嚷嚷：「姊姊，快把糖果交出來！」

許心安哈哈大笑，在櫃檯上抓了兩把糖給他們。

小朋友們很滿意，大叫著「萬聖節快樂」跑掉了。

許心安笑看著他們歡快的背影，又想起那位自稱是畢方的紅頭髮帥哥。生活這麼美好，他卻想「尋死」。希望他的家人早日找到他，希望他的病早日治好。

這天晚上，許心安寫電子郵件給父親許德安。

親愛的老爸，你好嗎？

很久沒有你的消息了，你不會被哪個部落的女王搶回山洞做壓寨相公吧？

我跟你說哦，今天店裡來了一個奇怪的客人，是個長得很帥的神經病。

他說他是畢方，還一臉怪我不認識他的樣子。他還說咱們家店是尋死店，他要找什麼魂燭，說點燃了唸個咒他就能真正地死去。

這真是我聽到過的最有想像力的死法了。你看，你不在，店裡好玩的事很多吧？所以你玩得差不多就快點回來，不然我真的會把店改成咖啡館兼書店。

店名我都想好了，叫『叛逆』或者是『打不死的女兒』。怎麼樣，名字不錯吧？我覺得生意肯定會比蠟燭店好百倍。

祝平安，早點回來。

女兒心安。

電子郵件發出去後，照例好幾天沒有收到回覆，許心安沒在意。

一週後，許心安剛幫網上訂貨的客人包完一套喜燭，店裡的電話響了。一接起來，就聽到許德安超級大的嗓門：「女兒！女兒！妳說畢方嗎？是真的畢方嗎？」

許心安淡淡地道：「為什麼老爸這麼久聯絡一次，一開口不是問我好不好，卻是問客人的事？」

「啊！女兒妳好不好？然後快告訴我，畢方長什麼樣？」

「就是普通人的樣子啊！沒少胳膊沒少腿。很沒禮貌，說的話也很奇怪。我想他大概有些精神上的問題。還有，你那什麼語氣，就是個奇怪的客人，你幹麼好像我遇到妖怪一樣？」

「不不，他不是神經病，他真的是妖怪！」許德安還在激動，「啊，不不，他不是妖怪，他應該屬於神級！」

「是嗎？神仙和妖怪的區別是什麼？為什麼他不是妖怪是神仙？」

「……」許德安噎住，但又忍不住說：「神和仙也不是一樣的。」

「哦。」許心安對這些沒什麼興趣，「所以你打算用昂貴的國際長途電話跟我討論妖和怪、神和仙的區別嗎？」

「不不！」許德安猛擺手，他也說不清，「重點是，那個畢方也許真是畢方！」

「哦。」

「妳不要哦，我是說真的！」許爸非常激動，「因為我們家店真的是尋死店啊！」

許心安：「……」

「真的！」許德安還加重了語氣，「真的就是尋死店，肩負著特殊使命的尋死店！」

「……」許心安無語，她爸語氣中的自豪感真讓人擔心啊！

「這事說來話長。我先簡單跟妳說，反正就是，我們許家世代經營著這家蠟燭店，其實是有一個使命，那就是掌管『魂燭』。妳知道，神仙妖怪如果不是被打得魂飛魄散，那就不是真的死……」

「我不知道。」

「不要打岔，讓我好好說，電話費很貴的！總之，他們如果沒有魂飛魄散，就只是沉睡在某一個空間裡。這個地方我是做比喻，妳不要問我是什麼空間。」

「哦。」她還確實正打算問來著。

「然後等他們休息好了，或者說養好傷了，反正就是具備了一定的條件後，他們就會重新入世，活過來。有些呢，會帶著之前所有的記憶，有些呢，只有部分記憶。反正這個不是重點，重點是，要把神仙妖怪打得魂飛魄散是件非常困難的事情，當然小妖小怪那些我們忽略不計。」

「說得好像你能打似的。」許心安忍不住插嘴。還嫌棄人家小妖小怪！

「不要打岔，我說的是那些大神大魔想要真正死掉是很困難的。於是很久很久之前，不要問我是多久，因為我也不知道。有某個大神，也不要問我是誰，我也不知道。總之，他把幾根具有殺死神魔能力的蠟燭交到了人間，分給幾個降魔家族保管。點燃了蠟燭，唸完咒語，受術的神魔就會魂飛魄散，真正死去。這是為了警示神魔不要在人間作惡，讓人間也有對付他們的法寶。同時也是想著歲月永恆，對神魔來說何嘗不是痛苦折磨，點燃魂燭，能讓他們毫無痛苦地死去，也是給他們一條退路。」

「就是神仙妖怪界的安樂死唄！」

「這麼說也沒錯。總之，那幾根魂燭就由各降魔家族保管，大家定下規矩，世代經營蠟燭店，讓魂燭能夠隱藏起來，而且也算是一個標誌，聽說神魔那邊稱我們這些店叫『尋死店』。」

「那麼我們許家是降魔家族？」

「對。」

「誰會降魔？」

「呃……我按祖輩留下的那些書，也是認真學過的。」

「降過什麼魔？」

「呃……那是因為沒什麼機會遇到妖怪。」許德安為自己辯解，「但是我會畫符咒啊，這就是證明。店裡那些特殊蠟燭上的符咒不都是我畫的嗎？」

「從我上國中開始就全是我畫的了，記得嗎？」許心安涼涼地提醒。

「小孩子為爸爸幹點活是應該的。」

「我說的重點是會畫點符咒沒什麼了不起好嗎？」許心安真是沒好氣。連她都會做的事，她爸有什麼好拿來炫耀的？

「不不，做人不能妄自菲薄。妳看，普通人是不會畫符的，我們會呀，所以我們是降魔家族，可以抬頭挺胸。」許德安一邊說一邊真的抬頭挺胸擺出驕傲狀。雖然女兒看不到，這姿態還是要有的。

「是嗎？真的好厲害！」許心安拖長聲音裝驚嘆，語氣假到不行，然後她聲音一沉，

問：「那請問這位降魔大師，魂燭在哪兒呢？」

「呃……妳知道的，這店都這麼多年了，倉庫都搬過好幾回，有點亂。」

「那它長什麼樣？」

「呃……見到它的時候我們應該就會知道了。」

「誰會唸那個蠟燭咒？」

「呃……這個倒是沒有家裡長輩教過，也許某本書裡有。」

「魂燭放這麼久還能用嗎？有保鮮期嗎？」

「……」

「你跟其他幾家降魔家族有聯絡嗎？」

「……」

許德安被問得完全答不上話。

「好了，爸，每個家族都有些傳統的家族傳說。尋死店什麼的，聽起來還挺酷的，可是咱家一沒真正會降魔的，二沒見過那什麼魂燭，三是壓根兒不知道什麼咒。你就當家道中落了，技術失傳，我們這些子孫後代也沒辦法。」

許德安沉默兩秒，長嘆一聲：「說起來，還真是家道中落了。當年我聽我爺爺說過，他的爺爺曾經捉過妖怪。那把伏魔劍擺在供桌上，可我爺爺也沒有親眼見到那劍，他只是聽他爺爺說過。」

「好了好了！」像繞口令一樣。許心安安慰他：「那麼久遠了，都是聽說加聽說。我們好好過日子就行了，其他不用想太多。」

「等一下！」許德安忽然反應過來，「妳神經是有多大條？現在的重點是，畢方找上門來了呀，有神仙找上門來了！」

「他究竟是不是畢方都不知道呢，不能只聽他說。」

「可他知道尋死店，知道魂燭。」

「那又怎樣？沒有魂燭啊，他就走了，而且他也說了，有了魂燭你也不會唸咒。」許心安模仿著畢方那時的語氣。「所以他說他去別的尋死店了。爸，你放心吧，沒咱們家什麼事了。」

「啊……」許爸很可惜，「居然這樣……」

「而且那個鳥精也不算大神仙，沒什麼關係了。下回等祝融蚩尤玉皇大帝二郎神哪吒孫悟空什麼的來了，我們再慎重處理也來得及。」

「……」許爸覺得女兒說得有道理，「那好，我繼續去世界探險了，有什麼事妳再寫信給我。電話費很貴的，我先掛了。」

「喂……」許心安還沒來得及多說一句，電話真掛了。

「真是的，還說我神經大條，你神經才是真大條。換了別人的爸，聽說妖怪殺上門來了，都趕緊插上翅膀飛回家保護孩子了。」許心安嘀咕著抱怨，掛上電話，把這事丟在了腦後。

日子一天天過去，沒什麼特別的事發生，直到兩個月後。

真的是整整兩個月，因為許心安記得很清楚。

萬聖節那天是十月三十一日，而今天是十二月三十一日。

畢方又來了。

高高的個子，淺紅偏棕色的頭髮，明亮的眼睛，還有那張好像不耐煩在生氣卻依然很帥

的臉。

「歡迎光……」許心安看到那張臉，拖了半秒才把最後那個「臨」字吐出來，而且還想補一句「其實並不歡迎」。

「店主回來了嗎？」畢方見到她的第一句話是問這個。

「還沒。」許心安答。

「他死了嗎？」畢方接著問。

許心安一臉錯愕，簡直不敢相信，這位神，你會說人話嗎？

她擺出微笑，道：「我讓你滾，你不介意吧？」

畢方一挑眉毛，「妳還記得我是誰嗎？」一副「敢讓神滾妳膽子一定是畸形健壯」的表情。

「當然記得。」許心安繼續微笑，「啊，對了，稍等一下，我寫寫店裡的公告。」她拿起粉筆和板擦，把櫃檯旁邊擺著的一塊告示小黑板上的打折商品公告擦掉，重新寫字。不一會兒寫完了，特意把字加粗加大很是醒目，上面寫的是「本店不接待妖怪」。

「謝謝。」她微笑著示意畢方看一看公告。

畢方很認真地看完，給了評價：「字好醜！」

許心安瞪眼，真是不能跟這位神委婉客氣。

「這位神，本店恕不接待喔！」

可是畢方不聽不理還不走，他竟然又問：「店主最近跟妳聯絡過嗎？他活著嗎？」

許心安沒好氣，反問他：「你不是去尋死了嗎？怎麼還沒死？」

「因為那兩家尋死店主都死了。店毀人亡，我只好回來了。」

許心安愣住。

畢方的表情不像是在開玩笑。

許心安皺起眉頭，認真思考這事。

「不是你幹的吧？」

「妳是白癡嗎？」畢方很生氣，「尋死店沒了，我死不了啦！」

「哦。」許心安推了推眼鏡，「真遺憾。」

畢方白她一眼，「不要諷刺神，沒禮貌！」

這傢伙居然還知道禮貌這個詞！許心安回他白眼，「我說的是那兩家遭遇橫禍，很遺憾。」

「現在只剩下你們這家了。」

所以他又來了。大老遠跑來跑去，他很不樂意，真是積了一肚子氣。

哇，她家這小店居然變得這麼珍貴了？

許心安在心裡琢磨著這事。她爸說真有「尋死店」，而畢方說那兩家「尋死店」出事，沒了。這表示什麼？要從魔幻情節進入懸疑階段了嗎？

「你真的是畢方？」許心安還是有懷疑。她覺得這是正常人的反應，而她這麼巧是正常人中的正常人。

畢方的回答是看了一眼左邊貨架，上面那一排蠟燭忽地全都燃了起來。

許心安吃驚地看著，然後猛地反應過來，「那是要賣錢的！」

畢方給她一副嫌棄的表情，「真是斤斤計較小氣巴拉！」

那排蠟燭瞬間又全滅了，許心安瞪著那排蠟燭，轉過頭來再瞪著畢方，要求他賠錢可以嗎？

畢方回視著她，十分坦然，表現出心胸開闊絕不會賠錢的決心。

許心安瞪他半天，嚴肅地問：「那兩家店主怎麼了？是最近發生的事嗎？」

蠟燭錢事小，性命重要。

「是最近的事。一家店被燒了，全家三口葬身火海，店燒沒了。另一家店主是個老人，車禍身亡，店鋪被他的侄子賣掉了，現在改成小超市，蠟燭也全沒了。」畢方頓了頓，道：「我正好都晚了一步。」

居然這麼巧？確實很可疑，所以畢方才會回來問她爸有沒有怎樣。許心安皺眉頭思索著。

「只有我們這三家尋死店嗎？別的呢，他們怎麼樣，你查過嗎？」

「我知道還存在的只有這三家。當年我送符靈魂火，送過十家。時間太久了，已經記不全，只記得五家。有兩家很早前就沒了。尋死店一旦不是使命繼承人任店主，過不了多久就會倒閉。這是為了防止在沒有使命繼承人經營的情況下，魂燭落入惡人手裡或是被用來行惡事。一旦沒有了使命繼承人的靈印加護，魂燭也就失效，蠟燭店會經營不下去。」

哇，說得煞有介事，像真的似的！

許心安看了看自家的小蠟燭店，這店居然這麼神奇呢！

「那所以蠟燭店是靠著使命繼承人還是靠著魂燭撐下去的？使命繼承人沒了，魂燭就失效了，店就不行了。如果只是魂燭沒了呢？遺失了？不見了？反正沒了，那使命繼承人還能活著嗎？店還能在嗎？」

畢方撇眉頭板臉給她看，「妳這是挑刺、挑釁還是挑逗？」

許心安撇嘴沒好氣，「這位神，人類是理性又講究科學的，我在跟你討論事實研究邏輯。」

「這事實這邏輯能解決妳家尋死店的危險？」

「因為我家沒有魂燭了。」許心安道：「我問過我爸，他說沒有魂燭了，我家裡也沒人會降魔，早已經不是降魔家族了，所以我家稱不上是尋死店，也沒辦法用魂燭為神仙妖怪們提供服務。我覺得如果神仙妖怪們都能知道這件事，那我家哪來的危險？」

畢方冷哼，「天真！什麼叫以防萬一，妳說沒有就沒有了？妳說不是尋死店就不是了？妳家的店經營得好好的，魂燭和使命繼承人一定都還在，那凶手找上你們遲早的事。」

這麼肯定？許心安在心裡嘆氣，所以說早改成咖啡店多好。現在改還來得及嗎？她想了想，問道：「你說當年你送符靈魂火，意思是魂燭是你送到各家尋死店手上的？那是多久前的事？」

「兩千多年前吧。之後我經歷過遁世入世，睡了很久，具體時間不記得了。這點重要嗎？」

許心安聳聳肩，「我就是好奇一下。」

畢方再板臉給她看，「這種時候管一管好奇心可以嗎？」他敲了敲桌面上的電話，道：「快打給店主，要他趕緊回來，免得死在外頭都不知道怎麼回事。」

「聯絡不上，只能發郵件，然後等他打給我。」

畢方：「……」

「真的，沒騙你。」許心安看畢方的表情就知道他不太信，她也很無奈。

「他多久聯絡妳一次？」

「大概半個月二十天吧，說不好。不過，他昨天才打電話給我……」所以等到他下一次電話，估計又得要一段時間了。

畢方：「……」

「真的，沒騙你。」

畢方皺眉頭。他想了一會兒，看了看這個店，問：「他走了兩個多月？」

「差不多半年了。」許心安老實答。

畢方愣了愣，「半年了，這店還沒倒閉？」

「喂，你不要咒我家的店！」

畢方上下打量許心安，「店主不在半年之久，這店居然沒有衰敗，難道妳也是使命繼承人？」可是看樣子不像呀！厚厚的鏡片一看就知道是個超級大近視，沒有氣場，不像會武，身上也沒有靈法之氣。降魔者的特質，她一樣都沒有。

許心安撇撇嘴，「我可不知道什麼是使命繼承人，我是法定繼承人。」

畢方又打量她一番，「店主跟妳是什麼關係？」

「他是我爸。」

原來如此，那看來確實是很有可能。畢方再次端詳許心安。現在的尋死店主都這資質，難怪尋死店倒了一家又一家。他道：「妳這裡是我所知的最後一家尋死店。妳聯絡一下店主，讓他快點回來，我在這裡等他。」

「等一下，就算我能馬上通知到他，他也不是搭個計程車就能回來的。」

「嗯。」畢方點點頭，「那讓他搭飛機吧。」

許心安一臉黑線，這位神，你覺得自己很幽默嗎？

「要盡快。」畢方一臉嚴肅，「我可不希望這家店再出什麼意外。」

許心安聽到這話很不安，他的意思難道是說有神祕的黑暗力量在向尋死店下手？要把尋死店都滅光嗎？

「就算出意外，也等我順利死了之後吧。」畢方接著來了這句。

許心安簡直無語。

「好了，妳快通知妳爸，要他快回來，我先去休息一下。」畢方說完，轉身走了。

「喂，等等，我要找你的時候怎麼聯絡？」許心安是想著萬一真有什麼狀況，這位鳥精先生還可以諮詢或幫個忙什麼的。現在的狀況太混亂，她雲裡霧裡，想問的太多卻又不知從何問起。

畢方聽到她的問題，卻只揮了揮手，開門出去了。

許心安垮臉，揮揮手是什麼意思？他想見她的時候自然會露面的意思嗎？你倒是說清楚呀！

可畢方雖然走得懶洋洋慢吞吞，卻是一眨眼功夫就消失了。

許心安追出大門，已經不見他的蹤影。

許心安回到店裡，把事情在心裡整理了一遍，趕緊寫郵件給老爸。畢方又來了，還帶回其他「尋死店」詭異滅亡的消息。無論是不是巧合，她都得快向老爸示警，要他速回電話，速歸家。

一下午許爸都沒有回電，也沒有回覆郵件，而店裡的生意卻是出奇的好，許心安又要接待客戶又要忙著打包貨物，忙個不停。抽空她還上網查了查，居然還真有相似的消息。

有個新聞說C市一戶經營壽衣蠟燭的人家煤氣外洩發生爆炸，引發大火，連帶房子前面的店鋪都燒得精光，一家三口全部遇難。另一個消息倒沒有出社會新聞，老人車禍這種事

並不顯眼，但許心安靈機一動，搜索了蠟燭店鋪轉讓的訊息，還真搜到一家。那是D市的，七十五天前的消息。許心安打電話過去詢問，假意說想接下那間店。對方說已經賣掉了，許心安又問那店裡的蠟燭貨品要不要出清，她家的店可以收貨。對方稱新店主把店改成小超市，蠟燭早處理掉了。

許心安放下電話，心裡有些不安，趕緊又發了一封郵件給許德安，告訴他她大致查了下，還真是確有其事，讓他看到郵件務必重視，速回電話，小心安全。

到了傍晚，許心安決定晚上不營業了，她要到倉庫去翻一翻有沒有什麼特殊包裝的蠟燭。要是真有人衝著「尋死店」而來，那一定是為了「魂燭」。

許心安住的地方就在光明蠟燭店上面，店後頭有樓梯上去。二層的小樓，上面住人，下面開店。房子後面是她家的大院子，院子裡有花有草有樹，還有個地下室當倉庫。裡面放了各種貨品，以及許家世代珍藏品、族譜家訓、牌位供桌、古書古玩之類的。許心安從小就幫著爺爺爸爸整理擦拭，卻從不知道這些東西裡面居然可能會有寶物。

許家這地方幾經修整翻新，也曾從這邊搬到那邊，那邊搬到那那邊，但從來沒有搬離過這條翡翠街，許心安覺得自己現在明白原因了。

她鎖好店門，一邊上樓一邊打了個電話給她在警局的朋友裘賽玉。

裘賽玉與許心安從小就是鄰居，從幼稚園開始就是同學，關係鐵得不能再鐵。後來裘家搬到新社區，裘賽玉也去了外地讀書，距離遠了，但兩人始終保持聯絡，分享各種八卦。

裘賽玉讀完書回來就進了警局當管理戶籍的警察，時常到許心安店裡來玩。裘賽玉還是許德安的粉絲，從小跟許德安處得特別好，最愛聽他說些家族傳說、神鬼奇談之類的故事，一老一少聚在一起有說不完的話，簡直比許心安更像親生女兒。

所以現在這個奇異事件，許心安能傾吐的對象只有裘賽玉。

「小玉，我跟妳說，我家店裡來了個妖怪……不不，不是視覺系的殺馬特少年那種妖怪，是真的妖怪，我驗證過了！」許心安一邊說一邊用鑰匙打開家門，「就是上次跟妳說可能是神經病也可能是冒充的鳥精，今天又來店裡了。對，對，就是那個！原來他是真的妖……」最後一個字被許心安噎在喉嚨裡，差點嗆著。「怪。」好半天終於把那個字吐了出來。

她看見那隻妖怪正悠閒自在地在她家裡。

「怎麼了？發生什麼事了？」裘賽玉聽出許心安的聲音不對。

「不止店裡，家裡也有了。」許心安答。剛才那句什麼「神經病」、「又來店裡」、「真是妖怪」肯定被畢方聽到了，他正一臉不滿意地看著她。

不滿意？什麼時候輪到他不滿意了？他私闖民宅，她才應該不滿意！

「什麼，妖怪進家門了嗎？」裘賽玉有些緊張，壓低聲音問。

「嗯。」

「他在做什麼？」裘賽玉的聲音壓得更低了，不過許心安既沒尖叫也沒逃跑，情況應該不是太糟吧？

「他靠在我家冰箱門邊，正在喝優酪乳。目測他已經幹掉了我滷的那鍋豬腳，還啃了兩顆蘋果。」鍋子放在餐桌上，已經空了。蘋果核也丟在餐桌上，東一個西一個，而他毫無羞愧之意，搖搖優酪乳瓶，空了，於是又丟餐桌上。

真的是太過分了！

「啊，他還是個貪吃的妖怪？」裘賽玉忘了控制音量。

許心安盯著畢方看，畢方也回視她，一副懶洋洋的樣子。

許心安繼續講電話：「小玉啊，妳說，這種情況我這做朋友的是該對妳大喊『別管我，妳快躲得遠遠的』好呢，還是應該大叫『救命啊，我需要妳』好？」

裘賽玉答得很快：「那得看那妖怪的長相。」

「好吧。」許心安也回覆得快，「那妳來吧，我需要妳。」

裘賽玉很快趕來，還帶著她十歲時許德安送她的生日禮物桃木劍，十五歲時許德安送她的全套護身符籙，還有十八歲時許德安送她的驅魂鈴鐺。另外戴了十字架項鏈，拿了兩包鹽，甚至帶了一把槍。

她就這樣全副武裝出現在許心安家門口。

「咦，妳沒關門！」是為了方便逃跑嗎？

「嗯，我怕妳想太多，不敢敲門爬窗戶踢壞玻璃。」許心安答。

裘賽玉點頭，她還真是有這打算，幸好在樓下就看到門開著，於是直接走樓梯上來了。

「妖怪在哪裡？」裘賽玉壓低聲音悄悄問，拍了拍自己帶來的裝備。

許心安忍住沒翻白眼，「那是模擬水槍嗎？」

「裝了符水。」

「真的需要降妖也不能靠妳好嗎？」

「有備無患嘛，而且我盡得許伯伯的真傳……」裘賽玉跟在許心安身後進屋，話說到一半，看到了畢方。

就是這個妖怪？

紅棕色的頭髮不長不短剛到耳際，看起來順滑柔軟，明亮的眼眸、深邃的眼神，挺直的鼻樑、微抿的嘴角，他正慵懶放鬆地靠坐在沙發上，修長的手指勾著一個馬克杯，長長的腿交疊搭在一起，非常有型。

裘賽玉愣了兩秒，一邊對畢方的打量還以微笑，一邊後退把許心安又拉回門邊，確認畢方看不到了，才抓住許心安的肩使勁搖，壓低了聲音吼她：「妳有沒有搞錯，這種上等貨不叫妖怪，這是神！」

「他確實是個神經病。」還掃蕩了她的冰箱。

「不，我說的是男神！」

許心安這次沒忍住，給了裘賽玉一個大白眼。

「男神來妳家要幹麼？」裘賽玉沒理會白眼，認真問。

「來找死。」

許心安剛說完就被裘賽玉拍了一下。

「真的是來找死的！」上次沒跟裘賽玉八卦太多，這次許心安把事情簡單說了說。

裘賽玉聽得張大了嘴，居然有這種事？長成這樣卻不想活，真是太可惜了！

「那妳打算怎麼辦？」裘賽玉問。

「我叫了外賣，一會兒吃完飯帶他去倉庫找那什麼魂燭。」

「啊，送他上路嗎？」裘賽玉一臉不贊同，「做人不能這麼無情，妳起碼嘗試一下讓他感受人間的溫暖友愛，打消尋死的念頭。」

「呵呵！」許心安假笑給她看。人間的溫暖友愛到了那位神那兒就會變成很想拍死他的衝動，「我發郵件給我爸了，讓他看到就快點回來。現在的問題是，就算找到魂燭我也不會唸咒。妳放心吧，妳的男神一時半刻還死不了。」

「哦哦，那真是太好了。」裘賽玉探頭看了看屋裡，畢方還懶洋洋坐在沙發上，看都沒

看她們這邊一眼。哎呀，真的好帥，她最討厭男人染髮了，可是他這紅棕色怎麼紅得這麼自然好看呢？

「不用看了，妳們說的話我聽得清清楚楚。」畢方似乎感應到裘賽玉的目光，轉過頭來，對她挑了挑眉，大有「妳們這樣背著人說話很不禮貌」的意味。

啊啊啊啊，他媽的，好尷尬！裘賽玉火速縮回頭。

可是這妖怪真是太帥了！不對，不是妖怪，是神！

裘賽玉狠狠瞪了許心安一眼，整了整衣裝，進屋去了。

既然神什麼都能聽到，那就不要說悄悄話了，真是丟臉！

許心安被瞪得莫名其妙，她跟在裘賽玉的身後進屋，嘴裡嘮叨：「我就是身邊神經病太多，所以遇見妖怪才能這麼適應良好。」

裘賽玉又回頭偷偷瞪她一眼，然後轉過頭去，滿臉含笑地在畢方面前的沙發上坐好。

呃，怎麼稱呼好呢？

「大神！」裘賽玉叫得親熱，向畢方自我介紹：「我是心安的好朋友，我叫裘賽玉。」

畢方姿勢都沒變過，倨傲地點點頭，「妳剛才進屋時說，妳盡得這家店主的真傳？」

「呃……」裘賽玉感覺到了壓力，她雙手擺在膝上，坐得端正，看了許心安一眼，答：「我小時候常來心安家裡玩，許伯伯是跟我說了不少家族裡的事，教過我一些皮毛。」大神不會想問她會不會唸那個什麼蠟燭的咒吧？說不會好丟臉，可她真的不會！

「那妳會做滷豬腳嗎？」

「啊？」裘賽玉下巴差點掉下來。魂燭要搭配滷豬腳唸咒嗎？

畢方微皺著眉頭，耐心解釋：「就是許心安做的那種滷豬腳，我要她再做，她不肯。」

「做什麼做？你是豬嗎？吃這麼多！私闖民宅我沒報警已經很客氣了。」

「報警有用嗎？」畢方一臉不在意。

「所以我沒報啊！」許心安給他一個「你當我蠢嗎」的表情。

裘賽玉腦子有些轉不過彎來，「所以滷豬腳的用途是？」

「吃。」許心安和畢方異口同聲答。

畢方還接著問了句：「還能幹麼？」

裘賽玉閉上了嘴，那大神你剛才問得這麼嚴肅，還跟「真傳」這種詞搭在一起問，她真的會以為豬腳除了吃還能幹麼呢！

「妳會做嗎？」畢方再一次問。

這個說不會更丟臉，但她真的不會。

裘賽玉漲紅了臉，她每次來許家都是蹭吃的，從來不管怎麼做出來，而且她家裡從上到下，也就是從她爸媽到她和她弟，全是廚藝白癡。每頓飯就是隨便做做，隨便吃吃，全家都很好養活。

「呃，我知道有一家滷味店賣的滷味超級好吃。」

「哦。」畢方嚴肅點點頭，「那妳能幫我跑一趟去買嗎？」

裘賽玉愣住了。這位神，雖然你長得帥，死了很可惜，可是你的禮貌真的好差！你如果是我的什麼人，我去幫你買十趟都沒關係，可是現在才剛認識，不對，連認識都稱不上，我要狗腿屁顛顛去幫你買，我的尊嚴何在？女人的尊嚴是很重要的，尤其是在男神面前，不然以後還怎麼好好發展下去？

裘賽玉清了清喉嚨，抬了抬下巴，微笑著剛要拒絕，就聽許心安罵畢方：「你給我差不

多一點，吃吃吃，你是豬嗎？鳥精的臉都被你丟光了！」

畢方抿嘴角撇眉頭，帥得一塌糊塗。裘賽玉頓覺心軟，剛要幫他說兩句話，門鈴響了。

畢方眼睛一亮，「有吃的，快去開門。」

使喚誰呀？裘賽玉這心情簡直跌宕起伏。

許心安瞪了畢方一眼，去開了門。果然是送外賣的來了。

許心安把便當拿進來，招呼裘賽玉到餐桌那邊，一人一個便當吃了起來。

裘賽玉一看沒有畢方的份，小小聲問：「不幫他也訂一份嗎？」

「不用。」許心安眼皮都不抬，認真吃飯，「他把我的冰箱都吃空了，還吃什麼吃！」

這時候畢方晃過來看了眼她們的便當菜色，一臉嫌棄地走了。

「看吧。」許心安給裘賽玉一個眼神。這妖怪，別說人見人厭，就是放到妖怪界去也肯定是妖見妖嫌，不幫他買飯是非常正確的決定。

裘賽玉不發表意見了，因為內心感受完全無法形容。

飯畢，許心安說要去倉庫找蠟燭。畢方對此很重視，裘賽玉當然也跟著一起去了。

地下倉庫的入口在院子的一間雜物房裡頭。表面上看那只是一間普普通通的電表屋雜物房，打開門看也確實是間普普通通的電表屋雜物房，只是房裡其實還有個樓梯通往地下。

許心安開了燈，領頭走了下去。

倉庫裡靜悄悄的，只有循環扇和空調輕微的嗡嗡聲響，許心安把燈全打開。倉庫很大，而且深，是挑高的樓中樓格局。外面這邊放的是店裡常賣的貨，中間是一大堆紙箱和貨架，貨架上全是盒裝袋子包的各種雜物，倉庫最裡面還是紙盒和貨架，但明顯東西更雜亂，而二樓基本上是書櫃、架子和供桌，擺的都是許家歷代珍藏。

東西很多，一個貨架又一個貨架。從一樓到二樓全都塞得滿滿的，絕對稱不上整齊有序。

畢方一見如此情景，立即道：「啊，很好，東西都在，妳們慢慢找。我先回去睡一覺，等妳們好消息。」話剛說完，轉頭就走。

許心安和裘賽玉瞪著他的背影消失在樓梯間，過了半天才緩過氣來。

「妳看看，這都什麼人呀！」許心安氣呼呼。

「神嘛，都是比較有個性的。」看在畢方離開的背影也很帥的分上，裘賽玉試圖為他說好話。

「是呀，如果好吃懶做加沒禮貌是個性的話，妳家男神真有個性。」許心安真是沒好氣。她一定要把魂燭找出來，成全他。

神要死，誰也別攔著！

許心安麻利地捲袖子，開始在舊物堆裡翻找，裘賽玉也過去幫忙。

「妳家有物品清單嗎？」

「有。」許心安正拿著清單小冊在看。其實之前跟許德安通過電話後，她就查過存在電腦裡頭的倉庫清單列表，「上面沒有『魂燭』這東西。」現在再看一遍手寫的名冊，確實也沒有。

沒辦法，只能動手一樣樣查找一遍。許心安檢查完一個盒子，裡面只有刻符工具等雜物，她貼上標籤紙作標記，又在清單上寫上備註，然後把盒子放到一邊。

「那怎麼知道妳家一定有魂燭呢？」

「畢方說的呀，他說要是魂燭靈力不在，或者沒了使命繼承人，蠟燭店會倒閉。」許心安一邊檢查另一個盒子一邊道：「我問了我爸，他說我家確實是『尋死店』，但他也不知道魂燭放哪兒了。我家這店經歷這麼多代，東西亂七八糟的。說實話，我也不知道到底有沒有魂燭，但現在情況都這樣了，只能盡力找找。」許心安再把那兩家尋死店莫名出意外遇害的事仔細說了說。

「這樣啊……」裘賽玉也檢查完了一個袋子，照許心安的方法貼上標籤紙，「那魂燭長什麼樣？有標記嗎？什麼顏色？多長多粗？燭芯有什麼特別的嗎？」

「我爸他不知道。畢方說……」許心安開箱子的動作一頓，「我忘了問了。」

她家的蠟燭她全都認識，所以之前是想著她沒見過的肯定就是了，但裘賽玉這麼一問，她才反應過來，沒錯啊，當初是畢方送的貨，他應該知道長什麼樣才對。

「那要不要上去問一下大神？」裘賽玉一臉期待，就差搖尾巴說「快派我上去」。

上去問……「等一下！」許心安猛地站了起來，「那傢伙剛才說什麼？他是說他要去睡一覺嗎？」

「是呀！」裘賽玉點點頭，怎麼了？

許心安大叫一聲，「他在哪兒睡？」

對哦，他在哪裡睡覺？

許心安怒火沖天地奔在前頭，裘賽玉緊隨其後，兩人趕回二樓。

畢方工坦然自然一點也不彆扭地在許心安的床上呼呼大睡，枕著她的枕頭，蓋著她的被子。

裘賽玉一把將許心安拉住，「冷靜！」

「這怎麼忍得住？」許心安已經快氣暈，開始到處找武器。

裘賽玉苦著臉，也對，這確實不太容易忍，也說不清是誰占了誰的便宜。

許心安轉半天，拎著裘賽玉帶來的桃木劍過來了。還沒走到床邊，床上的畢方就睜開了眼睛，微笑起來，「我以為妳能找到什麼好法器呢！」

靠，真是無恥到了一個境界！這傢伙鐵定是將無恥這技能修煉到了至高成就才得以成精成妖！

許心安不管三七二十一，提劍便刺。

木劍戳在被子上，畢方哈哈大笑，笑到打滾，好像許心安是在戳他癢癢似的。

他越笑許心安就越生氣，更用力戳他。

這桃木劍不是收妖的嗎？怎麼不管用？

裘賽玉看到如此情景，不禁扶額。

真是沒眼看，她家心安像鬥氣的小孩子，男神也一秒變男神經病，場面慘不忍睹。

裘賽玉用力咳了幾聲，「我說，大家有話不如好好說。」

許心安氣呼呼地用劍指著畢方的臉，「人類與妖怪無話可說！」

畢方笑得頭髮微亂，嘴角彎彎，乾脆靠坐在床頭道：「電視裡演的，一般擺出這種架勢應該說『妖孽，速速現出原形』！」

裘賽玉好奇，「你的原形是怎樣的？」

畢方和許心安同時白她一眼。

幹麼告訴妳？

這不是現在的重點好嗎？

「你──」許心安拿出「速速現出原形」的氣勢來說話，「滾出我的家，留個電話號碼，找到魂燭以後我再通知你！」

「我拒絕。」畢方悠閒地撥頭髮，「尋死店只剩下這家，我必須確保店主回來之前店還在。」

許心安愣了愣，瞬間冷靜下來。

對，怎麼被他氣糊塗了？「尋死店」有危險，她和老爸的生命也受到了威脅。

許心安把劍放下，推了推眼鏡，「你下來，我們到客廳說話。」

「不要。」畢方仍舊拒絕，「我從別的地方趕回來很累，沒吃沒喝沒睡，生怕這家店也沒了，還好趕上了。這麼累，休息一下是應該的。」

許心安想想，乾脆拖了把椅子過來坐下，裘賽玉也一樣照辦。

兩個女生坐床邊盯著畢方看，畢方一點都沒有不好意思。

「我問你。」許心安開口了：「魂燭究竟長什麼樣？」

「我怎麼會知道？」畢方居然反問。

許心安快要抓狂，「不是你送到各家去的嗎？你怎麼會不知道？」

「我送過去的是符靈魂火，助他們封存在燈燭裡。那時候蠟燭好像還是稀罕物，許多人家用的是油燭，記不太清了，總之就是封在了燭燈裡，然後與族長約定好，必須世代經營燭燈店，守護好符靈魂火。總之那時不是油燭便是蠟燭，經過這麼多年，時代變遷，歲月更替，後來不用油燭，變成蠟燭，而蠟燭一直到現在都有人在用，所以各家應該都是把印符靈魂火封在了蠟燭裡，但哪家魂燭長什麼樣，我哪會知道？」

許心安傻眼，敢情當年送到各家的只是半成品，還要由各家再自行加工組裝？不是說全宇宙最牛逼最閃閃發光的殺神伏魔之利器嗎？全宇宙獨一份不是嗎？這麼掉以輕心真的好嗎？

許心安瞪著畢方。畢方一臉無辜回視她，「所以妳應該比我清楚妳家的魂燭長什麼樣才對。」

對你的頭！許心安氣不打一處來。遇上妖怪不怕，遇上這麼不靠譜的妖怪簡直就是個災難！

好吧，總之他就是不知道魂燭長什麼樣就對了！

許心安咬牙，換下一個問題。

「那兩家店是被什麼人害的？你調查出來了嗎？」

「為什麼要調查？」畢方反問。

許心安噎住，「你不是去了兩個月？C市和D市雖然遠，但就算是人類，坐個飛機過去找個店也要不了兩個月，難道你不是發現命案不對勁，之後做了一番調查才用了這麼久的時間嗎？你苦苦尋找的尋死店被別人謀害了，你難道不想知道發生了什麼事，不想知道真相嗎？」

「不想，那多累？又不關我的事。」畢方一臉的理所當然，「我自己都想死了，還管別人怎麼死的幹麼？」

許心安下巴差點掉下來。這位神，你真的可以再冷漠一點！

「而且我沒有花兩個月的時間。死這種事又不著急，找店鋪也很累的，我就先逛了逛，休息休息，睡了幾覺，然後才去了C市。結果C市尋死店沒了，我再去D市，接著就回來了。」

怎麼沒懶死你？

許心安推了推眼鏡，嚴肅作總結：「所以在你坎坷的尋死道路上，懶惰是最大的阻礙。」

裘賽玉用手機按啊按，寫了一句話給許心安看。

「起碼神的精神境界還是有人性化的一面。」

許心安給她一個嫌棄的眼神：缺點硬掰成優點，妳真厲害！

裘賽玉把手機收回去，正襟危坐，乖乖地讓許心安繼續談判。

許心安再推了推眼鏡，無視畢方打的那個慵懶性感的哈欠，嚴肅地說：「但現在人命關天，還涉及到我家，而且這事與你們神仙妖怪有關，就算你沒仔細調查，也總該有個推測。」

「嗯。」畢方點點頭，「我猜應該是某個神魔幹的，也許他打算做什麼壞事，但又擔心被降魔家族的人用魂燭制伏，所以先下手為強。掃清了障礙，以免後患。」

「那大概會是什麼神魔？」

「就跟你們人類出現殺人案一樣，凶手的身分有無數的可能性。」

許心安垮了臉，有無數的可能性，但是這位神懶得查，而且她嚴重懷疑他究竟是懶還是沒本事，只是不靠他不行，神魔來幹壞事，她這小小人類能怎樣？她又不認識別人，跟前只有他與妖怪界降魔界什麼的沾邊。

許心安清了清喉嚨，跟畢方道：「我們必須好好談一談。」

「談什麼？」畢方懶懶地靠床頭問。

「雖然這不像是一個好人該說的臺詞，不過我還是得跟你說……想死，沒那麼容易。」

「噗！」裘賽玉噴笑出聲。

許心安和畢方都瞥了她一眼。

許心安繼續嚴肅地道：「基於我家是唯一的最後的僅存的『尋死店』這一條件，你想安樂死只能依靠我家，所以我要跟你提出以下的要求。第一，你必須保護我和我爸還有我家光明蠟燭店的安全；第二，必須查出真凶，以確保這事過後我和我爸還有我家光明蠟燭店的安全；第三，要嚴懲凶手，讓他沒能力再行凶作惡，這樣你死了之後我和我爸還有我家光明蠟燭店才能繼續好好過下去。」

畢方懶洋洋，「妳在說繞口令嗎？」

許心安不理他，「第四，雖然你在這裡美其名是為了保護我家，但也不能白吃白喝白住。」

畢方挑挑眉，故意曖昧地問：「要錢還是要人？」

許心安很有氣勢地橫他一眼，「你有多少錢？」

「我是神。」畢方抬抬下巴。

「所以？」

「神要錢幹麼？」

「那就是你沒錢。」許心安很果斷，「沒錢想住下就得幹活。」

「……」畢方一臉見鬼的表情。

「還有，我這裡不是飯店，不能讓你挑房間。這個房間是我的，你去住客房。」

「我下午都看過了，就這個房間最乾淨整潔明亮布置得舒服。」畢方一邊說一邊還躺下了，「好了，妳說完了吧，快去找魂燭。我先睡一覺，等妳們的好消息。」

這什麼態度？許心安頭頂又快冒火，裘賽玉趕緊把她拉住，「冷靜，冷靜。他只是傲嬌一下，其實他都沒有反對不是嗎？」

「不要汙衊神。」畢方呢喃，聲音低沉有磁性，很好聽，聽得許心安又想拿劍戳他。

裘賽玉抱著許心安的腰把她拖走了，連拉帶哄地拎她到倉庫裡苦口婆心地勸。

「心安，這可不是普通的事，得從長計議。妳看啊，他是神仙……好吧，妳不要瞪我。他是妖怪，妳打不過他，不能來硬的，而且他看起來沒有惡意，雖然奇葩了點，討人嫌了點，不過長得帥，也算補償了一下。」

許心安垮臉給她看，有這麼補的嗎？

「重要的是，如果真有人要暗殺尋死店，你們還靠他保護，所以先忍一忍。」

「太難忍，我修行不夠。」許心安雙臂抱胸。

「不忍也不行啊！」裘賽玉繼續苦口婆心，「妳想啊，連小說上都寫了，有三種人是最可怕的，不要臉的、不要命的、不要錢的，畢方大神集三者精華於一身，妳怎麼可能是對手？還有，他長得帥，還願意保護妳，所以妳先忍一忍。等找到魂燭，妳爸回來，事情一解決就好了。」

「有道理。」許心安點頭，「不要臉不要命不要錢的人都不好對付，何況妖怪？」

裘賽玉嘆氣，她明明有強調重點是人家長得帥又打算英雄救美，這應該能歸在好事這個類別裡。

「行，我先忍著。」許心安咬咬牙，她努力忍，為了他們全家的性命，怎麼著也得忍到事情解決了再說。而且等找到了魂燭，她先藏起來，這樣她手上有談判的籌碼，就能化被動為主動。

這天晚上，許心安回房收拾了些衣物和日用品，搬到客房。在她收拾搬東西時，那個集「三不要精華於一身」的神——畢方先生，眼皮都沒動一下，呼吸平緩，睡得很香。

「也不知是真睡還假睡。」許心安嘀咕著，躺在客房的小床上。這裡久未收拾，當然是比不上自己的房間舒適，但她整理倉庫實在是太累了，於是只換了床單枕頭便倒頭睡下。

裘賽玉明天還要值班，她把她勸回去了。真要有什麼事，她留在這裡陪她也提升不了什麼武力值，還會多一個受害者。裘賽玉一聽，覺得言之有理，爽快地走了。

果然小玉才像是她老爸的女兒，神經一樣粗。許心安這麼想著，很快就睡著了。

第二天，許心安起得有些遲了。她一看錶嚇一跳，自己怎麼會睡得這麼晚？趕緊洗漱換衣服，走到客廳一看，畢方居然正在吃早飯。

豆漿油條蔥油餅，還有幾顆茶葉蛋。

「哪裡弄來的？」這些東西看起來很眼熟，像是對面早餐店賣的。

「我想吃早飯，妳又沒起來，我就出去覓食了。」

許心安坐下來，不客氣地倒了碗豆漿，拿了根油條啃。

「既然身上有錢，麻煩你交房費，我這裡按天算的。」

「真的沒錢。」畢方晃晃腦袋。

「沒錢怎麼買早飯？」許心安又快怒了，這騙子！

「我就是走啊走，看到那裡有賣吃的，就對老闆娘笑了笑。」

「……」許心安一口油條差點噎死。笑一笑人家就給他一堆吃的？這不是鳥精而是狐狸精吧？

「我跟她說看起來真好吃，手藝真好啊！」

許心安用力咬油條，這傢伙不止是狐狸精，還是馬屁精！

「老闆娘很客氣，很好說話，讓我嚐了嚐，我覺得味道還行。」

白給你吃你還嫌棄什麼？許心安在心裡鄙夷他。

「於是我告訴她我就住在對面的光明蠟燭店，回去拿碗來裝，許心安還在睡沒起，我弄點早飯回去吃。」

「……」許心安心裡咯噔一下，油條掉在了桌子上。

你這傢伙跟別人亂說了什麼？

「老闆娘人真的很好，她看我拿碗過去，就裝了很多給我，我就回來了，想著妳起床也能吃，不用謝。」

誰要謝你？許心安真是想掀桌了。

他這不要臉的是把早飯帶回來了，但人家知道是對面光明蠟燭店的，那她不但要幫他還早飯錢，還會被別人以為這男人跟她有什麼什麼關係！許心安咬牙切齒，畢方若無其事，吃掉了三個蔥油餅、兩根油條和一大碗公的豆漿。

許心安氣啊，在心裡頭默唸了十遍「我忍你」。

這天，許心安撐著臉皮到對面的早餐店還錢，白吃白拿這種事她幹不出來。付錢的時候，早餐店老闆娘笑咪咪，「小安，那是妳男朋友啊？」

許心安咧開笑容，「怎麼可能，就是個遠得不能再遠的親戚的朋友，來我這裡借住幾天。」

「哦。」老闆娘繼續笑咪咪，「那很好呀，這就是緣分。」

許心安乾笑著跟老闆娘告別。

這種孽緣，不要也罷！

回到店裡，孽緣正站在窗邊，沐浴在陽光下，撫摸情人似的撫摸著她種在窗邊的一個盆栽。那盆栽之前怎麼澆水都半死不活沒精神，現在卻好像生機盎然，朝氣蓬勃，枝葉都舒展開了。

畢方正對著那盆栽微笑，紅棕色的頭髮閃著溫暖的金光，真是帥得一塌糊塗。

許心安發現自己的氣消了一大半。

好吧，也許裘賽玉說得有些道理。帥到這種程度的話，是可以補償一點點的。

這時候電話響了，來電的正是裘賽玉。她是想確認一下許心安的安全，是否有正常開店，有什麼計劃安排。許心安跟她聊了聊。裘賽玉在那邊說會抓緊時間幫她查查看尋死店遇害的事，也會查一查畢方。這是昨晚她們倆商量好的事。許心安謝過，裘賽玉又囑咐她小心，鼓勵她要忍耐，又說有機會幫她拍幾張畢方的帥照發過來讓她養養眼。

許心安無語，當即拿手機拍了幾張畢方的照片發給裘賽玉，畢方這不要臉的還主動對著鏡頭微笑。裘賽玉接到照片哇哇大叫，聲稱自己頓感活力充沛，精神抖擻。

這一天沒發生什麼事。許心安翻閱了新的和舊的倉庫記錄找線索，都沒找到有特殊標記的物品，而畢方一直處在懶洋洋模式。許心安要他認真想想要從哪方面入手找線索，趕緊行動。他說他正在想，然後就沒有然後了。

這天因為是元旦，翡翠街上的客流不少，但走進蠟燭店的不多，許心安在「破案」一事受了挫折，在生意上也沒什麼進帳，看著隔壁店家生意興隆，頗有些羨慕。她轉頭看到坐在沙發上打瞌睡的畢方就來氣。這位神一天除了吃就是睡，簡直是廢物。指望他拯救世界是沒希望了，但是能不能拉動拉動生意呢？

許心安靈機一動，將畢方拉到門口櫥窗邊的椅子上坐著，「你就坐在這裡，臉朝窗外，面帶微笑。一會兒要是有客人進來，你就繼續微笑，然後大聲說歡迎光臨。」

畢方橫眉，「我是神，幹麼要接客？」

「晚上做豬腳吃。」

不願接客的神立馬精神一振，「成交！」

隔著櫥窗，外頭的行人看到光明蠟燭店裡有位超級大帥哥，於是各年齡層的女性紛紛駐足。

「歡迎光臨。本店有各種熏香美容蠟燭、蠟燭飾品，實用又美觀，還有節慶特惠活動，歡迎進來看一看。」許心安乾脆打開店門，熱情招呼。

這一天的營業額還不錯。許心安晚上真的做了豬腳。

可畢方得寸進尺，開始點明天的菜，居然還有臉說：「當初我記得那幾家尋死店，就是因為他們做的飯菜好吃啊！」

許心安一臉黑線。列祖列宗們，你們的飯菜做得好吃，我也不知是託了福還是遭了殃！

接下來的幾天，許心安覺得自己是遭了殃，因為畢方太無聊，於是成天搗蛋。

譬如說在店裡燒蠟燭玩，她警告了一次，可沒過多久，他又無聊犯賤，再次燒蠟燭玩。幾千幾萬歲的人了，還像個熊孩子似的。許心安忍無可忍，抄起掃把追打了他半條街。

又譬如說他嫌店裡沒氣氛不高興，於是帶著盆栽和花朵們跳舞。是真的跳，還放了很大聲的音樂，盆栽和花兒們跟著他搖著枝葉和花瓣。許心安簡直想發瘋，這是要在她店裡鬧鬼嗎？那客人進門了，豈不是得嚇死？

許心安關了音樂，嚴正警告畢方穩重點，她店裡還要做生意，不許放這麼吵的音樂不許跳舞。畢方撇嘴，受了多大委屈似的，把盆栽和花抱到角落嘀嘀咕咕說了幾句後又無聲地跳了起來。一個客人剛推門進來，看到個背影和屁股扭啊扭的，嚇得跑了。許心安忍無可忍再次警告，畢方居然大聲抗議要帶著盆栽和花離家出走。

誰是你家啊？

許心安再次掄起掃把，這次追殺了一條街，名聲響亮。

短短幾天，丟臉丟遍了翡翠街。許心安啪啪啪地使勁敲鍵盤寫郵件給她爸。

「親愛的老爸，你到底什麼時候才能看到郵件呢？到底什麼時候才能回來呢？你的女兒快死了，被妖怪氣死的。」

畢方端著一杯茶坐在旁邊偷看她寫信，還涼涼地發表評論：「所以說還是妳心眼太小的緣故。妳看我這遠古大神被妳這渺小人類追著打我都沒說什麼。妳這不讓幹那不許做，我也沒怎樣。」

許心安敲鍵盤的動作更用力了。

他是沒說什麼，他只是說：「哎呀，跑得好累，要不，晚上做宮保雞丁吧！」

他是沒怎樣，他只不過不許幹這樣他就玩那樣，不許玩那樣他就要這樣。她布置得整整齊齊的店，被他今天換一個擺設，明天改一下貨架，弄亂東西不說，還聲稱自己幹了活，要求加餐。

許心安想到這，又在郵件裡補了一句：「咱家的店快倒閉了，被妖怪吃窮了，很快就要周轉不靈。」

畢方又評論：「妳的誇張修辭手法也運用得太誇張了。」

「這位神，閉嘴好嗎？」許心安沒好氣，她又想拿掃把了。

神沒閉嘴，神說：「要不，晚上吃糖醋排骨吧？」

「成天就會吃吃吃，真凶到底是誰，這事要怎麼查，你有眉目了嗎？」許心安問。

「糖醋排骨一定能刺激靈感。」神答。

真夠不要臉的！

這天晚上，許心安很故意的沒有做糖醋排骨，吃飯的時候遭了畢方哀怨的眼神，甚至用不吃飯來抗議。許心安不理他，跟裘賽玉通電話時特意當著畢方的面告訴她：「按理說，神仙妖怪應該不食人間煙火，不吃飯沒事，喝點新鮮空氣，吸點月光精華就好了。」

畢方遞給她的眼神怨氣更重了。

裘賽玉電話裡告誡許心安：「雖然他長得很帥又無害，但是妳也不要大意。」

許心安簡直想捂心口，「小玉，妳太讓我感動了，還以為這句話得我跟妳說。」

「切，我是這麼沒腦子的女人嗎？我跟妳說，小心歸小心，平常能多看幾眼摸幾把的不用客氣，冒這麼大的風險收留他，怎麼也得補償回來，對吧？」

「剛誇完妳，妳又來了。」

「還有啊，我今天終於把所有的身分系統都查完了，真的完全沒有他的資料。我甚至用面部掃描系統搜索了，沒有他。他完全沒有戶籍資料，是個沒身分的人。」前兩天裘賽玉晚上都有過來幫忙找魂燭，今天有事來不了，只能打電話報告進度。

許心安還沒反應，畢方就湊過來，「那是我懶得辦，到時又要換資料，好麻煩。」

「行了，行了！」許心安一巴掌把他推開，「用懶來當理由一點都不值得驕傲好嗎？而且我們講電話你偷聽什麼？」

畢方被推到一邊，嘀咕著說許心安太粗魯，又說他就是能聽見，才不用偷聽。

裘賽玉趕緊道：「心安啊，我剛才是不是忘了說，妳千萬不要跟他起衝突，畢竟不是知根知底，萬一他生起氣來傷害妳可怎麼辦？他們神仙應該有些恐怖法術什麼的。妳忘了嗎？那兩家像是意外死亡的店主，一點線索都查不出來，最後警方是用意外事故結案，所以妳能忍就忍，不要惹他生氣。」

許心安皺眉頭，「來不及了。」

「啊！」裘賽玉嚇一跳，「他把妳怎麼了嗎？」

「不，我是說，我已經把他惹生氣八百回了。」像是什麼罵他訓他、拿掃把追打他、不許他玩耍、讓他幫忙搬東西、擦桌子、不給飯吃之類的小事，「而且謝謝妳的提醒，他在旁邊一臉原來他還有恐怖法術的表情。」笑得像個妖精。

「……」裘賽玉無語。

許心安又道：「小玉啊，我拜託妳一件事。如果我死了，不管怎麼死的，妳等我爸回來，告訴他務必找到魂燭，然後銷毀，絕不讓某些妖怪死得成。」

「喂喂喂！」畢方在一旁哇哇叫抗議，「你妳死妳的，幹麼不讓別人死？」

許心安心情愉快地掛了電話，看了畢方一眼，微笑道：「雖然這不是好人該說的臺詞，不過我還是想說……想死，沒那麼容易！這位神，請靠邊讓一讓，我要回房去了。」

這晚，許心安睡得特別香，到現在為止，沒見到什麼妖魔鬼怪上門，除了畢方，什麼奇怪的事都沒發生。也許那兩家尋死店的店主真的是意外呢？

許心安暗嘲自己神經夠粗，她並不感到恐慌，她睡著了。

第二章

我覺得我沒有愛上妳

第二天晚上許心安去扔垃圾，順手把院子角落掃一掃。路燈離得有點遠，院子裡有一盞燈還壞了，她想著反正壞了省點電也沒修，此時角落裡頗暗，許心安掃著地，掃著掃著忽覺得似乎有道視線在盯著她。

她停下動作，假裝伸手要拿簸箕，卻是猛地回頭，院牆轉角那裡好像有個身影迅速一縮。說是好像是因為許心安並沒有真的看到，但她就覺得是這樣。她看了看地上，有個淺淺的投影，果然有人！

許心安也不知道怎麼地，完全沒有過腦子，下意識就直衝了過去，手裡拿著掃把武器，動作飛快又果斷，衝過去一看，卻是沒人。

昏暗的院牆，寂靜蕭冷，空無一人。

許心安退了兩步，低頭看看自己的影子。確實有影子，如果有人站在這，就是會有這樣的影子，她沒看錯。這時候她才開始害怕起來。

哇靠，她這麼神勇跑過來幹什麼？腦子進水了！要是真有壞妖惡魔想害尋死店主的，她這不是自己送上門來。好歹也應該先尖叫一聲，這是遇到危急時候最基本的反應。

完了完了，她反應遲鈍！。

許心安狂奔回院子，掃把也忘了放回去，拎著它直奔上二樓。上樓前再回頭看了一眼那角落，媽呀，確實沒有影子了，剛才真是見鬼了見鬼了見鬼了！

許心安跑得跟剛才衝到角落的速度一樣快，她跑回了家。

進了家門狂喘氣，想一想不對。不是鬼，鬼沒有影子，是吧？應該沒有吧？反正書上電影裡都是這麼說的。難道是妖魔？但如果是壞妖惡魔想害死尋死店主的，剛才一下就能把她弄死了，怎麼沒人動手呢？

許心安提著掃把殺到正坐在沙發上看電視的畢方面前，還沒開口，忽然意識到自己這樣好像氣勢洶洶。嗯，洶就洶了，保持住！

畢方掃了她一眼，先開了口：「幹麼，見鬼了？」

「鬼是沒影子的吧？」

畢方想想，「有可能。」

有可能？許心安火氣又上來了。身為一隻妖怪也好，一隻神也好，對於鬼怪的問題，他能不能表現得專業一點？「有可能」是什麼鬼？

「所以剛才是不是你在嚇唬我？」許心安覺得不能排除這種可能性。畢方先生又無聊又調皮又欠揍，這種事他幹得出來。

「安安啊！」畢方懶洋洋靠在沙發上，用一種很帥的樣子歪了腦袋半垂眼嘆氣，「妳就是傳說中的窩裡橫吧？」

許心安皺起眉頭，他在說什麼，話題跳到哪裡去了？而且安安是他叫的嗎？

畢方看著她的表情，笑了起來，「妳明顯是在外頭受了驚嚇，然後跑回來對我凶巴巴。」

許心安臉垮下來，這是調戲還是調侃？她明明在問很嚴肅的問題，窩裡橫個鬼！

「好了，好了。」畢方坐直起來，「妳看到什麼了？」

「影子。」

畢方學她垮臉，然後裝驚恐，「這麼可怕的東西！」

許心安真想給他一掃把呀！

畢方終於正常臉說話，「我沒感覺到妖氣，所以應該就只是影子而已。」

「可是那個角落後面沒路，我衝過去，卻看不到人，明明上一秒還看到影子的。」

「多遠的距離，妳一秒就到了？還掐著錶呢！」

「這不是重點好嗎？」許心安真是要發飆了。

「重點就是我沒感覺到妖氣，剛才說過了。」畢方一臉無辜，那表情像是在說「明明一直廢話的就是妳」。

「你確定不是妖怪或是什麼邪魔要來對付尋死店主了？」

「是的。我在蠟燭店和院子外一里的範圍布了結界，若是有妖鬼魔怪神仙非人類走進這個範圍，我會知道。」

許心安愣了愣，終於確認了新的重點，「請問這位神，你採取的策略是等凶手上門殺我，你再順便抓他，是這意思嗎？」

「雖然沒有書面確認報告，但現在想起來，好像確實是一直執行著這個方案。」

「那麼請問這位神，你知道對方是誰嗎？」

「不是早告訴妳了嗎？不知道。」

「那無論是誰殺過來你都能打得過嗎？」

「看妳說得……就算是神魔界，也沒有誰是無敵的，我當然不可能誰都打得過。」

「所以你不事先調查一下做做準備，萬一對方是你打不過的強大對手，你怎麼辦？」

「跑啊！打不過難道留在原地被他打？」

許心安下巴快掉下來，這真是……理直氣壯得沒骨氣啊！

「再說了，打不過就是打不過，早早知道和臨到頭才知道有差別嗎？這不是還要等妳找到魂燭嗎？萬一他還沒來，妳就找到魂燭和那咒語了，大家最省事不是嗎？」

哪個大家？明明就他省事！

許心安完全沒好氣，氣呼呼地又回去掃院子，必須有點事做，不然她的掃把又要招呼到畢方身上了。冷靜，必須得冷靜。好好想一想，對，魂燭還是要找，抓緊時間找。既是家傳使命，那些咒也一定是在家傳古籍裡。現在她是靠著畢方，等到找到魂燭和咒，那就不一樣了。那魂燭不是什麼神魔都能滅嗎？誰要敢來動她家的店，她就用魂燭滅了他！

想一想真是有氣勢，不過現實很殘酷。許心安這晚又在倉庫找了半天，整理了好些盒子，還是沒有一絲一毫魂燭的影子。

更可氣的是，她再次詢問畢方，就算他不知道每一家的魂燭長什麼樣，總該有些線索吧？當初那什麼符靈魂火一定有什麼標記之類的。他們神仙界需要從一堆普通蠟燭裡找出魂燭，總得留一手吧？總會有什麼簡易的辦法吧？

居然真的有！

畢方很有臉地振振有詞說了一個「簡單易行」的辦法。

「魂燭只有尋死店主才能點燃，我把妳家蠟燭全燒掉，然後剩下的那根就肯定是魂燭。」

許心安：「……」

這是什麼餿主意？許心安掄起掃把又追打他半條街。

真是每次想到這位神就火大。

連著幾天沒什麼事，除了許心安感覺自己越來越疑神疑鬼，有時候她走到店外倒垃圾放東西會感覺有視線在盯著自己，但轉過頭去，卻什麼都沒看到。有時候走到暗處，莫名覺得背脊一涼，但猛回頭，身後卻什麼都沒有。

她沒有把這些告訴畢方，省得被他嘲笑，也不想被他氣到。

許德安一直沒有回覆郵件，離第一封告急郵件發出已經十天了。許心安有點擔心，但這種心情她沒法說，畢方不是一個好的傾吐對象，裘賽玉也不行，許心安並不想讓朋友陪著一起擔心。她安慰自己，反正老爸每次都這樣，他從哪個部落大山裡出來後就會找電腦上網找電話打給她了，只是時間問題，不要著急。

又等了幾天，蠟燭還是沒找到，許德安也沒有回電話，但許心安忽然有了一個主意。

她先前真是太笨了，怎麼被畢方束縛了思維呢？妖魔鬼怪什麼的不稀奇，現在網路連繫了全世界，科技這麼發達，人類連月球都上了，把宇宙都搞定了，嗯，雖然誇張點，但確實有很多牛逼的成績，所以她應該上網找一找，一定有特別厲害的降魔家族或是法師之類的，現在大家都在用網路了，也許真能找到高手。

再有，畢方那沒記性的傢伙不記得別的尋死店，但那些尋死店主自己肯定知道。不是還有五家嗎？她到網上發布消息，只說想找尋死店和魂燭，若真被別的尋死店主看到，他們自然明白她說的是什麼。她應該把所有尋死店都聯合起來，加上降魔師高手，大家共同應對這次危機。

這應該不是簡單迫害尋死店的問題，如果下毒手的妖魔鬼怪這麼忌憚魂燭，那恐怕這背後還有些什麼預謀。說不定是什麼消滅人類控制地球的大災難，反正電影裡不是都這麼演嗎？壞人提前鏟除障礙一定都另有目的。

知道尋死店的人不多，對尋死店下手的妖魔肯定也是有來頭的，畢竟尋死店一直很低調。當然，她是用她家的店來作標準的，確實低調，低調到降魔法術失傳，完全不知道自家是尋死店的這種境界了。

總之，找到同伴團結起來才是最好的辦法。

許心安說幹就幹，她上網搜索了好半天，居然真找到了伏魔降妖捉鬼看風水之類的論壇，而且還不少。裡面的東西看得她眼花繚亂，消化得十分辛苦。

許心安是個很愛讀書的人，在校成績一直很好，說她是死宅學霸一點都不過分，各種雜書也看，各科成績優異，老師對她寄予厚望。她順利考上了大學，以優異的成績畢業。雖然知道最後還是要回來繼承家裡的蠟燭店，但她還是很認真地完成學業。幫著老爸經營蠟燭店雖然不是她的興趣，但既然做了就很用心去做。網店的經營、貨架櫥窗的設計擺設、貨款樣式、各種功能性分類等等，她都用心鑽研，所以蠟燭店在她手上，營業額還是很不錯的。

如今她下定決心要聯合尋死店和降魔師，自然也是萬分用心。只不過這不是個普通的行業和圈子，那些生澀古怪的所謂專業詞彙和事件，她分不出真假。總之先囫圇吞棗似的把她能找到的論壇和網頁內容都看了，各種評論、事件等等，還認真做了筆記。

這樣研究了一個星期後，她覺得自己真的可以出去擺個攤當神棍了。

然後許心安在她覺得最靠譜人氣最旺的「並不神祕」論壇裡發了帖。她沒有一上來就說想找「尋死店」和「魂燭」，也沒提要找降魔師的事。她故弄玄虛地說有兩家「尋死店」被神祕滅門，「魂燭」不翼而飛，這可是圈中大事，怎麼沒見有人提？

帖子發出去，許心安坐等半天無人回應，還被新帖擠了下去。許心安正洩氣，忽見有人回帖，帖子被頂了上來。許心安精神一振，忙點開看。回覆的那人居然問：「尋死店是什麼？是賣殺人工具然後還管超渡的店嗎？」

許心安很失望。

這條回帖帶動了一些回應，可全是胡編亂猜的。許心安一邊看店一邊時不時刷一下論壇，並沒看到有用的消息，帖子還很快因沒人氣沉到第二頁去了。再一刷，已經沉到了第三頁。

看來這樣寫帖子沒希望，許心安打算過兩天換一種敘述方式再試一次。如果不行，換個論壇網站重新試。可她沒想到，第二天，她在「並不神祕」論壇收到了一條私訊。

發私訊的ID是「如虎伏魔」。他寫道：「你是怎麼知道尋死店的事？快把帖子刪了，你會給自己招來麻煩，滅殺尋死店的人會看到的。」

許心安內心有些激動，終於碰到懂的人了嗎？

她小心回覆：「看到會怎樣？」

那人在線，馬上回了話：「連尋死店都能滅掉，你說會怎樣？」

看來這人真的知道尋死店。許心安再問：「你是誰？」

那人反問：「你發這帖子想幹麼？需要幫助？」

許心安心跳得厲害。她偷偷看了一眼畢方，那傢伙與往常一樣，下午兩三點就躺在店裡的沙發上睡午覺。好幾次許心安很想在他旁邊掛個牌子寫「購物滿五千元贈送此男，不退不換」。

許心安把注意力回到私訊上，琢磨著該怎麼答，怕對方是騙子，又怕錯過機會。

對方也很沉得住氣，許心安不說話，他那邊也沒動靜。

許心安乾脆問了：「你知道尋死店是什麼嗎？」

過了一會兒，那邊回覆：「尋死店主點燃魂燭，能滅神魔之魂，讓他們永世消亡。」

許心安的心頓時停跳兩拍，差點尖叫歡呼。她按捺住了，下意識又偷偷看了一眼畢方。

畢方還在睡，閉著眼睛微側著臉，安然又帥氣。

許心安舒口氣，看向電腦螢幕，平復心情後，她敲打鍵盤：「我在找魂燭，你能幫我嗎？」

那邊很久之後才回覆，是個問句：「你是誰？」

許心安皺起眉，有些猶豫，如果坦白相告自己是某個廢柴尋死店主，會不會招來麻煩？而且她還不知道對方是誰，於是她再問：「你又是誰？」

這次又等了很久，對方終於發來消息：「刪了帖子，打這個電話給我。」後面是一串手機號碼。

許心安趕緊把那號碼存在自己的手機裡，到論壇後臺找到自己發的帖子，仔細看了一遍，下面跟帖並沒有什麼有用的資訊，也沒有看到這個「如虎伏魔」ID的留言回覆。許心安找到了刪帖鍵，點了下去。

帖子沒有了，許心安鎮定了半分鐘，想撥那個號碼，想了想，先在「並不神祕」裡搜了搜用戶「如虎伏魔」。搜到了，註冊時間五年，是個老用戶。許心安看了看他發的帖子。他一般都是回覆別人的問題，指點答案，或是揭露諷刺些發帖的騙子，帖子數並不多，感覺挺低調，字裡行間和回覆內容看著也挺靠譜的。

許心安全看完了，終於撥通了那個手機號碼。

響了幾聲後，對方接了。

「喂？」是個男人，聲音聽著不老，但也不是小年輕的感覺。

「我是尋光掠影。」許心安小聲報上了自己的ID號，那是她為了註冊這論壇隨便起的。

「嗯。」對方應了這一聲後就沒了聲音，還挺酷。

許心安皺皺眉頭，很故意地不說話，等對方說。

過了一會兒，對方終於開口，他問：「妳找魂燭做什麼？」

許心安不答，道：「你還沒有說你是誰。」

那人笑了起來，「小丫頭很警覺嘛！」

許心安有些明白了，對方隔著網路不知道她是男是女是老是少，所以特意讓她打電話，現在聽出來她是個女生，就比較放心了。

「我是尋死店主。」那人答。

「哪家？」許心安問。

那人又笑了，答道：「吳家，我叫吳川。」他頓了頓，反問：「妳呢？」

「許，許心安。」許心安也答了。吳家是哪家其實她完全沒概念，但那人居然說他是尋死店主，這讓她放下心來，頗有些找到同伴的感覺。又有些興奮，畢方找不到的尋死店她居然找到了！

剛想開口問他魂燭的事，轉頭卻發現畢方已經醒了，他側著身枕著手臂正看著她。

許心安也不知怎地，不想讓畢方知道她找到了尋死店，或者該說在一切沒確定之前，不想讓他知道。尋死店和魂燭，意味著畢方的死亡。他說他期待，她也覺得她完全不介意，但此時此刻，她卻說不清自己的想法。總之，還不想讓他知道。

「嗯，原來是許家後人。然後呢？為什麼要找魂燭？妳家那支呢？」

許心安張了張嘴，目光從畢方的臉上轉開，盯著櫃檯上的收銀機看，說道：「我們能見面嗎？見面再說。」

「好啊，妳在哪個城市？」

「W市。」

「我也是，還真是巧。」

「那定後天週日，方便嗎？」

「現在我有時間，妳能現在出來嗎？」吳川道：「我有事，明天要去外地，可能得一段時間才能回來。」

許心安猶豫了一下，覺得自己完全沒準備。她原想定週日的話她還有兩天時間能做做功課多瞭解些，但吳川要走，她又有些慌了。錯過了機會，下次再約就不一定什麼時候了。

「好的，就現在吧，在哪裡？」

吳川說了一個咖啡店地址，說他半小時後到，若是等二十分鐘許心安沒有來，或是許心安不是自己一個人來，那他就走了，「妳也知道，尋死店最近都不太平。我不知道妳是誰，答應見妳已經是冒險，所以這事妳不要告訴任何人，只能妳一個人來。」

他說得合情合理，因為就許心安看來，她去見他也是冒險。

「妳穿什麼顏色的衣服？」吳川問。

「紅色外套，披肩髮，黑框眼鏡。」

「好，妳到了那裡，我會跟妳打招呼的。」吳川說完，掛了電話。

真是謹慎啊，都不說自己的相貌特徵，看來他沒打算讓她找到他，而是若他覺得有任何不對勁就直接走掉。也許他真的知道內情，真的是尋死店主，所以才會這麼小心翼翼防範。

許心安這麼想著，一轉頭，發現畢方趴在櫃檯上看著她。

「要出去？」

「嗯。」許心安故作鎮定，若無其事道：「你幫我看一下店。」

「見誰呀？」畢方也若無其事問。

「見男人。」許心安心虛地凶巴巴，「你管這麼寬幹麼？好好看店！」

為免他再多問，她拿了包包趕緊出門，頭都不敢回，簡直是夾著尾巴逃跑。

時間很充裕，許心安坐捷運過去，一路上整理思緒，首先想到的是剛才忘了囑咐那位神不許糟蹋她店裡的東西。算了算了，她人不在旁邊盯著，囑咐了也沒用。這位神別看幾千幾萬歲了，其實還在叛逆期，萬一囑咐完了他更糟蹋就不好了。等回去發現弄壞一件，就剋扣他一頓飯菜做補償好了。

許心安想像了一下畢方吃不上想吃的菜哇哇大叫抗議的樣子，還有他撐著下巴撇著嘴斜眼看她很故意表示不滿意的表情，心裡居然冷靜下來了，原本對這次會面的緊張情緒如風消逝。再回想一下她揮舞掃把將畢方追打出一條街外的豪邁場景，心中豪氣頓生。沒錯，她緊張什麼，什麼都不用怕。妖怪走進她店裡想尋死這種事她都能應付了，還有什麼應付不了的？

許心安淡定鎮定，她在心裡整理了一會兒要請教的問題，希望這位吳川先生是個好說話的人。

到了咖啡店，差一點才到半小時。許心安站了一會兒，將店裡每個人都打量了一番，沒有看到可疑人物，或者該說沒看到有特別注意她的人。於是她找了一個顯眼的位置坐下，想著吳川大概還沒到。

結果屁股剛沾到椅子，對面就坐下一個男人。看起來三十多歲的年紀，消瘦，單眼皮，眼神銳利，鼻樑很高，薄唇，挺有氣勢。他打量了許心安一會兒，微笑著，問她：「許心安？」

「是的。」許心安正襟危坐。

「我是吳川。」他說。

「你好。」許心安不知該怎麼開場才好，於是招手叫服務生，想先點兩杯咖啡，這樣聊起來不那麼尷尬。結果吳川對走過來的服務生擺了擺手道：「抱歉，我們先不點。」

等服務生走開了，他才低聲道：「要聊的話題在這裡說不方便。」

「哦。」許心安愣愣應聲，那約這裡幹麼呢？

這時候吳川掏出一個像手機但是比手機小一些的機器，他對許心安道：「我得對妳做個測試，證明妳是不是尋死店主，可以嗎？」

「怎麼測試？」許心安防備起來。

吳川亮了一下那部小機器，「用這個測試儀碰妳的手腕一下就行。妳會感覺有些像輕微觸電，只一下就好了。放心，我不會傷害妳，這裡可是公眾場所。」

原來如此！許心安放心了。這裡不方便聊尋死店的話題，卻可以讓雙方的見面更有安全感，待他確定了她的身分，才會轉移到適合的地方去。許心安覺得這個吳川真是周到又小心。

「好。」許心安答應了。她伸出手腕，看了看那機器，有些好奇，「電我一下能測出什麼？」

吳川笑笑，在她問話的時候飛快地用機器碰了她一下。

許心安覺得手腕一麻，微微刺痛，本能地一縮。吳川已經測完了，他把螢幕那面轉給她看，「妳的魂力超強。」螢幕上是密密麻麻的小格子，此時滿格全是綠色的。

許心安很驚訝，在此時此刻之前，她都不知道原來這世上有「測魂器」這種東西。

「滿格表示強？」她問。

「對，綠色代表人類。」吳川用那測試儀碰了自己的手腕一下，將測試結果給許心安看。他有將近百分之九十的格子綠了，其餘是灰色的。他小聲道：「尋死店主因為肩負使命，所以魂力比一般人強很多。普通人是五十到六十，很少一部分可以到七十，七十以上的一般就是降魔師之類受過訓練或者某些修仙修道的。」吳川將機器放回口袋，對許心安微笑，「妳魂力超強，比我的都強，是我見過的人裡最強的。」

許心安受寵若驚，她嘿嘿笑了兩聲，「謝謝。」真是不知該給什麼反應才好。雖然這樣問很露怯顯得她特別不專業，但她還是問了：「所以到底魂力是指什麼？」

反正她真的是門外漢，辜負了這一身好魂力。不懂的就要問，所以她一點都不慚愧。

吳川稍愣了下，大概是沒料到尋死店主居然會問出這樣的問題。

他站起來，拉開椅子，「我們走吧，去別的地方說話。」

「哦哦，好的。」許心安想起之前人家說過這裡不適合聊這樣的話題。

她跟著吳川走了，路過服務生身邊的時候對人家抱歉地笑了笑，什麼都不點過來蹭地方說話這樣真是有點不好意思。

走出咖啡店，吳川一邊走一邊問許心安：「妳家的店還在嗎？」

「在。」

「但你們不做這行了是嗎？」

哪行？是指賣蠟燭還是指降魔？許心安反應了一下。

吳川忙道：「妳不認得測魂器，也不知道什麼是魂力，所以我猜妳不是做降魔這一行的。」

許心安赧然，「確實是沒接觸過，我之前一直以為我們只是家普通的蠟燭店。」

「所以蠟燭店還在？」

「是的。」

「後來發生了什麼事？怎麼知道自家店不是普通的蠟燭店了？」

「後來我父親去旅行了，有位降魔圈的人跑來告訴我，我這裡是尋死店，他還說，有兩家尋死店已經慘遭意外，讓我要小心。」

吳川的腳步頓了一頓，問她：「那麼妳來這裡見我的事告訴過別人嗎？」

「沒有沒有，我答應過你的，沒告訴別人。」

吳川點點頭，繼續往前走，解釋道：「我也沒有別的意思，只是妳說了妳不是降魔圈的人，妳連基本的知識都沒有，那妳如何分辨對方是什麼人，無緣無故跑來跟圈外人說妳這裡是尋死店，別人的店都遇害了，妳要小心。妳不覺得很奇怪嗎？」

那樣有什麼奇怪的，更奇怪的她都見過。譬如跑來店裡的是個神，那個神還說他活得太無聊想死一死算了，但許心安不想跟吳川說畢方。

這時候他們已經走到了停車場，吳川帶許心安上了他的車，繼續問問題：「後來那個降魔師又做了什麼？跟妳還有聯絡嗎？妳為什麼要找魂燭？」

「那人沒做什麼，偶爾還聯繫一下。我查了查，他說的那兩家尋死店確實也是賣蠟燭的，但店主都出了意外，死掉了。我就在我家店裡找魂燭，但是一直沒找到。」

這時候吳川開車駛上了馬路，許心安轉了話題問：「我們現在去哪裡？」

「去我辦公室，那裡談話方便一些。我可以給妳看看尋死店的資料，解答妳的疑問，看看有什麼是我能幫上忙的。」

「真是太謝謝了。」許心安很高興，覺得自己真是幸運，居然找到了同行。

「妳還沒說，為什麼要找魂燭？」吳川還在堅持問問題。

「因為別的尋死店都遇害了呀，蠟燭全沒了。我想他們的死一定是因為魂燭，不然還能是什麼？但我自己又不太懂這些，雖然我家已經沒有魂燭了，但是凶手不知道，如果他找上門來，我家的店和我就會很危險，所以我想找找其他的尋死店主，大家一起商量想想辦法。如果有人要加害我們，我們總得找出凶手才行，對吧？而且對方的目標是魂燭，我們總要提前做些防範。萬一對方的終極目的是做什麼大壞事呢？總得有人知道真相。」

吳川點點頭，贊同了她的說法。他又問：「那妳現在找到了幾位尋死店主？」

「我剛開始找，只找到了你。」

吳川笑了笑，許心安又問他：「你家還開蠟燭店嗎？」

「還有生意，但不是傳統的那種店了。」

「也是哦，現在傳統蠟燭店生意很難做，我家的店也加了許多別的東西進來才能維持。對了，你還有聯絡上別的尋死店嗎？」

「沒有。」吳川笑道：「畢竟很少會有尋死店主跑到網上發帖子問尋死店和魂燭的事。」

許心安很不好意思，「我確實不太懂這些。也是沒辦法了，想試試運氣。沒想到運氣還挺好的，竟然真的遇上了。」

「妳說遇害的兩家尋死店是什麼情況？」

許心安把知道的都跟吳川說了。吳川又問：「那也只是正好兩家賣蠟燭相關的店店主去世，店主去世後店鋪倒閉或是出售，這也是正常事，妳怎麼確定這兩家就是尋死店？」

許心安啞口無言，因為是畢方告訴她那兩家是尋死店，而她相信畢方。

「是那個降魔師告訴妳的？」

許心安點點頭。

「那他有沒有說證據？」

許心安搖頭。

「他叫什麼？有些名氣的降魔師我能查出來。況且，說實話，一般的降魔師是不知道尋死店的。」他頓了頓，加強語氣：「尋死店，是祕密。」

「為什麼？」

「妳要是擁有了天下無敵的武器，妳就差不多天下無敵了。魂燭連魔神之魂都能消滅，其威力是任何一件法器都比不上的，對降魔師來說，這是多大的誘惑？如果這是公開的事，眾所周知的事，那麼降魔師們不用幹別的，天天為了魂燭打個你死我活就夠了。」

也是哦，全宇宙第一厲害的降魔法器會在降魔界掀起腥風血雨那是很正常的事。許心安想想，又不對。「可是魂燭只有尋死店主才能用，別人搶了沒用啊！」

「這也只是傳說不是嗎？畢竟沒人用過。」

許心安覺得這麼說也有道理，但她還是相信畢方說的，他說只有尋死店主能點燃，就一定是這樣。其他降魔師不知道這事，或者他們認為學會點燃魂燭的符咒就行，來搶奪當然也是有可能。

「啊，那會不會真的消息洩露了，所以那兩家店其實不是神魔滅掉的，是降魔師幹的呢？凶手想搶魂燭，在降魔界稱老大？」許心安發揮了一下想像力。

吳川看了她一眼，「妳原來認為是神魔滅掉的嗎？」

「是啊，因為神魔不想被殺，而能殺他的只有魂燭，所以他把尋死店都消滅掉，這樣他就安全了。原先是以為這樣，但聽你這麼一說，降魔師也有可能會下手。」

吳川點點頭，「所以找妳的那個降魔師很可疑。他叫什麼名字？長什麼樣？」

許心安咬唇，不知道該不該說實話。

「怎麼了？」

「我在努力回憶。」許心安道：「他沒說他的名字，不算高，跟你差不多的感覺，有點胖。」

「多大年紀？長什麼樣？」

「看不出年紀，臉上全是鬍子，樣子看不出來，眼睛很有神。」許心安隨便編了一個，反正保險起見，她就是不想暴露畢方。

吳川皺了皺眉頭，「那得查一查才行，我現在想不到有這號人，也許他喬裝打扮過。」

「嗯。」許心安點點頭，有些心虛，忙轉了話題：「我們應該查一查他說的那兩家尋死店究竟是怎麼回事。警方報告是意外，但真相是什麼？如果是針對我們尋死店來的，我們是不是該聯合其他尋死店一起應付這件事，或者集結一些正義的降魔師。起碼找出真凶，將他繩之以法，這樣大家才能安全。」

吳川表示同意。

沒多久，吳川的辦公室到了。

許心安下了車，跟著吳川走進大樓。進樓前她抬頭一看，金木大廈。

這是個商業大樓，保全在離電梯不遠的牆角站著。大廳有不少人走動，看起來都像普通的上班族。吳川領著許心安走到電梯，沒跟別人一起上電梯，等了下一趟電梯裡沒人時才上去。

許心安覺得吳川真是謹慎的一個人，也許降魔師都這樣。她看著吳川按了頂樓二十二樓的按鍵，問他：「這裡房租貴嗎？」

「還好。」吳川笑笑，「門面好些，收費才能高。一般來找我們驅鬼辟邪的，也願意出錢。」

許心安感嘆：「有本事就是好啊，我家還在賣蠟燭。」

說話間樓層到了，電梯門打開，許心安跟著吳川走到其中一個辦公室，進去後發現是個很有居家的感覺。靠近門這邊有個玻璃牆隔出來的房間，裡面擺滿了各種法器。客廳頗大，有一組棕色的皮沙發，靠牆的兩張桌子有些擺件，另有個開放式的小廚房，更像茶水間。旁邊是廁所，另兩邊各有一扇門，此時關著，許心安猜應該是吳川的辦公室。

「要喝什麼嗎？」吳川客氣地問。

「開水就好。」許心安一邊答一邊打量房子的擺設。很簡單，但是簡潔大氣，挺有品味。

吳川端來一杯開水、一杯咖啡放在茶几上，許心安趕緊過來坐下。吳川把杯子遞給她，她接過來喝了一口，問他：「公司的其他人呢？」

「今天不在。」吳川喝了一口咖啡，「妳喝的這個開水有強健魂力、增強法力感應的效果。」

「這麼特別？」許心安看了看，就是普通的開水嘛！

「妳能喝出味道來嗎？」

許心安喝了兩口，搖頭，「沒什麼味道。」

「慢點喝，仔細品味一下。」

許心安又喝了幾口，不好意思地搖頭，「確實沒喝出來。」

吳川笑了，「沒關係，妳先坐一會兒，我去拿尋死店的資料給妳看看。」

「好的，好的。」許心安有點激動，等的就是這個。

吳川走進左邊的房間，把門關上。許心安耐心等著，又喝了兩口水，確實沒味道。她放下杯子，站起來走了一圈，這裡摸摸那裡看看，仔細打量四周，東西看起來都很高檔，應該很貴，而且這地段很好，租金肯定不便宜。許心安嘆氣，都是尋死店，人家有本事的就是比她家會賺錢。

想到她家的店，許心安走回沙發打開包包拿手機，想打電話回店裡，確認畢方這傢伙沒在店裡搗亂，可是拿出手機一看，居然沒訊號。

許心安一愣，不會吧，這種商業大樓怎麼會沒訊號。她轉頭看向吳川剛進去的房間，想喊他一聲，問問怎麼沒訊號，但一轉頭卻愣住了，那面牆上居然沒有門。

許心安嚇得跳了起來。她看向另一邊，那邊的房間門也沒有了。

「吳川！」許心安大聲叫，沒人應她。

許心安這時候後知後覺發現自己太笨了，她跟著一個陌生人到了陌生的地方，還喝了一杯不知道什麼的水。水裡不會下藥了吧？所以她現在出現了幻覺？

許心安用力掐自己，很痛。她清醒著，於是拿起包包，不管三七二十一衝向大門，先出去再說。這裡是商業區，出去就會有別人，那樣就安全了。

衝到門口，她傻眼了。大門也沒了，只有一面白花花的牆。

許心安猛地轉身，發現屋子裡什麼都沒了。沒有玻璃間，沒有小廚房，沒有沙發，沒有茶几，沒有桌子，沒有擺件……她就站在一個空空蕩蕩，四面雪白的空間裡。

許心安頓時頭皮發麻，心跳停了半拍。她是中邪了還是見鬼了？

不不，要從科學的角度分析問題，肯定是那杯水有問題，她被下藥了，她此刻出現的是幻覺。許心安用力再掐自己一下，依然覺得很痛。她看了看手機，還是沒訊號，但她打算試

一下，撥了店裡的電話。撥不出去，確實沒訊號。

鎮定，要鎮定！許心安深呼吸幾口氣，她摸到牆邊，尋找門的位置。視線會騙人，觸覺呢？她閉上眼睛摸索著。牆有些涼，觸感就跟普通的牆一樣。沒有摸到門板，只是牆。

許心安忍不住又慌張起來，這幻覺太真實了。她睜開眼看了看，位置確實應該就是門板的位置，她再摸一次，沒有木板的觸覺。她用力踢了一腳，不是木板門的聲音，悶悶的「咚」一聲，是水泥牆。

許心安真想罵髒話，又想暴打吳川一頓。人渣！敗類！騙子！

好吧，生生氣也是挺好的，給自己壯膽用。許心安把包包背好，回頭看房間。四面牆，沒有窗，沒有門。這樣的空間讓她的心跳又加快了。她閉眼，再睜眼，再閉眼，再睜眼。靠靠靠，這次真忍不住罵髒話了。還是沒窗，還是沒門。

許心安站了半天，想起要看時間，掏出手機一瞧，那數字讓她疑惑，是沒在走嗎？時間不對吧？她又站了一會兒，再看一眼時間，果然沒變化。

「吳川，你出來！」許心安大叫一聲。沒人應。

「你有什麼目的，有事好好說。也許根本不用這麼麻煩，我是個很好說話的人。」

還是沒人理她。

許心安又站了一會兒，站得腿有些僵。她不確定是不是因為精神壓力的緣故，又或者時間真的已經過去很久，總之她覺得乾站著不是辦法，她必須自救，總會找到破解的辦法。

許心安挨著牆走了幾步，小心觀察四周。走了一段之後她發現，前面那面牆離她的距離始終沒有變。她回頭看，後面那面牆也是。當時離她幾步遠，現在還是一樣，她明明走出了好一段的。

許心安心跳得很快，冷汗都出了來。她試圖鎮定，站在原地不動了。

冷靜，要冷靜。換一個角度想問題，好吧，用降魔師的角度想想，這裡變成這樣是有人施了法術，是吳川。可是他為什麼這麼做？測試她？不應該啊，她把情況都跟他說了，他知道她雖然是尋死店主，但她不會法術。他以為她騙他的，想證實一下？

「吳川！」許心安再大聲叫：「我沒有騙你，我說的都是真的！」等了一會兒，沒有人應，環境也依舊沒有改變。

如果他不是為了測試她，那他就是故意想對付她，但是為什麼？許心安不明白。

現在她知道自己很蠢，怎麼會相信一個從網上認識的來歷不明的人呢？但他居然知道尋死店，他知道魂燭，而且他做事說話都像模像樣的，看起來完全沒問題。他帶她去的都是公眾場所，所以她相信了他。

還有就是，如果他想加害她，為什麼只是把她困在這樣的幻境裡而沒有對她動手。這裡只有他們兩個人，如果他想殺她，她肯定不是他的對手。不過她會反抗，跟他拚命。也許他不想冒險，不想被警察找到線索。

等等，那些莫名死去的尋死店主！

警察全都當成意外處理，也許情況跟她現在一樣，他們全是被法術害死的，所以才會沒有被謀害的痕跡，才會被認為是意外。

可是為什麼要殺她，因為她是尋死店主？想搶魂燭？可她沒有魂燭，她不是告訴他了嗎？哦，她真是傻，她居然把所有的事都告訴了他！

也許他真是凶手，他對付她是想殺人滅口，因為她想追查那兩家尋死店的死因，他害怕事情真相被翻出來。

第二章 我覺得我沒有愛上妳

許心安腦子裡亂七八糟，忽然想到在路上她跟吳川聊的那個降魔師搶魂燭成為降魔界老大的假設。如果套用這個假設，而吳川又真是尋死店主的話，他手上有魂燭，他是降魔師，然後他滅掉其他的尋死店，那就只有他有魂燭，只有他能點燃魂燭，只有他能殺死神魔。

降魔界的老大！

許心安真是後悔，她為什麼不把這事告訴畢方，她帶著畢方來，啊，也不對，吳川說了，如果她不是一個人來，他不會見她。想起來，這裡頭真的是每一步都安排巧妙。

必須馬上見面——讓她沒有時間查證和準備。

不許告訴別人——這樣她就沒有奧援。

只能自己來——確保只需要對付她一個。

測她的魂力——確認她就是尋死店主。

換到他的地方說話——這樣就算她之前告訴別人她去哪兒赴約也沒人知道她最後的下落。

然後現在她嚴重懷疑那杯他一直拐她喝的開水也不是什麼增強法力的水，應該正相反，是抑制法力的，確保她無法反抗。她應該呵呵嘲笑他幾聲嗎？多此一舉，他不會得逞的，因為她原本就不會法術沒有法力！

好吧，這種自我安慰真的很蠢！許心安覺得自己蠢透了，怎麼會這麼蠢？她把底細都告訴了吳川，所有的事都按他的囑咐辦，所以他能夠確定對她下手完全沒有風險，於是他下手了。

但他下手的方式真是古怪啊！許心安乾脆坐下來，站得太累，她休息一下。

完了，是不是被某人傳染了懶病？這個不重要，重要的是降魔界殺人是用嚇的嗎？空蕩蕩的屋子，真是「好嚇人」喔！神經病，她看恐怖片照樣啃爆米花好嗎？有本事換個厲害點的手段啊！

許心安抱著雙腿，她想大概再坐半小時她連這種假囂張都囂張不起來了，而會無聊得想死吧？能體會到畢方那種無聊到不想活的感覺，也算理解他一把了。不知道那傢伙有沒有好好看店？她一直沒回去，他會找她嗎？可是他連她去了哪兒都不知道。打她的手機也打不通，他會著急嗎？她猜他會著急，因為沒人做飯了。

畢方啊畢方，她就要死了，可她連遺言都沒有留。她爸回來一看，店被一個妖怪占了，會不會以為是畢方殺了她呢？希望畢方對她爸有耐心一點，不要像對她這樣沒禮貌。

沒人做飯他今晚吃什麼呢？管他呢，妖怪不用吃東西也沒事。不過冰箱裡有蘋果，他喜歡吃那個，吃兩個蘋果也能頂一會兒。然後她還沒有回去，他應該會來找她吧？

不知道他決定要出來找她的時候，她死了沒有？如果她已經死了，那留給他最後的印象是她失蹤了沒幫他做飯。真是丟臉啊，起碼也留下個英勇對抗與壞人拚死一搏的偉大光輝形象才好啊！唉，這空蕩蕩的屋子都不知能跟哪個壞人一搏！

許心安嘆氣。她真想畢方，這時候如果他在就好了，他一定有辦法救她……

「你到底嘀嘀咕咕在嘮叨什麼？」

畢方？許心安猛地抬頭，她似乎聽到了畢方的聲音。

舉目四望，沒有畢方，只有慘白且空無一物的房間。不對，連房間都稱不上，這裡沒有門沒有窗，只有牆。

「你在哪兒？」這又是畢方的聲音。

許心安站了起來。「畢方！」她大聲叫。

「妳學會用意念感應了？居然能跟我意念交流？」又是畢方，他在問她問題。

什麼意念感應？她完全不知道。

「畢方，救命！」許心安大聲叫。

「看來妳沒學會，我都聽不清。妳是偷偷跑去找老師學法術嗎？笨死了，妳求求我，我教妳啊！也不對，我也不知道要怎麼教，我是神妳是人，人的法術我也不會。不過妳居然能跟我意念交流，太奇怪了，這件事不是會法術就能辦到的呀！」

不嘮叨會死啊？說正事行嗎？許心安簡直要尖叫了。

「咦，這句我聽到了！是我嘮叨還是妳嘮叨啊？妳一直在唸，聽又聽不清，煩死了！」

等等，剛才那句她沒說出來啊，他居然聽清了！他說他聽到她一直在唸，就是她剛才一直在想他的事。她被困住了，她想他了，她想他來救她，所以他感應到了，是這樣嗎？

畢方，畢方，畢方，救命啊！快來救我！

許心安集中精神，努力在心裡唸叨著這句話。一口氣唸了好幾遍，等著看畢方的反應。

靜默兩秒，畢方的聲音再響起時，非常嚴肅：「妳在哪兒？」

他聽到了！許心安大喜，趕緊集中精神在心裡默唸：金木大廈二十二樓！金木大廈二十二樓！

唸了很多遍，心裡懊惱自己在車上的時候沒有留意這裡是什麼街，只知道金木大廈二十二樓這個資訊。畢方比她笨吧？他會上網嗎？能搜到這座大廈在哪裡嗎？

過了一會兒，她聽到畢方回道：「我到了。」

許心安精神一振，這麼快？當妖怪，不，當神仙就是好，能瞬間移動！

可畢方的下一句是：「金木大廈只有二十一樓。」

「怎麼會？」許心安大叫：「我就在這裡，金木大廈的二十二樓，我不會弄錯！」

「我也在這裡，金木大廈只有二十二樓。」

「你找錯地方了，金子的金，木頭的木。」

「沒錯，就是這裡。」

許心安驚呆了，「你進電梯，按二十二……」

「確實只有二十一樓，我在樓頂了。這裡曾經布過結界，有法術的痕跡。如果妳覺得自己到了二十二樓，那一定是幻術，那人布了個幻境結界騙了妳。」

「那你能進來嗎？你能帶我出去嗎？」

「可妳不在這兒了。」

「你剛才不是說你發現結界了嗎？我就在這兒，用幻境在樓頂弄出來的二十二樓裡。」

「不，妳不在了，這裡的結界已撤掉。那人做了幻境結界，再用空間結界把妳轉移走了。」

許心安呆住，她完全不明白。

「妳是不是進去後走動過？」

「當然。在一個正常的房間裡正常人當然會走動到處看看，我還喝了一杯開水。」

「先別管那杯開水。妳走動了，走到他布的另一個結界裡，他就把妳轉移，妳不在這了。」

「那我在哪兒？」

「我不知道。」

許心安要哭了，「畢方，救我，我害怕！」畢方出現之前，她真的沒想哭的，可是現在聽到畢方的聲音，她覺得有了希望，但希望渺茫，她竟想哭了。

「妳這笨蛋……」畢方的語氣不再是調侃戲謔，卻似帶著溫柔的嘆氣。

許心安的眼淚刷地一下就下來了。

「妳說說妳周圍的環境。」

「沒環境，就是四面牆。」

「妳在哭嗎？」畢方的聲音聽上去似受到了驚嚇。

「嗯！」就是哭了，怎樣？她都遇害了她哭一哭怎麼了？「畢方，我還活著嗎？是不是我已經死了，現在是個魂，所以才能跟你意念溝通？」她發現溝通得還越來越順暢，她正常說話就能與他對話，不像剛才要用力想才成功。

「妳連自己死沒死都不知道嗎？」畢方確實沒法解釋她怎麼突然就能跟他意念溝通了，但自己是死是活不知道還嘮叨個沒完真是要氣死他。

「我什麼都不知……」許心安的聲音猛地頓住，然後她開始尖叫：「畢方，有蛇，好多蛇！」

眼前雪白的地板上突然冒出許多蛇，吐著蛇信，扭動著向前，朝她爬了過來。許心安尖叫著，發現自己手臂上居然也纏了蛇，她大叫著本能甩動手臂，將蛇甩了出去。

「好吧，好消息是妳還沒死，壞消息是妳快死了。」

「啊啊啊啊！」許心安大聲尖叫喘著氣吼：「快想想辦法啊！」

「妳在幹麼？」

「打蛇啊啊啊啊！」蛇往許心安身上爬，她甩胳膊踢腿連跳帶踩，掄起一條蛇當武器，嗖嗖地抽著那些要湧上來的蛇。等她反應過來時，她發現她手上掄著的蛇變成了掃把，掃把上帶著火。

她來不及多想，舞著掃把瘋狂打，許多蛇被她的掃把掃開挑遠，還有許多蛇離她尚有些距離，遇火害怕，往後退了。許心安尖叫著把帶火的掃把舞得虎虎生風，過了一會兒發現身邊腳下沒蛇了，但蛇們圍個了圈將她困住。

許心安左右舞動掃把防備著，終於有些緩過神來了，「畢方，我這裡發生了怪事。」

「哦，不是一直很怪嗎？」

「你在跟我聊天還是在找我呢？」

「一邊聊一邊找。」

「怎麼找？」

「感應。妳剛才釋放了能量，保持住。」

許心安一頭冷汗一臉黑線。見鬼了，這怎麼保持住？她釋放了什麼鬼能量？

「我跟你說，不是變出來一堆蛇嗎？然後我掙扎掙扎，手上突然變出來一把掃把，還帶著火。我把牠們擊退了，現在牠們圍了個圈把我圍住，沒敢衝上來。你都無法想像我剛才有多勇猛，那一定不是我。」

畢方愣了愣，然後道：「妳拿著掃把的時候有多勇猛，一定不會有人比我更清楚了。」

「一點都不好笑好嗎？」許心安舞動掃把，將逼近了一些的蛇又嚇退。

畢方沒有笑，他說：「妳在幻境結界，裡面的東西都是幻化出來的。房間是，蛇也是……」

「那他為什麼這麼好心幻化一把掃把給我？」

「別搶話，讓我說完。掃把是妳自己幻化出來的，火也是。那是跟我有關的，妳能最快聯想到的武器。」

是這樣？許心安驚疑不定。

「妳看妳手上的掃把樣子是不是家裡那把？」

許心安仔細一看，還真是。「所以掃把真是我變出來的？」

「對！」畢方道：「在幻境中，只有法力對抗法力。」

「我哪來的法力？」許心安簡直要哭。

「不管哪來的，總之現在妳有，所以妳才能與我意念溝通，才能幻化出武器。妳記住，那裡的一切都是幻化的，害怕、恐懼、疲憊、絕望等等都會讓妳魂力變弱，妳的魂就會被收走。他用這樣的方式來對付妳，是想收到完整強健的魂力，不然直接一刀捅死妳更容易。」

「謝謝你的安慰。」一刀捅死什麼的，這樣對女生說話真的合適嗎？許心安突然又尖叫：「蛇沒了！」她心裡一放鬆，發現手上的掃把也沒了。糟糕，她完全不知道該怎麼把掃把變回來。

「集中精神，妳把能量收掉了，我感應不到妳的位置。再堅持一下，我快找到妳了。」

「我不知道怎麼……啊！」許心安再度尖叫，她腳下忽然一空，整個人掉了下去。危急之下，她伸手奮力想抓住什麼，還真的抓住了。

抬頭一看，眼前有那麼一瞬間的虛幻，但最後景象清楚了，她看到她抓住的竟然是她家地下倉庫的樓梯扶手柱子。

竟然變她家倉庫了？許心安看看四周，還真是她家倉庫。

她閉了閉眼，深呼吸一口氣。對，畢方說她本能地會幻化她熟悉的東西。她確實吊在了某個地方，而她把環境幻化成她家倉庫以尋求安全感。

要真是她家倉庫就好了！許心安咬咬牙，試圖往上爬，但並不成功，她的臂力不行。許心安低頭看看，再抬頭看，吊在這裡真不是個好選擇啊！當初倉庫修得深，弄了兩層，這樓梯最高處到底也有四公尺多的距離。摔下去不知道會不會斷胳膊斷腿斷脖子。她怎麼不幻化出腳踏實地的環境，或者直接把畢方幻化過來也好啊！

「好了，我感應到妳了，再堅持一下。」

到底在磨蹭什麼？許心安知道不該責怪畢方，但又忍不住想抱怨一下。原來妖怪，不，原來神仙也不是特別厲害，不是電影裡演的「嗖」一下就出現。

許心安咬咬牙，先自救，神仙帥哥來之前她不能死。依她的體力，吊在護欄上撐不了多久。

許心安再低頭往下看了看，她家倉庫樓梯是L型，她一格一格往下挪便有機會踩到下面那層樓梯的扶手。於是她伸長左臂，剛搭上下一格的護欄柱子，緊握柱子的右手卻突然覺得被什麼纏住，一股力道將她的手腕裹住並用力往外拉扯。滑膩、冰冷、疼痛……那觸覺極其噁心和恐怖，力道很大。

許心安放聲尖叫，右手被扯開的剎那，左手跟著一滑，沒抓住柱子，只勉強搭住了樓梯板。

許心安本能地五指用力扣住板子，指甲刮在上面。她的身體劇烈一晃，腦袋撞到樓梯板角。

「咚」的狠狠一下，痛得眼淚都出來了。但這生死瞬間，她根本顧不上痛，也來不及細想纏在她手上的是什麼，求生的本能讓她不管不顧地借左手之力一撐，再用右手去抓樓梯護欄柱子。

這碰撞晃動掙扎中，她的眼鏡掉落，掉在地上。萬幸的是，人沒摔下去。

許心安低頭看眼鏡，沒看清，一抬頭，卻見右手腕上有一條銀色泛青的蛇猙獰著向她吐著蛇信，似乎下一秒就要向她的臉撲來咬上一口。

許心安破口大罵：「你他媽的只知道蛇嗎？有沒有創意啊？道具也準備得多一些行不行啊？」

那蛇並沒有撲上來咬她。牠只是晃著腦袋，蜷曲著身體收緊了對許心安手腕的束縛，越勒越緊，緊得許心安覺得自己的右手快廢了。

她咬牙，右臂用力，將左手挪了過來，握住另一根護欄。剛握緊，左臂上也一片冰涼滑膩。許心安轉頭，也不知從哪裡冒出來的另一條蛇，緊緊纏住了她的左臂。

她就這樣吊在樓梯邊上，雙臂各纏著一條蛇，蛇衝她吐著舌，發出滋滋的聲響。漸漸的，周圍的環境虛化，變成了另一個模樣。那是一個廢棄閣樓似的地方，黑乎乎的，滿是灰，她握著的樓梯護欄破舊得像是下一秒就要斷掉。

她沒見過這地方，於是她明白了，這裡是吳川幻化出來的。他占了上風，他控制了局面。

許心安覺得很累，兩隻手臂又痛又麻，就要撐不住了。畢方啊畢方，你現在到哪裡了？

沒人回應她。許心安不知道是不是因為自己的那什麼鬼能量發揮不了所以又斷了通訊。

這麼一想，真是氣！

「去你媽的！老娘怕你個屁！」其實是很怕的，但打不過還不罵一罵實在太虧。

剛罵完，她感覺到她的雙腳也被纏上了，低頭一看，全是蛇。

她的腳上、腿上，還有樓梯底下的地上，全是蛇。

一抬眼，上面的樓梯地板上也全是蛇。

許心安心裡發毛，冷汗濕了背。這回就算變出掃把來她也沒手可拿了，而且這些蛇沒有攻擊她，只是嚇唬她，把她往下拽。

許心安忽然明白了，吳川知道她沒有法力不會法術，但蛇的攻擊刺激了她一下，讓她忽然厲害起來。吳川跟她一樣不知道怎麼回事，但他卻知道不能再用攻擊刺激她。她應激做出的瞬間反應能夠反擊他，所以他現在消耗她的體力，折磨她的意志。

許心安覺得自己的手快握不住了，她再低頭看看，這裡樓梯似乎不高，她鬆手應該摔不死，但下面全是蛇，她一鬆手就是掉進蛇堆裡。

許心安閉上眼，努力集中精神，她最熟悉的東西，最熟悉的東西……

忽然，整個閣樓亮了起來。許心安睜開眼，發現到處是蠟燭，點燃的蠟燭。樓板上、樓梯下，全是溫暖的燭光。火苗將蛇嚇退，有些虛化不見了。

許心安手放鬆，心也放鬆，落在了樓梯下面，摔了一下。疼，但還好沒受傷。

蠟燭不見了，蛇群又冒了出來。許心安再集中精神，這次掃把再握手中，掃把頭燃著熊熊火焰，她橫掃一圈，將蛇逼退，似乎對峙的局面又要重演。

再來一次就再來一次！許心安有過經驗，心裡踏實多了。她可以拖延時間，等畢方找到她。

但高興的情緒還沒舒展超過兩秒，許心安腳下一晃，差點摔倒。啪啪啪，一連串木板迸裂的聲音響起。許心安定睛一看，地板竟裂開了，裂痕延伸到她腳下，而兩三步遠的地板已經裂塌。

許心安尖叫著往後退，這時她聽到了畢方的聲音：「我找到妳了。」

「你快來，這裡要塌了！」許心安大叫，一邊叫一邊後退，幾乎是用跳的跳上了樓梯。

結果，地板一路塌陷，樓梯也開始迸裂。

第二章
我覺得我沒有愛上妳

「從窗戶跳出來！」

「什麼？」

「窗戶！」

許心安一邊後退一邊慌忙往四周看，閣樓上面有扇花格窗。她悶頭衝了上去，身後的地板和樓梯嘩啦嘩啦的陷落下去。許心安拚了吃奶的力氣，用最快的速度衝到窗邊一把推開。

窗外一望無際，深不見底。

「跳！」畢方大喝一聲。許心安毫不猶豫地聽了他的話，爬上窗臺縱身一躍。

身後的破舊閣樓劈里啪啦一陣響，塌了。

許心安只覺得自己猶如掉入深淵地往下墜，她放聲尖叫……

「噗」的一下，她落到了一堆柔軟又有硬度的羽毛裡。

許心安驚魂未定，但她看到了，身下是一隻大鳥。

巨大的鳥。她覺得她能在牠背上跑步，牠的翅膀似看不到盡頭。

許心安受到了驚嚇，呆愣呆愣的。

再仔細看，鳥兒青灰色的羽毛夾雜著紅棕色羽毛，異常絢麗。牠的羽翼張開，紅棕與亮紅色美艷奪目。許心安坐在牠的背上，迎著風，疾速飛翔。耳旁的風聲呼呼作響，她終於回過神來。

「妳真是吵死了！」這是畢方的聲音。

許心安不太確定，她伸手摸了摸身下大鳥的羽毛，問：「是你嗎？畢方？」

「是我。」

「這是你的真身？居然有兩隻翅膀。」神話裡寫的單翅單腳是騙人的呀？

「允許妳被我帥哭。」

許心安正準備說「我才不會哭」，卻發現自己的眼淚落了下來。她乾脆「哇」的一聲哭了，趴下來伏在鳥背上抹眼淚，「真的是你，帥死了！」其實完全沒看到臉，況且她也不覺得一張鳥臉能帥到哪兒去，「我不是被你帥哭的，我是覺得你太臭美了才哭的。」

「……」畢方沉默兩秒，嚴肅問：「我丟妳下去妳介意嗎？」

許心安認真反問：「你能變得小一點嗎？半空中沒有安全帶可綁，我沒安全感。你變小一點，我可以摟著你的脖子。」

「……」沉默兩秒，畢方道：「人類，妳可以再狂妄一點。」

「快變小，我要摟脖子。」人類聽話地「狂妄」了一下，然後又補了一句：「能飛慢點嗎？」

「……」這位神似乎內心掙扎了一陣，過了好一會兒，變小了，飛慢了，但半天沒說話。許心安安心地摟著他的脖子道：「我知道想臺詞不容易，你想不到好詞就不用勉強擠兌我了。我現在心情很不好，回頭我們再聊。」

「誰要跟妳聊？」畢方沒好氣，「我在想讓妳做什麼菜！家裡沒菜了，妳還記得嗎？」

「……」她記得，然後她現在心情好多了。她注意到畢方並沒有飛遠，而是在繞圈子。

他馱著她圍著那閣樓繞著飛，周圍景象漸漸正常起來。許心安知道，那是對她施加的幻境作用在消退。原來那閣樓確實是一棟廢棄的老房子，看起來像是郊外，有樹，有山，但許心安不知道具體是哪裡，她也看不清景致。

「畢方，我的眼鏡掉了。」語氣像個委屈的孩子。

「要去撿回來嗎？」畢方問她：「也許還在那個老房子的閣樓裡。」

許心安猛搖頭，她一點都不想再邁進那個鬼地方。

「我想回家。」

「好，帶妳回家。」

畢方繼續飛著，許心安聽著呼呼的風聲，抱著畢方的脖子，一放鬆，疲倦將她整個人包圍，也不知怎麼地，她睡著了。再睜開眼的時候，已經在家裡，畢方正抱著她準備往沙發上放。看到她睜眼，問她：「醒了？」

「嗯？」許心安還有些迷糊。

「醒了就好，不用抱了。」畢方果斷將她丟下，雖然離沙發只有兩三步的距離而已，但他顯然不介意偷這個懶，還甩甩胳膊，「妳真不輕啊！」

許心安這下是真清醒了，果然是在家裡，果然是畢方！這麼欠扁，實在是太親切了！死裡逃生！她回家了！

許心安撲過去用力抱住畢方。

畢方溫柔地圈住她，摸摸她的腦袋安慰，嘴裡卻是道：「我跟妳說，不要趁機占我便宜。」

誰理你！許心安繼續抱住，還更用力。現在脫離險境，她開始害怕了。

「要是我沒跳下來，會怎樣？」

「妳在那閣樓裡掉下去，就會被送到另一個地方，我又得重新找。況且妳的狀態越來越不好，我說過，疲憊、恐懼等等會讓妳意念力減弱，這樣他就能取走妳的魂。」

「取我的魂有什麼用？」

「也許修煉一下，化為己有，增強魂力法力之類的吧。」

許心安愣了愣，「還有這種事？就像小說裡的採陰補陽，吃了童男童女長生不老之類的？」

「類似吧。就算在神魔界也有這類的事情，不過不是取什麼魂魄都有用。低等妖獸的魂對我們來說就沒用。法力魂力越強就越補，然後還要看類別。譬如我吃了水系魔妖的魂，增進不了我的法力，效果就跟吃了維生素一樣。這種事在哪兒都是為人所不齒的，所以很少人做。做了被發現，會被消滅掉。」

許心安想起吳川對她做的事，「他測了我的魂，說我的魂力很強，他說尋死店主的魂力都很強。」她回憶著，有了推測：「說不定，那些尋死店的案子根本就是他做的，而不是什麼神魔。他想要尋死店主的魂，他的目標不是魂燭。」

許心安放開畢方，在客廳裡走來走去，越想越覺得自己想的沒錯。

「他對尋死店很瞭解，他知道只有尋死店主才能點燃魂燭，所以他要別人的魂燭沒有用。如果他在他也是尋死店主這點上沒說謊的話，那他肯定有自己的魂燭。反正無論他是不是，別家的魂燭對他沒用，他想要的是魂力很強的魂。他取了魂，用來增強自己的法力。」

畢方坐在沙發上看著她，這姑娘真有趣啊，剛經歷生死，回來居然還這麼有精神。

許心安繼續分析著：「也許案子就是他幹的，所以他要我刪帖子，他不想讓別的人注意到這件事，這樣追查下來他就暴露了。然後他先測我的魂，確認我有用，再把我帶走，把我困在結界裡想奪魂。」

「其實他就是太小心謹慎了，反而沒得手。他直接掐著妳的脖子，在妳將死之際，意識迷糊的時候，取魂很容易。」畢方涼涼地道。

「謝謝你的專業意見！」許心安沒好氣。

畢方聳聳肩，「確實是這樣，但他也許怕妳反抗，留下傷痕什麼的線索。」

「不對。」許心安想到了，「他沒掐我是因為……他下藥了。你剛才說，意識迷糊意念力變弱就好取了，是吧？那杯水肯定有問題，他一直變著法子拐我多喝幾口。」說到水，她有些渴了，轉頭想去倒水喝，這才反應過來一件很重要的事，她沒眼鏡了，難怪家裡的東西都這麼模糊。

「我去拿備用眼鏡。」她一邊說一邊朝房間走去。

走到一半，忽然又反應過來了。她僵在那，極其緩慢地轉身。

果然，沙發那個方向只有坐在沙發上的畢方是清晰的，只有畢方清清楚楚，連臉上疑惑正看著她的表情都看得非常清楚。

「怎麼了？」他問。

許心安張大了嘴，掩不住驚訝，「畢方，我看你看得很清楚。」

「是說英俊的外表，還是帥氣的內涵？」

許心安垮臉，「一點都不好笑。」

畢方攤開雙手，「是妳自己說的，看我看得很清楚。」

真是沒點正經！許心安嘆氣，「大概是你的自信閃瞎了我的眼。」

她悶頭回她原來的房間找她的備用眼鏡，她記得是放在衣櫃下面的大抽屜裡，可是翻了半天沒找到。她很煩躁，用力打開另一個抽屜繼續翻。

這時候畢方過來，「哎，剛才就是開玩笑。」

「挺好笑的。」許心安扯扯嘴角，完全沒心情跟他瞎掰。

「好吧，那我們認真來聊。妳看我看得很清楚，是指什麼？」

「就是近視眼不該看得這麼清楚。」

「哦。」畢方明白了，「別的看不清？」

「嗯。」

皺著的眉頭，因為生氣有些嘟嘟的嘴。畢方看著許心安，有點想笑。差點以為找不回這凶巴巴的笨蛋了。還好還好。伸手揉揉她差一點就埋進抽屜裡的腦袋，問她：「妳在找什麼？」

「眼鏡。」

「是這個嗎？」他從抽屜角落掏出個眼鏡盒。

「啊，對！」許心安搶過來，近視眼找個東西真不容易。把眼鏡戴上，真好，周圍的一切又看得清楚了。心情頓時明亮，世界再度美好。

畢方看她這樣就能笑起來，不由得也笑。

許心安享受了一會兒周圍物體全能看清的美好感覺，就把眼鏡摘了，用眼鏡布擦一擦再戴上，這樣更清楚。擦好一戴，抬眼的時候，畢方的臉就在眼前，她忽然想起來，「跟今天的事沒關係。」

「什麼沒關係？」

「我能看清你。我想起來了，你第一次來店裡，我正擦眼鏡，那時候沒在意，我擦著眼鏡時你走進來，我就看清楚你了。」

「嗯。」

「帥得閃瞎眼。」許心安做了個誇張的表情。

「嗯。」

「現在我是在開玩笑。」畢方的毫無反應讓許心安又垮臉，看來得強調一下語氣。

畢方哈哈大笑，「這句才好笑。」

這人真討厭啊！許心安伸手拍他一下。

畢方一邊笑一邊「哎喲」，說許心安打人真疼。

「我沒用多大力氣好嗎？」許心安瞪眼。好吧，反正也沒多溫柔就是了。

畢方再度被她逗笑。許心安撇眉頭看他，這神經病的笑點太奇怪了，她乾脆坐地板看他。

畢方笑夠了，也坐地板上，看了她好一會兒，問她：「怎麼聯絡上這人的？」

許心安把事情經過說了。

「為什麼不告訴我呢？」畢方又問。

許心安咬咬唇，「不想你死」這個念頭猛地跳進她的腦子裡。

居然是這樣？但這是個正當理由吧？為什麼會覺得不好意思說？

畢方沒追問，只又說：「妳能與我意念溝通是件很奇怪的事，這不止是法力的問題，法力高強的魔神都未必能做到。意念溝通的兩個人之間，必須要有某種聯繫。」

哇，說得這麼曖昧！許心安抬抬臉，她才不會被錯誤引導而臉紅呢！

「你是說……就像交換電話號碼那樣嗎？負責煮飯和負責吃飯的關係也是能突破聯絡障礙的，這比交換電話號碼的關係緊密多了。」

畢方無視她的裝模作樣，問：「妳不會愛上我了吧？」

許心安一擺臉，手一指，相當有氣勢，「這句話有好笑。」

她跳起來，真是沒法繼續聊了，她還是出去吧。

「難道是我愛上妳了？」畢方的語氣相當困惑。

「咚」的一下，許心安的腦袋磕在門框上，今天受到的驚嚇真是太多了。

「妳這種反應，是激動我有可能愛上妳，還是激動我居然發現了妳的心思？」

她什麼心思啊？許心安簡直要仰天長嘯。神啊，收走這妖孽吧，他皮厚臭美還自戀！

身兼神與妖孽雙重身分的畢方，沒有感應到她的心聲，他跟在她身後，鍥而不捨地追問：「所以真相究竟是什麼？」

「這位神，」許心安猛地轉身，握住畢方的雙手，誠懇地對他說：「打不死你是我的錯，你大人有大量，多多包涵。」

畢方撇眉頭嫌棄給她看，「妳這話題轉移得真夠生硬。」

「不不，這位神，你誤會了。我沒有轉移話題，我剛才是自嘲和反諷。人類語言文化的精髓，顯然你還沒能深刻體會。」許心安笑得假假的，道：「話說回來，這位神，你有沒有考慮過你的尋死念頭既消極又不健康，是心理疾病的一種表現。」這才是轉移話題啊，神！

神沒體會到，神回答了她的問題，用相當欠扁的語氣。

「你們人類想尋死才是消極又不健康的，生命短暫，卻不珍惜。我不是。我經歷了萬年光陰，看盡世界變化，永恆對生命來說是沒有意義的。這個妳懂嗎？」

許心安剛想回話，畢方又搶先說：「妳不懂。這不怪妳，長生不老的心境與精神境界，你們人類是沒法體會的。連貪婪這種劣根性在生命裡都不需要存在的時候，妳說死亡怎麼會是消極的？」

許心安被噎住，一時竟繞不出來。她垮臉給他看，這位神，這些年你沒白活，多會說話啊，但她覺得他說的不對。只是哪裡不對、怎麼反駁，她一時半刻反應不過來。

許心安不服氣，夜裡躺在床上還在拚命想，突然靈光一現。她跳起來，往畢方的臥室

去。敲門推門，看畢方坐在床上還沒睡，趕緊道：「畢方，我想到了。貪婪這種劣根性在你身上還茁壯呢，你這麼死了就太不負責了。」

畢方一臉茫然。

「你想啊，你貪吃，還臭美。臭美是什麼？貪慕虛榮。你還懶，懶是什麼？貪圖安逸。你看你多貪婪啊，不能死，必須跟這劣根性戰鬥到底，生命多有意義。」

畢方瞪著她，半晌擠出一句：「妳對我的評價還挺高的。」

「不不，這就是誤會了。」許心安道：「你先讓我說完。你想想，這世上有吳川這種壞人，會法術，殺人行惡，而你卻有本事對付他，救下好人。」她拍拍自己的胸膛，示意好人就是自己。

「你的能力能幫助更多的好人，能鏟除更多的壞人，這就是意義啊！」許心安道：「這一點才是高評價，前面那些都是批評。」

畢方瞪著她。許心安不怕瞪，她說：「所以，還是別尋死了，做個積極樂觀、心態健康的好神。我說完了，晚安。」

說完這一長串話心裡太舒服了，許心安回房間蓋好被子，美滋滋正準備睡。

門被敲了兩下，然後開了，畢方站在她房間門口。

「好人也會變壞，壞人也會改過自新，沒有絕對的好人，也沒有絕對的壞人，所以才會有法律，有規則，有道德標準。壞人永遠都會存在，從前有，現在有，以後還會有。不是這個就是那個。從神明存在的年代開始，這種現象就存在。這也是世上永恆不變之一。所以，神的存在改變不了什麼，說了這麼多，妳懂了嗎？」

許心安剛要說話，又被畢方搶先打斷：「妳不懂。這不怪妳。長生不老的心境與精神境界，你們人類是沒法體會的，晚安。」

畢方說完，關門走了。

許心安目瞪口呆。又被噎住了，這怎麼能安？

她想了半天，又殺過去。

「確實善惡對立永遠存在，但是不耽誤你懲惡揚善啊！有能力就有責任，生命賦予你的，是有意義的，你應該有所追求才對。」

「我幹麼要？妳不是嫌棄我懶嗎？懶死也是一種積極的追求。」

許心安又被噎回來。她想了想，剛才確實說的不對，於是過去再戰。

「要是死了，就吃不到好吃的了。」美食誘惑這招應該管用吧？

「死都死了，誰還會想吃的啊？」

許心安再被噎回去。過了一會兒，她重振旗鼓，再次闖進畢方的房間。

「你想啊，要是你真的死了，就再看不到你這麼帥的帥哥了。」滿足一下他的虛榮心能讓他積極面對人生嗎？

「所以妳真的愛上我了嗎？」

「……」

「我居然忍了妳這麼久聽妳嘮叨個沒完，難道我也愛上妳了？」

「……」許心安又想仰天長嘯了，幹麼用個「也」字啊？沒人愛上你好嗎？

「算了，你還是去死吧。」許心安揮揮手，回房睡覺。

腦子得進多少水才會想勸他啊？她一定是今天受的驚嚇太大，有了不良應激反應。睡覺去！

第二天，許心安頂著一雙熊貓眼起床，一夜沒睡好，肯定是被畢方嚇的。

積了一肚子起床氣，許心安板著臉到餐桌吃早飯。

畢方正在吃，皮蛋瘦肉粥配油條，他吃得心滿意足，微瞇著眼，一臉幸福狀。

許心安看到他這副樣子，一肚子氣忽然煙消雲散。算了算了，跟他計較什麼呢？也許他說的對，長生不老的心境和精神境界確實是她不能理解的。有時候他單純又容易滿足，也許真的像他說的那樣，這一切都已經足夠了，只是這樣而已。

但她就是會覺得可惜。

「我跟妳說，我覺得我沒有愛上妳。」畢方突然說。

許心安抿抿嘴，好吧，沒什麼好可惜的！

「太好了。」許心安大口喝粥。

「不過妳這邊我就不能確定了。」

「這位神，請你放一百個心。」

「那好吧。」畢方一副真可惜的口吻。

許心安真想找掃把啊！

第三章 使命繼承人的狗血身世

許心安這天要做的正事不少，要配新眼鏡，還要查吳川，她聯絡了裘賽玉幫忙。

首先是吳川這人的樣貌和名字，希望「吳川」是真名，可惜的是，她昨天就沒想到偷拍一張他的照片，現在只能靠口述。還有吳川在「並不神祕論壇」裡用的ID「如虎伏魔」，以及他留給她的電話號碼。這些許心安都告訴了裘賽玉。裘賽玉答應會好好查，讓許心安等她消息。

配完眼鏡出來，許心安再次撥打吳川的電話號碼，結果還是只能聽到「您撥打的用戶已關機」的提示音，真是太狡猾了。許心安覺得這個號碼不會再開機了，很可能他就是臨時買來作案用的。下手之後，無論成功與否，都會換掉這號碼。

「他肯定是提前預謀。」許心安對畢方說：「說不定前天就看到我的帖子，然後盤算好要引我上勾，於是先買好了手機號碼。」

「當然有預謀，那些連環結界可不是一天兩天就能布置出來的。」畢方道。

「什麼？」許心安萬分驚訝，「一兩天不行嗎？如果前天看到帖子，馬上去布置，連夜趕工，也來不及嗎？」

「來不及。從遠大路的金木大廈到西亭街，那個範圍裡我沒有找到妳，接著又去了G市市郊的廢宅，如果妳沒及時跳出來，又會被轉到另一個地方。也就是說，他最起碼準備了四個地點，距離都不近。每一個地點都需要根據周邊環境來做安排，地點與地點之間也需要氣脈相通才能打通連環局，這當然不是一兩天能準備好的。我猜啊，只是猜的，畢竟對他的情況不瞭解，但他有幫手是肯定的，也許他們至少準備了一個月。」

「一個月？」許心安皺眉頭，「你來了都沒一個月。」

今天是一月二十三日，許心安記得很清楚，畢方是十二月三十一日賴在這兒的。

「我只是猜的。如果他的幫手多，找地點很快，布結界也很快，那也許用不著。」

「那也太費功夫了吧？對付我這種菜鳥，至於嗎？另外那兩家店好像沒弄這麼大的場面啊！」

畢方想了想，「也許不是針對妳的。如果這個城市是他們的據點，或是有很重要的計劃，他們需要做些準備。正好又遇上妳了，就順便下下手。」

說話間，光明蠟燭店已經到了，許心安一邊掏鑰匙一邊撇眉頭，「被你這麼一說，我這強魂尋死店主很不重要似的，還順便下下手。」

「本來就是。」畢方一臉嫌棄，「菜鳥就算了，還笨。人家讓妳幹麼妳就幹麼，中了圈套還自以為自己走運。順便下下手已經很給妳面子好嗎？」

許心安瞪他，決定一開店門就拿掃把。

結果門一開，許心安就愣住了。店裡遭賊了嗎？貨架上的東西好像少了不少。

畢方背著手大搖大擺一臉得意，許心安看他那模樣，狐疑地開了電腦查看收銀機和銷售記錄，「你居然賣了這麼多？」

「是啊！」畢方笑得很囂張，「我看店兩小時比店主看店兩星期賣得還多，還能出門去隔壁城市救人回來，又帥又能幹。」

確實很能幹，但他自己這麼一說，讓人完全不想誇他。

「快誇我。」可這位神居然要計較。

「好吧，你表現很不錯，請再接再厲，晚上給你加根雞腿。」

聽前半句時，畢方的表情很是嫌棄，後半句出來後他才滿意點頭，看得許心安想扶額。

算了算了，不能跟有長生不老精神境界的人計較。

許心安把心思轉回正題，敲鍵盤上網查昨天害她差點沒命的那個凶宅。

畢方湊過來，「他沒成功，所以妳應該變得比昨天更重要了。他會再動手的，而且應該不會順便下手這麼簡單了。」

許心安敲鍵盤的手一頓。哇靠，昨天還算簡單嗎？那複雜起來得什麼樣？

畢方能猜到她的想法，說道：「原本他是以為會很簡單，只要帶妳去那辦公室，坐著等一會兒，就能收走妳的魂了，結果沒想到妳挺棘手，又居然聯絡到我，所以他才迫不得已動用了連環結界，現在他們大概正在痛哭悔恨吧。」

「悔恨不該對我有謀害之心？」

「悔恨不如直接用掐的。」

「……」

「耍帥玩瀟灑不是人人都行的，也不看清楚對手。」畢方對許心安微笑，「多麼痛的領悟，他們現在懂了。」

許心安簡直不知說什麼好。這聽起來像是在誇她厲害，但怎麼聽著實際是在誇他自己。

「那對手是指我嗎？」她試探著問。

畢方給了她一個「開玩笑，妳居然會這麼想」的表情。許心安更無語了，好吧，人家確實沒誇她，全在誇他自己呢，又瀟灑又帥又厲害。

好想找掃把啊！

「喂，喂，妳對我好點！」畢方看到她瞄向掃把方向的目光，說道：「我現在是這個店裡最有貢獻的人，妳要感恩。我救回了店主，還幫店裡賺了不少錢。」整個抬頭挺胸值得驕傲，再不是白吃白喝的了。

「是哦，你怎麼賣的？」許心安沒好氣，有些人就是有本事貢獻最大然後最討人嫌，她眼前就有一個。不過他說的是實情，她打算晚上給他加兩根雞腿表示謝意。

她一邊問一邊看網頁，原來那郊區廢宅竟然是個挺有名氣的鬼屋，有許多好奇愛探險的人會特意跑到那裡去找鬼。每個人出來後都有不同的說法。如果昨天她死在鬼屋裡，最後警方的結論會不會是某探險者鬼屋遇鬼失足摔死？

「就是跟那些客人說這個很適合你，那個很適合你。」畢方也湊到電腦前面看，對鬼屋這種東西嗤之以鼻。

答了跟沒答一樣，但許心安基本明白了，「買買買的客人都是女生吧？」

「那當然！」語氣充滿自信。

「畢方你說，我們每週末弄個『男店員孤身營業日』怎麼樣？拉抬一下慘淡的營業額。」許心安繼續在網上搜近來有沒有其他古怪的離奇死亡案例。

「男店員不喜歡孤身。」畢方答。

「他不是一直孤著嗎？」

「孤著不表示他喜歡，重點是不喜歡孤身賣貨，不對，不孤身他也不喜歡賣貨，他對幹活完全沒興趣。」

許心安白他一眼，怎麼沒懶死你？不過說到「一直孤著」，她好奇了：「畢方，你有過老婆嗎？」

畢方很鎮定地反問：「妳愛上我了嗎？」

許心安也很鎮定地反問：「誰會愛上想尋死的神經病吃貨啊？」停兩秒又補一句：「還懶。」

畢方沒反駁，不答話。許心安有些心虛，沒好意思看他，眼睛盯著電腦螢幕裝忙，心裡在反省自己是不是說得太過分了。其實畢方還是很不錯的，譬如……嗯，一時想不起優點！

許心安正這麼想，忽然感覺有什麼東西自身後掛在了她的脖子上。

許心安嚇了一跳，忙低頭看，是條項鏈，掛墜是一根紅棕色的漂亮羽毛。

畢方挨在她身後，在為她扣項鏈扣。

許心安的心亂跳，覺得臉熱了起來，腦子裡忽然嗡嗡嗡地亂成一團。如果畢方再用那什麼疑惑口吻說「我是不是愛上妳了」，她是拿掃把揍他一頓合適，還是馬上裝暈躲開尷尬合適？

「既然對方還會對妳下手，我們又不清楚我們的意念聯絡是怎麼成功的，也不明白妳應激後迸發出來的法力是怎麼回事，我想還是保險一點好了。妳戴著它，無論到哪裡，我都能找得到。」

「……」許心安的耳根子都要紅了。好尷尬，是真尷尬，她想太多了！

許心安清了清喉嚨，努力用平靜的語氣問：「妖怪界的衛星導航定位系統？」

「是神，謝謝！」畢方沒好氣。

許心安摸了摸羽毛，有她的食指這麼長，顏色很漂亮，順滑柔軟。

她回頭看他，「哪個部位的毛啊？」

腦袋被敲了，她捂著頭不服氣，「我是很純潔地問，只是好奇。」確實是沒多想，單純好奇。

腦袋又被敲了。哇靠，造反啊，居然敢對偉大的人類廚娘使用暴力！

許心安瞪他，然後有了發現，「啊，你是不是在害羞？你真的是在害羞嗎？」

第三章

使命繼承人的狗血身世

「妳想太多了。」神也是會惱羞成怒的。

居然戳中她「想太多」的尷尬，人類也惱羞成怒了。

「會掉毛嗎？需要定期更換嗎？」她故意鬧他。

「不給妳了。」畢方作勢要搶回來。

許心安哈哈大笑，她覺得她真的有看出他在害羞。她捂著胸前的羽毛不讓他拿走，兩個人正扭做一團，店門「叮鈴」一聲響了。

「歡迎光臨。」許心安一邊大聲招呼一邊推開畢方，還瞪他一眼。端莊些，有客人上門了！

進來的是一位四十來歲的女士，短髮，瘦，薄唇，緊身衣褲，身材保養得很好。她進來後很嚴肅地打量了一圈店裡情形，然後徑直朝著櫃檯走來。

很有氣場的一個女人。

畢方站在許心安身後捏了捏她的腰，小聲道：「降魔師。」

許心安一下子站直了，防備起來。這女人是降魔師？難道是吳川的同夥？

那女的走到櫃檯前，看了許心安好一會兒。

許心安對她微笑，「妳好，需要買些什麼嗎？我們有各式蠟燭和擺件，香薰、照明、裝飾等各種功能的都有。」

「是妳在網上問尋死店的事嗎？」

許心安的笑僵在臉上。媽呀，還真是同夥，居然敢找上門來！

許心安下意識往畢方身邊靠了靠，保持鎮定道：「什麼店？妳大概找錯人了。」

畢方又捏她的腰一記，小聲道：「膽小鬼！」

許心安被捏得一縮，轉頭瞪他一眼。

「神就站在妳身邊，妳怕她個屁啊！」畢方又說。

許心安沒忍住再瞪他一眼。神，沒看到敵人殺到地盤上了嗎？能先正經點應付一下嗎？

進店的女人很忍耐地看著這兩人眉來眼去竊竊私語，然後道：「尋死店是祕密，尋死店後人不會輕易外傳此事，彼此之間也不聯絡，不知道對方是誰，以確保魂燭的安全，所以降魔圈裡鮮少有人知道。妳在網上發布尋死店的消息，被有心人看到了，會給自己惹來麻煩。」

許心安擺出微笑，「既然是這麼重要的祕密，這位客人妳就不該跟我們說。妳真的找錯人了，如果不是買東西的話，請到別處逛，我們還要做生意。」

「發生了什麼事，妳為什麼要到網上求助？」那女人不理許心安的裝模作樣，繼續問。

許心安臉上的假笑掛不住了。居然不肯罷休，那大家都別裝了吧！

許心安正了臉色，嚴肅道：「這位客人，妳回去告訴吳川，昨天的事不會就這麼算了，讓他小心點。」嚇唬人誰不會啊？她也可以很有氣勢的。

那女人皺起眉頭，「吳川是誰？」

不認識吳川？真的假的？許心安看了畢方一眼，畢方不說話，完全沒打算出來主持大局。

許心安硬著頭皮又掛起假笑，「哦，那是我弄錯了。這位客人，妳也弄錯了。我們這裡是蠟燭店，既然妳不買東西，就請到別處逛吧，本店恕不接待。」

「等等，吳川是誰？昨天怎麼了？」那女人有些急，伸手抓向許心安的手腕，「心安！」

還沒碰到許心安，一股力道將她震開。那女人蹬蹬蹬連退三步，這才站穩。

「別碰她，離她遠一點。」畢方語氣平淡，卻顯得很酷。

哇靠，許心安抬頭挺胸。有神站在身邊，確實很有安全感。

「火神畢方。」那女人道：「我沒有惡意。」

「那就保持距離。」畢方回她。

許心安驚奇了，吳川的同夥知道她的名字就算了，怎麼會還知道畢方？昨天她可沒有說畢方的名字，難道是因為畢方去救了她，所以暴露了？

「心安，我是妳阿姨。」

許心安驚得下巴差點掉下來。

「妳媽媽是我妹妹。」

「……」許心安完全愣住。

這劇情轉折有點震撼，比說「我就是來殺妳的」的更叫人吃驚。

許心安從來沒見過媽媽，她爸也不愛說關於她媽媽的事，後來她乾脆就不問了。現在突然冒出來一個阿姨，許心安不知道該給她什麼反應才好。

「我叫龍子薇，妳媽媽叫龍子琪，我們龍家也是尋死店。」

又是尋死店？

「妳剛才說尋死店彼此之間不聯絡，不知道對方。」許心安抓住對方話裡的漏洞。

「妳爸媽在戀愛之後才知道對方的身分。」

很好，一句話完美補上了漏洞！許心安無言以對。

「我猜妳父親應該沒怎麼跟妳說過妳媽媽的事，因為妳父親也不是妳的生父，他是妳叔叔。」

晴天霹靂！許心安要石化了。狗血劇情如潮水般湧來，身世居然坎坷了，她一時無法消化。

龍子薇看著許心安的表情，輕聲道：「我很抱歉，但這確實是事實。」

許心安愣半天，才想起有問題要問：「那我親生父母呢？」

龍子薇剛要說話，卻聽到「叮鈴」一聲響，有人進店裡來了。櫃檯這邊三個都沒說話，都看著進來的那個女生。那女生原想逛逛，看到氣氛不對，趕緊走了。

龍子薇嘆氣，「關了店，我們好好聊聊吧。」

許心安拍拍畢方，「去關店。」

畢方很不滿地看她一眼，還是去了，一路走一路嘀咕「敢使喚神，真是不像話」之類的。

龍子薇看著他的背影，對許心安道：「這些年我一直在留意妳，所以妳父親出遠門後，店裡來了一個陌生男人的事我知道，於是我就查了查。火神畢方一向與世無爭，很少有他的消息，也很少有負面消息，我看你們似乎相處得不錯，就沒來打擾妳，我原以為這輩子都用不著跑上門來跟妳說這些。」

說話間畢方關好店，把櫥窗和門口的布簾拉好又轉了回來。三個人轉到沙發那邊去坐，許心安給大家倒好了茶，於是龍子薇就開始說了。

原來龍家原本是降魔家族，在K市經營蠟燭店，肩負著尋死店守護魂燭的使命。尋死店只有使命繼承人能夠繼承巴拉巴拉的那些神祕規則，與畢方之前說的差不多。總之，龍家到了龍子薇這一代，使命繼承人是許心安的媽媽龍子琪。龍子琪從小天資過人，是學習降魔的好材料，家族裡訂好等龍子琪二十歲時，就正式接手經營龍家的蠟燭店。

龍子琪二十歲那年，出去旅遊，在旅中認識了許昭安，也就是許心安的父親。兩人一見

鍾情，結伴同遊半個月，各自回家後還維持著異地戀的關係。K市和W市相隔不算太遠，坐火車四個半小時。於是他們兩人時不時坐車到對方的城市看望對方。在龍子琪將許昭安帶回家見父母時，許昭安這才發現，原來兩家都經營著尋死店。

許昭安是許家尋死店的使命繼承人，但他非常不喜歡經營蠟燭店，也不喜歡降魔。其實應該說，他完全不懂降魔，也沒興趣去懂。許家的降魔本事早就失傳，只是一家普通的蠟燭店而已。許昭安總覺得自己應該做更體面的工作，過更好的生活，因此對繼承蠟燭店十分厭惡。他也曾經嘗試創業，開設別的生意，都以失敗告終。

許昭安長得帥，貪玩，沒責任心，哄女生很有一套，是個花花公子。他那時已經二十五歲，對自己的未來頗迷茫，家裡強令他必須繼承蠟燭店，他內心很不滿，因此得知龍子琪居然也是蠟燭店繼承人，頓時對她沒了興趣。再者龍家對沒落的許家也有些看不起，覺得他們本事失傳，早已擔不起經營尋死店守護魂燭的重責。

這讓許昭安覺得沒得到尊重，於是他向龍子琪提出分手，飛快找了新女友，但龍子琪那時已有身孕，便找上門來，希望許昭安負起男人的責任。結果這讓許昭安更感覺到壓力，非常抵觸，並不情願。兩個人分分合合，吵了無數架，還不結婚，弄得兩家都很難看。後來龍子琪生下一個女兒，許昭安這個爛男人卻突然跑路，沒有告訴任何人他去了哪裡，就這樣捲包袱消失。

龍子琪是個剛烈好強的女人，完全無法接受昔日山盟海誓的戀人居然這樣對待自己。她把才兩個月大的孩子丟在許家，說這是許家的骨肉，要許家負責。然後她也收拾行李走了，說要找到許昭安，把他抓回來。

這一走，兩個人再沒有消息，也沒有回來過。不知道他們發生了什麼事，也不知道他們在哪裡。龍、許兩家曾經找過他們，都沒找到，而許昭安的弟弟，也就是許心安現在的父親許德安擔起了做爸爸的角色。他將許心安入了許家的戶籍，以許心安的父親自居，他說不要讓孩子知道父母將她遺棄，這樣太可憐。若有一天，那對不負責任的父母回來了再說。就這樣，許心安留在了許家，由許德安撫養長大。

龍、許兩家因為兒女的事互有怨恨，再無往來。龍家失去了使命繼承人，蠟燭店狀況越來越不好，終於倒閉。而龍子薇牽掛著外甥女，在長輩過世後，她到W市開了家公司，還從事老本行降魔業，除妖伏魔，並一直關注著許家的狀況。

同樣沒了使命繼承人且完全沒有降魔本領的許家與龍家情況截然不同，蠟燭店竟然經營得越來越好。這時候龍子薇覺得，也許許心安就是使命繼承人，但許家早已遠離降魔圈，且兩家關係惡劣，她也就沒有上門打擾。

「昨天我公司的人看到論壇裡有人發帖問尋死店，此事非同小可，於是查了IP位址，是這區域的，我立刻想到了妳。但我趕過來，店門已經關了，所以我今天再來一趟。」

許心安聽完龍子薇的話，看了看畢方，然後問龍子薇：「魂燭長什麼樣，妳知道嗎？」

龍子薇搖頭，「沒人見過。後來蠟燭店倒閉，清點了所有蠟燭，並沒有見到有特殊標記的蠟燭。祖祖輩輩傳下來，並沒人用過魂燭。說起來，也算早就失傳了。」

許心安看了眼畢方，感覺鬆了一口氣。

龍子薇問：「妳為什麼要發帖問尋死店的事，有尋死店遇害了？妳也遇到麻煩了嗎？」

許心安再看一眼畢方，畢方痞痞地道：「妳想說什麼就說唄，我又不攔著妳。」

許心安瞪他，這不是覺得說「一個神活膩了想尋死」太丟人了嗎？她清了清喉嚨，想了想，道：「畢方發現有兩家尋死店遇害，就來通知我，但是我們家不是降魔這個圈子的，不太懂這些。畢方也沒有線索，我就想著上網找找看有沒有人懂。」

「她瞞著我偷偷幹的。」畢方涼涼地說，很有「這很蠢我知道所以我不是共犯」的意思。

許心安白了他一眼。

龍子薇看著他們，沒說別的，只問：「那兩家店是怎麼回事？我去查一查，如果是針對尋死店的行動，那麼事情肯定不是這麼簡單，妳一定要小心。」

「已經來不及了。」畢方又插嘴。

許心安忍不住又白畢方一眼，總調侃她是怎樣？

龍子薇眉頭皺起來，想起許心安前面說的什麼吳川，「是已經有人來找麻煩了嗎？吳川是誰？昨天又是怎麼回事？」

畢方道：「昨天挺刺激的。」他摸摸許心安的腦袋，「對了，妳是不是應該幫妳阿姨拍個照，妳跟小玉通電話的時候不是說可惜沒拍照不好查。」

「啊，對！」許心安這才想起來。她剛才完全相信了龍子薇，就像她昨天完全相信了吳川。可萬一龍子薇說的是真的，那她提這樣的要求會不會太過分了？

「昨天店沒開是因為她接到一個自稱是尋死店主的人的電話，那人也是看了帖子過來的，自稱吳川。她瞞著我偷偷去赴約，結果中了圈套差點沒命。剛才妳說的故事很精彩，但我們還是希望能求證一下。問問她爸，還有跟警局查一查妳的底細。不介意的話，拍個照吧。」畢方完全沒有不好意思，幫許心安把話說了。

龍子薇沒說什麼，把自己的身分證拿出來遞給畢方，「去查吧，我不介意。但昨天是誰騙了心安，請告訴我，降魔圈我比較熟，我開了家公司，有人手，這件事我能幫忙。」她頓了頓，又道：「我在這世上的親人不多了，這麼多年，子琪一直沒消息，心安是她的骨肉，我不希望心安再出什麼事。」

許心安心裡頗感動，她願意相信龍子薇。她把昨天的事情詳細說了說，從她發帖子到吳川怎麼與她聯絡，見面如何安排，吳川的長相特徵，說了什麼話，他們怎麼到金木大廈的，之後又發生什麼怪事等全說了一遍。

畢方插話：「她偷偷摸摸出門，我就覺得不對勁，後來電話聯絡不上，我就出去找她。心安是強魂，吳川布的結界一時半刻沒辦法傷她，為了防止我找到她，將她轉移了兩次。最後我是在G市郊區的廢宅——灰樓鬼屋找到她的。那地方很有名，妳上網一搜就能找到。」

許心安看了畢方一眼，畢方也正看她，兩個人的默契讓許心安明白，畢方還是留了一手，沒把她莫名能與他意識聯絡，莫名有法術的事說出來。許心安雖然不知道這有什麼重要，但她明白畢方是在保護她，這讓她很高興。

「轉移了兩次？」龍子薇果然是專業人士，馬上抓到了重點：「空間結界？」

畢方點點頭。

龍子薇確認了具體地址，表示布置結界會留下線索，她會派人去這些地點查探。如果吳川的結界本領這麼強，在降魔界絕不會默默無聞，但她從來沒有聽說過這個名字。她懷疑他用化名，只能用他的特徵和法術強項再查查看。

畢方也道：「許心安的身世我們也會確認。如果妳沒說謊，我們會與妳聯絡的。還有，妳最好通知妳那些降魔圈的朋友，這個吳川在收強魂，大家小心些。」

許心安在一旁猛點頭，覺得畢方提醒的對。吳川確實特意測了她的魂，還說過降魔師的魂也挺強的這種話。

龍子薇明白了。她說她會馬上找朋友一起查，有消息大家隨時聯絡。

龍子薇走了，許心安情緒有些消沉，趴在收銀檯對著電腦螢幕上的郵箱發呆。

「幹麼？」畢方敲她腦袋。

「我在發愁怎麼寫郵件給我爸。」

畢方把她的手機遞過去，「先給打電話小玉，讓她查龍子薇這個人。如果龍子薇說的是真的，妳再發愁怎麼問妳爸，而且我覺得沒什麼可愁的，他養大了妳，他是妳爸，妳是他女兒，哪裡有問題？妳親生爸媽不見了，反正妳也沒見過。現在多出來一個阿姨妳也沒損失，反而多了一個幫手，不是嗎？妳占大便宜了。」

怎麼這麼有道理？許心安撇嘴，但心裡還是有波動。她爸對她這麼好，卻居然是她叔叔。

「我爸當年收養我，到現在都沒結婚，他為了我，犧牲太大了。」許心安越想越難過。

畢方趴桌上，與她臉與臉，「妳怎麼這麼多愁善感。那我死了之後，妳會不會也為我難過？」

許心安的眼淚刷地就下來了，她猛地跳起來，對著畢方一頓狠揍，「你幹麼要惹我哭？我才不會難過！想死就快點去，不要總是這麼煩人！」

「這不是還沒找到魂燭嗎？想死也不容易。」

許心安哇哇大哭，「不找魂燭了好不好？魂燭早就沒了！你可不可以不死？我連爸爸媽媽長什麼樣都沒見過！」

許心安繞了桌子過來跑到畢方那邊抱著他的腰，枕在他肩上哭，把眼淚鼻涕全抹他衣服上。

真是太過分了！畢方發現自己忍耐的新高度。髒死了，還很吵，她爸爸媽媽沒了關他什麼事？

而他居然沒有踹走她。

非但沒踹走，他還在稍晚的時候到店門外頭拉客去了。這天的營業額也很不錯，看到進帳數字，許心安很財迷地露出了笑容。畢方使勁給她白眼，真是嫌棄死了。

當天晚上，裘賽玉來了許家。她把許心安給的照片和身分證資料查了，龍子薇沒說謊，她的戶籍資料確實是在K市，她妹妹叫龍子琪，二十三年前確實有入院生子的紀錄。許心安這邊，她爸爸許德安也確實有個哥哥叫許昭安。這兩個人都被警方列為失蹤人口。

許心安很難過，裘賽玉安慰了她好一會兒。

說到吳川，叫這個名字的人太多了，查不到什麼，而且裘賽玉打電話給那家咖啡店和金木大廈，藉警察的身分說想看監視器，卻被告之那個時段的監視器都故障了。

裘賽玉走後，許心安默默坐在後院裡發呆。過了半大，忽然發現身邊坐著畢方。

「妳居然沒嚇一跳？」畢方是故意突然出現的，結果沒得到他想要的效果。

「你真無聊。」

「是妳沒有正常人該有的反應。」

「正常人心情不好的時候，就是我這樣的反應。」

畢方不說話了，默默陪著她坐。

許心安說：「畢方，我心情不好。」

「看出來了，妳現在就是這個樣子。」畢方說著遞過來一個相框。

許心安接過一看，是擺在客廳裡的她的一張照片。現在這照片隔著相框玻璃，在她的臉上寫著「心情不好」四個字。

許心安「啪啪啪」打了畢方好幾下，「你真無聊！」

「哎，妳打人真痛！」畢方嘀咕著抱怨，「那要怎麼辦？變一堆錢給妳？」還省得他站在店門微笑拉客這麼辛苦。

「你真庸俗！」許心安唾棄，但又問：「能用的嗎？」

「節操呢？」換畢方唾棄。

「那你變點別的不需要考驗節操的。」

「譬如？」

許心安想半天，「要不，螢火蟲吧！」

「行。」畢方這個字話音剛落，後院裡就泛起點點亮光，一閃一閃，如夢如幻。

「哇！」許心安興奮地睜大眼睛，看了半分鐘，「要不，還是變錢吧！」

「……」畢方白她一眼，她的節操實在太經不起考驗了。

「等一下。」許心安忽然發現了，她大叫：「這些不是螢火蟲！」就是很小很小的火球，太小了，遠遠一片，很有螢火蟲的效果。

「弄虛作假！」她又拍他兩下。

「看起來一樣就行啊！」畢方哇哇叫，「我變火團比變螢火蟲容易多了。」

「要是一樣能被認出來是假的嗎？」

畢方長嘆一聲，「好吧，只有這樣了。」他手一伸，角落的掃把到了他手裡，他遞給許心安。

許心安狐疑，「是讓我揍你一頓抒解壓力？」

「不，是讓妳打掃院子，用勞動釋放情緒。」

「……」這次許心安抄著掃把追打了畢方兩條街，回來的時候果然心情好多了。

跑了一身汗，她洗了個澡準備睡覺。回到房間時，看到桌上放著的相框。這次隔著相框玻璃，她的臉上寫的四個字是：心情好了。

許心安「噗哧」笑出聲來，畢方這神經病！

她衝著畢方臥室的方向喊：「明天燉豬腳吃！」

畢方那邊沒回應，但她知道他聽到了，因為她的房間突然多了一些螢火蟲，假的。許心安關了燈，躺在床上，看著那些一閃一閃的小小溫暖亮光，不知不覺睡著了。

第二天，許心安寫了郵件給許德安，她想好該怎麼寫了。

她告訴爸爸，因為她想解決魂燭的事，一時傻缺到網上發帖子詢問尋死店，把龍子琪招來了。於是她知道了自己的身世，但無論如何，她都最愛爸爸。現在很久沒有爸爸的消息，她很擔心，希望爸爸看到信後馬上跟她聯絡。她只有這麼一個好爸爸，她很愛他。馬上就要過年了，希望能跟爸爸一起過年，請他務必注意安全，趕緊回家。

發完信，她舒了一口氣，覺得把什麼身世煩惱都解決乾淨了。

這一整天很平靜，她跟畢方過著跟往常一樣的生活。她使喚他幹活，她為他做了他愛吃的燉豬腳。她想去健身房上課，遭到畢方的恥笑。

「去健身房做什麼？」

「鍛鍊好身體，增強體力，再遇到想殺我的，跑也能跑快點。」

「妳拿出對待我的一半暴力對付任何殺手都綽綽有餘。」

許心安拿出兩倍的暴力掄掃把追打了他兩條街，回來後覺得確實不用浪費去健身房的錢了。

又過了一天，龍子薇打電話來，說她在降魔圈裡打聽了，沒人知道叫吳川的結界高手，但確實有這麼一個人跟許心安說的很像。近四十歲的年紀，瘦高個兒、單眼皮、高鼻樑，擅長結界，降魔世家的繼承人，但那人不叫吳川，他叫陳百川。他的老家在S市，據S市那邊的同行說，陳百川家裡從前確實有經營過蠟燭店，還有訂製打火機、火柴等跟火有關的商品。但陳百川的父親死後，他便離開了S市。他們家在S市是圈中很有名氣的降魔家族，所以他離開的事圈子裡還都知道。至於去了哪裡做了什麼，大家就不太清楚了。

「我們推斷吳川就是陳百川的化名。」龍子薇道。

她又說目前他們還沒有查到這個陳百川的蹤跡，他們幾個降魔師倒是想跟許心安再好好聊一聊，多瞭解些當天事情的細節。降魔師強收生魂是非常邪惡的罪行，是業內圈中所不能接受容忍的。大家希望能將這人抓到，以行規處置。

「行規是什麼？」

「毀他道行，滅他法術，逐出降魔圈，讓他不能再用降魔本領作惡。」

「聽起來相當合理啊！」許心安看看畢方，她現在對去見降魔師還有些心理陰影。龍子薇雖是阿姨，但她其實也算不上認識。

「帶上我就能去。」畢方一邊逗著盆栽一邊道。

於是許心安帶著畢方去了。地點在龍子薇的辦公室，她公司的名字叫龍威文化諮詢公司。

許心安心道：原來吳川，不對，陳百川也不算全騙她，降魔界現在都愛弄個公司裝裝門面。

龍子薇的公司裡有三名員工。

符良負責監視聯絡，也幫龍子薇關注許心安那邊的動態，並在論壇發現有人發帖說尋死店。

秦向羽的降魔本事在三名員工裡最好，常跟著龍子薇出外勤。

郭迅的腦子很靈活，口才很好，算是業務員，負責拉生意，以及偵察、打探消息。

許心安聽完介紹，頻頻點頭，聽起來真是不錯。

畢方附在她耳邊說：「我們店裡也分工明確，妳負責煮飯，我負責吃。」

許心安白他一眼，「我還負責找蠟燭，你負責死呢！」

「加油！」畢方恬不知恥地鼓勵她。

符良等三人全都目光閃閃盯著畢方看。活著的神啊，能動的，第一次看到，好想拉過來合照，如果能現出原形允許他們在旁邊各種擺姿勢再合照就更好了。

不過神沒理他們，神跟許心安說完悄悄話，注意力就轉到櫥櫃裡放著的零食上。洋芋片、五香豆干、泡椒鳳爪……

神問：「可以吃嗎？」

「可以！」三個人衝上來搶過零食塞到神懷裡。啊，摸到神的衣角了，有幸福的感覺！

許心安在旁邊看得手好癢，好想巴畢方腦袋幾下。

現在沒在家裡，沒掃把可拿，還要把持住衝動，維持他神的面子，好難忍！

畢方撕了一包豆干遞給她，為了讓自己有事忙忍住不打他，於是許心安開始吃了起來。

龍子薇約的幾位降魔界友人到達龍子薇辦公室的時候，看到的就是嚴肅的龍子薇一臉沒好氣，然後她那三個得力助手圍著兩個人一起吃零食，桌上一堆零食袋的情景。

方書亮趕緊戴上降魔識魂眼鏡，「被餓死鬼附身了嗎？」

龍子薇給那吃了一桌子的五人一個白眼，「不是，本來就是餓死鬼。」

許心安踹踹畢方，畢方終於停下來，擦好手，揚起笑臉，人模人樣地對幾位降魔師道：

「你們好，我是畢方。」

真是和藹可親的神啊！畢方自我感覺非常良好，他看了許心安一眼，滿意了嗎？

滿意！許心安偷偷塞了幾包豆干進他口袋裡表示了一下。

幾位降魔師都有些興奮。降魔多年，畢方這種遠古大神級別的頭一次見，握個手不過分吧？

大神跟他們握手了，許心安覺得降魔圈裡的人士都挺不淡定的。

一行人坐在沙發上開始討論事件。大家問，畢方答。身為親身經歷事件的當事人的許心安反而發言的機會很少，大家的關注焦點都在畢方身上。

許心安倒是無所謂，神之光芒嘛，她完全能理解。反正那什麼法術結界一大堆名稱什麼的她完全不懂，她就安靜聽著，在大家問到一些細節時，她再做解答。

「我們現在還沒有找到陳百川，說起來他這級別的降魔師還是有些名氣，知道他的人很多，就算有意隱藏蹤跡，也一定會有人認出他來。找到他是遲早的事，只是這事不像他一個人能完成的，我覺得我們要提防他的同夥。還有，大神說的對，對付許小姐這樣的普通人，確實沒必要大費周折擺出這麼大的結界陣式來。也許他原本另有計劃，想對付的是很厲害的對手。」說這話的是董溪，三十四歲的女降魔師，她的強項也是結界，所以對陳百川的名頭比較熟。

許心安啃著豆干心想：她就很厲害啊，這不是應付完一個結界再一個結界，厲害得讓她自己都意想不到。

「我有一個疑問。」董溪接著說：「既然許小姐不是降魔圈的人，完全不懂法術，那她是怎麼逃過幻境的？」

許心安繼續啃豆干，什麼叫「她」啊，她明明就坐在她面前，直接問不行嗎？幹麼問畢方？

許心安看了一眼畢方，畢方正看著董溪，沒注意到許心安。許心安塞了一包魷魚絲過去，成功把畢方的注意力吸引過來了。

「妳看，她這麼笨，只知道吃。」畢方一邊吃魷魚絲一邊回答董溪的問題：「自己貪吃還要拉別人下水。」

許心安使勁瞪他，這是在說她，還是說他自己？

「你們大家都知道的，傻人有傻福。心安那天有點狗屎運，再加上我一直在找她，最後把她救了出來。」說了等於沒說。

大家很想搖頭，他們不知道，完全不明白有點狗屎運是怎麼逃出來的。

所以，另一位叫黃天皓的降魔師補充了一句：「他給妳喝的那杯水應該是失魂水，消除魂力能量，方便他取魂。」

看看，人家多有禮貌，會直接跟她說「妳」！許心安趕緊答話：「那杯水沒味道，就像白開水。說不定他覺得我什麼都不懂，就真的只是給了一杯白開水。」

「妳是滿格強魂，他測過了，應該不會掉以輕心才對。」方書亮說：「全白的空間是幻境中的一種，叫空境界，一般情況下會是一望無垠的白或者伸手不見五指的黑，又或者是越來越縮小的緊迫的空間，給人造成巨大的壓力。不知不覺，耗盡精神，失去意志。妳說妳首先看到的白色空間是有一定的範圍並且固定不變，這就有點奇怪。」

「哪裡奇怪？」許心安不懂。

「控制空境界的空間範圍大小和顏色，這是降魔師抵抗這個幻境要做的第一步，但許小

姐不懂法術，自然是做不到，那陳百川為什麼要放妳一馬？」

許心安不知道能怎麼答。

「我覺得不是陳百川要放她一馬。」黃天皓道：「陳百川把她想得太簡單，以為一杯失魂水一個空境界就能把她搞定，結果發現空境界被控制了。然後畢方大神找到了許小姐，陳百川為防萬一，就把許小姐轉移到了另一個空間，繼續用幻境攻擊。但許小姐都抵擋住了，撐到了畢方大神來救她。」

言下之意，在座的都明白，喝了失魂水，在完全沒有防備的情況下，躲過數次攻擊，這可不是門外漢能辦得到的。

許心安皺眉頭，一臉茫然，所以咧？

「她身上有我給的護身符。」畢方說道。

有嗎？許心安看了畢方一眼。畢方也正看她，許心安頓時明白了。畢方還是不想讓這些人知道她那莫名其妙突然出現的法力，並不想讓這些人研究她。她點點頭，「嗯，畢方有給我一個護身符，也許是那個起了作用。」

董溪問道：「可以讓我們看看嗎？」

許心安看了看畢方，畢方點點頭。若是不滿足這些人的好奇心，他們只會沒完沒了地問問題。

許心安從衣領裡將那條羽毛項鏈拉了出來。

畢方道：「我就是靠著這個找到了她，她也是靠著這個抵擋住了陳百川的幻境攻擊。」

龍子薇道：「心安是許龍兩家使命繼承人的孩子，有著最優秀的降魔師血統，天賦異稟，也許這也是原因之一。」

董溪皺了皺眉，「降魔家族裡通婚的不少，我倒是沒聽說過兩位降魔師生下的孩子就能天賦異稟的。何況許家不是早就退出降魔圈，本事失傳了嗎？」

黃天皓道：「龍姊說了，是使命繼承人的孩子。尋死店互不往來，還沒發生過使命繼承人與使命繼承人結婚生子的事。原本使命繼承人這個身分就很特別，不是降魔師就能當的。」

龍子薇點頭，「使命繼承人的魂力最強，而且冥冥之中會有指引。我妹十歲那年，忽然跟我爸說，她知道她得繼承蠟燭店。這跟我爸當年一樣。我爸說他小時候，有一天練功時突然如靈犀開竅，知道了自己的使命，而我妹的魂力和降魔天賦也確實在我之上。」

許心安捧著茶杯喝了一口。她一點感應都沒有，她小時候知道她要繼承蠟燭店是因為她是獨生女，而且她不想經營蠟燭店，她想開咖啡店，勸了她爸很久，沒有成功這才作罷。所以沒有法術沒有得到神之指引的她，到底是怎麼回事？

「我覺得這些都不是重點。」許心安發表自己的看法，「現在謎團不是我這邊，我怎麼逃出來的不重要，重要的是那個陳百川為什麼要殺害尋死店主。還有，你們一直在說尋死店主互不往來，在降魔圈裡也很少有人知道這事，對吧？」

大家點頭。

「那陳百川是怎麼找到的呢？除了我傻傻地在網上發消息被他發現以外，另外兩家店他是怎麼知道的？還有沒有別的我們不知道的尋死店已經遇害了呢？或者他是不是找到別的尋死店主還沒有下手？」

「也有可能。」董溪道：「他布置連環結界也許就是為了對付別的尋死店主。對方也許是高手，但陳百川還沒來得及行動，就遇到網上發帖的許小姐，他決定先挑容易的下手，卻沒想到出了差錯。」

這聽起來合情合理。龍子薇道：「也有可能不一定是尋死店主，如果他只是想收強魂，那他把目標對準強魂者就對了。比起尋死店主，降魔界中的高手都有強魂更容易找，他布下這些結界也許就是為了這個準備的。」

「有道理。」方書亮道：「那我們這麼辦，一方面繼續尋找陳百川，一方面聯絡圈中高手們，讓他們務必小心。還有就是，陳百川這次的連環結界被發現，他肯定不會在原位址上重新布咒施符了，他需要找新的合適的地點。」

「除非他放棄用連環結界這種手段。」黃天皓道。

「他不會放棄的。」董溪道：「我們每個人都會用自己最擅長的手段去做事，陳百川肯定也一樣。他想取強魂，不用結界，他靠什麼打敗對手取魂？再者說，他的連環結界布置得巧妙，法力強大。從金木大廈把人轉移到西亭街，那有十公里的距離，再轉到G市郊區，那有近二十公里的距離。我反正是沒這麼大的本事，所以我覺得他一定有同夥。既然他們花了這麼多心思研究連環結界並且運用成功，怎麼會放棄？他們一定會尋找新的合適的地點。」

黃天皓道：「有道理。只是現在陳百川本事有多大，我們並不清楚。也許他之前收到的強魂已經被他煉化吸收，法力非一般降魔師能比。」

大家的表情都嚴肅起來，那樣就太可怕了。

「無論怎樣，幻境中使用的場景和物品都是自己最熟悉的東西，這樣能確保不出錯。尤其在確認心安是強魂之身而且還沒能給她喝下失魂水之前，陳百川創造的幻境場景一定是很謹慎的，不然哪個地方不合理或是出了差錯被看出來，風險太大。心安在二十二樓看到的辦公室，肯定是在某個地方真實存在的，也許就是陳百川的辦公室。」畢方道。

龍子薇手下的符良趕緊道：「一會兒我可以按心安的描述用電腦大致重建一個那樣的房間，也許對我們找到他有幫助。」這時候他想起來了，「對了，我拿到了金木大廈的平面配置圖，龍姊跟我說了妳在金木大廈裡待的房間，對應方向下來二十一樓的那個格局是這樣的。」符良去拿了一張列印的圖紙過來，讓許心安看。

「不是，我待的那個房間跟這個格局不一樣。」許心安很肯定。

「那就是了，大神說的沒錯，陳百川沒有按大樓的原有格局幻化空間擺設，而是按他熟悉的來。」符良很高興，「這樣我們就能有些線索，一個是他辦公室的樣子擺設，一個是他兩次轉移心安的地點，布置結界也得是找他熟悉的地方。第一次轉移，畢方大神雖然沒找到具體地址，但知道大致的範圍，還有那個G市的鬼屋，他一定事先去過很多次。」

方書亮道：「還有蛇，他使用蛇來攻擊，也可以查查看他與蛇妖之間的聯繫。我們在圈子裡多留意，他不可能不與圈中人聯絡。收魂之後必須煉化，他需要法器和工具。他要找尋死店主或是強魂高手，也得在圈中到處打聽。」

許心安又有疑問：「我還是不明白前面兩家尋死店主是怎麼被找到的。陳百川找尋死店一定很辛苦吧，其他人不是也有強魂嗎？他花費在找尋死店的時間精力，足夠他取更多的強魂吧？為什麼要自找麻煩？」

眾人一片靜默，最後董溪猜：「也許尋死店主的魂最強？」

「他怎麼知道？」

「他出身尋死店，當然知道。」

「可是再強又能強到哪去？就算尋死店主強魂有十分，其他強魂有七、八分，吃兩個一般強魂進補的營養要比吃一個尋死店主還多一半呢！」許心安覺得邪惡降魔師的這種進補想

法真是太奇怪了。

「也許他沒特意找，就是正好遇上了。」董溪又猜。

「嗯，然後他發現尋死店主都沒本事，光有強魂，沒有法術，取他們的魂簡直如探囊取物，比最初級的降魔師還好對付。」畢方在沙發上發現了一臺掌上遊戲機，一邊玩一邊發表意見。

「你在說誰？」許心安瞪他。

「說妳呀，這麼明顯。」畢方施施然毫不在意，「也許另兩家尋死店主也是妳這樣的情況，已經失傳了，不知道自己的身分，然後就遇到飛來橫禍……這遊戲機還挺好玩的，妳幫我買一個吧。」

許心安順手就巴了他腦袋一下，畢方被巴完頭還在說：「幫我買一個嘛！」

許心安剛想開罵，忽然看到一屋子人石化般的瞪著他們倆。

「……」真尷尬！許心安懊惱自己的手太快，她清清喉嚨，嚴肅地說：「玩遊戲不好。」

畢方沒理她，很無恥地問：「這誰的啊？能借我玩幾天嗎？」

符良還沒從震驚中恢復過來，抖著聲音道：「送你了。」媽呀，居然敢打神，好順手好俐落！

畢方占了便宜，很高興地抬頭對符良一笑，「謝謝。」

許心安咬牙。實在是太丟人了，真不是她暴力，某神欠揍，不管不行！

「我們還是聊正事吧。」許心安決定暫時無視那個丟人的傢伙。

一屋子人終於恢復正常。大家分好工，符良負責在網上搜查線索，郭迅和秦向羽去金木大廈、西亭街以及G市灰樓鬼屋現場查探，龍子薇和幾個降魔師則到圈子裡查找陳百川以及近期的失魂命案相關消息。

至於許心安，依舊回去正常開店。一來是她沒有圈中人脈對查案沒什麼幫助，二來也許陳百川還未死心，會繼續找她。畢方守在她身邊，若陳百川再次下手，就由畢方將他抓住。

開完會，龍子薇將許心安叫進她的辦公室。畢方一邊玩遊戲，一邊跟著進去了。

龍子薇拿出一個大背包打開，將裡頭的東西拿出來給許心安看。有外包裝像紙巾式的各種符籙、糖果袋包裝的朱砂摔炮、化妝盒裝的現形粉、化妝鏡似的照妖鏡、普通手槍似的伏魔槍、鎮妖手電筒、縛魂索、降魔匕首等等一大堆東西，還有好幾本書，有教咒的，有教畫符的。

龍子薇大致教了教許心安這些東西的用法，又說了說這些書怎麼看怎麼學。

「妳先自己看看，等有空了我再好好教妳。」

許心安覺得這些東西很新奇，翻了翻那些書，發現其實她家倉庫裡的祖傳寶貝裡也有這類書，內容差不多。只是龍子薇這些是新印的，祖傳的古籍都破破爛爛了。

許心安這個看一看，那個摸一下，龍子薇看著她，忽而嘆了口氣，「心安，也許冥冥之中天意已定，我原以為我們許、龍兩家使命到這一輩就該沒了，沒料到卻發生這種事。妳毫無法術，卻有神明相助逃過一劫。許家早已遠離降魔界，妳卻捲入到這場劫難裡。機緣如此，真的是上天指引。妳好好學法術，日後一定會有用處。」

許心安回到家仍琢磨那話，竟然真的有了自己就是使命繼承人的感覺。

就跟她媽媽一樣，突然知道了。

接下來幾天，許心安一邊看店一邊學習，而確認陳百川身分這事有了進展。靠著裘賽玉

幫忙，許心安看到了陳百川的戶籍資料。從身分證的照片上看，確實就是企圖謀害她的那個吳川。

她跟龍子薇說了此事。龍子薇他們心中有了數，查事情就更有底了。

許心安的學習就是認真翻看龍子薇給她的那幾本書，然後她有了覺悟，就是她那什麼狗屁使命繼承人的感覺真是笑話。這些書，她完全看不懂。

畢方倒是看懂了，還指點她，這個符是這意思，那個咒要那樣用。啊，原來你們人類對付我們神族用這手段，來來，借我先看一下。

如此這般，這般那樣，道理和邏輯許心安都能理解，但是這些符誰能記得住？比她刻在蠟燭上的那些複雜多了。明明小時候她學畫符的時候進展神速，現在也才二十三歲，不老啊，怎麼腦子就不靈光了？

許心安打電話給龍子薇：「姨，你們那些符都是用畫的嗎？列印的吧？」

「確實有些小符是可以用列印的。現在科技發達，也有專門的朱砂列印墨，但碰上法力強大的，必須以血畫符立咒，又或是交戰之中，情況危急，上哪列印去？還有些印是以法術而鑄，取巧不得。列印什麼的，是給初學者玩玩對付些小鬼小怪的。」

「哦。」許心安頓時蔫了。

努力對著書畫了一個，畫出來果然是符——鬼畫符。而且畫得好暴躁，還沒畫完就想死，她真是理解了畢方尋找尋死店的心情了。

又試著畫了一個，更想死了。

唉，許心安撐著下巴看那些符，使命繼承人什麼的，果然是騙人的。腦子裡有鬼，似乎就是不想讓她會畫似的。明明她是一個很有耐心的人，又很愛讀書，怎麼現在學習符咒這麼暴躁？

許心安又打電話給龍子薇，問她她們學這些符啊咒啊都畫了多久。龍子薇說當時她們還小，都靠著死記硬背學會的。她們是三個符一組這樣學的，一組她畫了兩天，她妹妹也就是許心安的親媽花了半天不到搞定。

許心安頓時更蔫了。

「我還以為自己是天才呢，無師自通，能用幻境對付幻境，能變出掃把，還能跟你通訊。結果呢，連個符都不會畫。」許心安忍不住跟畢方嘟囔。

畢方一邊玩著遊戲機一邊道：「學得不開心就不用學，勉強又有什麼用？辛苦又沒樂趣。」

「不，這不是為了樂趣。」許心安義正辭嚴，「這是為了責任和成就感。人類高尚的精神境界不是你這個想死的妖怪能理解的。」

畢方笑道：「我看妳剛才學的也一臉想死的樣。」

許心安剛要反駁，店門「叮鈴」一聲響，有個客人推門進來了。

「歡迎光臨。」

進來的是一位圓胖的少年，長得善良又喜氣。他看起來很緊張，站在門口環視店裡一圈後才慢慢走進來。

許心安挑挑眉，這表情這架勢，不知道的還以為是來打劫的呢！

「你好，有什麼需要嗎？」許心安推了推眼鏡，笑盈盈地招呼。

圓胖少年走到櫃檯前，「呃，我是，我是……呃……」遲疑半天支支吾吾就沒句完整話。

「鼠妖。」玩著遊戲機的畢方實在沒耐心，幫他說了。

許心安驚訝地半張了嘴。圓胖少年漲紅了臉，點點頭。

「然後呢？」許心安等了半天，這胖鼠也沒下一句，倒是說句完整的呀。來打劫來吃人還是來買蠟燭，說呀！

「我、我想來求妳幫個忙。」

許心安驚訝地張大了嘴。不是吧，她能幫什麼忙？

「可我沒有錢。」胖鼠一臉羞愧。

許心安內心是有波動的。不愧是與人類共處N年的老鼠，當真是懂得人情世故。第一句話就先說出了重點，不像那個沒禮貌懶惰還貪吃臉皮厚的鳥精。但是他沒有錢，而且她也幫不上忙，她只是個賣蠟燭的，這時候是不是該把那個「本店不接待妖怪」的牌子亮出來了？

胖鼠小心翼翼地看了看許心安，道：「我雖然沒錢，可我也會努力幫妳的忙回報。那天，在G市那幢灰樓鬼屋裡，我看到妳了，妳、妳很厲害。」

許心安的內心波動更強烈了，她居然很厲害？她當時明明一直在垂死掙扎狼狽不堪。等等，她懂了。「你在拍我馬屁？」這樣會不會太直接讓妖怪尷尬了？

胖鼠臉漲得通紅，看來確是被戳破了，但他仍辯解：「不，不，妳真的很厲害，妳能成功逃出去。我，呃，我一直住在那兒，那裡挺好的，平時很清靜，時不時有人過來探險，帶了好多吃的，走的時候也不會帶走，所以之前我過得挺好，有吃有喝，但是那個人來了，好多小夥伴都被滅殺。我一直躲著，那天看到妳突然出現，我雖是小妖，但也懂一些。那人想對付妳，但是妳成功逃掉了。前幾天，那人突然回來了，到處清理搜查，然後他發現了我。我一直逃，循著妳的氣味找了很久。」

「找我做什麼？」

「那人一定會想殺我滅口的。」

許心安又驚訝了，「不會是想在我這讓我保護你吧？」

「不用不用，我就是想搬到這一片地來，但是你們能辨識出妖怪，我怕你們二話不說收了我，所以我來打聲招呼。我不做壞事，平常就是有口飯吃就好。那邊不能住了，我想搬到這裡來，離妳近一些，這樣那人就算找到我我也不怕了。」

許心安琢磨半天，「為什麼搬到這兒來那人找到你你也不怕了？」然後她突然想明白了，「你的意思是，兩個目標在一起，別人會對付那個大一點的目標，然後反正你和我也見上面了，該告訴我的肯定都說了，所以那人會覺得也沒滅口的必要了？」

「啊？」胖鼠後退兩步，一副怎麼又被戳穿的表情，然後辯解道：「不止這樣，我還有一顆正義的心和助人為樂的情懷……」他還沒說完，就聽得許心安道：「畢方，抓住他！」

胖鼠嚇得往沙發上的男人那邊看一眼，還沒來得及轉頭跑，忽地感到身邊猛地發燙，一轉身，發現身體四周豎起了火一般的紅色細絲網，那些細絲火紅又有些金色，似乎還冒著小小的火苗，交織在一起，密密麻麻圍了個圈，把他困住了。

胖鼠大驚失色，竟嗚嗚嗚地哭了起來：「我不是壞人，不對，我不是壞妖怪！我就是正好住在那兒，是你們闖了進來！」

許心安撐著下巴看著他，「喂，你好歹是個男人，不，男妖怪。男兒有淚不輕彈，聽說過嗎？我是好人，不會亂殺人的。」

胖鼠偷看了一下沙發上那個紅棕色頭髮的男人。他是妖，他能感覺出許心安確是無害，厲害的是那個紅頭髮的男人。剛才這女的叫他畢方，他是小妖中的菜鳥，沒見識，不知道畢方是誰，但應該很厲害很厲害。他把他困住了，卻還在玩遊戲，輕鬆得好像他什麼都沒幹過

似的。

「妳、妳想怎麼樣？」

「你想讓那人覺得沒滅口的必要了，就得把事情告訴我。他去那個鬼屋做什麼，有沒有同夥，你都聽到什麼看到什麼了。你說清楚講明白了我才能放心，不然我這人現在多疑，會懷疑你是他派過來的，那為民降妖這種事就非得執行一下了。我正好在練習畫符籙……」

胖鼠抬起淚眼，「我也沒打算瞞著妳呀！」

這委屈得……圓胖圓胖還挺可愛的。

許心安問他：「你叫什麼名字？」

「沒名字。」

「那暫時代號圓胖。」許心安果斷為他作主，「你說說，那男的第一次去是什麼時候？」

「沒記住具體時候，大概差不多半個月吧。」

「半個月？」果然跟畢方估計得差不多。

「嗯，他來看過幾次，我不太記得清次數了，大概三四次。不過我也不是每次都見到他，有時候我會出去散散步找找吃的，所以他也許來得更多，但我看到的是，他每次來都放了些東西，在牆上地上畫來畫去。曾經有一個男人跟他一起來，我趕緊跑了，沒敢細看。只見過一次他帶人來，其他時候都是他自己。後來有一個多星期吧，那人再沒來過。然後有一天晚上突然又來了，就是到處看了看，然後走了。接著第二天妳突然出現，就像鬼一樣『嗖』地憑空出現。我好奇偷看，結果被法力震傷，倒在那兒動彈不得。」

「你那時候是老鼠的樣子？」許心安問。不然這麼大個人她應該會發現吧？不過也說不定，她那時候嚇都嚇死，光顧著掙扎逃命了，沒注意到別的。

「嗯，是原形。」圓胖說起這事來顯得很不好意思，「我才三百多年道行，修為不夠，化人形久了會覺得累，還是原形舒服自在些。」他頓了頓，又說：「反正就是我受傷了，倒在那動彈不得。結果過了兩天，我才緩過勁來能動彈，那個人又來了，他一進來就發現了我，拿出法器要收我。我拚命逃，趕緊鑽進洞裡，好幾點差點被抓到，最後我想我應該來找妳。我記得妳的氣味，又聽他之前打電話的時候提過W市，於是我就來了，找了好幾天才找到妳。」

「他打電話提到W市？」許心安歪歪腦袋，「什麼時候？」

「就是妳出現的前一天，他不是過來看了看嗎？他打電話說都檢查過了沒有問題。那發帖子的IP地址是W市的，明天他就聯絡，應該就是那家，確認了就馬上動手。」

許心安看了看畢方，再問圓胖：「你知道他打電話給誰嗎？」

「不知道。」

「電話裡有沒有稱呼對方的名字？」

圓胖想了想，「好像沒有。」

「他電話裡還說了什麼？」

「我那時候躲在洞裡，沒敢離得太近，只斷斷續續聽到一些。好像說就差一個，又說什麼應該是沒法力，也許她父親才是。但如果發帖的就是她，證明她知道那些事了，得抓緊時間才行。最重要看她的魂力怎麼樣，她是獨生女，有很大的機會也會是。」

許心安想了想，覺得哪裡不對，聽起來好像在她發帖之前陳百川就盯上她了。她想起前段日子感覺到有人盯梢，可他是怎麼知道她家是尋死店的？如果是一個多月前，那她爸出去

旅遊不在，他看她沒法力，認為她爸才是店主，是使命繼承人，那說明他之前就打聽清楚她家的狀況。

只差一個？難道是說，其實他們的目標並不只是別的什麼強魂，而是真的針對尋死店主？而她發的那個帖子讓他有了危機感，也有了搭訕和行騙的理由。她迅速入套，對他非常信任。

這麼看來，他也應該會知道她店裡還有一個男人，他知道畢方的身分嗎？應該是知道，所以他當時約馬上見面，交代不要告訴別人。不給她查證思考的時間，也不告訴她他是什麼樣子，做好了如果畢方也出現他就換一個辦法的準備。

大半個月，布置幾重連環結界把人轉移走，看來他是在防著畢方啊！

許心安又看了畢方一眼，她猜應該就是這樣，弄得這種場面出來是因為畢方。怕畢方突然出現壞了他的好事，才會準備這些把人移來移去，但她還是不明白，他怎麼會知道她家是尋死店？如果不是畢方，她自己都不知道。

「他還說別的了嗎？」

「還說什麼要是集齊了，什麼蛟龍什麼的，什麼醒了還是什麼的，這段沒聽清楚，但確實聽到蛟龍這個詞。」

正在玩遊戲的畢方聽到這裡猛地問：「蛟龍？」他的語調難得嚴厲，許心安看了他一眼。

圓胖嚇得簌簌發抖。「我真的聽到了，沒騙你！」他很怕畢方。

畢方丟開手中的遊戲機，一轉眼就到了圓胖的面前，「他說蛟龍怎麼了？」

「不知道。」圓胖要哭了，「就聽到什麼醒什麼的。」

「還有呢？」

「沒有了。真的，他每次過來就是到處看，擺這個擺那個，畫來畫去，我就聽到這次電話。他之前帶的那個幫手我也沒看清，只知道是個男的，年紀比他大。」

畢方讓圓胖走了，然後很難得地正經發了半天呆。這讓許心安有些擔心，她認識的畢方是跟你不熟的時候傲慢無禮，跟你熟了之後皮厚無賴，但嚴肅認真和思考這類詞跟他八竿子打不著。

許心安打電話給龍子薇，把圓胖說的事仔仔細細告訴了她。龍子薇很重視，她想見見圓胖，許心安有些為難。她說圓胖已經走了，不知道在哪裡，況且她也答應了圓胖不會帶降魔師或是什麼別的人找牠。

龍子薇想想作罷，先按現有的線索再查查。

許心安這天早早關店，回家做了畢方愛吃的排骨。這傢伙心情不好的時候胃口也沒差，飯菜一掃而空，然後坐陽臺裝深沉去了。

許心安也坐過去，問他：「蛟龍就是你的戰友嗎？不是傳說黃帝在泰山大戰鬼神的時候，蛟龍駕車，你伺候在車旁。」

「什麼伺候？我從來不伺候誰！」

那傳說是真的？許心安很有興趣，她朝畢方挨近了一些，「跟我說說嘛，黃帝長什麼樣？有幾個老婆？你跟蛟龍在他那算什麼職位？蚩尤呢？長什麼樣？醜不醜？跟黃帝真的是死對頭嗎？」

「瞎編的神話不要信。現在流傳下來的很多典籍都是幾千年編了又編改了又改，不能信。」

「那也是勞動成果，而且跟我們沒關係，自有專家去研究。等一下，你還沒有回答我的

問題。你們那時候有薪水嗎？公務員是怎麼當上的？是不是靠打的？誰贏跟誰走這樣？」

畢方撇臉給她看，「妳好煩！」

許心安完全不介意他的抱怨，捅了捅他的腰，催他快說。

「其實過了數萬年，我又遁世沉睡了數次，許多事都忘了，但有些事確實還記得。我與蛟龍，是有些交情。他是天帝救下的獸，又經天帝指點修煉，終有所成。那時候神權的爭奪比較激烈，你們人類的神話裡是說五方天帝，還起了名字，黃帝是你們說的其中一位。我按你們起的名字說，蛟龍為報答黃帝的恩情，便一直跟隨他，為他南征北戰，建了不少戰功。那時候我們遠古創世五神獸也挺搶手，挺多人來找我們助陣來著，不過我是不願摻和。」

「等等，還有創世神獸？」

「畢方、據比、天吳、豎亥、燭陰，是你們人類起的名字。撐天地定方位，你們書上寫的。其實沒那麼誇張。」

「我沒看過這個，我就看過黃帝去打仗，然後蛟龍駕車，你在旁邊伺候著。」

畢方又撇臉給她看，「都告訴妳我不伺候誰。」

「好嘛，我就是說一下我看過的書。」

「那次我不是為黃帝去的，是為了蛟龍。妖鬼之火太邪，蛟龍那笨蛋會死，於是我就去了。」

「你跟蛟龍為什麼關係這麼好？」

「他也幫過我。當初我將火種送到人間，惹怒了黃帝，蛟龍在黃帝身邊聽到消息，趕緊跑來與我通風報信。那時候許多妖獸要取我首級向黃帝邀功，蛟龍幫著我一路打殺，最後黃帝出面了結此事，蛟龍又回去繼續追隨他，我就繼續到處走。」

「火種怎麼是你送的？明明是原始人懂得鑽木取火。這是有物理科學在裡面的。」

「哦。」畢方也不在意，伸了伸腿，把肩膀壓在許心安身上。真是太懶了，這麼懶活這麼久，真的很辛苦。許心安心裡抱怨著，忽又想，鑽木取火，啊，畢方是木神火神，說不定也真是他給了那個原始人指引呢！

「那你幹麼要送火種？」

「烤肉比較香啊！」

絕倒！這傢伙幹點有出息的事時，能不能不跟吃有關係啊？

「那蛟龍跟你通風報信還真是有義氣呢！」

「因為烤肉他也吃了啊！」

「……」好無語。

畢方接著道：「後來，有一天天帝叫我過去，說天地紛亂，魔神囂張，人類最是弱小，卻也最是勤勞踏實，不該受到欺負。有些人類有些降魔本事，斬殺妖魔，是好的，但是他們沒有厲害的法器。況且歲月久長，保不齊日後還會發生什麼事，為了日後有大劫難時人類有能力自保，他讓我送十個符靈魂火到人間，送到降魔家族之中，讓他們將魂火咒印封存在燭火裡，以火燭店為記號，世代守護下去。」

「所以有了尋死店和魂燭。」這事之前畢方有說過，但有了這段日子的經歷後再聽到，許心安有了完全不同的感覺。

「送十家太累了，蛟龍就馱了我一段。」

「……」這是懶成啥樣了？許心安道：「他是不是知道你太懶，怕你不好好送才馱你的？」

「反正最後都送到了。」

許心安嘆氣，「可是尋死店很多都倒了呢。沒倒的，像我家這樣的，也沒什麼用。黃帝大人當初美好的設想落空了，理想與現實的差距。」

「都這麼久了，這種情況也正常。五帝早沒有了，當初許多以為自己與天地共存亡的神魔也沒有了，這天地早已不是當初的天地。樹少了，鳥少了，許多獸也沒了。山被挖掉，樓房建起來。」

這是在抱怨嗎？許心安趕緊說：「科技還發達了呢！有許多新東西，世界日新月異，總歸是好事。你看你喜歡玩的遊戲機，以前是沒有的。」許心安抓住機會遊說，一定要讓畢方體會到生命美好，絕了尋死的念頭。

「玩幾天就膩了。」畢方撇嘴。

「那你還要我買？」許心安凶巴巴，「浪費錢！」她還真買了一個給他，把他不要臉拿人家的還回去了。結果這傢伙卻說幾天就膩了，打死他！

畢方嘆口氣，「心安，妳覺不覺得日子很無聊？」

「不會。我警告你，你不要演憂鬱啊！每天要忙的事可多了，你不要成天有消極的想法。」許心安有點心慌，這傢伙怎麼勸不回來呀？死有什麼好的，他還念念不忘。這神經病，神會不會有憂鬱症，但是看他平常又很正常的樣子。

「我不憂鬱，我就是覺得沒意思。妳不會懂的，妳才活了二十幾年，等妳活到一百歲的時候都不會懂。你們人類的時光太短暫了，真讓人羨慕。」

「……短暫的，才可貴。」

好吧，這話題再聊下去，她就真得憂鬱了。

許心安把眼鏡拿下來擦一擦，想說說別的，卻看到院子裡有隻胖老鼠。

「咦，那是圓胖嗎？」許心安戴上眼鏡。

「嗯。牠一直在附近，現在剛出來找吃的。」畢方的結界對周圍的妖氣有感應。

「等一下。」許心安把眼鏡摘了，「畢方，我又看清楚了，我能看清圓胖，但看不清牠周圍的草。」她趴在陽臺欄杆那裡，把眼鏡摘下戴上，摘下戴上，終於確認，「真的，我有特異功能。我能看到妖怪，但我分辨不出，是近視眼幫我分辨出來了。」

「妳現在看看，能看到我嗎？」畢方道。

許心安回頭，看到了。「你就坐在原來位置沒動啊，但是背上多了兩個巨大的燃著火的翅膀。」簡直……帥呆了！

她摘了眼鏡，還是看得很清楚。陽臺上擺的花和桌上的飲料杯都模糊，只有畢方是清楚的。

「我能摸一下嗎？」那兩隻燃燒的翅膀會不會燒到手？

「慢點摸，要是覺得燙就縮手。」畢方道。

許心安很興奮，伸手過去。羽毛光滑，火焰溫暖，太好摸了，忍不住一口氣摸了好幾下。

「不要趁機占我便宜。」畢方涼涼地道。

「你這樣子像天使，可是一開口就破壞了氣質。」許心安抱怨。

畢方一點都沒不好意思。

「你遇見過天使嗎？」許心安問他。

「沒有。」

「真可惜。」許心安說。

畢方白她一眼，有什麼可惜的，天使重要嗎？比他重要嗎？

他把翅膀收了，不高興給她摸。一邊占著他便宜，一邊還想著別人。

許心安摸得正高興，一下子沒了，不由得垮臉。畢方看她的表情，心情變好了，又涼涼地道：「不用遺憾，妳就當妳是正常人，反正本來就不應該看到，更沒可能摸到。」

許心安一愣，「應該看不到的嗎？」

「對。我沒特意現形，人類不該看到。」

「可是我就是看到了。」她的近視眼還挺厲害的，許心安沾沾自喜了片刻，又想到了，「啊，難道跟我戴著你的羽毛項鏈有關係？」

畢方搖頭，「也許妳阿姨說的對，妳父母都是使命繼承人，妳天賦異稟，所以妳有天眼，能看到三界萬物。」

「那發現得有點晚啊！」許心安看看自己的手，頗是遺憾。現在也只能看，沒捉妖的本事。

「心安。」畢方忽然喚她，「妳跟妳阿姨商量一下，看能不能讓妳去她那住幾天，或者她過來陪妳幾天，我得離開一陣子。」

「去哪裡？」

「去找蛟龍。」畢方懶洋洋靠著椅背望向天空，「若是這世上我還有朋友，那就是蛟龍了。前兩次我遁世睡覺之前，他說他要去找帝君的魂魄。」

「帝君是誰？」

「你們人類神話裡寫的黃帝。」

「哦。」還要強調神話裡的，好吧，他們認識的帝君跟他們人類書上寫的也許不是同一個，她是這麼理解的。

「你去吧。」許心安非常支持，「難得你有件想做的事。」找到了兄弟，也許他就不會覺得這世界沒意思，不想死了。她真的，不希望他死。

「等妳安頓好我再走。」畢方說。

「好。」許心安點頭，心情很不錯。畢方有了做事的目標，而且關心她，這讓她高興。她站起來，對著院子大聲道：「圓胖，你上來，我下碗麵給你吃。」真是見不得流浪小動物在跟前晃。

院子邊上正準備跑到馬路那頭找點垃圾剩食的胖老鼠頓時一顫，轉頭看向許心安的陽臺，兩眼閃著激動感動的小光芒。

圓胖化成人形，進了許心安的屋子，吃了一大碗麵，麵裡有菜有蛋有肉。吃完了，很感動地抹眼淚，「我就在附近巡邏，要是發現有異常，就來跟妳報告，不白吃妳東西。」

真是隻好妖怪！許心安內心甚有感觸，看看旁邊那個橫在沙發上看電視的神，吃白食理直氣壯還每天點菜。不過現在他很明顯地盯著電視心思卻不在電視上，看他這副樣子，許心安覺得很心疼。要是他走了，她會想念他吧？

「畢方。」

「幹麼？」

「你要去多久？」

「幾天吧。先找找線索。既然事情跟蛟龍有關，妳阿姨他們找陳百川，我找蛟龍，說不定兩邊的線索合在一起管用。把事情解決了，省得總有人惦記著想要妳的命。」

許心安感動，跑到畢方身邊坐著問他：「春節前能回來嗎？我們一起過年。要是沒找

到，過完年再接著找。」

畢方看著她，微笑起來，「好啊！春節是什麼時候？」

「八號。還有八天。」

「行，我一定趕回來。」

兩個人笑著對視，許心安眼角瞄到餐桌邊的圓胖，圓胖正目光閃閃，一臉渴望的小表情。

「圓胖也來吧，春節我們多做些好吃的。」

圓胖激動得胖臉粉紅粉紅，用力點頭。

許心安開心地蹦起來，「我去寫郵件給我爸，催他趕緊回來。今年春節大家一起，多熱鬧，還可以叫上阿姨他們。」她說著，一溜煙跑進臥室去了。

畢方坐在沙發上有些愣，等一下，不是單獨邀請他過春節嗎？怎麼轉眼後面跟了一大串的人？

畢方微瞇眼瞪著圓胖，一大串尾巴領隊的就是這個胖子。

圓胖看到畢方就害怕，被這麼一瞪，趕緊跳起來大聲衝臥室方向喊：「心安姊，我走了！」

「好。」許心安應了。

畢方繼續瞪圓胖，管誰叫姊呢？真夠不要臉的，吃了人家一頓飯就這麼諂媚了！三百歲的妖怪管二十三的人類喊姊，你好意思嗎？

圓胖被瞪得貼著牆撤退到大門處，想了想，嘗試著再喊一句：「心安姊，我飯點再過來啊？」

「好。」許心安又應了。

畢方猛地站了起來，圓胖「嗖」地一下化為鼠形，光速衝出大門，夾著尾巴逃了。

第二天，許心安忙完店裡的事，開好門布好貨，打包完要發的貨品，正打算打電話給龍子薇說說畢方要出門的事，結果龍子薇先上門來了。

「心安，我們這邊有線索了。董溪的師父說，陳百川曾經找過他，跟他請教連環結界的技巧。」

「啊！」許心安頓時有些激動，「那情況怎麼樣，能找到陳百川的下落嗎？」

龍子薇道：「董溪的師父是降魔圈裡很有名氣的高人，心有天眼，窺視過去未來，手撫沙盤，觸知凶吉福禍，結界幻境之術在圈中能當得上第一把交椅，但他隱退已久，很少見外人。就連董溪，要是沒什麼重要的事，有時想見她師父也不容易。這次董溪為了連環結界的事跟她師父請教，細聊之後，她師父知道我們要找的是陳百川，而陳百川前段時間正好找過他。」

「不是說她師父很少見外人，怎麼陳百川能見？」畢方問。

龍子薇看了許心安一眼，道：「因為陳百川是尋死店主。」

許心安一愣，「尋死店主」這身分竟然這麼閃閃發光嗎？

龍子薇接著說：「董溪的師父名叫高建堯，已過百歲高齡，但精神矍鑠，看起來仍是六、七十歲的模樣。他可算得上泰山北斗，當年許多人欲拜在他門下皆不得他點頭，他只收有緣人。因他窺得天機一二，許多人都求他指點。他也有些脾氣，不樂意再摻和江湖之事，於是宣布隱退，隱居在綠蔭巷內。為防有人打擾，巷子裡布了幻境結界，非請勿入，不然入了也是白入，轉悠半天後發現自己還在外頭。最重要的是，聽說許多人態度惡劣，硬闖綠蔭巷，結果經歷了一場恐怖幻境才能出來。那些恐怖之境每個人都不一樣，是直指內心的恐

懼。經歷的人深受折磨，許久之後還不能恢復。這些事傳得多了，再沒人去闖綠蔭巷。若真有事相求，便恭敬遞信到信箱，若是老先生覺得感興趣，就會依據信中地址寄出請柬，有請柬的人就能入巷了。」

許心安插嘴：「就連董溪也要遞信到信箱嗎？」

「當然不是，她打電話給她師兄。」龍子薇答道。畢方給許心安一個「妳想什麼呢」的眼神。

許心安「哦」了一聲，還以為得像小說電影弄得那麼玄乎。還好還好，還在正常人範圍內。

「高老先生不看電子郵件，沒有電話，身邊有幾個照顧他起居的弟子，一般是他們從中幫忙聯絡。董溪的事，有她大師兄幫忙說話，又因為事關尋死店，董溪才能這麼快見她師父面談。董溪說，不然她師父會覺得小輩沒什麼重要的事，成天想著法子見師父討好處走捷徑，不夠努力。」

「她師父好嚴格啊！」

「是的。」龍子薇點點頭，「高老先生確是有名的嚴厲嚴謹，做事一絲不苟。一旦下了決心，便要做到。這也讓許多人覺得他固執偏執，不懂變通。」

「剛才說，事關尋死店，所以高老先生同意見董溪，那高老先生原本就知道尋死店嗎？」

「是的。董溪說她也是詳談後才知道。她師父高老先生年輕時研習法術，尋遍大江南北各派高手，結識了一位尋死店主，也姓高。那尋死店主百歲高齡，法術高超，以降妖伏魔為一生使命，可惜膝下無子，家族斷根，無人繼承，蠟燭店早已倒閉。那店主看中高老先生的資質與良善，便將一身本領傳授給他，並將家傳的所有典籍和自己所用法器都送給了他，告訴他，莫拘泥於祖宗規矩，真正能止惡揚善的人便當得起使命繼承人之位，其他的都是枉然。」

居然還有正義又厲害的尋死店主？許心安頓時肅然起敬。

龍子薇繼續道：「高老先生牢記那位店主的教誨，覺得如此機緣，又是同姓本家，這該是上天給他的使命。但他認真研習所有的典籍，卻沒找到有關魂燭的法咒或祕密，只看到古籍族譜中的記載——使命繼承，重責重任，滅盡魔心，人間有光。總之，高先生有一身降魔本領，至今卻一直沒找到魂燭。他深信這個世上最強法器一定存在，只是他未有緣分。他曾數次被厲害的邪魔惡妖打敗，死裡逃生，也曾眼睜睜看著魔妖逃走無能為力，這種時候他就越發想起魂燭。他跟董溪說，這或許會是他此生最大的遺憾。」

「所以當他看到陳百川投的信，知道他是尋死店主，就跟他見了面？」畢方問。

「是的。他說陳百川要建連環結界對付魔神，所以就指點了陳百川。」

許心安的臉垮下來，「他居然這麼輕信陌生人？陳百川說要對付魔神就是對付魔神嗎？他也不求證一下就把本事教給別人。再說，口說無憑，尋死店主互不相識，互無往來，陳百川怎麼能證明自己就是尋死店主呢？」

「陳百川的魂力有九十。」

許心安：「……」看魂力就行了？她想起陳百川當時也是先測她魂力。

龍子薇道：「高老先生的法力高強，修行一世，魂力也是九十。陳百川的法力遠不如他，魂力卻也有九十。」

許心安：「……」那她這沒法力的，不小心魂力滿格。

「況且高老先生能窺天機知福禍。」

「哦。」許心安想：那就是人家能用法術辨別真假唄！

「高老先生想見妳。」

許心安張大了嘴。

龍子薇道：「高老先生對尋死店主有特殊的執念，或者該說崇拜，所以當他確定陳百川就是尋死店主時，他便盡全力幫了他。如今董溪告訴他陳百川在殺害尋死店主，他不怎麼相信。他要見一見那位尋死店主，據稱有著滿格強魂的使命繼承人的尋死店主。」

許心安張大的嘴怎麼都合不攏。「有著滿格強魂的使命繼承人」這句話聽起來簡直牛逼哄哄金光閃閃，但那個「有著滿格強魂的使命繼承人」其實是個廢柴，正義勇敢又超級厲害的高老先生會不會因此信仰破滅心灰意冷，然後一掌拍死她？

「心安，妳必須去一趟。陳百川為了得到高老先生的幫助，一定對他說了不少事，就算他不說，高老先生也能窺得一二。他願意幫他，肯定是知道了些什麼，不然不會盲目出手，說不定還會有魂燭的下落，這是找到線索知道真相的好機會。妳證明瞭自己是尋死店主，就有機會得到高老先生的幫助，就能找到陳百川。」龍子薇說道：「現在高老先生不願多說，只讓董溪來傳話，說他想見妳。」

許心安很猶豫，她就是怕這個啊！怎麼證明？她什麼都不懂。家裡開著蠟燭店，會畫蠟燭上的符圖賣點錢，這樣能證明嗎？雖然她有強魂，但是萬一現場考她法術，她馬上歇菜。

許心安看向畢方，用眼神問他：「去嗎？」

「去。」畢方很果斷地說：「有我撐腰，他敢對妳怎麼樣？」

許心安去了，時間是第二天的下午三點。

綠蔭巷是個又長又窄的巷子，整條巷子兩面都是牆，只有一個宅院。宅子大門是黑色的，筆直對著巷口。黑色木門上沒有門牌，只雕著繁麗的圖騰。許心安猜，也許是什麼符印之類的。

說實話，巷子裡有花有樹，綠化工作做得很不錯，看起來古樸美麗，絲毫沒有恐怖的感覺，但因為昨天聽龍子薇的那番介紹，許心安總覺得這巷子布滿了機關，說不定走到一半會突然蹦出一個嚇人的東西。「恐怖場景布置成這樣，確實挺有效果的。」她跟畢方說。

畢方沒理她，他正一臉不悅地瞪著董溪的大師兄，那個叫何義的，看著有四十來歲的男子。

因為何義帶來了高建堯的口信：綠蔭巷只准人類進入。

也就是說，畢方被擋在了門外。

畢方冷道：「我是神！」

許心安同情地看著他，依她自己應付古怪客人的經驗來說，「我是神」這句話沒什麼威懾力，「我是鬼」大概更能唬人些。

果然，何義與她當初的反應一樣，他冷靜地說：「神，請你在巷口等等。這兒有個涼亭，我們備了茶水。」

畢方拉了許心安就要走。

「等等，等一下。」許心安、龍子薇和董溪一起叫。

「涼亭離那屋子這麼近，你還沒來得及起飛就到了，我不會有事的。」許心安說。

「我師父不會傷害她的。」董溪道。

「我在呢，我會照顧心安。」龍子薇說。

畢方冷道：「這不是你們人類受不受傷害的問題。」

「人類」這兩個字特意加重了語氣，以對應剛才何義說的「只准人類進入」。

「是神的尊嚴問題。」畢方說。

許心安瞪他。龍子薇和董溪無語。

「這個好解決。」許心安相當果斷，她回頭問何義：「這位大師兄，你們有沒有牛肉乾、魷魚絲、洋芋片之類的，還有掌上遊戲機？」

何義一臉呆愣。

許心安再回頭，跟畢方道：「問了，人家沒有。那這麼辦，回家做燉豬腳、糖醋排骨，再買兩個新的遊戲。」

畢方想了想，「新遊戲萬一不好玩呢？」

許心安瞪他。

畢方道：「再加一道紅燒鱸魚。」

「成交。」許心安指著涼亭，「你就坐那等我。別亂跑，別闖禍，別騙吃的。」

畢方大踏步朝涼亭走去了。

除了許心安之外，其他人全都扶額、呆愣、吃驚。說好的神的尊嚴呢？

三分鐘後，許心安被領進一間雅室，站到了高建堯的面前。

第四章
廢材降魔師的反擊

雅室很大，木地板，木桌木椅木櫃，裝修得很是古樸。靠牆的長案几上擺著香爐，爐中飄出淡淡的輕煙，伴著一股說不出來但是很讓人舒服的香味。許心安不由自主地深呼吸了兩口氣。

「坐。」高建堯擺手示意，聲音和動作都很有氣勢。

許心安跟著龍子薇一起坐下。何義和董溪沒有坐，兩人一左一右站在高建堯的身後，雙手交疊放在腹部，態度和姿態都很是恭敬。一個年輕男子走進來，將一個大茶盤放下，茶壺茶杯一樣樣擺在桌上，麻利又輕悄地把茶倒好，放到高建堯、許心安和龍子薇面前，然後對著許心安和龍子薇做了一個「請慢用」的手勢，再對高建堯鞠躬，接著後退幾步，轉身出去。

高建堯等那男子退下去，這才道：「請用。」

兩個字，仍舊很有氣勢，弄得不想喝茶的人也得喝上兩口。許心安一邊喝茶一邊想，真得跟畢方說說，你看看人家，那氣場、那氣質，臉上無形四個大字「我是高人」。哪像畢方你，太丟神的臉了！

許心安正想像著畢方會有的反應，卻聽見高建堯問：「妳叫什麼名字？」

許心安看了看龍子薇，發現這問題是問她的，忙答：「許心安。」

「妳父親呢？」

「許德安。」

「母親呢？」

許心安愣了愣，忽然意識到高建堯想問的是降魔家族的家庭成員。「呃，母親叫龍子琪。那父親的名字我也得更正一下，是許昭安。不過我沒見過他們，我是爸爸許德安養大的。」

這時候龍子薇幫著插話：「我是龍家尋死店後人龍子薇，我妹妹龍子琪是使命繼承人。許昭安是許家尋死店使命繼承人……」

高建堯看了她一眼，那眼神銳利，似在責怪龍子薇插嘴。龍子薇頓時噎住，把後頭的話嚥了回去。董溪在高建堯的身後對龍子薇微微搖頭，示意她別著急。

高建堯的目光轉回許心安身上，許心安被他盯得心裡有些發毛，但也勇敢直視回去。看著高建堯的眼睛，她忽然意識到，高建堯的氣質眼神和給人的感覺，跟陳百川有些像。雖然陳百川差了些，沒有高建堯的這種壓人的氣場，但眼神似乎能將人看清的銳利，以及一種她一時也說不清楚的感覺，讓她覺得有些像。

高建堯這時候道：「龍家我是知道的。當年年輕時，也曾與龍時昌合作過。那時我們幾位降魔師聯手，在太玉山降伏了環狗和呲鐵。」

龍子薇恭敬垂首。龍時昌是她祖父，那一戰她也曾聽祖父提過多次。天地變色，山林咆哮，凶險至極。環狗和呲鐵兩個魔獸入世，傷了不少人，降魔界追查許久才找到牠們的蹤跡，一眾人聯手將牠們困於太玉山上，最後決一死戰，終將牠們鏟除。好幾位降魔前輩獻出了生命，而這悲壯英勇之戰事跡一如既往地被隱於山林，普通人依舊或安逸或忙碌地在都市鄉鎮中繼續生活，並沒人知道，有那麼一群人，為人類正義曾經拚到最後一刻。

龍子薇想起已故的祖父提起這件事時的神采，那是他有生之年參與的最激烈的一戰，直到臨死前還在說，有這一戰，死而無憾。龍子薇有些激動，她握緊雙拳，久久不抬頭。她心中也有著降魔除妖的信念，所以就算龍家的蠟燭店沒了，就算她並不是使命繼承人，她也繼續在這個事業上努力著。

用自己的本領，除盡每一個應當被除掉的妖魔。

龍子薇心裡想著祖父常說的這話，卻聽到有人同時間也說出了口，是高建堯。

龍子薇抬頭看向高建堯，高建堯的目光卻是落到許心安身上，於是龍子薇看向許心安。

許心安一臉茫然，「環勾」和「支鐵」是什麼？妖怪名字？完全沒聽說過。不過她竟然在阿姨的眼中也看到了高建堯和陳百川眼中的那種光芒。只是他們三個人長相不同，氣質不一，龍子薇的差別又更大些。但眼神之中，都給了她一種說不出的感覺。

許心安愣神，打算看看董溪和何義，卻發現大家都在看她，她忙正色點點頭。這種情況看起來應該拍拍馬屁誇誇老先生英勇無畏本領高強，但她覺得還是不要亂說話的好。

一時間，雅室很安靜，過了好一會兒，高建堯說道：「許家我倒是未曾聽說過。」那有些看不起的語氣讓許心安心裡很不舒服，很想回嘴說那是他們許家低調得很成功的緣故。

高建堯又道：「我曾經有幸結識過一位尋死店主，我猜妳阿姨應該告訴妳了。」

許心安點點頭。

「那位尋死店主，對我這一生影響極大，他是我的恩師，亦似我的親人。我那時候以為所有的尋死店主都像他一樣，一身本領，心有壯志，肩扛重擔，腳踩四方。」

許心安抿抿嘴，不知道高老先生這麼說是不是想嘲笑她的廢柴無能？

高建堯接著道：「我聽董溪說了，妳父親、母親都是尋死店主，是使命繼承人。」

「是的。」許心安小心應話。

「我從未聽說過他們的任何事跡。」

「……」所以是在針對她父母嗎？

「他們如今在哪裡？」

「……」許心安不知道該怎麼答，她轉頭看向龍子薇。

龍子薇接收到許心安求救的眼神訊號，但她之前插嘴被高建堯以眼神斥責，不敢再造次。

「別看妳阿姨，我在問妳話。」高建堯語氣嚴厲。

許心安咬咬唇，「他們失蹤了。我父親因為承擔不了生活的壓力離開，我母親去找他了。」

「所以他們拋棄了天職，違背了天命。」高建堯冷道：「許家我就不說了，橫豎不認識，但龍家祖祖輩輩積攢下來的名聲與威望，全都毀在龍子琪的手裡。為一己之私，放棄責任，她祖父的臉都被她丟光了。」

龍子薇低頭不敢言語，若祖父在世，確實會這樣說。就連父母，當初也被妹妹氣得病倒。

自妹妹走後，家就不像家，店也蕭條下來。她一肩扛下，非常努力地經營，卻始終無法改善狀況。找妹妹花了許多錢，母親病故花了許多錢，為父親治病花了許多錢，再後來連父親也離世，家裡欠了不少債，後事都無錢打理，她不得不把一直虧損的店賣掉。

再後來，她離開家鄉，來到這裡。要說心裡沒有怪過妹妹，那是不可能的。但時間久了，她忘掉了。她有她自己的生活目標，她接了許多案子，還清了債，有了積蓄，開了公司，結交了新的圈中友人。她沒有結婚，她的人生是在工作中度過，但她覺得充實且快樂。

妹妹做過的事，無法抹滅，而她自己也沒本事，撐不起龍家，龍子薇覺得羞愧又難過。

許心安的感受卻是不一樣，她覺得父母拋家棄子確實是沒責任心，但是選擇什麼樣的工作和生活，他們應該有他們的權利。像她雖然覺得咖啡店應該更有意思，但爸爸說一定要賣蠟燭。她努力經營，花了許多心思在店裡，覺得也還不錯。她幫爸爸開蠟燭店是她願意，但如果不願意，這件事對她來說很艱難很痛苦，她想她也會做不下去。

每個人的天賦和興趣是不一樣的，何況降魔師這麼特殊和危險的工作，當然不是人人樂意做。被強迫做自己不擅長也不喜歡的事，自然會有很大的壓力和煩惱，而且老一輩的名聲與威望，為什麼要強加在小輩身上？小輩有自己的生活方式和目標，也許在另一個領域有所建樹，就算稱不上成就，過得好就行了。自己生活得滿足幸福比什麼都重要，幹麼要用自己的標準去丈量別人？她父母就算了，反正不知道去了哪裡，但是當著她阿姨的面這樣說，多傷人，多沒禮貌。這會讓她阿姨很難堪。

許心安看了看龍子薇，看到阿姨確實很受傷的樣子，她心裡很不服氣，但今天她們來這是有求於人，她又是小輩裡的小小輩，若她頂嘴，阿姨怕會更難堪，於是許心安忍了。

高建堯一直看著龍子薇和許心安。龍子薇的表情他看到了，龍家還有一個像樣的，可惜本事也就那樣，成不了大器，而這個所謂使命繼承人的小女生一臉的不安分，還什麼都不懂，空有強魂，簡直暴殄天物，他很不喜歡。

高建堯盯著許心安，問道：「妳有什麼想說的？」

有啊，不過她不想說廢話，直接說重點：「高老先生，我跟阿姨這次過來，是想問問關於陳百川的線索。他在做不法的事，我們必須阻止他。」

「他確實來找過我。」高建堯道。然後他喝了一口茶，再抬眼看許心安，「董溪與我說了。陳百川想取妳的魂，但是沒成功。」

「是的。」

高建堯慢條斯理地道：「據我所知，陳百川的法力非常高強，妳呢？」

「我沒法力。」許心安答得乾脆。

「那他為什麼沒成功？」高建堯問。

許心安皺眉頭，她覺得高建堯是在質疑她說的真實性。也難怪，畢竟這件事除了她和畢方，其他人都沒看到，都只是聽她說的。

「我有畢方給的護身符。」許心安耐心地把事情從頭到尾又說了一遍。說完，自己覺得很滿意。故事既精彩又真實，簡直可以寫小說。

高建堯聽完，久久不語，似在沉思。過了好一會兒，他道：「連環結界是用來對付魔神的。」

許心安忙道：「他確實用來對付我了，畢方可以作證，我沒說謊。」

「畢方給妳的護身符是什麼？」

「一根羽毛。」

「方便讓我看一下嗎？」

許心安想了想，從衣領把羽毛項鏈抽了出來。沒摘下來，只往前湊了湊，將羽毛墜子遞到高建堯面前。

高建堯沒有觸碰羽毛，只是看了它好一會兒。許心安看著他的表情，猜不到他在想什麼。過了片刻，高建堯點了點頭，許心安忙坐正。把項鏈塞回衣領有失儀態，於是就這麼戴著。

高建堯道：「我需要驗證一下。」

許心安問：「怎麼驗？」

她看到高建堯揮了一下手，何義從旁邊的櫃子裡拿出一個又扁又長的長方形大木盒，擺在了高建堯面前，也正是許心安的面前。

木盒蓋子抽開，裡面裝了滿滿的金色沙子。

許心安想起龍子薇說的，高建堯心有天眼，窺視過去未來，手撫沙盤，觸知凶吉福禍。她看著那一盤金沙，暗想是不是真的金子啊？對了，他能看到過去未來，說不定就是用這沙子施個法術：沙子啊沙子，你告訴我事情是不是這樣的？沙子上面浮現出幾個字來：沒錯就這樣。

許心安拭目以待，很好奇用沙子測謊是怎樣的。

可高建堯並不著急，他拉開他那邊的抽屜，在裡面翻了一會兒，取出一張符籙。符籙上用朱砂畫著符印，符圖很複雜，許心安在那些入門書裡沒見過。

高建堯左手捏著符籙，右手掐了個指訣，嘴裡不知唸著什麼，忽然左手一揚，符籙飄於空中，變成了四張，分開四個方向飄散開去。許心安的腦袋差點忙不過來，轉啊轉，盯著那四張符籙看。那些符籙似長了翅膀，飛到四面牆上，貼了上去。

許心安看看這張，看看那張，發現每張貼到牆上的角度都一樣，端端正正的，她打賭要是拿量角器去量肯定是九十度直角，而且居然不掉。許心安眨眨眼，有點想撕撕看是不是真貼住了。

「要做……」許心安一邊問一邊轉頭看向高建堯，可剛轉過來，「什麼」二字還沒說出口，卻見高建堯猛地一掀那個沙箱，金色的沙子兜頭兜臉向許心安潑來。

許心安大吃一驚，下意識縮起腦袋，抬起胳膊去擋。

沒感覺有東西潑到身上，可腳下一沉，似踩著了什麼，綿綿軟軟。許心安低頭一看，竟然是踩在了厚厚的沙子裡。金色的綿軟細沙一望無際，像是在沙漠裡。

雅室不見了，桌子不見了，椅子沒有了，阿姨、高建堯、何義和董溪全都不見了。

許心安先是一驚，愣了愣，然後明白過來這肯定是高建堯製造的幻境。那就沒什麼好

怕的，那位老先生是好人，阿姨、董溪她們都在，不可能有人會傷害她，許心安乾脆看起風景來。

「太美了！」沒買飛機票沒花錢就看到這麼美的景色，她占便宜了。

還沒得意幾秒，腳下突然陷了下去。許心安低頭看，雙腳竟然埋進沙子裡。越沉越深，沙子很快淹沒到膝蓋以上。她稍稍用力拔腿，結果沉得更快。

許心安不動了，讓它慢慢沉，還對沙子說：「好了好了，你別著急，我知道你是假的。」

沙子很快埋到了她的腰間，許心安四下張望著，在思考。

沙子埋到胸前，許心安抓了一把沙子摸著，還在思考。

雅室裡，高建堯雙手撫在沙盤裡的沙上，閉著眼感應著。

龍子薇被困在空境界裡，她有些緊張，在用法力抵抗。空境界對龍子薇來說應該不難，但也許她知道對手是高建堯，這讓她有壓力，再加上又不清楚許心安的情況，她非常擔心，所以她反而落在了下風。空間越來越窄，光線越來越暗，就連空氣都稀薄起來。

高建堯在心裡搖頭，果真難成大器！

他並沒有特意安排她們進入什麼環境。要到什麼地方，是由她們的潛意識決定的。

龍子薇一定是一心想著法術考驗，所以進入了空境界，她太緊張了。

倒是許心安這丫頭心寬！高建堯的重點在許心安身上。

她在沙漠裡看起了風景，於是他故意設置了險境，但他沒有感應到她的恐懼，竟然一點都沒有，這比龍子薇發揮失常更讓他驚訝。

高建堯在沙中用力一按，許心安猛地掉了下去，被沙子沒頂。

黑暗只出現了一瞬，下一秒陽光透過海水映在了許心安的臉上。許心安蹬著腿，划著雙臂，游出了水面，深呼吸一口氣，笑了起來。畢方教的沒錯，要想著自己熟悉的東西，沙子裡逃不掉，水裡卻是可以。她會游泳，她喜歡海邊，太陽溫暖，海水清涼，還有很多身材一流的帥哥美女可以看。她甚至在海邊得到了比基尼咖啡屋的靈感，當然就是想想，沒敢跟老爸說。

許心安游上岸灘，取下眼鏡看了看，抖了抖水，眼鏡竟然一下就乾淨明亮起來，不用擦。她再低頭看看衣服，衣服也一瞬間乾了。果然是幻境。許心安覺得這種幻境挺有意思的，好像自己都變得厲害起來。

下面她不知道該幹麼，於是愜意地坐在沙灘上，繼續看風景。這片景色是她熟悉的渡假海邊，她去過四次，每次都捨不得走。她曾經幻想過如果哪天這海灘上都沒人了，只她一個人安靜看海多好。現實中是作夢，高老先生的幻境卻幫她實現了。她又占了便宜，許心安微笑起來。

高建堯的臉抽了抽，這小鬼到底在高興什麼？

但她居然在那一瞬改變了環境。水對應沙，截然不同，卻也有相同點。柔軟與壓力同時並存，淹沒同樣產生窒息，但水裡能逃，沙卻不行。該說她聰明還是狡猾？畢方給她的靈羽竟然威力如此強。她能應用自如，也算不錯。

另一邊，龍子薇終於鎮定下來。她閉上眼睛，調整呼吸，高建堯感覺到她的心靜了。心一靜，簡單的空境界對她這樣的資深降魔師來說，要破解簡直易如反掌。

高建堯沒有阻止她，也沒給她增設什麼阻礙。他雙掌一攏，盤中沙被他推在了一起。初步的試探結束，接下來的內容便由他掌控。

許心安和龍子薇眼前的景致都變了。

翡翠街，光明蠟燭店。

「心安！」龍子薇大叫一聲，衝到許心安的身邊，「妳沒事吧？」

「沒事，我挺好的，就是去旅遊了一趟。」許心安環顧四周，問道：「不是說幻境中幻化出來的環境和物品都是自己熟悉的，高老先生來過我家的店嗎？」

龍子薇沒明白什麼叫旅遊了一趟，但看許心安沒事就放下心來，當下也顧不上追問，先回答了她的問題：「高老先生沒來過，是妳選擇了這裡，高老先生只是通過妳在看。」

許心安的汗毛頓時豎了起來，「就像在我腦子裡，我看到什麼他就看到什麼？」

龍子薇失笑，「當然沒有這麼神。聽說高老先生心有天眼，能看到其他人的過去未來，但最主要還是靠感應妳的情緒、壓力之類的。」她頓了頓，補充道：「我也是聽說的，幻境用到至高境界，就是控制人心，幻化心魔。」

許心安還想問什麼，突然看見櫃檯前有人出現。她轉頭一看，驚喜叫道：「畢方，你怎麼也來了？我沒事，放心吧！」

可是畢方不理她的話，很倨傲地說：「我是畢方。」

許心安傻眼，「啊？」他在玩什麼？

畢方皺眉頭，「妳不知道我？」

「知道啊！」許心安真想給他一掃把。

「火神畢方。」畢方很跩地說。

許心安愣愣地看著他。

「我想要魂燭。」畢方的姿態和神態都有些跳，然後繼續說話。

許心安忽然明白了。這不是畢方來了，這是她的回憶。

她眨了眨眼睛，畢方不見了。

但下一刻他從店外推門而入，走到她的面前，「妳是店主還是打工小妹？」

許心安這下確定了，真的是她的回憶。

時間點有些跳躍交錯，並不是按順序來的，片段閃現，斷斷續續，但確實是她的回憶。

許心安看了看龍子薇，她正看著她，似乎並沒有察覺到正在發生的事。

許心安正想問她「妳看到畢方了嗎，看到閃現的片段了嗎」，可還沒開口，畢方忽然出現在她身後，替她戴上了羽毛項鏈。

許心安下意識握住了胸前的項鏈，只有一條，剛剛戴上去的那條並不存在。

身後的畢方消失了，下一秒，面前忽然又冒出來一個。

「妳拿出對待我的一半暴力對付任何殺手都綽綽有餘。」畢方對她微笑。

許心安腦中忽然靈光閃現，她憤怒起來。原來高建堯的能知過去未來，是窺視了別人的記憶。

沒有提前告之，並不徵求她的同意，就這樣突然進入她的回憶裡。許心安感到自己的隱私遭到了侵犯，就好像不著片縷地被人窺視著一般。她只覺得怒火直衝頭頂，完全無法抑制。

有那麼一秒，她又坐在了高建堯的面前，正瞪著他。

畫面一閃而過，她又回到了店裡。

她不知道剛才那一秒是現實還是回憶，是她真的回到了雅室還是她回憶裡雅室的那部分，她甚至覺得都沒有看清高建堯在做什麼。

「心安，我是妳阿姨。」

許心安聽到了龍子薇在她面前說話。她轉頭看，身邊的龍子薇問她：「怎麼了？」

許心安搖搖頭，她不願意被高建堯窺視，這太噁心了！許心安握緊拳頭，在心裡狂飆髒話。

雅室裡，高建堯臉都要綠了。現在的小鬼都這麼輕狂沒規矩了嗎？他穩定心神，努力屏退那些好多他聽不懂但就是能明白是罵人話的言詞，他還要壓制住許心安的怒意對他的影響。他在感應她，而她的情緒干擾了他。

何義與董溪在高建堯的身後看著，吃驚地互視了一眼。師父拂沙的手剛才僵了一下，似乎受到了什麼阻撓。那一刻雅室裡好像有什麼晃了晃，但又什麼都沒發生。在師父布咒施法時，這種事從來沒發生過，他們二人也沒有察覺到周圍有什麼異樣。何義看了一眼貼在四面牆上的封印咒符，紋絲不動，毫無破損，而外頭守衛的弟子也沒有給他電話報告畢方有什麼異常舉動，那該是沒事才對。

何義再看看師父。此時的高建堯已經恢復正常，手上撥沙的動作繼續著，手很穩，細沙在他指縫間拂過，彷彿流逝的時間。

那一頭，許心安正在問龍子薇：「我們要怎麼離開這幻境？我要回去，給那老傢伙一拳！」

龍子薇吃驚地瞪大了眼。老傢伙？給一拳？發生什麼事了？

許心安正待再說話，卻發現眼前場景一變，龍子薇已經不見了，而她坐在了咖啡廳裡，陳百川正對她說：「妳的魂力超強。」他一邊說一邊把測魂器螢幕給她看。螢幕上是密密麻麻的小格子，此時滿格全是綠色。

許心安瞪著那螢幕，再看向陳百川。這一段她忘不了，這是陳百川騙取她信任時發生的事。

那老頭還在窺視她的記憶。他說的驗證原來是這樣，讓她入幻境，記憶閃現，這樣他就能分辨她話裡的真假。他把阿姨變不見，是因為她在問她要怎麼破這個幻境？他怕她破掉嗎？他還想知道她的事，他想知道什麼？

下一秒，畢方出現在她面前，他說：「點燃魂燭，店主施咒，咒語唸完，受術的神魔便能毫無痛苦地死去，而且是真正的死去。」

這是他第一次來店裡時跟她說的話，許心安記得，但場景已經亂掉，這不是她家的店，也不是她剛才坐著的咖啡廳，這裡是哪兒？

還沒來得及看清，她發現自己坐在了陳百川的辦公室裡。陳百川正微笑著說：「沒關係，妳先坐一會兒，我去拿尋死店的資料給妳看看。」他站起來，走進左邊的房間，房門關上了。許心安瞪著那門，看著它在牆上消失。

下一秒，她聽見自己的聲音問：「這位神，你是想弄死自己還是弄死別人？」

畢方的聲音答：「我自己。」

畢方沒有出現，面前的場景也沒變，還在陳百川的辦公室裡。

許心安顧不得琢磨為什麼時間錯亂場景混雜，她閉上了眼睛，握緊了拳頭，覺得心裡的憤怒到達頂點，實在忍無可忍。

高建堯不但偷窺了她的隱私，還偷窺了畢方的隱私。

他要驗證的其實已經得到驗證，陳百川見過她，騙了她，在辦公室對她施了法術。這些還不夠，他居然還在繼續，他在通過她偷窺畢方，這實在太下作了，忍不下去！

許心安大吼一聲，一把掀了茶几，砰一聲巨響，許心安發現自己站在一個雅室裡。擺設和裝修跟高建堯見她的那間差不多，只是房間小一點，中間沒有放案桌和椅子。

許心安忽然醒悟過來，剛才場景混亂時，出現的就是這個房間。她四下一看，四面牆上都貼著符籙，與高建堯在他們談話的那間雅室裡貼的差不多。許心安靈光一現，摸了摸口袋，手機還在。拿出來，對著牆上的符籙拍了照。看了看手機，確認照片拍到了。她把手機收好，不急著開門出去，卻是拖過一把椅子要去撕那符籙。

手剛碰到符籙邊，卻有一股力道撞了過來。許心安「啊」地一聲叫，被撞飛了，摔在地上。

沒摔疼，抱著又占了一次便宜的想法，許心安爬起來，打算再接再厲破壞那符籙。她有直覺，這符籙很重要，破壞它就能破壞高建堯的法術，不然就算她朝門口走去，也很快會再回到幻境，或者這裡就是幻境之一。她必須盡快回到現實，她要見高建堯，阻止他再偷窺她的回憶。她能告訴他的事已經全部告訴他了，他真假也已經驗過，無權再窺探其他的隱私。她要告訴他，他這樣做太過分，毫無道德。

許心安一邊想一邊爬了起來，卻看見面前是一張桌子，高建堯就坐在桌後。許心安愣了愣，她看著高建堯，沒說話，而高建堯卻對她道：「我需要驗證一下。」

許心安看向他身後，董溪和何義都在。

許心安明白了，時間回到了她與高建堯談話時。她剛才腦子裡只想著被驗證被偷窺這件事，她很生氣，所以她來到了這個時間點。

何義把那個長方形扁扁的金沙箱子取來了。蓋子被抽開，滿滿一盒金沙映入許心安眼底。

一個畫面跳入她的腦子，她似乎之前有一秒回到了那個房間。她覺得她沒看清高建堯在做什麼，但現在她忽然知道其實她看到了，他的手在撫沙子。

時間在走，高建堯此時在翻符籙，許心安知道他下面要做的事是把符籙貼到牆上去。許心安沒管他，她盯著那個金沙箱看，她把手放上去，感受到沙子從指縫裡流過的綿軟輕柔的觸感。

然後她聽到了陳百川的聲音：「說起來，當年我父親與前輩也有過一面之緣。」

許心安吃了一驚，她轉頭看，陳百川就坐在她旁邊的位置上，面朝著對面的高建堯在說話。

許心安意識到了什麼，她繼續拂著沙子，聽到高建堯問：「你家的店，是怎麼倒的？」

陳百川答道：「沒有倒，是我關了它。關掉它，是因為我覺得尋死店主這個稱呼不對，我更喜歡使命繼承人這個說法，而我們降魔師的使命是什麼？不是守著一個空有虛名的店毫無作為，賣賣蠟燭，糊口謀生，那不是我們該做的事，我們的使命是用自己的本領除盡每一個應當被除掉的妖魔。尋死店困住了我的腳步，我覺得我必須捨棄它，走到外面來，尋找更多的自我價值。」

高建堯問：「你找到了嗎？」

「是的，找到了。」陳百川答，語氣堅定，充滿了自信。許心安覺得若自己不是受害者，也一定會覺得陳百川這人是個善良積極又有理想的大好人，難怪高建堯會輕信他。

這時候她聽到高建堯問：「既然你覺得自己找到了，不後悔關掉尋死店，那有一個問題我必須要問你。你見過魂燭嗎？使用過它嗎？」他頓了頓，輕笑起來，「怎麼？吃驚我會知道魂燭？那你會更吃驚我也能算是尋死店主的後人。我的法器就是從一位尋死店主手中繼承而來，但他從來沒有見過魂燭，你呢？」

許心安的心狂跳，她聽不清高建堯又說了什麼，時間似乎又亂了，場景也在跳針，她定了定神，勉強聽到陳百川道：「沒有，但我……」

聲音戛然而止，許心安手腕一陣劇痛。她抬眼，看到高建堯目光凶狠地瞪著她，他掐著她的手腕，阻止了她拂沙。

他的身後，董溪和何義都一臉震驚地瞪著她看。

許心安環視四周，她回來了。

高建堯用力甩手，將許心安震退兩步，遠離了他的沙盤範圍。他臉上的表情許心安也說不清是震驚還是震怒，總之能看出他非常非常不高興。

許心安瞪著他，她也不高興呢！

兩人大眼瞪小眼，好一會兒，高建堯冷聲道：「阿義，叫人把龍子薇帶回來，她們該走了。」

何義忙拿出電話打給外面的弟子。

許心安看看他再看看董溪，董溪看起來有些擔憂，但沒說話。

許心安轉向高建堯道：「你偷窺了我的記憶。」

何義剛掛電話，聞言又吃驚地看了一眼許心安，她竟然知道？怎麼可能？

一般受術者是不清楚究竟發生了什麼事，他們只知道自己回到了往日的環境，故地重遊，似夢非夢，在幻境之中待了一段時間後再出來，高建堯已經瞭解到了想知道的事。當然也不是什麼都能知道，畢竟只是片段閃現，甚至還有些片段是受術者自己想像的，所以時間、細節以及可靠度都並非完美，但有了片段閃現，也就有了線索。

但這些，受術者是不知道的。

何義看向師父，不確定是不是師父故意在幻境中讓許心安看到了什麼。

高建堯看著許心安，不動聲色，冷道：「妳可以理解成這是特有的測謊方式。」

「測謊還有答與不答的權利，你可以自行判斷被測者話裡的真偽，但你無權像個偷窺者一樣窺視別人的記憶，這是侵犯別人的隱私。況且你事先並沒有問過我，沒有徵得我的同意，這是剝奪了別人的知情權。阿姨說你能感受到我的感受，所以你應該知道我很生氣，但是你並沒有停止。在你心裡，可還有對別人最基本的尊重？」

何義趕緊上前一步，出來打圓場，對許心安道：「許小姐，請坐下喝杯水。剛從幻境中出來，最好調息休息一下。」這麼多年還沒人敢用這種語氣跟師父說話，他真怕師父老臉掛不住，起了衝突就不好了。

董溪也趕緊道：「心安，先坐下，龍姊馬上就過來了。」

許心安明白他們的意思，她喘著氣，瞪著高建堯，努力克制，但真的非常生氣。

高建堯「哼」了一聲，冷冷看著她道：「小丫頭年輕氣盛，無知者無畏，這些都不是優點。妳來我這裡向我求助，自然要依我的規矩。我的法術是什麼，妳阿姨很清楚，妳不知道，與我無關。每天求著見我的人多了去，我可不是街頭擺攤算命卜卦的。」

許心安沒忍住，駁道：「我怎麼記得是你要見我呢？」

高建堯瞪著她。

許心安又道：「你有這麼厲害的法術，不代表你就能隨意用在別人身上。就如同有人武藝高強，但不能想打誰就打誰一樣。你能窺視過去未來，來求助的人對你心存崇拜，誠懇恭敬，你就更應該尊重他們。你有告訴他們你的法術細節嗎？告訴他們你會進入到他們的回憶裡看看他們都做過什麼事，這是你能知道過去未來的方法。你說了嗎？再有，他們願意讓你窺視那是他們的事，不代表我也願意，不代表其他所有人都願意。難道這麼多年都沒人告訴你，未經同意隨意窺視別人的隱私是不對的嗎？」

高建堯反問：「妳惱羞成怒，是因為我的法術，還是因為我看到了畢方？」

許心安噎住。

「妳並沒有說真話。畢方為什麼來找妳，告訴妳尋死店的消息？妳說畢方發現了另外兩家尋死店遇害，所以來通知妳讓你們這家店小心，但其實畢方是來找魂燭尋死的。」

許心安臉漲得通紅，心裡有著被揭穿的憤怒，她咬牙道：「畢方為什麼來我店裡並不重要，無論他為什麼而來，另兩家尋死店遇害是事實，陳百川想殺我是事實。畢方出現的原因，對這些事完全沒影響，他只是發現了尋死店的命案。要不是他，那兩家就會被當成是普通的蠟燭店普通的人普通的意外。畢方為什麼來不重要，這些命案才是最重要的……」

「對我來說這件事很重要。」高建堯打斷許心安的話，說道：「妳說謊了，或者應該說，妳掩去了部分真相。況且畢方的目的，影響著妳的決定和行動。」

龍子薇一進門就看到許心安與高建堯大眼瞪小眼似的在吵架，嚇了一跳。她忙看向醫董溪，董溪對她悄悄擺了擺手，示意她別插手。

這邊許心安仰了仰下巴，問道：「所以呢？你看到了畢方，就該知道他是個好神，沒有害人之心，不像那個陳百川。」

高建堯冷哼一聲，「畢方是個懦夫！」

許心安頓時大怒。

高建堯道：「他是遠古神獸，是火之神，木之神，法力無邊，生命永恆。他若是願守護人間，殺妖除魔，能做多少好事？可他沒有。他默默無聞，沒什麼作為，也不知躲在了哪裡，一出現，竟然是想死。懦弱、自私、不負責任，他不羞愧嗎？妳都替他羞愧了不是嗎？」

「這有什麼好羞愧的？」許心安雙掌一拍，撐在桌面上大聲道：「他法力無邊，但他不幹壞事，不偷偷摸摸偷窺別人的隱私，不仗著自己厲害欺負別人！他看到花花草草還會照顧它們，現在翡翠街上的鮮花綠植長得都很好，每棵樹都很有精神，你去看看！生命永恆，他不稀罕，這世界的醜陋與邪念這麼多，他卻沒受影響，他不貪心，覺得滿足，一切都足夠了，只是這樣而已！他活了幾千幾萬年，數都數不清，什麼沒見過？這世上變幻無常，好與壞黑與白，信仰善惡喜怒，他哪樣不知道？他與世無爭，不老不死，沒有貪婪，沒有惡意，他的精神世界與想法，你根本不懂，就算你活到了一百歲，你也不懂！」

「心安！」龍子薇生怕她鬧起來，連忙阻止。

許心安還在不服氣，她道：「你譴責畢方，不過是掩飾你的不恰當行為，轉移話題罷了。畢方想做什麼那是他的事，他沒有傷害別人，他就是個好人。比起你欣賞的陳百川，強一百倍。」

這話一下子戳到了高建堯，他與陳百川的對話記憶被許心安看到，這不止是隱私的問題，而是他一代宗師，卻被個無名圈外小輩入侵掠奪，簡直是奇恥大辱。

高建堯面無表情不說話，許心安問他：「你也看到了，跟我見面的陳百川，就是來找你的那個陳百川，對不對？」

這問題高建堯迴避不了，他答了：「對。」

「他是不是欺騙了我，用幻境法術對付我？」

高建堯臉色難看，許心安不能肯定他是在生氣她逼問的語氣，還是生氣陳百川竟然欺騙了他做出這樣的事，但她今天來就是要查陳百川的，於是繼續逼問：「是不是？」

「是。」高建堯終於答。

「所以高老先生對這件事怎麼看？」許心安很有氣勢地再問。

龍子薇走到許心安身邊，扯了扯她衣角，暗示她態度好一點。她打著圓場，對高建堯客氣道：「小孩子不懂規矩，前輩勿怪。這次，多謝前輩照顧了。」

誰是小孩子啊？許心安一臉黑線，但看龍子薇一直瞪她，趕緊反省了一下，又低聲問她：「照顧我們什麼了？」

龍子薇橫了她一眼，警告她收斂點，「前輩特意讓我與妳一起入幻境，防妳恐慌出了意外。」

許心安撇眉頭，「我怎麼覺得他是想測試我們，不然怎麼一開始妳去一個地方，我去一個地方，然後等我問妳該怎麼破幻境時，他又把妳支開？」

何義不得不說話了：「許小姐別著急，大家坐下慢慢說話吧。」

敢這麼當面揭穿師父，給他老人家不好看的人，真的很久很久沒有出現過了。

龍子薇再警告地看了許心安一眼，拉她坐下，客客氣氣地問高建堯：「前輩，陳百川確實在強取生魂，謀害無辜之人，我們必須阻止他，還望前輩能相助一二。」

高建堯看著許心安不說話。

許心安也回視著他。他欣賞陳百川，她知道。她看到了他的記憶，他知道。

過了一會兒，高建堯道：「何義，去把陳百川當初遞進來的信拿給她們。」

何義答應一聲，出去了。

高建堯對龍子薇說：「信上面有陳百川的通訊地址，入巷請柬就是按那個地址寄出去的，上面還留有他的電話號碼，你們可以去找他。」

龍子薇大喜，與董溪對視一眼，董溪也面帶笑意，對她點點頭，龍子薇忙謝過高建堯。

高建堯不在意她的謝，他還瞪著許心安，許心安也瞪著他。

龍子薇略覺尷尬，這一老一小怎麼鬥牛似的？

這時，許心安突然問：「陳百川那句話的後半句是什麼？」

龍子薇和董溪均不解，詫異地看著許心安。

高建堯卻不理許心安，對龍子薇道：「我那一招，叫歲月迷沙，是將人放在幻境裡，引導他們前往他們想尋求答案的地方。他們腦子裡會本能地閃過一些重要的往事片段，這些片段會是重要的線索。有時候有些人並不知道自己已想起，只是覺得自己轉了一圈就回來，有時候有些人會覺得自己靈光一現，有了重要的想法，迷沙會有一些指引。」

龍子薇恍然大悟：「原來如此。我在幻境裡跟心安分開後，回到了家裡，想起了祖父和父親，卻想不起我想到了什麼。」

高建堯道：「立天棍。」

龍子薇驚訝，「什麼？」

「立天棍，到了妳該繼承的時候了。」

「那是家傳法物，是使命繼承人才能用的，當初傳給了我妹妹。」

高建堯道：「妳已經準備好了，用它吧，它很重要。」

龍子薇忽然有些緊張，「前輩，你是否看到我妹妹的情況？她活著嗎？」

「看不到。」

許心安故意問：「是因為你在我阿姨的回憶裡沒有窺視到我媽媽生死的線索是嗎？」

高建堯看向她，冷道：「對。我只看見妳阿姨年少時偷偷拿了立天棍練法術，這便是指引。」

龍子薇吃驚地張大了嘴，「前輩？」

高建堯忙著瞪許心安，沒搭理她。

許心安忙告狀：「阿姨，他偷看妳的記憶！」

龍子薇又驚又疑，又問：「可這若表示我該用立天棍，那是否表示它的主人已不在世？」

高建堯望向她，「我不能確定，不敢斷言。」

許心安道：「你一直在轉移話題，我的問題你都沒答。」

高建堯冷道：「有規定我必須答？」

「所以你也知道了，己所不欲，勿施於人。你自己也不會願意什麼都讓別人知道，所以你很生氣地阻止了我。反過來，你也該尊重別人的意願。」

高建堯道：「小丫頭，別在畢方身上花太多心思，你們年輕人互相吸引，有男女情愛在所難免，但他不是人類。」

「老先生，你放一百個心，我反倒比較擔心陳百川與你說的話。他說他沒有見過魂燭，然後呢？」她很清楚地聽到了「但是」這個詞。

高建堯看著許心安，其他人也很驚訝地看著她，就連拿著信剛進門的何義也驚得停下了腳步。許心安看見了師父的記憶？他以為她只是突然移了回來，碰到了沙盤而已。

許心安不管其他人的反應，她就盯著高建堯。這老先生藏著祕密，她知道。

高建堯終於開口，他道：「我能告訴妳的是，來見我的陳百川確是要取妳魂魄的人，連環結界也確實是我指點他的。」

「是要對付畢方嗎？」不然對她這什麼都不懂的菜鳥確實沒必要擺這麼大的架勢。

高建堯還未開口，董溪搶先答道：「我師父那時候並不知道陳百川具體要做什麼。」

高建堯沒說話，董溪輕聲道：「心安，妳別著急，好好說話。」她用眼神示意了一下，讓許心安別惹惱她師父。龍子薇也捅了捅許心安的腰，再次警告她。

這時候高建堯說道：「我願意幫助陳百川，是因為他很有想法。他不拘泥於形式，是個願意做實事的人。因為從前的際遇，所以我對尋死店主一直都有特殊的好感。當然，某些例外。」說著還看了那「例外」一眼。空有強魂，什麼都不懂，還沒規矩，敢頂嘴，確實很「例外」。

許心安抿緊嘴，對這話不能服氣。龍子薇又捅捅她的腰，許心安很安分地什麼話都沒說。

「而且，我看到的片段閃現裡，有『以魂入燭』四個字，是在他翻看的古籍裡記載的。這是個指引，陳百川也許是真正能成就尋死店大任，找到魂燭，尋得世上最強法器的人。」

龍子薇大吃一驚。魂燭藏於尋死店中，世代相傳守護，陳百川把店關了，怎麼尋找？

許心安道：「所以他才想殺掉其他的尋死店主，好讓自己獨一份掌握所謂世上最強法器嗎？」

「那他沒必要取妳的魂。」龍子薇忽然想到，「等等，他是不是想自己煉個魂燭出來？找不到從前數代相傳的，就用邪門法術，自己造一個類似的，所以他需要收集尋死店主的強魂？」

高建堯沒發表看法，只揮了揮手，讓何義將信交給龍子薇。龍子薇謝過，接了過來，打開看了看，最後面確實寫了地址，還有一個手機號碼。看到那個地址，龍子薇心裡一動，西

亭街十三號春天小區三棟501。西亭街正是畢方所說，連環結界轉移心安的第二個地點範圍。

高建堯道：「你們去找他吧，我該說的都說了。他本事不小，有使命繼承人該有的樣子。」說這句時還特意看了許心安一眼，很明顯是在嫌棄她這個沒樣子的。許心安忍著不說話。

龍子薇問：「前輩，你可還知道別的尋死店的下落？」

高建堯搖頭，「若我知道，我定會一家家前去拜訪。可惜，從前除了我師父之外，我並不認得其他的尋死店主，直到收到陳百川的來信。」

龍子薇與許心安互視了一眼，難怪了，可以想見收到信時知道還有另一位尋死店主的存在，老人家心裡得多激動。

高建堯又道：「他的想法很大膽，敢作敢為。你們去找他時，多加小心。」

許心安小聲嘀咕，這種人該用的形容詞是膽大妄為、作惡多端才對。

龍子薇用腳踢她一下，客氣謝過高建堯，把信收好了。

高建堯揮了揮手，對何義說：「送客吧。」

「等等。」龍子薇有些擔憂地又道：「晚輩還有一事想請教。」

「妳說。」

「前輩看到心安的未來了嗎？」

高建堯面色頓時一沉，而許心安的臉跟他的差不多一樣臭。

「雖然我並不樂見，但我確實看到了。她怒火之中衝破囚困，還有，在摸我的沙盤。」

摸沙盤！

所有人驚得下巴快掉了，只有許心安不明白這意味著什麼。

「這明明是真實發生過的事，怎麼說是未來？」

「妳連這都不懂？所以我才覺得這是不可能的未來。我看到的只是指引，但這指引後面真正意味著什麼，卻有不同的結果。」高建堯臭著臉趕她們，「快把這小鬼帶走，我不想再看到她！」

說得像她求著見他似的！許心安撇撇嘴，很不服氣地走了。

巷子外，畢方正喝茶吃點心。許心安看到他，有些激動。這傢伙知不知道他被人類老頭罵了啊？還有，她才離開多久，他居然又騙到點心吃了？

想到自己跟高建堯關於對畢方的爭執，許心安心裡還是有些波動的，她不喜歡聽到別人批評畢方，他們都不懂畢方，她懂。她覺得她懂了。許心安飛奔過去，一把抱住了畢方的腰。

畢方任她抱著，道：「別跟我來這套，晚上紅燒鱸魚、燉豬腳、糖醋排骨，一樣都不能少。」

許心安滿腔熱情被狠狠一盆冷水潑下，沒好氣地踹了畢方一腳，「哼」了一聲，背著手走了。

何義在巷子口看著他們離開，然後轉頭問守在一旁的弟子。那弟子一直在看著畢方，對畢方這段時間的動向最清楚。那弟子道，畢方一直沒離開，也沒什麼異常舉動，就是找他借手機玩遊戲，還要他買兩個蛋糕，說他肚子餓了，別的就沒了。

何義把情況跟高建堯說了：「畢方似乎沒有感應到什麼，他一直在涼亭裡，沒什麼異常。」

高建堯正看著他的沙盤，想著許心安居然能跳到那個時間點，在他沒防備的時候動他的沙盤，而且居然會用，還成功窺視到了他的記憶。

她說的對，被人窺視的感覺真不好。只是之前的受術者並不知道，她卻看到了，也竟在那一瞬間明白了一切。

何義等了一會兒見師父沒反應，於是喚了一聲：「師父。」

「我聽到了。」高建堯道：「看來封印符咒是管用的。除非許心安在危急時完全不想聯絡畢方幫她，又或者畢方完全不想理她。那麼那根靈羽的感應，確實是被切斷了。」他拉開抽屜，再翻出一張同樣的符籙，交到董溪手上，「妳交給他吧。」

董溪剛要伸手接，何義卻道：「師父，讓我去吧。」

高建堯愣了愣，點頭道：「也好。」他把符收回來，轉而遞給了何義。

董溪收回手，站在一旁不說話。

何義將符收好，問高建堯：「師父，那許心安究竟是怎麼回事？」

高建堯把手掌放在沙子上，靜默了好一會兒，「我生平所見最古怪之事。」

何義和董溪恭敬站著，都很想聽聽。

高建堯道：「在幻境裡，她根本沒用法力。」

董溪道：「她沒修過法術，自然是沒法力的。」

「她沒用法力，卻破了幻境。」

何義與董溪同時一愣。

「她不止破了幻境回到了那間雅室，還回到了這裡。她進入了時間點，撫了沙盤，進入我的記憶。是我強把她拉回來，阻止了她。」

何義與董溪驚得完全說不出話來。還以為是師父施術時與許心安相互作用被許心安看到，沒想到竟是許心安運用了沙盤的法力。就算是他們去撫沙，也不能成功製造幻境潛入對方的意識裡。

董溪驚了半天，問道：「是不是靈羽的關係？」

「除了這個，沒有別的解釋。」高建堯道：「但她能將靈羽的法力運用得如此自然順暢，也是個本事，或許畢方訓練過她。尋死店主果然都不是一般人，就算再糟糕的，也許都會有些潛力。」

董溪忍不住問道：「陳百川那邊，師父還會繼續幫他嗎？」

何義看了董溪一眼。

高建堯道：「我不是正在幫他嗎？那個封印符咒能夠阻斷畢方與靈羽之間的感應，陳百川能怎麼樣，就看他自己了。」

董溪還想說什麼，但看到剛才何義看她的那一眼，便閉了嘴。

高建堯揮揮手，讓他們退下去了。自己仍看著金沙箱，似在思索。

院子裡，何義將董溪叫住，問她：「師妹，妳究竟站在哪邊？」

董溪眨眨眼睛，道：「我自然是聽師父的。」

「那就好，別幹糊塗事。」何義說完，轉身走了。

董溪看著他的背影，想了一會兒，回自己房間去了。

許心安這頭，龍子薇開著車，許心安嘰嘰喳喳地把她們在高建堯那裡發生的事全說了，但是略過了高建堯批評畢方的部分，只說自己接受不了這樣被人窺探隱私。

「你說要是像外頭那種擺攤算命的，或者是電影裡頭那種摸著水晶球說我看到了你站在一片海灘上……」她一邊說還一邊比劃，學著算命的那種神祕語氣，好像她正摸著水晶球似

的，演得太投入，惹得畢方一直笑。

「像這種的我還可以接受，但是那老頭就像在我家偷偷裝了針孔攝影機，這真的太噁心了！」許心安解釋著她發脾氣的原因。

畢方搖頭晃腦，「年輕人啊，妳真是太年輕了，不懂事。」

哇靠，許心安真想找掃把。他明明也是二十七八的年輕人，裝這種百歲老人的語氣真的好欠扁！不對，畢方是不用裝老人語氣也欠扁。

「別人看不到自然不會反應這麼強烈，對他們來說，效果真的就跟妳說的水晶球裡看到妳站在一片海灘上那類的差不多，只不過妳看到了而已。再說，高建堯又不是沒事出去亂說的那種神棍，他能看到是他有能力，妳當他願意看妳啊？他看完了也不會故意損人羞辱人，就是正常給出指引，像他給妳阿姨指引那樣。妳看妳阿姨不就覺得可以接受嗎？」

龍子薇點點頭，她確實沒覺得這法術怎麼了，相反她很重視那個對未來的指引。

許心安被畢方這麼一說，冷靜下來想想，也是。

「而且他用這個法術，大多數也是別人求助，或者應敵之時，他需要找到線索或對方的弱點。無論哪種情況，他特意去說我要進入你的回憶看到你的隱私哦，這樣很奇怪對不對？換了妳，妳也不會這麼做的。」

許心安想反駁說她才不會這樣，病人去找醫生看病，醫生也得解釋清楚看診治病的方法才行，但還沒說話就被畢方瞪了一眼，「妳好好想想。要從降魔師的角度想，理解一下。反正換了我，我才不會跟別人扯這麼多，累得慌，惹麻煩。解釋一句，別人再問妳十句，而且法術對降魔師來說是珍貴的財產，不會願意跟別人分享。」

許心安把話嚥了回去，好好想了想，「好吧，你說的有道理。」

龍子薇看了看身邊的許心安，再從後視鏡看了看畢方，這兩個人的相處確實還挺微妙的。想到高建堯說這兩人間的關係，讓她也有些擔心起來。

不過龍子薇並沒有多說什麼，因為他們很快忙碌了起來。

龍子薇將許心安他們帶回辦公室，郭迅在第一時間接到龍子薇電話後就去了西亭街春天小區那兒查探情況。符良、秦向羽在公司等，方書亮和黃天皓也已經趕來了，大家坐下一起商量。離陳百川向許心安動手已經過去十天，恐怕他早已做了後路的安排。

「心安說在出事之前，她覺得有人在暗處盯梢，那就是說蓄謀已久，肯定會多考慮幾種應對方案，而且陳百川不是有幫手嗎？也許他現在已經知道我們去找過高建堯了。」方書亮道。

符良查到那個手機號碼已經被註銷。「這個手機號碼已經廢了，那個地址是個出租屋，之前有房屋出租的消息，但這幾天並沒有新的出租訊息，陳百川大概還沒有退租。」符良說著，撥了網上那個過時的出租房屋電話，屋主很快接了，符良說他想租房。

屋主的嗓門很大，龍子薇他們在旁邊都能聽到他的聲音：「早租出去了，人家還住著呢，沒房了，你再找找別家吧！」

符良掛了電話，大家互視了一眼。黃天皓道：「他既然沒退租，那也許還有機會，快通知郭迅，讓他在那盯好了，我和書亮馬上過去。如果他還住那，知道了今天你們去過綠蔭巷，一定會想法子逃的。我們去堵他，若是沒動靜，等天黑了我們就進屋去看看。」

龍子薇同意：「我這邊準備準備，他在屋裡說不定會布下陷阱，我們帶好法器，稍晚在那個房子前面集合。」

「那我呢？」許心安問。

「妳回家做飯。燉豬腳、糖醋排骨、紅燒鱸魚，記得嗎？」畢方涼涼地道。

「你是豬嗎？」許心安快被他氣死。

「我是神，而妳是個手無縛雞之力，什麼都不會的廢柴尋死店主。除了做飯，妳幫不上任何忙，不如回家做好宵夜，等著大家回來吃。」

許心安：「……」

眾人沒說話，因為這位神說的確實是事實。

許心安不服氣，「我廢柴，那你本事大，你去幫幫大家！」

「萬一是調虎離山計呢？」畢方振振有詞，「所有人都去抓人了，留個廢柴在家裡做飯，回頭高手們撲了空，回家想吃點宵夜慶祝一下，發現廢柴沒了。」

許心安：「……」

眾人沒說話，因為這位神說的確實有道理。

畢方又道：「再說，全員出動抓一個降魔師，他們六個對付不了一個？」

眾人趕緊表態：「我們沒問題，足夠了！」

神揮了揮手，大氣地說：「要是他有幫手，你們打不過，打電話給我，我馬上過去幫你們。」

眾人一想這倒是，畢方要趕過去應該是神速。

符良趕緊問：「畢方大神，你手機號碼是多少？」記一下有備無患。

神答：「就是許心安的號碼。」

許心安：「……」

許心安領著神回家做飯去了，臨走時聽見龍子薇接到董溪的電話。

董溪說龍子薇和許心安走後，她還沒找到機會單獨與師父聊，她問龍子薇他們目前有什麼進展和打算。龍子薇把他們的計劃說了，目前已有人在陳百川租的房子前蹲守，如果沒有異常情況，稍晚天黑後他們會潛到屋子裡看看。

董溪提出要幫忙：「萬一陳百川又用了幻境，布了陷阱，我在會好些，這類法術我比較熟。」

龍子薇很高興，約了時間，定好大家在屋前碰頭。其實她也想藉見面的機會，好好再打聽一下高建堯今天對許心安的看法。關於許心安未來的命運指引，居然與高建堯的沙盤有關，這件事龍子薇覺得很重要。這表示繼承還是對抗？這讓龍子薇有些不安。

許心安完全把「摸沙盤」這事丟到腦後，她帶畢方去買菜，回家做飯，計劃幫阿姨他們做宵夜來著，一邊做一邊惦記著他們的安危，特意把手機放在身邊，生怕他們來電向神求助時漏接。

圓胖聞到飯香早早來樓下蹲守，卻不敢進屋，許心安去陽臺摘蔥花的時候看到，大聲叫他上來，回到廚房衝著畢方喊，讓畢方幫圓胖開門。畢方蹺著二郎腿玩遊戲，表示自己才不要幫三百年的小妖開門。許心安氣不過，把火關小，親自去把門打開叫圓胖上來，嘀咕著抱怨：「虧我今天拍桌子跟那老頭前輩猛誇你，我果然太年輕了。」

畢方笑起來，「妳誇我了？誇我什麼了？」

這時候圓胖踮著腳進來，看見畢方居然笑得閃閃發光，頓時嚇得僵住，一隻腳還懸在半空，然後輕輕地把腳放下，化成鼠形一溜煙躲到廚房去。

許心安沒回畢方的話，看畢方居然把小動物嚇成這樣，給了他一個白眼，也進廚房去了。

畢方一臉無辜，他明明什麼都沒幹，只是英俊地笑著，這都不行？

廚房裡，許心安一邊做菜一邊時不時瞄手機兩眼，然後眼角經常瞄到角落一個圓滾滾的老鼠在那蹲著。許心安嘆口氣，跟圓胖說：「圓胖啊，你不要老鼠樣蹲那，我會直覺想打你。」

圓胖乖巧又聽話，趕緊答：「好的。」

瞬間變成人樣，圓胖的少年樣子同一個姿勢蹲那。

許心安：「……」

正想再說什麼，手機響了，許心安以為是求助電話，趕緊接起來，沒想到來電的卻是何義。

「許小姐，我是何義，董溪的大師兄，我們今天見過面。」

「我記得你。」許心安完全猜不到何義能有什麼事找她。

「是這樣的，我就是想跟妳說，請別介意今天的事，師父的法術幫助過許多人，也滅除過許多作惡的魔妖。沙盤不是用來占卜的工具，它是一件很重要的法器，不但能窺視過去未來吉凶禍福，也能降魔除妖，救人行善。當初這法器是屬於一位尋死店主的，那位店主也是我師父的師父，他將沙盤傳給了他。」

「哦。」許心安一頭霧水，那關她什麼事呢？

「師父看到的指引從未出錯，雖然有時候意義不明，但最後都能證實確實有深意在裡面。今天師父看到的指引，是表示日後妳可能會是降魔界裡很重要的人物，也許有一天妳會繼承沙盤。當然，這只是有可能，指引的結果會隨著事情的過程和每個人做出的不同決定而變化。」

「哦。」那這個說了跟沒說有什麼區別？

許心安不知道該給什麼反應好。這種有個猜測就隨便說說似乎很不負責任，而且她又不是高建堯的徒弟，也不認為自己會拜他為師，怎麼可能繼承他的法器？再說，這個何義才是人家的大弟子，要說繼承不是也應該由他來嗎？

何義頓了一頓，又道：「說這些是想告訴許小姐，要提高警覺，注意防範，陳百川一定還會對妳下手。還有，畢方的靈羽對妳很重要，要一直戴著，不要離身。若有機會，多學習些法術，對妳有好處的。我要說的就這些，打擾了。」

何義掛了電話。許心安瞪著手機，琢磨半天沒琢磨出他到底想說什麼。

何義這邊剛掛電話沒多久手機就響了，他看了看號碼，道：「師父，是陳百川。」

高建堯喝口茶，淡淡地說：「接。」

何義接了，說了兩句後讓對方稍等，將手機遞了過去。

高建堯接過，聽了聽，道：「是的，是我讓何義給你的，你要想徹底隔離畢方與他那靈羽之間的感應，就得用這封印咒符。嗯，你再用幻境結界也沒用，她已經適應得很好，跟靈羽之間的配合也非常有默契，我今天用幻境並沒有困住她。想要她的魂，必須用驅魂法陣，單單引魂瓶也應該沒用。是的，確實是強魂，魂力之強，深不可測。你說測魂器是滿格，其實不止滿格而已，你明白我的意思嗎？」

何義在一旁站著，聽不到陳百川在電話那邊說了什麼，但過了一會兒，高建堯道：「對，我今天把你的信交給她們了。嗯，你自己想辦法吧。好，那就這樣。」

高建堯把電話掛了，手機遞回給何義。

何義忍不住問：「師父，那信裡的地址應該沒什麼用，手機號也早停機了。」

高建堯道：「那也是線索不是嗎？尋查妖魔的行蹤何其難，我們做降魔師的也得辦到，

何況追查一個需要吃喝拉撒住行交際的圈內人？他們手上已經有很多線索了，如果這都查不到，那還能指望他們做什麼？」

聽起來並不想壓制為難許心安那撥人，事實上也確是沒有全部隱瞞，但師父還是教給了陳百川對付許心安的方法。

何義忍不住又問：「師父，你究竟想幫哪一邊呢？」

高建堯道：「幫強者。」他看著何義，說道：「降魔界需要強者。」

龍子薇這頭，大家集結好準備出發，她在辦公室裡準備東西。一轉眼，看到她供在桌上的立天棍，高建堯說看到她年少時偷偷練。其實不止年少時，直到現在她都有偷偷練，但她從來沒有用它出過任務。在她心裡，立天棍是不可侵犯的，是祖傳寶物。雖然她知道如何駕馭，她練得很熟，但她從來沒把它當成自己的法器。

龍子薇盯著立天棍半晌，走過去，毅然將它拿起，反手插進了背包裡。

一眾人在春天小區裡集合。郭迅和黃天皓、方書亮已經將周圍的情況打探清楚，樓上他們也去看了。樓頂有布置結界的符印痕跡，也許這裡就是當初轉移許心安的第二個地點。

郭迅他們觀察到樓裡出出入入的都是普通人，沒探測到精怪妖氣，也沒看到陳百川的蹤影。每扇窗戶都用厚厚的窗簾擋得嚴嚴實實，看不到裡面的狀況。

龍子薇他們到後，大家分頭行動。郭迅會開鎖，他先假扮送外賣的去敲門，龍子薇和董溪躲在門的兩邊，待門開後一起攻進去。若是沒人，就自行開鎖進去。

方書亮守樓門，黃天皓、秦向羽在十樓樓頂戒備，雖然破掉了陳百川原本的朱砂符印，但以防萬一。符良則在小區門口的車子裡接應，以備不時之需。

眾人準備完畢，郭迅去敲門，沒人應門，門縫裡倒是有微弱的燈光映出。郭迅又喊了兩聲，仍是無人應。龍子薇對他點點頭，郭迅拿出開門器，輕悄地將門鎖打開。

推開門，屋子裡靜悄悄的，客廳昏黃的頂燈亮著。龍子薇與董溪對視一眼，再對郭迅打了個手勢，讓他守好大門，然後她們兩人走了進去。

剛穿過客廳中央，正要往房間的方向走，客廳裡環境猛地一變，左右兩面牆刷地往她們二人夾了過來。龍子薇反手一抽一揮，立天棍飛出，她又捏指訣，喝了聲：「立！」

原本雙截棍一般的立天棍兩端嗖地一擰，結成了一根筆直長棍，眨眼間變粗變長，「咚」地一聲撐住了兩面牆。龍子薇指訣再變，棍身上顯出紫色圖騰符印，符印一閃，棍身變得粗壯，兩面牆巨石一般仍在往裡碾壓，立天棍強力支撐，微微打顫。

董溪手掌一翻，一枚小巧的鏡子在掌中閃光。合掌一拉，雙掌間拉出一束光。右掌翻轉，鏡身跟著靈巧翻轉，光束隨著鏡面轉射到牆上。左掌五指張開，光束放大，映照了整面牆，牆身上現出陳百川畫的符咒。董溪左手手指在右掌手背上飛快畫著，一個符咒印從她右掌掌心鏡面射了出去，隨著光束打在牆身的符咒上。

符咒印了進去，「嗖」的一下，兩面夾著她們的牆消失了。

立天棍直挺挺立在地上，變回原本的粗細。龍子薇伸手，立天棍便回到她的掌中。

董溪用她的迷影鏡在四周映照一遍，確認沒有其他隱印的符咒，衝龍子薇打了個手勢，兩人戒備著進了裡屋查探。屋裡與客廳一樣沒有人，東西收拾得乾乾淨淨，看來陳百川早已離開。

龍子薇打電話通知眾人，黃天皓、郭迅進得屋來，與她們一起查看，但仔細搜查了整間屋子，沒有找到什麼有用的線索。陳百川收拾得極乾淨，甚至連指紋都沒留下。

董溪仔細看了牆上隱印的符咒，確定陳百川布的壓迫幻境最後會將人送到附近一個地方，「一定不遠，他只是想威懾對方，並且將對方踢出去。凡是進這個屋子的人，不但會經受被壓擠至死的恐懼，還會被送到外頭去。」

「也就是說，這裡不會成為命案現場，一切與他無關？」郭迅晃晃腦袋，「弄成跟鬧鬼似的，倒也聰明。」

「可他把東西收拾得這麼乾淨，沒留下什麼線索，為何要多此一舉？」龍子薇問。

董溪想了想，「我到樓頂去看看。」

董溪上了樓頂，不一會兒帶著秦向羽下來，畫了一個符印，「就是這個，他會把人送到畫了這個符印的地方，樓頂就有一個。」

「用意是什麼？」黃天皓跟龍子薇一樣不解，「把闖進他屋子的人送到樓頂，又能怎樣？」

「也許不止樓頂。」秦向羽猜，「還會有別的地方。」

「就算有十個地方又怎樣？」

董溪道：「這樣我們就會全城搜查這符印，當成線索去研究，琢磨他要做什麼。」

龍子薇皺眉，「妳是說，他故意逗我們玩？」

「分散我們的注意力，掩飾他真正的目的。」董溪道：「也許他根本已經離開這個城市了。」

「可他還沒有取到心安的魂。」

「強魂到處都有，更何況，若他之前取走了兩個尋死店主的，心安是第三個，保不齊他知道第四個、第五個。」董溪道：「現在心安有幫手，還找上了我師父，他也許覺得他惹不起，或者覺得這樣很麻煩，風險比較大，所以他調虎離山，讓我們把關注點放在本城各處，而他抽身到別處去做他想做的。等我們什麼都查不到，懈怠之後，他再殺個回馬槍。」

「我覺得董溪說的有道理。」龍子薇道，其他人也有同感。

守在車子裡的符良趕緊用電腦上網搜索，過一會兒報告：「找到了。陳百川的名字，他買了一張飛機票，一小時之前起飛，目的地是S市。」

「那是他的老家。」眾人互視一眼，「他回去做什麼呢？」

許心安這邊，圓胖吃飽飯就走了，畢方吃飽了繼續玩遊戲。許心安盤腿坐在沙發上，苦思何義莫名其妙打那個電話的用意，卻接到了裘賽玉的電話。

「心安，我有了重大發現。妳之前不是說在G市那個鬼屋裡，有人看到有個中年男子和那個害妳的陳百川在一起嗎？我拜託網路安全科的同事幫忙，那鬼屋附近沒有監視器，但是街口那有家商店門口有裝。我同事在G市的朋友很熱心，特意去了那條街上實地搜查，發現了那裡有監視器，於是找店老闆要了帶子。妳猜怎麼了，正好拍到有個男人跟陳百川在一起。」

裘賽玉把從監視器的帶子裡截下來的照片發到許心安的手機上，許心安一看，跟陳百川在一起的居然是何義。

許心安不淡定了，這位大師兄什麼意思？原來他就是陳百川的幫手，可他居然沒說，還打來個莫名其妙的電話。電話裡聽著像是在幫她提醒她，可他的行為卻恰恰相反。對了，她在高建堯的雅室裡給那符籙拍了照，還沒請阿姨他們查查是什麼。

許心安怕影響龍子薇他們的行動，忍著沒打電話，一直等到龍子薇他們回來，大家溝通了一下今晚兩邊的消息，許心安這才把何義來了電話，監視器拍到何義就是幫凶，還有她手機裡的符籙等等都告訴了大家。

董溪很吃驚，「大師兄竟然打電話跟妳說這些？」

龍子薇也很驚訝，「董溪，妳師父除了口頭指點陳百川怎麼布連環結界，難道還派弟子去實地幫他？」如果合作緊密到這個程度，那就根本是另一種情況了。

董溪忙道：「我沒聽師父這樣說過呀！」她轉向許心安：「大師兄還說了什麼？」

許心安搖頭，「沒了，就那些。總共幾句話，然後他就掛了。」

龍子薇看了看許心安拍到的符籙，問董溪：「這是什麼符？」

董溪咬咬唇，「封印符咒，確保施術時不受別的干擾。」

聽起來不是太重要，大家很快將這個忽略，高建堯是不是與陳百川深入合作才是重點。

大家都沒說話，都在看著董溪。董溪漲紅了臉，很尷尬，「我真的不知道大師兄有去實地幫陳百川。也許沒別的意思，只是我師父的指點陳百川不能參透，所以再求助，師兄就去幫他看了看？那時候他們也許並不知道要對付的是心安。」

「可是圓胖說他清楚聽到陳百川在那鬼屋與人通電話，有說我的情況，那時候很明確目標就是我。」許心安道。

董溪無言以對，好半天擠出一句：「對不起，我不知道。」

方書亮打著圓場：「沒關係，我們相信妳。」

龍子薇也點頭，「這些跟妳沒關係，我們認識了好幾年，一起出生入死，當然信得過妳。」

董溪鬆了口氣，又道：「可我覺得應該不是師父的意思，不然他也不會告訴我陳百川找過他，還讓我把這些事告訴你們，還見了心安。說起來，今天你們走後，大師兄私下忽然問我一句話，他說『妳到底是站在哪邊的』。」

董溪看了看大家，道：「我跟他說『自然是聽師父的』，他就走了。」

黃天皓道：「妳大師兄很奇怪，今天龍姊和心安在妳師父那，他也沒提過他去過鬼屋幫陳百川布置結界，這還是我們發現了。沒發現的，他還幫過陳百川什麼我們就不知道了。」

「而且怎麼會跟心安說繼承沙盤，他才是大弟子耶！」郭迅也覺得太奇怪。

董溪想了想，「陳百川這麼肯定我們會找到他的住處，故意布下那樣的幻境結界，想讓我們繼續在城內搜查，大師兄又打電話跟心安說陳百川不會放過她……」

「這樣我們的精力一定會放在城內，按結界的線索搜尋陳百川，保護心安。」龍子薇接話。

「可實際他已經離開了。」符良道，他已經查驗過了，那個叫陳百川旅客確實登機了。

「這麼說來，他肯定另有目的，不希望別人追查到他的行蹤，阻擾他的行動。」

董溪道：「要不，我去S市查查情況。他這麼大費周章，一定有重要的行動，必須阻止他。」

龍子薇卻道：「不，妳還是留在這裡。妳可以接近妳師父和師兄，只有妳能知道他們在做什麼。妳師兄幫陳百川布結界的事我們都別說，他並不知道我們察覺了，這樣妳才好繼續打探消息，也許妳師兄知道陳百川的計劃究竟是什麼。」

董溪想了想，點頭，「也好，師兄那邊就交給我吧。」

大家又理了理線索並分工。S市、蛟龍、尋死店主、「以魂入燭」，這些應該都是有關聯的。

畢方突然道：「你們確定陳百川離開這裡了，是嗎？」

「對。」大家點頭。

畢方道：「那我去找找蛟龍。」他看著龍子薇，「許心安交給你們幾天，沒問題吧？」

「當然。」龍子薇忙點頭。若是畢方肯出手幫忙，那自然再好不過。

「你放心吧。」許心安也說：「早去早回。」

這天晚上，許心安睡得不太踏實，似乎有許多謎團黑霧罩著她，又似乎有許多燭光一般的光亮引導著她。夢裡似乎發生了什麼事，又似乎什麼都沒有。她覺得她好像醒過來幾次，心裡總覺得屋裡少了些什麼。凌晨五點多，她的手機響了，睡不好一肚氣的許心安抄起電話一看，頓時尖叫，手忙腳亂按了通話鍵：「爸！」

「女兒！」電話那頭的的許德安叫得煽情動容。

「爸！」許心安眼淚都快出來了。

「爸看到妳的信了，好女兒，爸爸不是存心瞞妳的！」

那是說她身世的事，許心安忙道：「我知道，我知道！」

「爸爸馬上就回去，妖魔鬼怪不用怕，有爸爸在。」

說完，父女兩人都有一秒鐘的沉默。是嗎？來了妖魔鬼怪，爸爸有什麼用？

「總之，爸爸馬上回去。」

「你注意安全。」

「電話費太貴，爸掛了。」遇著大事節儉風格也要保持住，「總之，爸爸馬上訂票，火車完了再飛機，過幾天就到家了。」

「你訂好行程告訴我航班號碼，我去接你。」

「好。」省錢父女倆掛了電話。

許心安心裡激動，她跑出房間大叫：「畢方，畢方，我爸要回來了，他沒事，他好著呢，他今天就買票回來！」

咦，畢方房裡沒人，他起得這麼早？

許心安保持著激動轉身朝客廳繼續喊：「畢方，畢方，我爸……」跑到客廳一看，畢方果然在。許心安歡呼地衝上去一把抱住他，「我爸來電話了，他要回來了！」

喊完才發現畢方似乎剛回來的樣子，「咦，你出去了？」

「嗯。」畢方順手抱著她，替她撥了撥臉頰邊的頭髮，「妳爸回來就好，妳就可以放心了。」

「是呀，你去哪裡了？」許心安有些擔心。

「去找些舊相識問問蛟龍的事。」

「有什麼眉目嗎？」

「沒有，大家也沒有他的消息，最後一次見到他是在白金山，那都三百年前的事了，我打算去白金山看看。」

「那是哪裡？」

「一個挺遠的地方，不能帶妳去。」

「我說要去了嗎？」許心安漲紅臉，「我還要看店賺錢，要不，你每天吃這麼多，哪裡供得起？」

畢方聽得笑起來，許心安大力揮手，「你要去就快去，早去早回，還要趕回來吃年夜飯呢！」

「是，是，還要趕回來吃飯。」畢方附和她。

許心安忽然有些不好意思，「也不是我盼著你回來，就是我爸他呀，之前聽說家裡來了

妖怪，特別激動，他這輩子還沒見過真正的妖怪呢！」

畢方：「……」

許心安小小聲說：「所以你要注意安全，早點回來。」

「我是神。」畢方很計較地糾正，「圓胖才是妖怪。」

「哦。」許心安覺得都差不多，「那你和圓胖都在，我爸既見到了妖怪，又看到了神，肯定會很高興的。」

畢方：「……」他幹麼要跟一隻才三百年道行的小鼠妖相提並論啊？

「好了好了，別擺臭臉，你快去。」

「不要趕我。」

「我沒趕你，我是催你快回來。」

這態度……畢方真不想走了。不過蛟龍會是個重要線索，也是他為數不多的有交情的神界友人，如今他可能有了麻煩，無論怎麼說，他都該去找他。

「好了，我一會兒就走。」確實該早去早回。

走之前還有不少事要交代。

「記得把我喜歡吃的都準備好。」

「好。」

「妳還欠我兩個新遊戲沒買，趁這幾天好好選兩個好玩的幫我買，我回來就可以玩了。」

許心安：「……」

「對了，妳說妳爸大老遠的出個國，回來的時候會帶好吃的嗎？」

許心安：「……」

「好了，妳不要瞪我。我跟妳阿姨說好了，她一會兒就到，她到了我就走。」

「你什麼時候跟我阿姨說好的？」昨晚大家開會的時候明明沒有說什麼時候出發。

「剛才啊，我回來之前先去了她那，要她起床趕過來。」

許心安無語。禮貌呢？這位神！對，她忘了這位神的禮貌大概千年前就死掉了，說不定更早。

「圓胖那傢伙我也交代了，我不在的時候，妳要是被人欺負，我就揍死牠。」

許心安真是替圓胖不服氣啊，不是嫌棄人家才三百年的小妖，倒是挺會讓人家擔責任的。

「圓胖沒咬你一口？」

「哼，就牠那膽子？點頭點得跟老鼠似的。」

「……」人家本來就是老鼠。

畢方想了想，又說：「啊，妳阿姨還沒到，還有點時間，要不，我列個菜單給妳，我回來時提前通知妳，妳做好菜等我。」

「你也差不多一點，趕緊走吧。蛟龍見到你都得抽你一尾巴，磨蹭個什麼勁兒？」

「妳阿姨來了，不許她住我房間啊！」

「那是我的房間！」許心安想抓狂。

「我住了之後就是我的了。」畢方整個臭不要臉，「讓我再想一想還有什麼沒交代好的。」

「你有完沒完？」

有完的。門鈴響了，龍子薇到，畢方走了。

許心安前腳幫龍子薇開門，後腳一轉身，發現身後的畢方不見了。這傢伙都不留下來跟阿姨打聲招呼再走，剛才囉嗦個半死，現在突然走了，讓她一點心理準備都沒有。

還真是……悵然若失。

龍子薇進了門，臉臭臭的，任誰半夜被人突然闖進家裡叫起床心情都不會好。龍子薇對許心安道：「我終於理解妳隨時想巴他頭的感受了。」她也很想巴他一下，不過不敢。

阿姨這麼說，許心安心裡更難受了，她竟然覺得現在就開始想念畢方了。

他會回來吧？要是找到了蛟龍，蛟龍邀他一起去別處，他是不是就走了？不會的，他還要回來吃年夜飯呢！神的心思不好琢磨，但是吃貨的心思卻是很好懂的。

畢方會回來的，許心安有信心。

龍子薇在許心安家住下了，兩人都很忙。

蠟燭店在年節這段時間生意很不錯，許心安對賺錢這件事格外賣力，打包發貨、店裡做促銷活動，要把昨天半天沒開店的損失賺回來。快中午的時候接到了許德安的電話，他已經訂好票，大後天上午到W市，許心安說會去機場接他。父女倆很興奮，一個勁兒地說見面聊，然後再次節儉地迅速掛了電話。

龍子薇不停接打電話，上網查消息。方書亮昨晚連夜開車去外省找一位通曉降魔古籍的老人，想找找關於「引魂入燭」的記載。符良守著公司，在網上搜查線索。秦向羽和郭迅今天在全城聯絡圈中的線人，不但要繼續打聽陳百川，還要打聽何義。

黃天皓聯絡他在S市的友人探聽消息，而董溪則回了師門查找線索。

這一天平靜無波，晚上大家在許心安家裡碰頭，在外地的用電話，互通這一天的進展。許心安幫不上忙，覺得不好意思。等到散會，她趕緊把龍子薇送她的那些降魔書和法器拿出來學習。也不知怎麼地，也許是龍子薇在旁邊看著她壓力大，竟然覺得好些突然能看懂了。龍子薇指點了她一些技巧，這天就這樣過去。

臨睡前，許心安晾衣服，看見滿天星星，忽然想起了畢方的假冒螢火蟲。直到上床要睡了，她還在想，然後她知道，她想念畢方了。

第二天下午四點左右，董溪到了店裡，帶來個消息：「我今天一直偷偷盯著大師兄，他下午接了個電話，神神祕祕的，還避開我們。我偷偷過去聽，只聽到幾句，他說『取到了嗎？那就夠了。不用管許心安了，她那邊太麻煩，這麼多人盯著，風險太大，現在夠了就好了』。後面的話聽不到，他似乎發現有人，我趕緊走開了。」

龍子薇頓時一驚，「取到了夠了是什麼意思？陳百川又犯案了嗎？」

董溪道：「我聽著像這意思，是不是他們知道沒辦法對心安下手，所以轉移目標？他們的目的是強魂，或者是尋死店主的強魂，也許陳百川手上有名單。」

許心安插嘴：「可是很奇怪啊，妳大師兄還打電話跟我說要我小心，說陳百川不會放過我。」

董溪道：「可事實上陳百川離開了不是嗎？也許他回S市就是要動手的。」

「如果是這樣，那他的計劃一定很急迫，不然不會另找目標。」龍子薇道。

「可惜我們完全沒頭緒他想做什麼。我猶豫了半天要不要跟師父說，讓他審一審大師兄，但又怕師父不想管，或者他根本會站在大師兄那邊，畢竟他對陳百川挺欣賞的。萬一那樣，我反而被師兄盯上，就不好了。」董溪頓了頓，道：「或者我們先查查S市有沒有發生什麼怪事……」

話沒說完，黃天皓打電話過來，說他在S市的朋友剛才聯絡他，說昨晚有家蠟燭店老闆

再沒找到。

突然在店中倒地身亡。身上沒有傷痕，也沒有什麼重大病史。有目擊者說看到有蛇，但後來

「蠟燭店老闆？」龍子薇與董溪互視了一眼。

「我讓我朋友去查查那家店的歷史。陳百川才回去就發生這樣的事，實在太過巧合。那邊圈裡子有人傳是被取魂，又有人傳在陳百川家裡店鋪舊址有擺法陣，但我朋友並沒有看到現場，也沒看到屍體，只是聽說而已。」黃天皓道：「要我說，陳百川突然關店離開家鄉，一定是發生了什麼事，他當初肯定發現了什麼，也許這才有了計劃，需要到各處收集強魂，所以他才離開。如果條件成熟，他準備好了，就再回去實施計劃，我覺得有必要過去一趟了。」

龍子薇皺眉頭，確實是有必要去。何義的話與S市發生的事對應上了，他說取夠了，那是不是意味著陳百川的計劃馬上就可以實施了？

龍子薇在心裡迅速盤算了一番，「董溪，妳留在W市，不能讓妳大師兄那邊起疑，免得他給陳百川報信。我跟天皓去S市，先看清楚情況。」

「沒問題。」董溪一口答應。

「心安目前應該沒什麼危險，但以防萬一，還得請妳多陪陪她，主要是晚上家裡沒人，符良他們畢竟是男的，不太方便。」

「放心吧，我晚上過來陪心安住。」

許心安對此沒異議，事實上，她覺得沒人陪也沒問題，她爸馬上要回來了，家裡不缺人。

龍子薇打電話給符良，要他幫自己和黃天皓訂機票，又囑咐公司那幾人一邊查案一邊幫著照應心安。一切安排妥當，龍子薇和黃天皓搭第二天一早的飛機出發。

董溪信守承諾，當天來店裡陪許心安，還帶了換洗衣物要過夜，弄得許心安很不好意思，但董溪人很和善，個性也開朗，兩人說說笑笑，很快混熟了。董溪教了些基礎法術給許心安，還說了許多自己學降魔術和捉妖伏魔的趣事。許心安聽得津津有味，董溪直笑許心安膽子大，竟然不怕妖怪。

說到妖怪，許心安想起圓胖，今天一天沒見圓胖來吃飯。不過許心安沒在意，也許圓胖去遠處玩了，又或者被畢方嚇了一嚇，也努力找同類打聽消息。

她並不知道圓胖遠遠聽到叫吃飯很興奮地狂奔而來，到了門口化了人形正準備按門鈴卻突然僵住，然後他踮著腳貼著牆一步步後退，退遠幾步變回鼠形趕緊跑了。

這天晚上，許心安有些睡不著，想到明天早上就能見到爸爸，心裡有些激動，而且她又想畢方了，不知道這傢伙現在到了哪裡，蛟龍找到了嗎？他有沒有飯吃？去的地方遠不遠？飛機能到嗎？有火車嗎？他這麼懶，出遠門一定會覺得很辛苦吧？

許心安想著想著，忽然發現自己不在臥室了，身下是棵參天大樹，她躺在粗壯的樹幹上，透過茂密的枝葉，能看到繁星點點的夜空。

許心安猛地一驚，以為自己又進了幻境結界。

她嗖地一下坐了起來，卻聽到身邊有人說：「妳在嘀嘀咕咕什麼？」

畢方？許心安轉頭，還真是畢方，他就坐在她身邊，一臉無奈沒好氣的表情。

「你是真的還是幻境？或者我正在做夢？」許心安鎮定地問。

「妳說呢？」畢方撇眉頭，「難道妳經常夢見我？」

許心安伸手用力捏了一下他的臉。畢方「嗤」的一聲呼痛，轉臉避開。

「看起來像真的呀！」

畢方也伸手捏她，好痛！她用力拍了畢方一下，果然是真的。

「不過也有可能是幻境，我在幻境裡被攻擊的感覺也很真實。」

「幻境個屁啊！」畢方伸手拉她脖子上的項鏈繩子，將羽毛拉出了衣領，「妳戴著我的靈羽，所以我們會有感應。我聽到妳想我了，一直嘮叨個沒完。」

許心安沒穿內衣，羽毛在衣內劃過她的胸脯，癢得她臉通紅，當下握了拳頭將畢方揍一頓，「說話就說話，幹麼動手動腳？」

「到底誰在動手動腳啊？」被打的那個人是他好嗎？

許心安打完了，真舒心，問：「這是哪裡？」

「白金山。」畢方揉揉胳膊，真是暴力。

「好美啊！」許心安看著一望無垠的繁茂森林的夜景，墨黑的樹影與天邊的星連成一片，美到極致，「我從來沒見過這麼美的星空，就是太冷了。」她只穿睡衣，凍得雞皮疙瘩都起來了。

畢方聽她喊冷，「噗」的一聲身後長出紅金色的火焰翅膀，翅膀將許心安裹了起來，圈到他身邊。許心安頓時暖和起來，舒服地嘆了口氣。

「我怎麼會到這裡？」

「我們彼此感應，妳的意識就能到我所在的空間裡，看到我所看到的。」

「所以現在其實我還在家裡睡覺，是嗎？」

「對，妳自己沒感覺嗎？」

「沒什麼感覺，就是看到這森林覺得很神奇。」

「妳可以把場景換到妳所在的空間裡去。」

「還可以換喔？」許心安笑起來，「這樣我們就不是在樹上聊天，而是在臥室了是嗎？」

「是的。」畢方替她撥了撥貼在臉頰上的長髮。

「要怎麼做？」

「不用特別做什麼，就是妳想換就可以換，在我允許的情況下。」

「為什麼要你允許？」許心安看著眼前的美麗大自然，發現自己沒戴眼鏡也能看得很清楚，她猜這一定是因為這裡不是現實的關係。

「因為我的法力比妳強，所以遙控器在我手上。」畢方的口氣很囂張。

「你以為是看電視轉臺喔？」許心安嫌棄他。

「差不多吧。」

「那你允許一下。」許心安轉頭看畢方，他也正看著他。他的眼瞳是深棕色的，在星光的映照下，真是好看。

「我沒阻止妳。」畢方眨眨眼睛，彎著嘴角看著她。

許心安撇眉頭，「那為什麼還沒有轉臺？」

「是妳不想換，妳喜歡這裡。」

「誰說的，我很想換，我超級想試試看把自己放電視機裡轉臺的感覺。」話音剛落，她發現自己在被窩裡好好地躺著，連姿態都跟剛才一樣沒變，而畢方就坐在她身邊，靠著床頭。

「妳看，妳真心想的時候，就成功了。」

「那如果我想回去呢？」

「那得我允許妳過去，因為我才是身在那個空間的人。就像妳我現在在這個空間裡，是妳讓我過來我才能過來的。」

「不需要什麼咒語之類的嗎？天靈靈地靈靈，讓我去見畢方這類的？」

畢方哈哈大笑，「不用，妳戴著靈羽，妳可以用一些我的法力，在我允許的情況下。」

「好了，不要強調這句。」許心安道：「那我想變螢火蟲可以嗎？像你上次變的那個一樣。」

「那是最簡單的，妳應該可以做到。」

許心安集中精神用力想，變變變，結果一個小火苗都沒有變出來。

她瞇眼憋氣使勁的樣子逗得畢方哈哈大笑，笑到肚子痛，倒在她被子上，「妳是想看螢火光，幹麼把自己弄得一副便祕樣？」

居然說淑女便祕？許心安抽出胳膊揍畢方，越揍畢方笑得越厲害，「真的很像便祕！」

「你見過便祕的樣子嗎？」

「我想像的。」

許心安對他又是一頓揍，居然敢想像她便祕的樣子，怎麼不想點好的？

畢方笑夠了，在被子上滾了一圈，仰躺狀喘氣。笑得太累了，要休息一下。

許心安很不服氣，又問：「那我要飛行不行？用你的法力，我也長出兩對翅膀來，像超人一樣在天上飛一下。」

「估計不行。」

「為什麼？這個高級到我用不了？」

「妳連最基本的小火光都變不出來，還想飛呢！」

啪！他又被打了。

「好吧，因為妳不是我。火光是幻化出來的，妳腦子裡有這些物體的影像，所以妳藉我的法力就能辦到，但飛翔是妳自己去做的，不是幻化，妳沒實際的體驗就做不到。」

「那你帶我多飛幾次，我有體驗了，是不是就能辦到了？」

「理論上是可以，但也得妳會控制。妳完全沒法力不會法術，就是妳意識裡沒這個東西，所以妳控制不了，就像妳現在變不出螢火光一樣。」

「我多練練，有這意識了就能行嗎？」

「也許吧。其實我搞不懂妳身上的事，很不合常理。妳有天眼，卻又是超級大近視。妳從來沒接觸過降魔，被困幻境卻突然有法力對抗，在高建堯那裡還能自行回到現實，動了他的法器，但事情過去後妳又變廢物一個。我從來沒遇過這樣的事，所以妳不是多練練就行，要怎麼練，我完全回答不上來。」

「那如果我不戴著你的靈羽就不能藉你的法力了，是吧？」

「對的。」

「也不能跟你這樣感應了，是吧？」

「對。」

「我還想看看那白金山的景色。」

她說完，眼前景象變了，她又坐到了大樹上，一望無垠的夜空森林，景色如畫。畢方還用翅膀裹著她，跟剛才的姿勢一樣。

「哇！」許心安很興奮，「在這邊你可以帶我飛嗎？」

「可以，不過我不想飛。」畢方懶洋洋靠在樹幹上，「飛了很久才飛到這裡，找了半天

也沒找到什麼有用的消息，累死了。」

「好吧，體貼你一下。」許心安哄孩子似的摸摸畢方的頭，被畢方白眼嫌棄。

「妳幹麼這麼晚還不睡，想我想得睡不著？」

「我爸明天早上九點四十分到機場。他走了這麼久，發生了這麼多事，要見到他了，我有點激動。」許心安握著雙拳，臉紅撲撲，還真是激動的樣子呢！

「妳不想我，我們連不上線好嗎？」畢方斜眼，一副「妳不要裝我就是知道」的表情。

「是啊，睡不著然後就想到你了。不知道你怎麼樣，我會擔心嘛！」許心安大方承認，「現在知道了，你在一個風景如畫的地方，沒受傷沒出事，就是還沒有找到蛟龍。」

「嗯。」她承認有想他就行，畢方覺得滿意，攏了攏翅膀，問：「還冷嗎？」

「不冷了。」許心安盤著腿縮在他羽翼下看星星，心情好得不得了，「以後是不是想找你就使勁想你就行了？需不需要你這邊主動接通？就像通電話一樣，你這邊收到訊號，然後你也想我，就接通了，是這樣嗎？那你想找我的時候，也使勁想我，我感應到了要怎麼接通？」

畢方一愣，慢慢反應過來。靠靠靠，剛才確實是累了找棵最高的大樹休息，想起她了，於是聽到了她腦子裡嘰哩咕嚕在想他。上次她被困幻境結界裡，他正好賣了許多東西進帳不少，覺得她回來看到一定很高興，於是想她了，就聽到了她的呼喚聲。

雖然靈羽的聯繫不需要雙方同時想才能接得上，但他確實在那同一時間正在想她。

畢方盯著許心安看，不戴眼鏡的時候，秀氣順眼又好看，睫毛很長，眼睛水潤，圓圓的鼻頭，粉粉的嘴唇也很可愛，現在她穿著低領的睡衣，纖細的鎖骨看起來有點性感。

「你在看什麼？」許心安等半天沒等到回答，於是轉頭看他，「到底要怎麼連上，你教我，以後有好風景你就叫上我。」

畢方忽然覺得臉有些發熱。「哼！」板著臉，把許心安丟回去了。

許心安沒反應過來他「哼」什麼，眼前一花，又回到家裡，只是這次沒有畢方。

許心安傻眼，發生什麼事了，不是說話說得好好的嗎？不想她煩他看風景可以說，她又不會怎樣。「莫名其妙！」許心安在心裡大聲罵他。

「哼！」居然聽到他回話了。

「哼！」她也哼他，討厭鬼！睡覺了，不跟他玩了，明天接爸爸去。

畢方在那邊感應不到許心安了，頓時不高興起來。這個無情的女人，就這樣睡了？他一捏指訣，憑著靈羽法力看到了許心安。真睡了，居然這麼快？再多聊幾句啊，不是有很多問題要問嗎？

畢方看著床上的許心安，靠在樹上嘆一口氣。這麼看著她，還真是很順眼很好看啊！可惜，人活不了多久，生命很短暫。想到許心安居然只能活這麼短，他覺得真的很可惜。

第五章
千鈞一髮，強魂的逆襲

第二天許心安起了個大早，與董溪兩個人吃了早飯後，一起去了機場。

父女倆相見，場面簡直感天動地，八點檔狗血劇的眼淚都沒有這麼多。許德安抱著女兒哇哇地哭，原本許心安也激動得紅了眼眶，可後來她爸越哭越誇張，她只剩下一臉黑線。看到董溪在一旁忍笑的表情，她真是尷尬，只好一邊拍她爸的背安慰一邊道：「我爸容易激動。」

許德安哭完也覺得很不好意思，拉著女兒的手，有一大堆話想要說，卻不知道從哪兒說起的好。

董溪笑道：「先回去吧，有話慢慢說。」

「對，我們回家。」許心安挽著爸爸的胳膊，很開心，「董姊的車在停車場，我們先回家。」

龍子薇此時正與黃天皓在陳百川的店裡。這店好幾年沒開，滿是灰塵。貨架上蓋著布，貨品還放在架上，看來當年陳百川並沒打算將店處理掉，只是不再經營。店裡有擺法陣，牆上地上均有痕跡，看起來是幾年前畫的，符籙也有些年頭。也許是當年關店時布的陣，防賊防同行搗亂。

龍子薇與黃天皓查看了一圈，沒看出什麼特別的地方，但龍子薇越想越不對。昨日他們馬不停蹄，由黃天皓的朋友洪凱帶著跑了警局和那蠟燭店，疏通關係讓他們看了屍體。看起來確實是被取了魂，而洪凱也已經查出蠟燭店歷史，說是傳了三代的百年老店。

「才三代而已。」別人也許覺得這店歷史悠久，但對龍子薇這樣出身正牌尋死店的人來說，只這一項便不符合，不應該是陳百川的目標。

「因為是老店，這店在這附近還算有點小名氣吧。」洪凱這樣說：「不過沒聽說店家跟

降魔圈有什麼關聯。」

沒關聯倒是沒關係，許心安家的店原本也是與降魔沒關聯。龍子薇與黃天皓拜訪了蠟燭店的店家，說是祖上有些交情，都經營蠟燭店。正好到了S市聽說噩耗，便來探望慰問。一番溝通打聽，龍子薇悄悄測了店家兒子的魂力，根本就是個普通得不能再普通的人。再問到上任店主，就是死去的老闆的父親，他久病在床，家人還沒敢將死訊告訴老人。

龍子薇進去探望老人，說是代表祖父來的。老人病得有些糊塗，哪裡還記得誰家的祖父。龍子薇藉著握老人的手說話的功夫，偷偷測了他的魂力，也是個普通人而已。

事情很不對勁，於是他們又去了陳百川家。並沒有他回來過的痕跡，左右鄰里說好幾年沒見過他了，這兩天也沒見有燈光，應該沒人回來。

龍子薇馬上打電話給董溪。董溪接了，她說她和許心安剛接到許德安，現在正在停車場準備開車回家。龍子薇把這邊的情況說了，讓董溪務必小心。董溪應了，把電話給許心安。許心安很開心地讓龍子薇放心，又說接到爸爸了，還問許德安：「是阿姨的電話，你要不要說兩句？」

嚇得龍子薇趕緊道她這邊還有事忙先掛了。

手忙腳亂掛電話，惹來黃天皓的好奇。龍子薇聳聳肩，裝若無其事道：「心安那邊沒事。」

黃天皓也不在意，沒興趣細究龍子薇的異常，只道：「這邊看起來像陰謀，是吧？」

「對。」龍子薇直覺他們得馬上回去。她又打電話給符良，讓他通知大家到許心安家集合，檢查蠟燭店和她家周圍的情況。又要郭迅打電話給董溪，開車去接應他們，確保路上安全，「我和天皓現在趕去機場，馬上回去。」

洪凱也知道事態不對，趕緊開車送他們往機場趕。

「陳百川在這裡長大，這裡是他最熟悉的地方，他應該在圈子裡有很多朋友吧？」黃天皓問。

「對，所以你知道我去打探他的消息有多難。」洪凱笑著應道：「不止他在這裡長大，他祖祖輩輩全是這裡的人，當年陳家可是這裡的降魔圈的老大，不過現在換榮家了。話說當年陳百川走得突然，圈子裡有人對他有意見，說他這個人不負責任，太傲，自以為是，不把別的同行放在眼裡，但陳家的事有榮家罩著，許多人不願摻和，想打聽他的行蹤，很多人都很警覺。」

「嗯。」黃天皓應得悶悶的，「我懷疑他根本就沒回來。」

洪凱皺了眉頭，「但我收到的消息，確實有人看到他了。這個取魂的案子時機也很巧，你們不也確認他登機了嗎？」

「布個幻境假裝登機也不是不行啊！」黃天皓道：「這事你幫我再查查，看是誰傳的消息。陳百川雖然走了，但既然影響還在，他是不是有什麼計劃。」

洪凱也明白過來，若真是計，有人故意放假消息就不足為奇。「那要引你們過來是怎麼回事？」他忽然想到了，忙打電話：「喂，兄弟，你們有沒有靠近機場的？快來幾個護駕，我在機場高速上，要送兩位朋友登機，趕時間。這班趕不上就得等八小時了。對對，就是護駕的意思，一定要讓他們上飛機，現在怕有人搗亂。先別問，快來人。」

掛了電話，洪凱踩油門加速。龍子薇也緊張起來，又打了電話給董溪，剛接通，就聽得前座洪凱一聲罵：「我靠！」緊接著一陣急剎車，車子堪堪停在一輛超車打橫攔在他們前面的車前。

「他媽的，不要命了！」洪凱衝著車窗外大罵。

董溪在電話那頭問：「龍姊，怎麼了？」

龍子薇回過神來，「沒事，我這邊有個小小的交通意外。妳那邊還好嗎？郭迅聯絡妳了嗎？」

龍子薇看到一個男人從駕駛座上下來，洪凱想不理，倒車繞過去，但發現後面也有車子上來，將他們車堵住了。

董溪答道：「我這兒一切順利，郭迅找我了，我們約在前面的凱撒廣場路口集合。」

龍子薇囑咐務必小心，速回光明蠟燭店，別在路上停留。這時候那男人已走到車窗邊，龍子薇不多說了，掛了電話。

後面的車子上也有人下來，站在他們車後。車窗邊的男子對洪凱道：「洪凱，好久不見。」

洪凱假笑，「榮哥，你練車技呢？高速路上不能這樣玩，警察會抓人的。」

榮正飛也假笑，「你帶著朋友啊？聽說你們在打聽陳百川。老爺子好久沒百川的消息了，想請這兩位朋友過去坐坐，聊一聊。」

黃天皓應道：「不好意思，我們趕時間，改天再專程來拜訪。」

榮正飛道：「不用這麼著急，老爺子當年跟陳爺爺是生死交情，答應要好好照應他的後輩，現在百川也不知闖了什麼禍，老爺子擔心，所以請兩位過去聊一聊吃個飯。之後我們親自送兩位到機場，不會耽誤的。」

龍子薇咬牙，他現在就在耽誤他們。黃天皓繼續假意應酬著，龍子薇低頭發簡訊給郭迅確認情況。郭迅很快回覆，說他跟董溪約好凱撒廣場路口見，他再五分鐘就到了。

龍子薇稍稍安心，但看到前後的車子裡又各下來三個人，這樣總共八人，將他們車子包圍。黃天皓與龍子薇對視一眼，心裡均有不妙的預感，看來今天走不成了。

洪凱還在努力：「榮哥，我朋友家有急事，我們原本要在這兒待幾天，現在趕著回去，家人病危了。陳百川現在在W市，他的事我都知道，我去跟老爺子聊聊，我也好久沒見老爺子了，我跟你們走。」

「不行。」榮正飛正色道：「老爺子的脾氣你知道，他說要見誰就是見誰，你湊什麼熱鬧？」

黃天皓低聲與龍子薇道：「S市的降魔當家人。」

龍子薇點頭，能猜到就是剛才洪凱說的榮家。陳百川一定跟這位榮老爺子說好了，請他幫忙。也不知他到底有什麼籌碼，這些圈中前輩還一個個都向著他。

龍子薇心裡盤算著怎麼辦，她現在確定他們中計了。他在W市故布疑陣不是想阻止他們來S市，而是讓他們以為他想阻止，所以在聽到些風吹草動他們就急巴巴來了，然後他再將他們困住，這樣他在W市的阻礙就少了許多，他的目標仍是許心安。

龍子薇閉了閉眼，想起畢方也不在。是他們很肯定陳百川已經離開，畢方才放心去找蛟龍的線索，她真是太大意了。

洪凱和黃天皓還在與榮正飛扯皮周旋，龍子薇發簡訊給董溪：「陳百川的目標是心安，請務必小心，他還在W市。」

董溪正在開車，聽到提示音，看了一眼手機螢幕，看到了簡訊內容。她笑了笑，對許心安說：「妳阿姨著急呢，妳幫我回覆她，就說知道了。」

「好。」許心安拿起董溪的手機，幫她回簡訊，打了「知道了，放心吧」，然後點了傳送。

許德安還不清楚究竟發生了什麼事，剛才許心安只說到一半。許心安回完簡訊，繼續跟爸爸解釋這段日子發生的事。董溪一邊聽一邊笑道：「妳說個不停，渴不渴？喝點水，叔叔也喝吧。」她抽出兩瓶礦泉水遞給許心安。

許心安把瓶蓋擰開，給爸爸一瓶，自己一瓶。父女倆都喝了幾口水，然後繼續說。

龍子薇這邊，洪凱和他們倆打死不下車，榮正飛也不著急，反正拖到他們上不了飛機就好，所以也沒對他們用什麼暴力，只是有一搭沒一搭跟洪凱瞎聊天，勸洪凱趕緊帶著客人們跟他回家做客，說拖久了老爺子不高興會發脾氣。

洪凱也能扯：「你們車子坐滿了，我們坐車頂上嗎？要不，榮哥你開車領著，我車子跟後頭……什麼？讓你的人開我的車？那不行，這是我老婆，我老婆不能讓別人開。」

龍子薇不說話，靜觀其變。就在榮正飛沒了耐心，變臉色要說狠話時，突然幾輛車嗖嗖地一起圍了過來，不遠處警笛聲響起，交通警察來了。

洪凱大叫：「榮哥你看，我說了高速路上不能這麼幹，你阻礙交通，危險攔路，警察會來取締！」

榮正飛皺眉，他不擔心警察，警察會把他們全扣下，但突然冒出來的幾輛車子就不太妙了。

轉眼間警車開了過來，洪凱轉身用力推了黃天皓一把，指了指車子左邊。龍子薇轉頭一看，最外圍的一輛車，司機正衝他們招手。黃天皓和龍子薇打開左邊車門迅速下車，朝那輛車跑了過去。榮正飛的人正要上前去攔，那幾輛車子的門忽然開了，車上的人作勢要下來，而交通警察這時候停了車。

榮正飛的人不敢亂動，當著警察的面幹群架可不是什麼明智之舉，而黃天皓和龍子薇已經跑上了那輛車，司機一踩油門，車子飛速朝機場方向奔去。

司機大聲道：「我是洪凱的哥們兒，是你們倆趕飛機嗎？放心，一定能趕上！」

許心安跟爸爸說著話，看到許德安眼睛快要睜不開了，她笑道：「你趕回來很累吧，先睡一覺，一會兒到家了我叫你。」

許德安迷糊地張了張嘴，然後睡過去了。

許心安轉身坐好，也覺得眼睛快睜不開，這樣太沒禮貌了，她再喝幾口水想醒醒神，這時候她看到車子轉了個彎，忙提醒：「董姊，往那邊走才是凱撒廣場。」

董溪看了她一眼，笑道：「我知道。」

許心安想問那為什麼走錯了，但她沒問出來，她眼睛已經睜不開，昏睡了過去。

董溪鎮定地繼續開車，這時候她的電話響了，是何義。董溪想了想，接了。

「妳在哪兒？」何義問。

「有什麼事嗎？」

「師父讓妳回來。」

「好。」

「他說的是馬上回來。」何義強調。

董溪應道：「好。」然後她將電話掛了。

何義皺了眉頭，轉身朝一旁坐著的高建堯喚了聲：「師父。」

高建堯閉著眼，手撫著沙盤，過了一會兒道：「再打，告訴她必須回來。」

何義按開了喇叭再撥，卻聽到「您撥打的用戶已關機」的提示音。

高建堯也聽到了，他嘆了口氣，「既是如此，隨她吧，各人有各人的機緣。」

何義有些著急，「她說謊了，她在陳百川求見師父之前就認識他。」

「也不算說謊，我沒問過她。只能說，她隱瞞了這件事。」

「可這樣一來，陳百川說的那些話，很可能是她教的。她知道師父欣賞什麼樣的人，他們聯手設計了師父……」

「可是董溪她……」

高建堯搖頭，他睜開眼，手從沙盤上拿開，「他們確實耍了心眼，但陳百川想做的事確實也是我想做的。若我年輕些，若我是尋死店主，我也會做同樣的選擇。」

高建堯打斷他：「她有自己的決定，她有她想做的事。沙盤的指引，是由心之慾念而動。指引會變，是人的慾望在變。無窮盡，不停息。你以為她還會像以前那樣凡事全聽師父師兄的，其實她早已有自己的想法了。」

何義皺眉頭不吭聲。

高建堯又道：「可就算再無窮盡，也有限制，所以沙盤只讓我看到我能想到的事，只讓我窺得眼前有交集的人。這世上道理也是如此，想要的太多，卻也許不能全部如願。何義，若我想做的事做不到，那接下來就交給你了。」

「師父！」何義叫道：「你能阻止……」

「我不想阻止。」高建堯再次打斷他：「也阻止不了。我想知道結果，我看不到陳百川和許心安的結果，我很想知道。」

何義張了張嘴，卻不知道能說什麼好。師父說過，人生沒結果，因為所有人都一樣，都會死，無一例外，所以人生沒結果，只是過程，現在他卻說想知道結果。

高建堯也不再說話，他盯著沙盤看，想著的是許心安對他說的話。她說他不懂，不再貪婪，能夠滿足的那種心境，他活到一百歲都不懂。他覺得她說的不對，但他越是琢磨這話，就又越不能肯定了。

理想與貪婪，知足與懦弱，差別在哪裡？

另一邊，龍子薇和黃天皓下了車就向著辦理登機牌的櫃檯跑，看了看腕錶，辦理時間已經超了一分鐘，怕是趕不上了。

黃天皓的手機響了，是洪凱。黃天皓一邊跑一邊接起。洪凱喊道：「你們到了嗎？時間已經過了。去東區一號櫃檯旁邊的值班經理檯，我有個朋友在那裡。黃色外套，戴眼鏡，叫他阿翔，他在幫你們拖著，快快快！」

黃天皓抬頭看指示牌，拉著龍子薇，往東區一號櫃檯方向跑。遠遠看到一個穿著黃色外套的人在那裡，那人拿著手機東張西望，看到狂奔的黃天皓和龍子薇，忙大叫：「看到了看到了！」

兩邊人會合，阿翔叫道：「就是他們，你看，我說能趕到吧，現在來得及吧？真的是人命關天的大事，幫幫忙！」

那值班經理跟阿翔認識，念叨了他幾句，幫黃天皓、龍子薇他們辦了手續，兩人這才鬆了口氣，對阿翔千謝萬謝，過了安檢到候機室等著。

兩人坐下後，黃天皓趕緊打電話給洪凱道謝，順便問問劫車的事最後怎樣了，洪凱會不會有麻煩，而龍子薇忙著打電話給董溪，卻聽到該用戶已關機的提示音。

龍子薇心一沉，又撥電話給許心安，但聽到的同樣是該用戶已關機。

龍子薇再打給郭迅，郭迅馬上接了，他說他在跟董溪約好的路口等著，還沒見到她的車子。

「她和心安的手機都關機，怕是出事了。你快沿途找一找，如果陳百川要劫走她們，不會一點痕跡都沒有。」

郭迅一驚，趕緊啟動車子，朝機場的方向開去。

龍子薇捧著手機，憂心忡忡。這時候她手機響了，以為是董溪，一看卻是符良。

「還記得許心安畫的那個平面配置圖嗎？金木大廈她走進的那個辦公室。」

「記得。」為了確保不出錯不露破綻，陳百川幻化的環境必須是他熟悉的。

符良道：「我在網上找到三個相似格局的小區，但是業主或是租戶沒查出什麼可疑的。」

「嗯。」這個龍子薇知道。

「但是我今天突然想起來可以查房產交易記錄，結果有一處格局相符的房子，業主叫李昆，但是上一任業主叫董溪。」

龍子薇頓時眼前一黑，「什麼？」

「是董溪的房子。這房子的交易時間是一月二十七日。一月二十六日，妳帶心安到辦公室談案子，那天心安畫了平面配置圖給我，第二天董溪就以市場價一半的低價火速把房子賣了。還有……」符良頓了頓，「心安手機拍到高建堯布在牆上的符籙，董溪當時說是為了確保施術時不受干擾，我們都沒在意，但查到房子的事後，我不放心，於是再查了查。原來那不是普通的封印符咒，那是阻斷神魔與其靈物之間的聯繫的。也就是說，是為了阻止畢方與靈羽之間的聯繫。高建堯當時對心安做的，也許是個測試，測試這封印符咒是否真的管用。」

龍子薇只覺得太陽穴突突地跳，她努力定了定神，道：「董溪和心安的手機都關機了，你還能追蹤到她們的手機位置嗎？」

「關機就追蹤不到訊號了，以我手上的程式辦不到，但我可以輸入號碼讓程式跑著，一旦她們手機開了就能追蹤。」

「好，讓程式跑著吧，我再想想別的辦法。」龍子薇很無力，又憤怒又後悔。

原來是董溪發現陳百川的那個幻境結界會讓闖入他屋子的人被分送到不同地方，以此推斷他可能在轉移大家的注意力，然後他們查到了陳百川飛回S市。

又是她說她大師兄與陳百川電話裡那樣說，於是推斷陳百川放棄了心安，他的計劃在S市。於是畢方走了，她走了，把心安留給了董溪。

龍子薇捂著眼睛，覺得自己太蠢。一切都是陷阱，董溪帶她們去見高建堯，是因為陳百川搞不定許心安，取不到她的魂，她要讓高建堯幫忙測試這過程到底出了什麼問題。高建堯能指點陳百川連環結界，當然也是知道他的計劃，現在恐怕他還指點了陳百川怎麼對付許心安和畢方。

對，一定是這樣。他們特意問畢方給許心安的護身符是什麼，他們想知道取魂為什麼不成功。

黃天皓講完電話，發現龍子薇不對勁。龍子薇把事情告訴他，黃天皓也是震驚。高建堯是降魔圈的泰山北斗，董溪是他們多年的好友，一起出生入死，怎麼會突然站到了陳百川那種邪惡降魔師的陣營裡？

「如果心安這次出了什麼事，我一定不會原諒自己。」龍子薇紅了眼眶。

「妳要冷靜，我們得想出應對的辦法來。」

龍子薇點頭，她知道，她必須冷靜下來。

黃天皓開始打電話聯絡友人幫忙，龍子薇看著自己的手機，想了想，打給了何義。這號碼還是董溪給她的，當時要進綠蔭巷，需要直接跟何義敲定細節。

何義很快接了。「龍女士。」他的聲音很有禮貌。

龍子薇直截了當地問：「你們是陳百川一夥的，是不是？根本就不是不知情，你們整個師門都是他的幫凶，是不是？」

何義沉默許久，這才答：「說來話長，這件事我一時也不知該如何解釋。」

龍子薇冷笑，「不用解釋，你這麼一說我就明白了。」

「不，龍女士，妳不明白，我師父……」何義頓了半天，確實不知道該如何說，最後只擠出一句：「我們並無惡意。」

「是嗎？」龍子薇問：「那董溪在哪裡？她劫走了心安。」

電話那頭又是長時間的沉默，然後何義答：「龍女士，對此我們確實並不知情，不是我師父讓她做的，事實上，我們也是剛查出董溪在陳百川來拜訪師父之前就認識他了。」

「她在哪裡？」

「之前我打電話給她，師父要她馬上回來，她應了好，然後掛了電話，接著就關機了。」

「我不相信你。」

「師父雖然指點了陳百川連環結界，但並不會參與他的事。」

「是嗎？跟著陳百川去G市鬼屋踩點布結界的那個人不是你嗎？」

何義頓時漲紅了臉，他辯道：「連環結界很複雜，不能只是口頭說說，師父只是讓我去幫他看看，但他具體做什麼，我是沒參與的。」

「真是正義善良。」龍子薇冷笑，「明知凶手要殺人，卻把刀磨好了遞給凶手，然後說這事與自己無關，自己沒直接參與，真可笑！」

何義無言以對，沒辦法反駁，他只能道：「龍女士，我說的是實話。今天師父撫沙時看到董溪遭遇神魔之火，他擔心是畢方所為，所以讓我召董溪回來，但她掛了電話。」

龍子薇心裡一緊，「若她不傷害心安，畢方也不會傷害她。」

高建堯竟在沙中看到這樣的影像，那表示心安會遇害嗎？

「董溪在哪裡劫走了許小姐？請妳把情況告訴我，我會安排人幫忙找她。」

龍子薇該登機了，她快速將董溪帶許心安去機場接人然後失蹤以及那個房產線索說了，又道：「她說你與陳百川通電話。」她將董溪說的通話的內容告訴何義。

何義嘆氣：「那不是事實，我與陳百川並無私交。」

龍子薇跟著黃天皓登機，一邊道：「我不知道什麼事實，我只知道是你們幫助了陳百川。如果我的親人因此受到傷害，我發誓，直到我死的那一刻，我都會報復回來。」

何義沉默了兩秒，正色道：「我一定會盡力。先這樣，我安排，有消息再通知妳。」

何義掛了電話，急步走到高建堯的房門外，伸手敲了敲門，「師父，是我。」

聽到高建堯說「進來吧」，何義走了進去。

高建堯正在打坐，何義恭敬行了個禮，然後道：「師父，董溪劫走了許心安。」

高建堯既意外又不意外，他垂眉，暗忖沙中指引果然已經開始發生。

「師父，我決定幫助許心安他們。」

高建堯抬眼看了看何義，問：「為何？」

「因為我是降魔師。」何義覺得自己這樣似乎是在與師父作對，他有些緊張，但仍沉聲道：「師父教過我，魔，是邪惡之氣，邪惡之心，邪惡之性。陳百川野心太盛，犧牲幾個無用弱小來達到掌握世上最強法器以能對抗任何一個魔妖的想法，我不能贊同。我覺得，這想法本就是魔。」

高建堯平靜地道：「你是這般想的嗎？」

「是。」何義恭敬垂首。

「即使我是贊同他的。即使我也認為，有成就就必須有犧牲。」

何義緊張地掌心出汗，但仍道：「是。我不贊同，我也不這樣認為。那些所謂犧牲，不是那些人自願的，這叫殺害。」

高建堯點點頭，「你這想法與許心安倒也有幾分相似。她說窺視她的回憶，未經她同意，就是不對。可你知我用沙盤這法器窺視出多少凶險，救了多少人命，那些被窺視的人也並不知道。」

何義噎住。

高建堯問：「你說，那這是對還是不對？」

何義噎半天，「窺視天機與人命不能相提並論，況且對犧牲他人成全自己毫無愧疚毫無反省，那犧牲多少，成就多少，何時是個盡頭？野心越來越大，貪婪永無止境。」他頓了頓，覺得這好像是在罵師父，於是換了個委婉的說法：「師父，我知道你心裡不是以個人成就為目標，你想的是除魔之道，你想看到魂燭，但刀有雙刃，你從前也教過我們，法術能降魔，也能用來做壞事。」

「是的，所以要看法術法器掌握在誰的手裡。」

「掌握在陳百川手裡真的沒問題嗎？」

「他是唯一的希望。只有尋死店主才能辦到的事，使命繼承，他是唯一有能力有志向達成的人，其他尋死店主壓根兒不能擔此大任。」

「他們已被殺害，自然不能擔此大任。」何義道。

高建堯搖頭，「他們不過是身有店主強魂的普通人罷了，什麼都做不了。現在，他們反而實現了他們的價值。」

何義心裡也搖頭，他完全不能贊同，「那許心安呢？她逃過一劫，她是不同的。」

「她有她的機緣，她憑靠著畢方的靈羽，還有龍子薇他們。」高建堯想起沙盤的指引，「她確是不同的，所以我才會告訴她那些。她與陳百川如何，要看他們自己了。」

何義道：「我不能袖手旁觀。」

高建堯微笑，「那就去幫她吧。」

何義驚訝。「師父？」竟然不反對，不斥責他嗎？

「我年近七十才開始收徒，你是我第一個徒弟。我原以為今生不會有徒弟，但那時機緣來了。何義，你什麼都好，只是成就只能到這了，知道為何嗎？因你太過拘謹，你從來不違抗我的想法。我曾經思慮過為何沙盤指引我收你為徒，為何你會重要？你不可能成為降魔界第一人，我的沙盤你也繼承不了，但是現在你告訴我你決定做自己想做的事，你不贊同我，我覺得很好。」

何義怔怔地聽著。

「我的師父就不拘泥於尋死店的規矩。店倒了沒關係，他不沮喪，仍以降魔除妖為己任。店主法器必須傳給使命繼承人，但他不管，他傳給了我。我用得很好，我滅了許多妖殺了許多魔救了許多人，這一切都因為我師父不拘泥於所謂規矩。我也不想被拘束，我師父到死都沒能見到魂燭，是他此生唯一遺憾。我已經這個年數，日子也不多了……」

「師父……」

高建堯擺手，繼續道：「我也要考慮將本事和法器傳承下去之事，可我的徒弟裡沒有合適的。這時候，陳百川出現了。一個有著高超法術的尋死店主，一個有著大膽想法不拘一格的尋死店主，我覺得我看到了希望。其他的事你都知道，我贊同他。這事未必是對的，但是是我想做的。你現在告訴我你不贊同，你有你想做的事，這很好。去做吧，何義，就像董溪一樣。每個人做自己想做的事，然後承擔自己該承擔的責任和後果。」

「可師父知道是不對的，為何不阻止……」何義話說到這裡停了下來，師父又能阻止誰呢？阻止陳百川，還是阻止董溪？但這二人在哪兒做了什麼師父也不知道。事情一旦開始，就脫出了師父可控制的範圍。他問為何不阻止，實在是可笑了些。

高建堯看著大徒弟，見他不再說話，便道：「去吧。」

何義不再猶豫，向師父鞠躬就出去了。既然已把話說清楚，他就再沒什麼顧慮。

何義吩咐弟子，讓把所有平常與董溪走得近的人都找來，詢問董溪平常的行蹤去處、喜歡去的地方、租的房子、外頭的友人，還有除了她的常用手機號外，她還有什麼別的手機號碼或是聯絡方式。弟子們得令，趕緊去辦了。

何義親自去了董溪的房間，翻查她的物品，希望能找出有用的線索來。

而龍子薇和黃天皓乘坐的航班即將起飛，他們只得關上了手機。

已經接到消息的方書亮急急買了高鐵車票，帶著他找到的資料準備返回W市。

郭迅開著車沿途尋找，沒有看到董溪車子的蹤跡。

秦向羽在光明蠟燭店和許心安家周圍巡查了一番，沒有看到什麼異樣。符良在網上搜索著董溪註冊過的所有東西、手機號碼、房子等等，但沒找到有用的線索。手機訊號追蹤程式一直跑著，可那兩個手機號碼始終沒開機。

至於此時的董溪，開著車，從容地將車子開進一個獨棟別墅的車庫裡。許心安在副駕駛座上昏迷不醒，許德安則倒在後座上。

一個瘦削高個子男人走進車庫，拉開了車門，正是陳百川。

董溪看著他微笑，出了車子，親密地抱著他的腰，「一切都很順利。房間已經收拾乾淨，沒留下線索。手機關了，卡拔了，電池卸了，他們找不到我們的。」

陳百川親了親她的額頭，「龍子薇他們上了飛機，那邊沒攔住。」

董溪挑了挑眉，「那又怎樣？他們不知道我們在哪裡。就算趕來了，也不會是我們的對手。」

「畢方呢？」

「他還沒回來，他也沒有手機。我問過許心安了，其他人應該聯絡不上他，要向神求助，沒那麼容易的。」董溪轉身從車子裡拿出一個刻著符印的木盒，除了朱紅色的符印，整個盒子看起來平凡無奇。她將盒子打開，讓陳百川看了一眼。

紅色的靈羽躺在盒子裡。

陳百川微笑，「很好。」他把盒子蓋上，從口袋裡取出兩張符籙，捏指唸咒，符籙附在盒上，交叉著將盒子封住。「兩重封印符咒，這下應該沒問題了。」

董溪把盒子交給他，「我們先把人抬進去吧，迷藥的藥效還有好一陣子。」

這時的畢方在白金山並沒有找到蛟龍的痕跡，沒有蛟龍留下的靈力，也沒有他遁世的封印。問遍山中精怪，無人知道蛟龍去處，只說三百多年前似乎出現過，之後往東而去，後來再無消息。

於是畢方往東飛，在東邊的三座山上又找了一圈，還是什麼都沒有，他逮了個山魈精來問話。

「你看起來有點臉熟。」畢方道。

山魈精含淚點頭。是熟啊，昨天在白金山就逮過牠一回。

「我問你，你有沒有見過蛟龍？」畢方問。

山魈精含淚再點頭。見過啊，不是回答過一回了嗎？大神，你失憶了嗎？

山魈又回答了一次。牠記得蛟龍到過白金山，獨自一人。精怪們怕蛟龍，所以全都躲得遠遠的，並不知道蛟龍具體幹了什麼。蛟龍待了月餘，後來朝東邊走了。他走了之後，大家才敢出來活動，所以沒人打聽他去了哪兒。

東邊？這兒不就是東邊嗎？東邊範圍這麼大，哪哪都是東邊，讓他怎麼找？畢方怒氣沖沖，把山魈罵了一頓，說他又醜又懶又廢物。山魈哭著跑了，還沒跑遠，被畢方喝住。

「不許跑！我想起來了，你原來是在白金山的，我見過你。」

山魈不敢跑了，哭得更大聲。大神，你突然恢復記憶，這樣合適嗎？

「居然從白金山跑這兒來了，躲誰呢？」

山魈哭得上氣不接下氣，這個問題不回答可以嗎？

「過來罰站！」畢方才不管答案是什麼，直接宣布他的決定。

山魈不敢不站，哭著罰站。相比蛟龍，大家更怕畢方。蛟龍來了大家還敢躲，畢方來了大家躲都不敢躲。牠勇敢了一把逃了，結果是這下場。

畢方將山裡的廢物們全都訓了一遍，居然沒人知道蛟龍去哪了，那他不是白來了嗎？哼，浪費他的時間，他還要趕回去跟許心安過年呢，許心安答應會做他喜歡吃的菜！算了算了，再找兩個山頭，要是再沒線索就先回去！

畢方剛要化身飛走，忽然頓住。

靈羽之力，他感覺不到了。

畢方心一沉。許心安，妳發生了什麼事？

飛機上的龍子薇一臉陰鬱，焦躁地一直看錶，坐在她身邊的黃天皓還有些不敢相信，「怎麼可能是董溪？我們認識這麼多年了，她是位好降魔師。」

「也是有野心的降魔師。」龍子薇長嘆，「是我不好，我應該想到的。幻境結界、空間結界，疊加轉換、遠程空間移動，陳百川一個人做不到。凡是擅長結界法術的人我都該懷疑，可我就是沒懷疑董溪，還找她來幫忙。」

「不怪妳。大家多年朋友，她表現得也很誠懇，查到師父與陳百川見過面了。告訴妳一點真相，再隱瞞一點，妳就會信任她。」黃天皓想了想，「我記得當初妳介紹董溪給我們認識時，是說妳出任務遇險，董溪正好經過幫了妳，那是四年前的事吧？」

「對。」算得上是救命之恩，所以她對董溪一直非常信任。

「有沒有可能，她是因為妳是尋死店家族的人，才設計安排故意接近妳？」

龍子薇愣住。

「陳百川離開S市到外地發展也是四五年前不是嗎？假設他有了目標和計劃才關店離開S市，那麼花費幾年時間去安排尋找資源也合理。妳想想，這麼大一件事，他要尋找其他的尋死店主，要觀察他們確定對策，要等待時機動手，這些都需要時間。還有一些其他我們還

不知道的事，他用強魂做什麼，也許他還要找陣法。對了，幻境中有蛇妖，他集結了一些幫手，這些全都需要時間去落實。如果四五年前董溪就認識他，那麼董溪很可能就是帶著目的接近妳，想從妳這邊查探尋死店，但發現妳不是使命繼承人，妳的魂不夠強。」

龍子薇沉默，為這可能性心裡很不是滋味。

「她是陳百川的幫手。她也常常到處奔走，去外地出任務，但從來沒有找過我們幫忙。」

「我問過她，她說不用幫忙。我以為是她同門多，不需要我們。算起來，是她幫我們比較多。」

「是的，所以她跟我們很熟，我們卻對她不太熟，只是自以為瞭解而已。」

「我真蠢！」龍子薇很自責，「我親手將心安送到她手上，我怎麼跟我妹妹交代？」

「別這麼想。」黃天皓道：「誰也不會懷疑到朋友身上，現在不是怪罪自己的時候。」

龍子薇點頭，「我知道，我知道。現在不是時候，我得沉住氣，可我一點辦法都想不出來。現在只希望畢方突然回來，希望他們忘了心安身上的靈羽……」可是她知道這不可能，他們特意測試了封印符籙就是用來對付畢方和靈羽的。龍子薇沮喪地把臉埋在手掌裡，「難怪董溪對靈羽這麼感興趣，難怪她會一直問心安究竟怎麼逃過幻境。」

董溪和陳百川將許心安抬到樓上一間房裡，擱在一張貼了符籙的床上，將她四肢用手銬加縛妖索銬在床柱上，再下去把許德安抬上來，抬進另一個房間裡。

「我測過，他的魂力不強，許心安也說她爸爸不會法術。」董溪看了眼昏睡的許德安。

「那就好。在取出許心安的生魂之前，他對我們還有用。如果出了什麼麻煩，他就是籌碼。」

「嗯，他們父女感情很好。有她爸爸在手上，許心安不敢不聽話。」兩個人出了房間，確認房門鎖好，並肩朝許心安的那間房走去。

「師門回不去了吧？」陳百川問。

「嗯。」董溪點點頭。師父一定發現了什麼，所以在那個時候打電話叫她回去。她騙了師父，她裝作不認識陳百川的樣子，她裝作完全沒有插手這件事。其實從一開始，所有的細節都是她跟陳百川商量的，所有的事都是他們一起做的。她堅信若這世上有人能勝過師父，坐穩降魔界第一把交椅，領導眾人殺盡天下妖魔，那個人一定是陳百川。

陳百川攬著她的肩，「我們會成功的。」

就在他們說話的時候，一隻胖老鼠從董溪的後車廂裡爬了出來，小心翼翼竄進車庫角落，打探了一下四周情況，接著跑進了屋內。

許心安醒過來的時候有些恍惚，腦袋沉得像灌了水。她用力眨眨眼睛，想讓自己清醒一點，卻發現自己的手腳被銬住。她嚇了一跳，轉頭去看手腕，這時聽見旁邊有人說話：「她醒了。」

聲音很熟。許心安猛地轉過頭去，模模糊糊看到一個瘦長的身影走了過來。她的眼鏡沒了，她看不清，但憑聲音和身形判斷，這人是陳百川。

「陳百川？」她問。

那人沒說話，走到床邊，低頭看她。

許心安的超級近視眼還是看不清楚，但比剛才清楚些，她肯定他就是陳百川。怎麼回事，自己怎麼又落他手裡了？那董姊呢，爸爸呢？

剛想開口問，又過來一個人。許心安微瞇著眼用力看，還是看不清長相，但似乎很像

董溪。

「董姊？」

「是我。」董溪搬了張椅子坐床邊。

這姿態很悠閒自在，許心安有些回不過神來，好半天懂了，驚道：「妳跟他是一夥的？」

陳百川靠過去，雙手搭在董溪的肩上，很親密。

許心安瞇著眼睛卻只能看個模糊，秀恩愛也不讓人看清真是要差評。她道：「我的眼鏡呢？我近視八百多度，沒眼鏡跟瞎子差不了多少。你們把眼鏡還給我，這樣你們擺姿勢給表情營造氣氛才會有效。」

陳百川冷道：「妳不問問妳爸爸？」

「有很多問題呢，一個一個來，你別著急啊！」

陳百川臉色一板，到底誰該著急，被銬在床上的那個又不是他！

「所以我爸爸呢？」

「在另一個房間，他沒事。」董溪答。

「哦。」許心安扯了扯雙手，手銬撞在床柱上鏗鏘作響，「你們打算要取我的魂嗎？」

「對。」

「嗯。」許心安表示明白了，「那能先把眼鏡給我嗎？」

「……」

許心安繼續道：「還有，可以先上個廁所嗎？」

「……」

董溪與陳百川對視一眼。董溪微笑道：「心安，妳倒是挺鎮定的。」

「那我哭著哀求你們會放了我嗎？」

「……」

「所以我選擇保持氣質。」

「……」陳百川臉色開始難看了，上次見她也沒覺得她這麼三八。

「你們下一步的打算是什麼？可以談判嗎？」

「不行！」陳百川沒好氣。

「聊聊嘛，不要走上絕路，殺了我會賠上你們的命，畢方不會放過你們的。還有，我阿姨他們一定會找你們算帳，後果很嚴重，所以這事還是要好好商量一下。不如這樣，說說看你們取了魂要做什麼，說不定不用取魂這麼麻煩，也許能找到替代品。現在科技發達，很多東西都能化學合成。」

「別費心思，沒有替代方案，沒有談判，不想跟妳聊天。還有，別動歪心思，妳爸爸在我們手裡，畢方的靈羽我們已經封起來，他找不到妳，其他人也不知道妳在哪兒，所以妳安分點。」

許心安嘟囔著：「我挺安分的呀，這不是沒跑沒跳沒喊救命嗎？」

陳百川不理她。

許心安轉頭看看董溪，模糊的臉，看不清表情，這樣打心理戰真的太吃虧，她都不好入戲。

「董姊，妳師父、大師兄他們也想要我的魂嗎？」

「這不好說。」董溪想了想，確實不好說。她弄不懂師父的心思，他似乎是幫著陳百川的，但似乎又有所保留。見過許心安之後，這種保留更明顯了。

「不好說是什麼意思？我去綠蔭巷的時候，妳師父不是還跟我說了很多話嗎？妳大師兄還打電話給我，提醒我陳百川不會放過我，讓我小心。妳看，他們不是挺誠懇的嗎？當然，你們師門裡對我最好的人就是妳了，但是現在妳準備殺我。董姊，你們師門全都這樣表面上對人好，然後背後捅刀子嗎？」

「抱歉，心安。」董溪的聲音跟以往一樣溫柔，但說出來的話卻堅定：「要成就大事業就必須有所犧牲。妳不會降魔，對降魔界沒貢獻，但是妳的魂卻可以，我們會好好用它的。」

「你們師門教的東西果然很奇怪。教兩面三刀就算了，還灌輸錯誤的是非觀。為什麼你們會覺得可以不經別人同意就拿走別人的東西呢？妳師父這樣，妳也這樣。」

「這是取捨，有捨才會有得。」

「捨棄了良心，得到了什麼呢？」

「力量。心安，我們會得到最強大的降魔力量。我們也沒有捨棄良心，這力量會用來維護正義，斬妖除魔。」

「董姊，妳答應我，哪本書教妳這種歪理，燒了它吧。」

董溪：「……」

「正義裡沒有善良，那還叫正義嗎？你們用那力量對付妖魔，都不用打，告訴牠你們殺了很多無辜的人，拿到了這維護正義的力量，妖魔直接笑死過去。」

陳百川忍不住了，指著許心安道：「妳閉嘴，不然我會讓妳說不出話來！」

董溪拍拍他的胳膊，讓他稍安勿躁。她對許心安說道：「心安，我知道妳現在害怕，但是說這些沒用的。為這事我們準備了好幾年，做了很多事。許多事是我們之前沒做過的，殺死無辜的人對我們來說確實很艱難，可為了實現目標，我們必須這樣做。我很抱歉，我們必須這樣做。」

「妳就跟被邪教洗腦了一樣。」許心安很難過，是真的難過，「看看心理醫生會有幫助嗎？」

陳百川氣得踏前一步，董溪將他拉住。她看著許心安，心裡隱隱冒出不安的情緒。她道：「心安，我說真的，我們必須做，一會兒時間到了，就要取妳的魂。」

「那我爸爸呢？」

「如果事情順利，等我們走了之後，會通知妳阿姨過來接他。」董溪耐心地道：「所以希望妳不要鬧，確保我們順利。」

「我阿姨知道妳這樣嗎？」

「現在應該知道了。」

「那畢方呢？」

「妳的靈羽被我拿走了，用我師父的封印符咒封了起來。上次在綠蔭巷，他用封印符咒封了屋子，對妳使用幻境攻擊時，畢方完全沒有感應到。」

許心安不說話。他們以為她是靠靈羽才能與畢方聯絡，這是她的機會，就讓他們這麼以為，然後她可以多為自己爭取一些時間。只是不知道她那莫名其妙的感應還能不能用，而且畢方在很遠的地方，能趕回來嗎？

「心安。」

許心安看向叫她的董溪。

董溪問：「妳在想什麼？」

「我覺得，現在真的是求救無門，只有等死的份了。董姊，看在這幾天我們相處得還不錯的分上，妳能讓我見一見我爸爸嗎？妳知道的，我爸爸出遠門很久了，我們這麼長時間沒見，今天才見上，還沒說幾句話，我就要永遠離開他了。能讓我們父女倆見個面，說說話嗎？」

董溪看了許心安一會兒，忽然站了起來。她對陳百川使了個眼色，兩人一起走了出去。

許心安一看他們居然走了，忙大聲叫：「或者讓我爸爸見見我也行啊！爸，爸，你能聽到嗎？我在這兒啊，你別害怕！」

砰的一聲，董溪將房門關上，許心安的聲音被掩在了房裡。

「怎麼了？」陳百川問。

董溪有些不安，「會不會有什麼我們還不知道的事？不然她怎麼這麼鎮定？」

「她是強魂，有異於常人的勇氣可以理解。當初失魂水都對她無效，空境界她也不怕。」

董溪皺皺眉，「師父說她不止滿格。」

「反正我第一次遇到滿格的。」陳百川道。

董溪抱著胳膊在走廊上來回走了兩圈，「她確實是不懂法術，這兩天抱著基礎法術書在啃，好多不懂，還讓我教她，不像裝的。」

「就算她會法術也不用怕，床上貼了符咒，她的法術使不出來，妳在擔心什麼？」

「不知道。就是覺得有些事情我們不清楚，有不好的直覺。」

陳百川抱住她，「妳太緊張了，這次肯定沒問題。取到她的魂，我們就成功了。」除非高建堯騙了他，但他拿到封印符咒後查過，確實是封隔靈物之用。

其實讓高建堯見許心安很冒險，因為高建堯對尋死店主這個身分有偏執的景仰和崇拜之心，而他正是利用這一點成功見到了高建堯，也成功讓高建堯對他欣賞讚揚。許心安也是尋死店主，所以他有些擔心，但他取不到許心安的魂，當時的情形只有他和董溪知道，就算畢方沒有趕來，他們成功將許心安轉入下一個地點，他們也沒有把握能成功取到。

這讓他焦慮，彷彿通天大盜看到了奇世珍寶卻破不了防衛那關，他才不得不求助高建堯。依然是董溪從中斡旋，謀劃了細節。他搞定高建堯，她去搞定龍子薇，許心安與高建堯的見面沒有任何破綻，可他還是有了防心，高建堯給他的教他的他都去驗證過查過才敢相信，而董溪果然也察覺高建堯對他的態度有變化了。

如今對他來說無所謂，他不想求高建堯，他想要的東西已經拿到，之後該輪到高建堯求他了。他想見到魂燭，想看看這世上最強的降魔法器，他必須來求他。

「別擔心，一切都沒問題。」

董溪想了想，「我還是再問問。」

房間裡的許心安閉上眼努力集中精神在心裡喊著畢方，但一直沒收到回應。她調整呼吸，告訴自己要有耐心，上次在幻境裡都成功了，這次一定也能成。沒有靈羽沒關係，會成功的。

房門忽然打開，董溪和陳百川走了進來，又在床邊坐下了。

許心安警覺地看著她，心中繼續努力呼喊畢方。

董溪問：「關於尋死店和魂燭，妳還知道什麼？」

許心安作沉思狀，「這事說來話長，還挺複雜的。」畢方，你聽到我叫你了嗎？救命啊！

董溪與陳百川互視了一眼。陳百川皺著眉頭不耐煩，董溪抿了抿嘴，耐著性子道：「心安，我考慮了一下妳說的，也許真有東西能取代尋死店主的強魂，但我們知道的太少。如果妳知道些什麼，最好告訴我們。我們也不願走到那一步，只要有一絲可能，我們都想嘗試。」

「嘗試什麼？」

「嘗試不殺妳又能實現我們的理想，所以妳還知道些什麼，告訴我，也許會有用處。」

畢方，你聽到了嗎？他們在忽悠我，想要我的命又想騙我情報。你快回答我，聽見了嗎？

「可是尋死店和魂燭的事真的挺複雜的，我爸說了一些，畢方說了一些，我也不知道你們究竟缺哪些消息。或者妳告訴我你們想做什麼，然後我們溝通溝通，一起想辦法。」

陳百川冷道：「董溪，妳不用理她，她在騙妳。如果她真知道尋死店和魂燭是什麼，還會跑到網上去發帖嗎？這麼蠢的事，她列祖列宗知道了都會捶心口。」

「就是因為幹了蠢事，畢方把我罵了，還告訴我不少事，又囑咐我不能跟別人說，可是現在關乎我的性命，我得考慮一下。」

畢方，借你的名字用一下，他們怕你，說你說的他們就在乎了，但這不是重點，重點是……你快來啊！太遠了接收不到訊號嗎？還是我沒能發射成功？

陳百川臉一沉，「別耍花招，知道什麼就快說，不知道就閉嘴。現在的情況是，取妳的魂比其他任何一個方案都方便，我可不打算用什麼替代。」

「不不，你不明白，取我的魂一點都不方便，難道你沒發現嗎？」

董溪認真問：「發現什麼？」

「我家的店有古怪。」

最古怪的就是畢方了，這麼貪吃！畢方，糖醋排骨紅燒豬腳魚香肉絲，你聽到了嗎？

董溪和陳百川對視一眼，她家的店有古怪是什麼意思？

「為什麼畢方會來我家店，而不是去別家？」

董溪皺了眉頭，陳百川冷哼，「有事就說，不要反問，不要故弄玄虛。」

許心安不說話了。

董溪盯著她，「心安，如果妳沒有什麼要說的，那我們就要開始動手了。」

「不是還要等時辰？」

「妳醒得太早了，而且妳讓我很不安，總覺得會夜長夢多。」

「這種情緒是怎麼造成的，咱們溝通一下。」畢方，怎麼辦？快來救我啊！

董溪轉身出去，陳百川也跟著出去。

許心安趕緊大叫：「喂，喂，再聊聊啊，你們不想知道魂燭在哪裡嗎？」

兩個人的腳步一頓，轉過身來。

許心安嚥了嚥口水，看著他們走到床邊。

許心安道：「尋死店主守護魂燭，卻沒有尋死店主見過魂燭，你們不覺得奇怪嗎？」

「不要反問，有事就說，不然閉嘴！」陳百川仍是那句。

許心安動了動，道：「我真的知道一些你們不知道的事。畢方說過，他感應到了魂燭的存在，所以才來我家的店。」

「所以妳家的魂燭在哪裡？」董溪問。

許心安舔舔嘴唇，努力編著謊話：「畢方說，魂燭有自己的意願，需要出現的時候就會出現。他說符靈魂火是以善供奉，善心不死，燭火不熄。當初天帝交給他十個符靈魂火，

就是秉持著最大的善念及信任，將可以消滅自己的法器交到了人類手裡。他希望人類有能夠保護自己的力量，也希望若今後神魔能夠滿足於無限生命所帶來的一切時，可以自由選擇去留。不恃強凌弱，尊重他人的意願，以保衛天地人間的決心，造出了符靈魂火，就是魂燭。天帝相信善念永恆，一如神魔的生命。人類代代相傳，必能好好傳承守護好魂燭，可是天帝並沒有預料到，數萬年後，神魔也有遁世沉睡的，人間也有各種邪惡雜念。尋死店傳承越來越困難……」

許心安說到這裡都佩服起自己了，這都怎麼編的，腦子太好使了。說了這麼多，董溪和陳百川居然沒有打斷她，聽得挺認真。許心安頓了頓，再接再厲，繼續往下編。

「你們知道為什麼降魔界從來沒有關於使用過魂燭的記載嗎？降魔圈裡流傳了許多故事，有許多偉大的降魔師，手持天下無敵的法器，消滅了殘暴的魔妖，這麼多故事裡，卻沒有一件是關於魂燭的。不是因為保密工作做得好，而是因為尋死店主從來沒有用過它們。從畢方交到他們手裡的那一刻，他們就珍視這力量。越是強大，就越要慎重。擁有力量所肩負的責任，不是殺人，而是救人，這是有區別的。」

許心安一邊說一邊仔細看著董溪和陳百川的表情，希望能從他們臉上看出些動容來，可是真他媽的，她看不清他們的表情，超級大近視真的太耽誤事了。

許心安定了定神，繼續說道：「當初符靈魂火就是畢方送到各降魔家族尋死店主手上的，但是當他想用的時候，卻發現連他也找不到了。畢方在我家住了這麼久，雖然很肯定我家就有魂燭，但他就是沒找到，然後又發生了一件怪事，就是原本應該很輕易能取走我的魂的陳百川擺了這就麼大的架勢卻沒有成功。畢方就跟我說，沒有善意的意念是無法驅使魂燭的……」

「好了，可以了。」董溪忽然打斷她，轉頭走了出去。

許心安愣住。等等，怎麼了？明明說得很好，聲情並茂啊！難道她演得太過了嗎？

「董姊！」她大叫，但是董溪沒回頭，她跟陳百川兩人都走出去了。

房門關上，許心安垮下臉，轉瞬又振作精神，趕緊集中注意力呼喚畢方。

董溪在門外走廊上面冷如霜，好半天沒說話。

陳百川拍拍她的肩，「不用理會她說的。滿嘴跑火車，明顯胡說八道。」

董溪搖頭，陳百川皺了眉，以為她動搖了，正要勸她，卻聽董溪道：「我們動手吧。」

陳百川微怔，董溪張臂抱著他的腰，頭靠在他胸膛上，「你想做的就是我想做的，我們沒有退路了，不能停，不能回頭。」

陳百川心裡放鬆，抱著她，撫撫她的髮，「妳記住，我們做的是對的。」

董溪抬頭看他，點了點頭。

兩個人去拿法器，然後回到房間裡。

許心安呼喚畢方無果，卻再次看到他們回來，趕緊道：「董姊，我想去廁所。」

董溪面無表情地把一個小玻璃瓶放在床頭櫃上，說道：「不用去，很快就結束了。」

許心安看著那帶著符印的小玻璃瓶，心裡清楚她剛才的對策失敗了，她說的那些反而刺激了董溪的決心。她問：「這是什麼？」

「引魂瓶。」

許心安撇眉頭，「就像西遊記裡的孫悟空拿著葫蘆說『妖怪，我叫你三聲你敢答應嗎』那類的東西？要是答應了，我的魂就會嗖的一下被吸到這瓶子裡？這個真沒有亮刀子出來有氣勢呢！」

董溪看著她，說道：「妳還真是挺想得開，這樣很好。心安，我保證，我不會傷害妳爸爸，取妳的魂也不是做壞事。坦白跟妳說，我們要煉魂燭。用尋死店主的強魂可以驅使法陣，以魂入燭，煉成法器。雖然也許跟畢方送的符靈魂火不一樣，但力量會一樣強大。法陣還可以馭使龍族，讓牠們為我們降魔界效力。從此之後，再無妖魔可以在人間作亂，現在妳明白了嗎？」

「不明白。」許心安道：「我只明白妳要殺我了。」

「我很抱歉。」

「妳能幫我把我的眼鏡找來嗎？讓我看清楚妳愧疚的眼神。」

董溪：「……」

董溪走開了，跟陳百川一起擺法陣。高建堯說過，必須用驅魂法陣才能取魂成功，這法陣威力極大，是用來驅除妖魔附於人體之魂。董溪和陳百川雖然意外竟然要用這種陣，但為了確保成功，也顧不上是不是用牛刀殺雞了。

許心安使勁伸長脖子抬頭看，看不清他們在做什麼。她問：「我真的不能先去廁所嗎？挺急的。」

沒人理她，許心安再問：「要是我嚎啕大哭喊饒命，你們會放過我嗎？」

沒人理她，許心安在心裡繼續拚命喊畢方，又道：「死之前我可以見我爸爸一面嗎？」

董溪終於回覆她：「見了也沒用，他的迷藥效力還沒過去，聽不到妳說什麼，也看不到妳。」

「可我能看到他啊，這是我臨死前的心願。」

董溪不說話了。

許心安聽著他們擺陣的小動靜，心開始狂跳，終於有了臨死的恐懼感覺。

「你們在擺什麼陣呢？」

沒人理她。

「死者心願未了，心情不佳，或是憋著尿，身體不適，這會影響你們取到的魂的質量嗎？」

董溪和陳百川：「……」

許心安還在嘮叨：「我昏迷的時候你們沒有取魂，非要等我清醒的時候，是不是清醒的時候引魂魂的質量高些？這裡頭有講究是嗎？可是電視都不是這麼演的，電視裡受害者都是昏迷的，然後魂魄自己飄了起來。或者受害者昏迷中放在石頭祭臺上，壞人圍一圈在那跳大神唱歌，然後主角們這時候就來救人了，所以為什麼不在昏迷的時候弄呢？那樣我就不會想上廁所了……」

「閉嘴！」陳百川忍無可忍，吼了一聲。要是可以，他真想打昏她好安安靜靜地完成引魂，但是該死的她說對了，要想得到完整的強健魂力，必須要在這人清醒時進行引魂，所以現在他們必須忍耐她的呱噪。

「不閉會怎樣？」許心安故意問。她也不想說個不停，她是有氣質的淑女好嗎？這麼煩人的事平常都是畢方幹的，但現在她必須拖延時間，尋找機會。畢方啊畢方，你聽到我喊你了嗎？

她居然還敢問不閉會怎樣？陳百川被徹底惹毛了。

他拔出降魔匕首，走到床頭，用匕首指著許心安的臉，「不許再說話，不許再嘮叨，不許去上廁所，不許去看妳爸爸！妳最好老老實實別打什麼歪主意，不然我劃花妳的臉，在妳

身上割幾刀！妳只要清醒著不死，我就能取妳的魂，不想受苦就老實一點，聽清楚了嗎？」

許心安瞪著那匕首，慌忙點頭。就說用匕首會比用引魂瓶的威懾力來得強吧，她剛才也沒說錯。畢方，畢方，聽到我在叫你嗎？

許心安沒再說話，房間裡安靜了下來。

董溪和陳百川繼續布陣，過了一會兒，許心安又小小聲問：「真的不能去廁所嗎？」

陳百川怒氣沖沖拿起匕首直奔床頭而去，然後朝許心安的臉旁扎了下去。

許心安放聲尖叫：「畢方救命啊！」

畢方沒有應。

匕首貼著她的臉扎進了枕頭裡，切斷了她幾縷頭髮，扯痛了她的頭皮。冰冷的匕首讓許心安全身起了雞皮疙瘩，忍不住顫抖了一下。

「閉嘴！」陳百川再次警告她：「不許裝哭，也不許耍花招！妳就老老實實躺著，別說話！」

許心安點點頭。

陳百川退開，匕首還留在許心安的臉旁。許心安覺得耳朵有點痛，不知道是不是被劃傷了。她心想，其實要是哭了，那可是真心實意，淡定煩人才是裝的。可現在匕首插在這，無論是真心實意還是裝的她都不敢了。畢方啊畢方，你聽到我叫你了嗎？畢方，救命啊！

董溪悄悄對陳百川搖搖頭。陳百川抿緊嘴，也知道自己衝動了。不刺激許心安，讓她情緒平緩是他們之前商量好的。許心安之前那次在幻境中遇險時突然爆發的威力讓他們驚訝，雖然最後知道那是因為有靈羽，但他們也不想冒險，以免節外生枝。

許德安這邊，迷藥的藥效還沒有過，他昏睡著。

一隻胖老鼠竄了進來，四下打量，沿著床柱爬到床上，跑到許德安臉邊用小爪拍他。沒拍醒，胖老鼠心一橫，跑到許德安手邊，捧起他一根手指，一口咬了下去。

許德安猛地一抖，痛醒了。他迷迷糊糊的不知道發生了什麼事，然後看到一隻老鼠跳到他胸前。許德安放聲尖叫：「老鼠啊！」

叫得太大聲又太淒慘，許心安這邊房裡都能隱隱聽到。

董溪停下動作，豎著耳朵聽，問陳百川：「你聽到了嗎？」

「老鼠？」陳百川隱隱聽到這個詞，「不用管他，門窗都鎖著，這是二樓，他跑不了。我們抓緊時間，先把陣擺完。」

董溪聽了聽，聽不到那邊的動靜了，她有些不放心。

「許心安在家裡養了一隻鼠妖，我還是去看一看。」

圓胖？許心安想轉頭看，但匕首貼在臉旁，她轉不了。圓胖不見了啊，怎麼會在這裡？不行，現在還是得趕緊繼續專心想畢方。畢方畢方，你聽到了嗎？

陳百川放下手裡的符，對董溪道：「妳在這，我去。」

陳百川開門朝走廊斜對角的房間走去，貼著門聽了聽，沒聽到動靜。他拿出鑰匙，插進鑰匙孔，沒馬上開門，而是側身站到一邊，伸長手擰鑰匙轉動門把，猛地一下把門推開。

許德安舉著一把椅子嗷嗷大叫著衝了出來。

陳百川側身，飛起一腳橫踹到許德安的肚子。許德安痛叫一聲，被踢回房內。椅子砸到地上，他抱著肚子倒在地上爬不起來。陳百川邁進去，揮拳打向許德安。

「爸！」許心安在這邊聽到聲音，顧不上臉旁的匕首，拚命尖叫掙扎，「不要打我爸！不許動我爸！啊啊啊！你聽到沒有，你這人渣！」

陳百川過了一會兒走回來，對董溪道：「打昏了，用縛魂索綁在椅子上。放心，都檢查了，沒有鼠妖，應該是那老頭引我們過去的蠢辦法。」他說完，看到床上的許心安眼眶含淚瞪著他。

「他沒死。」陳百川冷道：「但是如果妳玩什麼花樣，就不一定了。」

許心安看不清他的臉，還是用力瞪他，恨恨地道：「你打我爸爸！你等著，我不會放過你！」

陳百川冷笑，壓根兒不把她的狠話放在心裡。董溪別過頭去，不看許心安。

許心安吸了吸鼻子，壓下淚水，閉上眼睛，放空腦袋，把注意力放在呼吸上。她必須冷靜，不能放棄，不能服輸。畢方，你說對不對？你聽不到我是嗎？

陣弄好了，陳百川和董溪盤腿坐在床尾，一左一右。許心安看不到他們，也看不到陣，但能感覺到整個房間充斥詭異冰冷的氣氛，那種感覺越來越強烈，她聽到陳百川和董溪在唸咒，然後看到天花板上有一個圖騰亮起異光。這個剛才她沒看到，現在法陣啟動，這法陣圖騰開始起作用，許心安看清了。

圖騰很複雜，面積很大，幾乎覆蓋了整個天花板。正對著床的位置是一個各種符紋拼成的圓形，此刻圓形正中三角形的位置開始凝聚氣團。那氣團一點一點聚集，面積越來越大，幾乎有床那麼大，看起來越來越硬，質地和顏色有些像冰。

許心安看著那氣團，心跳得很快。她看得很清楚，甚至上面的絲絮紋理都清晰可見。果然她的近視眼對看這些亂七八糟的東西沒有任何障礙。

陳百川和董溪繼續唸著咒，許心安覺得他們才真是吵。然後她看到那個氣團砸了下來，她本能地尖叫，氣團砸到了她的身上，她猛地噎住，差點一口氣沒喘上來。氣團如霧似冰，將她緊緊縛住。許心安張大了嘴，卻覺得吸不到多少空氣。全身被冰冷的感覺束縛著，那股力量在她胸腔裡擠壓，似乎要把什麼東西壓出來。

許心安冷得發抖，喘不上氣，全身被勒得發疼。她痛苦得想大叫，卻叫不出聲。她不喜歡冷，她喜歡暖和，喜歡畢方用火焰翅膀裹著她的感覺。很暖和，能感覺到幸福。

許心安眼前開始起霧，看不清東西，體內似乎有什麼在交戰。她用力掙扎著，抽搐，雙腳亂蹬，雙手用力拉著手銬掙動，扯得床頭的鐵欄杆鐺鐺作響。

太冷了，好痛！許心安痛得弓起身子，「啊」的尖聲大叫了出來。

陳百川和董溪吃了一驚，抬頭看床上。許心安痛苦掙扎，魂魄居然沒有被逼出體外。兩人互視了一眼，垂首捏指繼續唸咒。會成功的，這是驅魂強咒，連妖魔都能對付。

床上的掙動越來越厲害，許心安似整個人都扭曲了。床腳被扯得離了地，差點翻過來。

「畢方！」許心安忽然大吼一聲，身上一股力量向外猛彈，撞開了那氣團，她的身體轟的一下，泛起一陣火光。氣團被熱浪猛地掀開，撞向陳百川和董溪。兩人毫無防備地被擊飛，撞到了牆上。火光撲到地上，燒著了符陣。許心安枕邊的匕首飛起，射向陳百川。

陳百川大驚失色，欲躲閃避開，但不夠快，避開了要害，可還是被刺中。

董溪聽到他悶哼一聲，眼睜睜看著匕首插進了他的腹部。

董溪大驚失色，撲了過去，「百川！」

陳百川痛得齜牙，猛吸氣。董溪看著那傷口，問道：「你要不要緊？」

陳百川狠狠瞪著許心安，「究竟是怎麼回事，靈羽已經沒有了，妳是怎麼辦到的？」

上一次在結界裡被她逃過，這次更誇張，驅魂法陣都被她破了。董溪明明檢查過了，她身上什麼法器符籙護身符都沒有，她又不會法術，怎麼可能做到？

許心安大口喘著氣，好半天才緩了過來，有氣無力地道：「你們讀的書太少，不知道正氣即法力的道理。我一身正氣，加上強魂，你們不是我的對手。」

「胡說八道！」陳百川怒吼。法術盲還敢裝大師！什麼正氣即法力，一派胡言！

董溪扶著他，「別管她，先處理你的傷。」看起來沒傷到要害，不然就麻煩了。

陳百川咬牙，讓董溪扶著自己出去。

許心安繼續喘氣，覺得身上還是又冷又疼。畢方的聲音在她耳邊響起：「瞎掰得很不錯！」他剛才突然收到她的訊息，那是千鈞一髮之時，差點沒把他嚇死，已經來不及做什麼了，但她竟然挺了過去。

「妳做得很好，做得很好。」畢方比自己面對敵手還要緊張。

許心安閉了閉眼，不知道再來一次自己是不是還能扛得住，「畢方，我好冷。」

「撐住，我會找到妳的。」

「你不在這兒。」她好想哭，好想畢方。

「我回來了，我馬上就到了。」感應不到靈羽他就火速回歸，這輩子沒趕得這麼急過，「我會找到妳的，撐住。妳知道自己在哪裡嗎？」

「不知道，我醒來已經在房間了。」

「好，沒關係。」

「我好冷，覺得很累。」

「別睡，要清醒。」

「我好累。」

「別睡，再努力一下。妳有什麼線索能告訴我……」畢方很著急，她越來越虛弱，表示他通過感應找到她的機會就越來越小。

許心安動了動，手腕很痛，剛才的掙扎可能把手腕弄傷了。她聽不清畢方在說什麼，聽到線索兩個字。線索，她有什麼線索呢？

「圓胖！找圓胖！」許心安不知道畢方還能不能聽到，也不知道找到圓胖有沒有用。她太累了，意識漸漸模糊，剛才那一下發力耗盡了她所有精神。她閉上眼睛，意識陷入黑暗中。

第六章
謎團重重的最強陣法

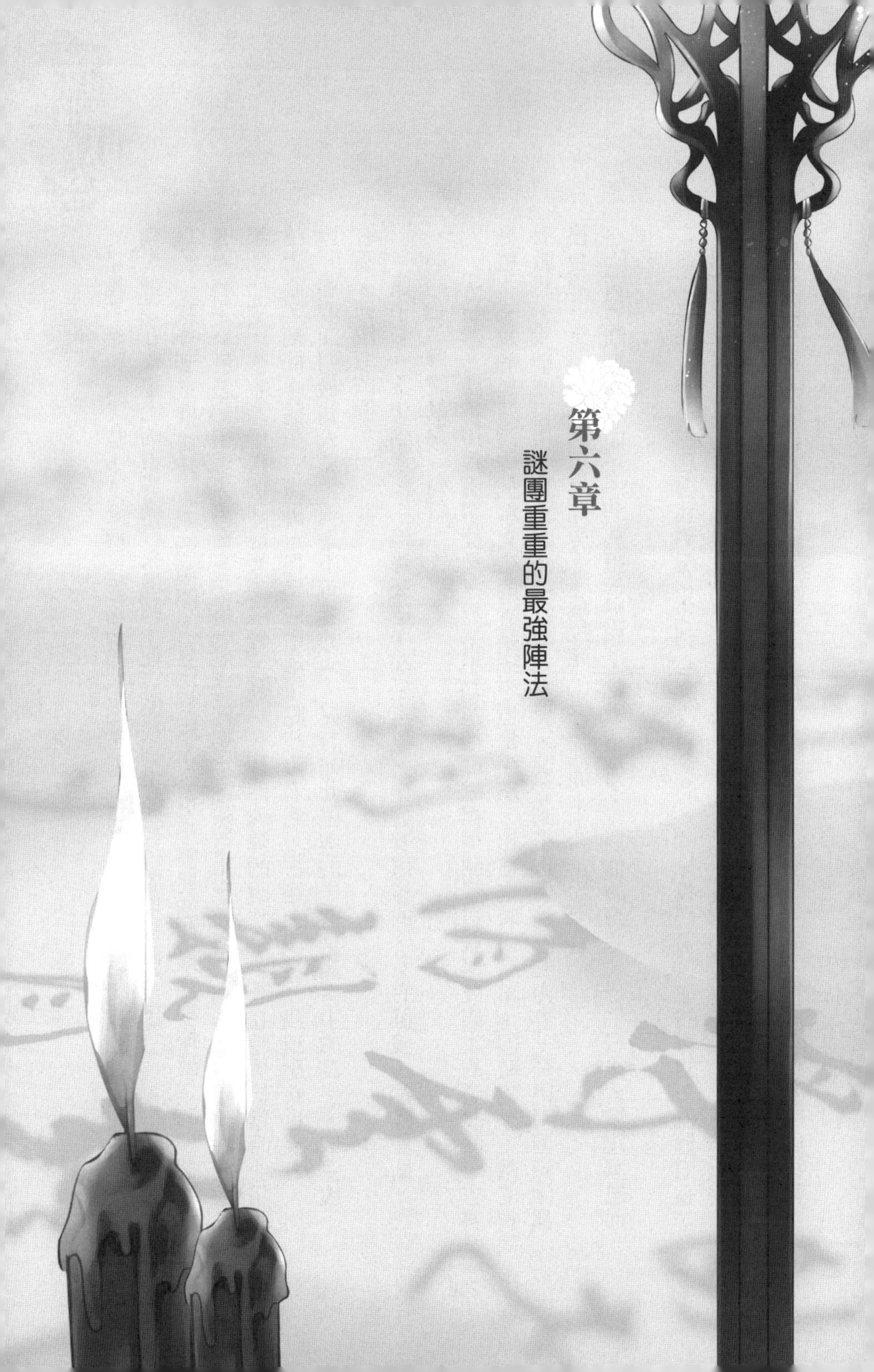

龍子薇與黃天皓下了飛機，直接趕回公司，但到目前為止，沒有人找到許心安的行蹤線索，倒是在火車上的方書亮打來電話，他可能找到了陳百川收集強魂的目的。

「我查到一個法陣，叫四魂陣。有兩個版本，但都需要四個最強魂擺陣。有一個版本旁邊有手寫備註『引魂入燭』。記得嗎？這四個字。陳百川應該是看到了這古籍陣法。他是尋死店主，很容易用這個陣聯想到魂燭。其中一個四魂陣的說法是，若在時機恰當時使用陣法獻祭，便能喚醒遠古魔神，但是取生魂這點我沒看到，古籍上沒寫，我猜應該也沒有人用過，要取四個最強人類生魂是不可能的事。擁有如此強魂的，必是高手中的高手，取生魂不容易，何況取四個？」

龍子薇一下想到了，「但尋死店主卻是可以。像心安這樣的，空有強魂，卻無法術，比一般的強魂降魔師還好對付。」

「沒錯。陳百川找到了捷徑，只是不知道他從哪裡得到了這些尋死店主的資訊。」方書亮道：「蛟龍是傳說中伺奉天帝的神獸，不但是坐騎，出征之時引戰車，同時也是禦敵的重要戰將。我猜陳百川也許正好知道蛟龍在哪兒，又看到了這個法陣的內容，覺得兩個條件都很合適，自己可以利用這個法陣喚醒蛟龍，成為他的主人馭使他。」

黃天皓皺緊眉頭，「若真讓他辦到，就太糟糕了。以他的野心，恐怕日後會掀起腥風血雨。」

「重點是，這消息對我們現在找到心安沒有幫助。就算我們猜對他的目的，但他把心安劫到哪裡取魂，我們一點頭緒都沒有。」符良道。

「手機一直沒上線是嗎？」龍子薇問。

「是的。」符良看著電腦螢幕，「董溪、陳百川，還有心安，我們手上的號碼我都查

了，追蹤不到訊號，找不到他們的位置，董溪車子的行蹤也沒發現。」

「等等！」龍子薇突然想到，「董溪關了自己的手機和心安的，但她可能會漏掉一個人的。」

「心安的爸爸？」

「對。」大家都知道許德安很久不跟許心安聯絡，偶爾看看電子郵件，用國外的電話回電。包括她在內，都會認為許德安為了省錢沒帶手機出國，但如果他帶了呢？如果他下飛機就開機了呢？如果董溪真的疏忽了沒注意到呢？

「可我們沒有他的手機號碼。」

「我有。」龍子薇迅速從手機裡調出號碼。

符良很驚訝，這種幾十年沒見的人居然還留著電話號碼？

「希望他沒換號碼，希望有開機。」符良一邊說一邊把號碼輸入程式，程式跑了起來，符良大喜，「有開機，她果然漏掉了！」

龍子薇緊張得湊了過去，盯著電腦螢幕看。過了一會兒，搜索有結果了。

「找到了。」找到了訊號塔的位置，也就是說，他們只需要在那個訊號範圍的街區搜尋就好。

龍子薇馬上打電話給其他，要他們馬上趕往陽光大道，大家在那裡會合，「帶上結界偵測器和眼鏡，他們要作法收魂，肯定會布結界。」找到了布結界的地方，就能找到許心安。

所有人立刻行動，朝陽光大道出發。

畢方則是用最快的速度趕回許心安家，朝周圍一看，並沒有任何線索。又到院子和周圍查找，都沒看到那隻鼠妖。沒有鼠妖，也沒有其他鬼怪。他住進來之後，這方圓幾公里乾乾淨淨，鬼妖們有多遠跑多遠，生怕被他吃了。

畢方心急如焚，已經感應不到許心安了，他不能確定她是睡著了還是魂沒了。他們居然對她用驅魂法陣，實在狠毒。就算是閻王，也不敢強拘生魂。那兩個人一次又一次想收許心安的魂，簡直是找死。畢方氣得全身冒火，他發誓，絕不放過那兩個降魔師。

這時候忽看到一隻老鼠身影快速奔回來，畢方身形一閃，一把捏住牠。圓胖顯出人形，被畢方掐著脖子按在院子牆上。

圓胖喘著粗氣，「我……我是來報信的！」

「她在哪裡？」

「雖然我很怕降魔師，但我還是跟去了。她做飯給我吃，我得知恩圖報。」

「她在哪裡？」

「我……我是隻善良又正義的妖怪！」

「別廢話，她在哪裡？」畢方用吼的。這老鼠再扯別的，他就要把他燒成老鼠乾。

「我問了路人，那裡是陽光大道十三號，獨棟別墅，她在二樓。」

話音剛落，圓胖就被畢方丟在地上。他眼前一花，已經看不到畢方的身影。

董溪正為陳百川處理傷口，情況比她想像得糟糕。傷口看起來雖然不嚴重，血卻止不住。這匕首是降魔匕首，此時上面的符印隱隱生光。

「百川，這不是普通的刺傷，你被驅魂咒反噬了。」

陳百川嚇了一跳，難怪他覺得越來越冷。

董溪跳起來用室內電話撥給她相熟的醫生：「方醫生，有個傷比較麻煩。降魔匕首刺的，當時在行驅魂法陣，是反噬。對，位置在腹部，沒傷到要害。對，血停不下來。我沒拔匕首，是的，符印有隱隱的光。好，好，我知道了。」

陳百川皺著眉頭聽著，這個方醫生他知道，是高建堯的友人，醫術跟降魔術一樣高明，當然對降魔造成的各種傷都很精通。

董溪掛了電話，陳百川道：「如果妳師父在找妳，他會告訴妳師父的。」

「沒關係，總得賭一把，不能這樣把命丟了。你現在的狀況，必須看醫生。」

陳百川咬牙，「得把那兩人帶走，這地方肯定暴露了，畢方會找來，妳師門也會找來。我們得把這兩人轉移走，之後再找別的機會。」

「你受了傷，一時半刻取不了魂，這兩人藏不住，我們可以等……」

「沒機會了，沒有第二次機會再抓到許心安。」陳百川臉色蒼白，身上的傷讓他虛弱。

「百川，必須先治傷。」董溪拿了一塊紗布讓陳百川咬住，再拿出她的迷影鏡。打開鏡盒，鏡光映在匕首柄上，「我先把咒噬壓制住，會有些痛，你忍一忍。」

鏡光一閃，指訣一捏，董溪按方醫生教的解噬術唸咒。陳百川身軀猛地一震，痛得全身猛抽。他緊咬牙關，雙手抓緊床欄，臉上頸上青筋暴起。許心安剛才有多痛，他如今就有多痛。

另一邊，何義盤腿坐在董溪的房間裡，他的玄靈珠在房裡滾動旋轉，他感應到些許氣息和幻境般的片段。太少了，破碎得根本湊不出邏輯。董溪對師門太瞭解，每個人擅長什麼能做什麼她都知道，她將房間清理得太乾淨。

手機響了，何義看了眼號碼，趕緊接起。接著擺手，玄靈珠紛紛滾了回來，串成了一串，纏到他的手腕上。

「……好的，多謝方醫生。」何義掛了電話，一邊往外走一邊在手機裡搜索方醫生剛才告訴他的那個號碼。搜索很快有了結果，他向幾名在院子裡待命的弟子大聲招呼，大家急奔出巷子，各自上車，朝著陽光大道的方向駛去。

「龍子薇。」何義撥通了龍子薇的電話，「他們在陽光大道十三號。陳百川受傷了，董溪打電話給我們相熟的一位醫生求助。陽光大道十三號，你們……」何義話還沒說完，就聽到龍子薇不知衝誰喊道：「在十三號！」然後電話掛斷了。

聽起來他們也在趕路，何義對開車的弟子道：「快一點。」弟子猛踩油門，車子急速前進。

陳百川渾身是汗地慢慢平緩下來。

他睜開眼睛，看到董溪關切地看著他。

「你覺得怎麼樣？」

「還好。」

「反噬暫時壓住了，我現在帶你去方醫生那裡。」董溪背上背包，裡面裝著她與陳百川的裝備和用品，還有封壓畢方靈羽的盒子。她扶起陳百川下樓，將他放在副駕駛座上。

陳百川對她道：「把許心安帶上。」

「帶不走的。」董溪勸他，「能把她藏到哪兒？你的傷勢太重，反噬的咒傷需要時間療養，短期內是不能再驅使法陣取魂，難道還能把她綁著數個月嗎？」

陳百川知道她說的有道理，但他不服氣，真的不服氣。只差一點，差一點就成功了。

陳百川一把抓住董溪的手腕，「那現在就把她的魂取了。」

「百川，她也傷得很重。」

「受損的強魂，總比沒有強。」陳百川緊捏著董溪的手腕，「我們不會再有機會抓到她了。瘦死的駱駝比馬大，她的魂無論如何一定會有用處，妳現在就去取。她受了重傷，阻止

不了妳了。」

「百川……」董溪猶豫。

「去！」陳百川斬釘截鐵。

董溪咬牙，轉身而去。剛走到車庫門口，忽感到一震，她與陳百川布下的結界被人破了。破得很乾脆強悍，力量之大，連整棟屋子都震了震。

董溪一驚，看向陳百川。他也感受到了，表情也是驚詫。

陳百川看向手錶，上面閃著藍色的小燈。

有神魔來了。

董溪站在門後，看到主屋的樓梯那兒有人影閃過，有人上樓了。

她飛快轉身上車，發動車子，「一定是畢方，我們趕緊走！」

陳百川閉上眼，滿心不甘，「只差最後一步，只差一點！」

董溪安慰他：「別著急，再找機會吧。她不行，還有別人。」

「哪個別人？都找過了。」

董溪知道，但她現在也沒了辦法。她把車子開出車庫，小心看了看周圍，踩油門加速。快駛到街口時，與一輛白色的車子擦身而過。董溪心一沉，她認得，那是郭迅的車子。

郭迅的車子駛過去，忽然猛地一個急轉彎，調轉車頭追了過來。

他也認出她了。

董溪一打方向盤，越過前頭的車子，一邊車輪衝上了人行道，強行右轉。

郭迅緊緊跟上，同時大聲叫：「我看到他們了，他們在車上，現在往東去了，雲翔路，我跟著他們！」他戴著耳機，與符良保持通訊。符良趕緊將情況通報大家。

「心安呢？他看到心安了嗎？」龍子薇問。

郭迅追了一段，追得吃力，但他也看清了後座，「後座上沒人，只有她和陳百川。」

沒人？龍子薇心一沉。他們不可能放棄許心安，除非他們已經拿到了想拿到的……

龍子薇眼眶一熱，「抓住他們！一定要把他們抓住！」

「他們現在到了長平巷，馬上要上南山大道了。」符良及時通報。

黃天皓道：「我離他們有兩條街，我從東沙穿過去攔他們。」

符良把郭迅的電話轉接給黃天皓，讓他們能及時溝通。

秦向羽看向身邊的龍子薇，他們是要去追人，還是去陽光大道十三號，前面路口就該決定了。

龍子薇道：「先去找心安，我必須要先見到她。」她聲音已經哽咽，實在是不敢想一會兒見到的會是活人還是屍體。

是她把許心安交給董溪照顧，是她。

這時的畢方聽到樓下的人開車逃走的聲音，但他沒管，因為他看到了許心安。她四肢被銬在床欄上，手腕全是血，臉色蒼白，閉著眼一臉憔悴，一動也不動，像是睡著了。

畢方揮了揮手，手銬「啪」的一下打開。許心安的手臂落在床上，而她還是沒醒。

畢方坐在床沿，將她輕輕抱在懷裡。

「心安，我來了。」

許心安沒有反應。畢方摸了摸她的臉，能感覺到她體內的咒力寒氣正在橫衝直撞。他用下巴輕輕靠在許心安的額頭上，身後「噗」的一聲猛地張開了兩隻巨大的翅膀。翅膀似火焰，冒著金紅色的火苗。他往前收攏翅膀，將許心安圈住。

許心安覺得身上又累又痛，冷得刺骨。她想睡，但睡著還是冷得發抖，鑽心的疼。就像掉進了冰冷的無底深淵，越掉越深，還有無數的刀劍長針在刺她。

她想掙扎，拚了命似的，眼睛卻睜不開，神智像被黑暗掐住。她想喊畢方，但嘴張不開。然後身上忽然暖和起來，她聽到有人在叫喚。她掙扎著仔細聽，黑暗像冰塊般一點一點融化。她聽到了，那人在叫她的名字。是畢方！

溫暖的感覺越來越明顯，力量慢慢滲入她的體內。

「畢方？」

「是我。」

許心安心裡頓時踏實下來。她努力想睜開眼睛，卻睜不開，她有些著急。

「噓，沒關係。」一隻大掌溫柔撫她的額頭，托著她的臉。

她終於睜開了，看到畢方對她微笑。

「畢方……」許心安眨眨眼睛，眼眶發熱。

「沒事了。」畢方揉揉她的頭，又重複了一遍：「沒事了。」

「我沒死，對吧？」

「對。」畢方把她抱緊。

「那兩人呢？」

「跑了吧，大概。」畢方不關心那兩人。

「我爸爸呢？」

剛問完，聽到外頭急剎車的聲音，接著是有人咚咚咚跑上樓的聲響。

龍子薇臉色蒼白地跑了上來，看到畢方抱著許心安，愣了愣。

「是妳阿姨。」畢方跟許心安道，又轉向龍子薇，「去找找她爸爸。」

「好像是在旁邊的房間裡。」許心安虛弱地道。

龍子薇皺了皺眉，顧不上說其他的事，趕緊跑出去，在第二個房間找到被縛魂索綁著的許德安。查看了一下，似乎沒什麼大事，於是拿了醒神膏幫他抹了一下。

許德安猛地張開眼，迷迷糊糊還不知道怎麼回事。待過一會兒反應過來，跳了起來，比劃著一個準備打架的架勢，對著龍子薇喊道：「惡賊，放了我女兒，不然跟你拚了！」

喊完這話，定睛一看，眼前的人居然是龍子薇！

他尖叫一聲，跳起來。媽的，幾十年沒見，居然一眼就認出她了！

龍子薇瞪他一眼，冷道：「心安在隔壁。」

秦向羽這時候也趕到了。一上樓，聽到聲音，趕緊過來。許德安一看又有人來，以為是綁匪，趕緊又擺開架勢，假裝自己是高手。龍子薇翻個白眼，轉身就走。秦向羽莫名其妙看了許德安好幾眼，跟著龍子薇走了。

許德安尷尬地立在原地。想了想，終於反應過來。

「啊，女兒，我女兒！心安啊，爸爸在這兒！」他一邊嚎一邊朝隔壁房間跑去。

到那一看，女兒果然在，被一個年輕男人抱在懷裡。

龍子薇正輕聲問話，許德安沒敢插嘴，也聽不太懂，什麼驅魂陣，但隱隱聽明白女兒差點就沒命了，這嚇得他眼淚幾乎掉下來。他在外頭看世界，女兒在家裡這凶險那凶險的。他早就知道女兒遇到神仙妖怪了，卻還沒想著有危險要回來，他真不是個合格的父親。

許德安這麼一想，越發想哭了。「女兒！」他動情地撲上去想抱住許心安，結果那個抱著女兒的年輕男人卻完全沒有要放手的意思。那他這麼一抱，豈不是把這男人也抱進去了？

許德安用眼神示意那年輕人把女兒給她爸抱一抱，那年輕人完全不理他，於是許德安擺著一個張開雙臂的姿勢僵在那裡。

「呃……」許德安決定先自我介紹，「我是心安的爸爸。」這身分抱一抱，理直氣壯。

「我是神。」那男人很跩地回應。

許德安：「……」這身分聽起來更牛掰哄哄啊！等等，可是跟他無關啊！

許德安用眼神詢問女兒眼下的狀況。

結果神又說話了：「心安說你看不到神和妖怪會有遺憾。恭喜你，現在看到神了。妖怪在家裡，回家就能看到了。」

眾人：「……」

許心安看著自家老爸，道：「我告訴過你這位神有神經病。」

「哦哦哦。」許德安明白了，果然是有神經病。

好吧好吧，你抱著吧！許德安擺了擺手，故作大方。跟神經病計較什麼呢？

龍子薇翻了個白眼，這傢伙真是幾十年如一日。

她打電話給符良，告訴他找到許心安了，她沒事，還活著。「陳百川那邊怎麼樣了？」她問。

「皓哥沒攔住，現在董溪開上了金沙大橋，郭迅和皓哥還在追。路上遇到兩輛車，看到他們後緊急掉頭也在追他們，不知道是什麼人。」

龍子薇皺眉頭，轉頭衝秦向羽喊了句：「鑰匙。」

秦向羽把車鑰匙丟給她，龍子薇一邊往外跑一邊囑咐秦向羽處理許心安的傷，搜查整個屋子，她現在去支援郭迅他們。

龍子薇開了車，抄近路往金沙大橋趕。符良隨時向她報告情況。龍子薇繞到金沙大橋東邊時，遠遠看到黃天皓的車正轉過前面的街口。她打方向盤，轉到那條街的另一頭去。

剛趕到那裡時，卻聽得「砰」一聲巨響，郭迅的車子撞向董溪的車尾，將董溪的車夾在路邊。龍子薇一甩尾，將車子橫在路口。她對上了董溪的眼睛，那眼神有著複雜的情緒和明顯的緊張。

龍子薇抿緊嘴，正打算下車把董溪他們抓住，卻聽得「砰」的一聲，她的車子猛地一震，竟自後方被衝撞，推得往前移了幾公尺。

龍子薇回頭，看到何義從身後的車上下來，直奔正衝向董溪車子的郭迅而去。

龍子薇大怒，出了車子從車前翻過去，抽出立天棍一甩，三截棍翻滾著朝何義後腦襲去。

何義猛地低頭，就地一滾，避開了這一擊。

龍子薇捏指一唸，立天棍於空中「啪」地併成直棍，扭轉方向，向何義橫掃過去。

郭迅已經趕到董溪車前，雙魚短劍握在手裡。董溪用腳踢開車門，一道符光襲向郭迅。

郭迅躍上車頂，反手一劈，將符刃劈斷，又抬掌一喝，拍向車頂，一股氣勁轟然擊向車內。

董溪與陳百川從車裡跳了出來。

陳百川身上有傷，無力應戰，狼狽滾倒在地。董溪手腕一轉，迷影鏡拿在了手裡。鏡蓋一翻，一道光刃朝郭迅射了過去。

郭迅手掌一撐，從車頂翻身跳開，躲開這一擊。董溪手掌收合，迷影鏡如長在掌心般靈巧翻轉開合，一隻蜘蛛妖從手掌大小的鏡中竄出，瞬間變作三公尺寬的龐然大物撲向郭迅。

這是董溪最擅長的「妖影殺」，以鏡收妖，為己所用。危急時刻將已收伏的妖影放出，撲殺

敵人。

郭迅看見巨大的蜘蛛，頓時起了一身疙瘩。「我靠！」他幾個縱躍跳出蜘蛛第一記撲殺的範圍，第二記來不及躲，於是雙魚短劍一分，魚形劍變成兩把彎刀射向蜘蛛的雙眼。

蜘蛛妖是被董溪收過的，放出來的只是牠的幻影妖魂，一切行動聽從董溪的驅使，求生的本能已經沒有，面對兩把利刃刺眼躲也不躲，只執著地撲向郭迅張開了嘴。

「嗒嗒嗒嗒……」一大把暗紅色一公分左右的珠子如被扯斷的項鏈般散落在地上，快得不可思議，又如慢鏡頭播放。

龍子薇只看到何義揮了揮手，然後一地落珠，好幾顆飛向了她的立天棍。「嗒嗒」幾聲撞擊，小小的珠子似有千斤之力，竟將她的立天棍撞開。

郭迅眼睜睜看著蜘蛛朝自己壓來，但那一瞬間，珠子滾落地面的聲音清晰地傳進耳朵裡。他眨了眨眼，數不清的珠子擊向蜘蛛毛絨絨的腿，原本該威風八面完美落地的巨大蜘蛛一腦袋扎向地面，「砰」一聲砸到郭迅腿間。

郭迅一激靈，媽呀，幸好反應迅速且能劈腿一字馬，不然還不如被這妖怪咬死呢！

郭迅後翻，手掌一撐，遠遠躍開。接著雙掌張開，插在蜘蛛眼睛裡的雙刃嗖地飛了回來，落入他手裡。蜘蛛嘶叫著扭動還欲攻來，一條赤紅色的十米長鞭如劈開山河般的氣勢刷地一下抽來，捲起一地熱浪。

巨大的蜘蛛淒厲慘叫，被硬生生劈成了兩半。斷開兩半的身體留著被烙鐵烙過般的燙傷痕跡，隨後整個蜘蛛化成灰燼，漸漸消失，這是幻影妖魂被滅殺的結果。

郭迅吐了一口氣。是赤鐵鞭，黃天皓趕到了。

長鞭縮回正常長度，握在黃天皓手裡。

那邊「咚」一聲，被珠子撞開的立天棍沒有落地，反而直挺挺地立在地上。龍子薇握著棍身飛身旋踢，踹向何義。何義彎腰側走，輕鬆躲過。龍子薇一踢不中，雙腳落地，揚棍飛舞，「啪啪啪」擊開幾顆向她襲來的珠子。

所有的一切只是轉眼的功夫便已結束，董溪扶著陳百川沒能走出十來步。「師兄！」她大叫。

「上車。」何義側了側頭，給了董溪指示。

「誰也別想走！」龍子薇大喝一聲，立天棍橫擺。

一輛車子從他們身邊駛了過去，鬼影般穿過龍子薇的半個身體，龍子薇這才發現他們與這條街似是兩個空間。

何義道：「大動干戈，放妖掀地，你們也不想著布個結界？擾民傷人，那就不好了。」

眾人：「……」靠！是打架還是上課呢？再說，放妖的那個是你們的人！

何義動了動手指，玄靈珠似彈珠般在地上跳動。

龍子薇心覺不妙，大吼道：「小心！」但已來不及。

她與郭迅、黃天皓毫無防備，只見一團紅霧在眼前炸開，緊接著似有一盆鮮血朝著他們迎面潑了過來。

大家都本能地朝後躍去，抬臂去擋，但血霧如影而至，將他們視線完全擋住。接著他們聽到何義的聲音：「龍子薇，我是願意幫助許心安的，但我不能看著我師妹死。人我帶走了，日後定帶她登門致歉，給你們一個交代。」

話音剛落，便是車子啟動的聲音。不一會兒，紅霧散開，龍子薇他們站在了大街上，身邊不遠是他們的車子。何義和董溪、陳百川已經不見蹤影，地上也沒有珠子的蹤跡。

龍子薇與郭迅、黃天皓你看看我，我看看你，只能乾瞪眼。

郭迅忽道：「龍姊，妳有剛才那個何義的電話嗎？」

龍子薇用手機調出號碼給他。郭迅當場打電話給何義，何義接了。

郭迅開口就罵：「你他媽的說誰想要你師妹的命？你師妹才是殺人犯！不要臉，呸！」

罵完就掛，然後吐了一口氣，滿足地道：「好了，這下心裡舒爽了。」

龍子薇、黃天皓：「……」這爽點有點幼稚啊！

一行人趕回陽光大道，秦向羽剛搜完屋子，沒找到什麼有用的線索，但是找到了許心安的眼鏡，在車庫裡。估計是她被抬下車時掉的，後來被車輪輾成了碎片。

黃天皓皺眉頭，「這種事就不用報告了。」

秦向羽又道：「心安非常難過呢！」

「難過董溪騙了她，害她差點沒命？」

「不，難過眼鏡。」秦向羽揉揉鼻子，「她說剛配沒多久，花了不少錢，一直在嘮叨。」

龍子薇：「……」

黃天皓道：「這種事就交給她爸吧。」

秦向羽答：「她爸也嘮叨，說敵人太壞了，殺人還不算，還破壞財物。」

龍子薇：「……」

黃天皓垮臉，「這種事真的不用報告啊！」

秦向羽道：「那換一件？」

黃天皓揉揉臉，「好，我急需點好消息。」

「畢方大神問晚飯吃什麼，他餓了，許心安受傷不能做飯。」
龍子薇：「……」
黃天皓炸毛，「這算好消息？」
「神願意讓你請吃飯呢，算是吧！」
最後大家決定還是回許心安家裡吃。
因為打架的說太累了，不想去餐廳，而許德安拍著胸膛說女兒受傷了，有他在。
再加上許心安說她要回家。
「對，你們怎麼不考慮一下傷患需要回家休息，怎麼會想到去餐廳？」許德安譴責大家，大家一起看向畢方。
畢方坦然回視，「做飯的受傷了，所以需要去餐廳，這不是很合理嗎？心安，妳說對不對？」
許心安被翅膀裹得暖暖的，精神暫時還不錯，答道：「不管你們去哪兒吃，總之先讓我回家拿眼鏡。全世界是模糊的，只有畢方的臉看得清，這種感覺太詭異了。」
眾人：「……」
回程路上，眾人慢慢緩過神來。哇靠，剛才在敵人的地盤上他們正事沒談，商量了二十分鐘吃飯的問題，這種弱智的事究竟是怎麼發生的？明明他們是專業的降魔師團隊啊！
晚上，吃完許爸「威風八面」做的飯，大家終於都正常了。除了許心安在臥室昏睡，其他人，包括趕回來的方書亮都在客廳開會。
大家互通了這幾天的情況以及得到的消息，總結出幾點。
第一，董溪與陳百川幾年前就認識了，絕對不是許心安出事後透過調查才知道他的，兩人很有可能是情侶。

第二，陳百川沒見過魂燭，但從他和董溪向許心安透露的情況，他們收集強魂是想造一個與魂燭一樣厲害的法器。

第三，「以魂入燭」這個詞在「四魂陣」裡提過，也許這就是陳百川想用來達成目的的法陣。

第四，陳百川也許打算在煉法器的同時喚醒蛟龍馭使牠。用幻境攻擊許心安時幻化的蛇妖是他們現在能馭使的，董溪的「妖影殺」正是馭使妖物的法術，他們一定是找到了結合法陣的辦法。

方書亮把他辛苦找到的古法典籍手抄本裡關於「四魂陣」及其他凡是與「燭」相關，與馭使神獸相關的內容都拿了出來。典籍帶不走，他拍了照。

符良用筆電處理了一下，把照片內容調清楚給大家看。

關於「四魂陣」確實是有兩個版本。

一個是攻擊陣法，需要四個最強魂力的降魔師立於陣法的東南西北四個方位，驅動法陣。可集四人之力於法器上，馭使法器斬魔殺神。其威力之盛，天下無雙。下面有詳細記載四魂陣的布陣方法和驅陣的要領。旁邊有朱砂筆的篆體字備註記錄：須四體一心，以魂入燭。吾等至最後一刻未能齊心，功虧一簣。

另一個是獻祭陣法，集四個強魂於陣中，將魂獻祭於神魔靈獸，可將其喚醒，並以己之魂與其交互共榮共生，馭使該靈獸之力。

兩個陣並不是一回事，陣法也不相同，只是名字都叫「四魂陣」。

修煉法器與喚醒神獸都與陳百川之事的線索吻合，兩個四魂陣可能都是陳百川想要的。

「但將兩個陣併成一個是不可能的。」

「也許他真找到了辦法。」方書亮道：「我們現在只是看到典籍，並無鑽研，而陳百川卻是研究好幾年了。」

「四人齊心這種事很難，所以陳百川就將陣法改動，不要四人，而是四魂？」黃天皓猜測道。

「我問了四叔，他說這不是他見過的唯一寫著『以魂入燭』四字的典籍，其他書也有記載。很少，但有。因為不是傳授法術法器的，而是講修為，就是那類理論書，所以看的人少，流傳不廣。」方書亮示意符良更換照片，他指著上面那一段道：「像這個，說『當以魂入燭方可為』，四叔說有人誤解是將魂封於燭內，這不對。他說以魂入燭是說法之術，魂之力，意念為上。」

「你聽得懂嗎？」參與不了討論的許德安搬了椅子坐在廚房門口偷聽，還悄悄問身邊的圓胖。

這一問，看到身邊的椅子上蹲著一隻小老鼠。

許德安瞪那老鼠，「圓胖，你不要這樣坐在這裡，我會很想打你。」

老鼠瞬間變少年，乖乖坐在椅子上，一臉無辜。

許德安：「……」

這邊符良不懂，「什麼意思？」

「簡單地說，就是要全心付出，有自我犧牲的精神。大俗話就是要像蠟燭那樣敢於燃燒自己，直到最後一刻。」黃天皓解釋。

「也許還包含有要有忍受無盡痛苦的毅力和決心，蠟燭得燃燒自己。」方書亮補充。

所有人靜默下來，那確實辦不到。人本能都會退縮，所以備註裡寫的不能齊心，最後功虧一簣，也許就是這個原因。

大家下意識看向畢方，魂燭究竟是什麼？要怎麼用？

畢方正在啃洋芋片，一口氣跑了幾天，又全速趕回來，太累了，他需要吃零食補補。大家的眼神他看懂了，於是一本正經地點頭道：「你們人類想得挺多的，還帶閱讀理解自己想像。」

許心安不在，人類們都很安分地忍著沒有動手拍他。

「當初天帝造的符靈魂火就是法術之力，沒你們說得那麼誇張，什麼犧牲什麼痛苦。平常封印保管好，要用的時候拿出來用就好了。」畢方說得輕巧。

龍子薇忍不住問：「這麼簡單？那為什麼沒人見過魂燭？封存在燈燭裡的符靈魂火在哪裡？」

「我怎麼會知道？」畢方道：「我確實送到每一家，幫著他們封存起來，並把天帝的意思、訂好的規矩告訴了他們，教他們保管和馭使該法寶之術，然後我就走了。他們後來怎麼取的怎麼用的放到了哪裡，又怎麼傳給下一代，我不知道啊！」

大家又一陣沉默。

這時候門鈴忽然響了。許德安開門一看，門外站著一個五十歲左右的男子，平頭短髮中山裝外套，手腕上纏著幾圈紅珠鏈子。氣質儒雅，很有教養和禮貌的感覺，一開口就客氣地說：「你好，打擾了，我是來找龍子薇的。」

「請進，請進。」許德安很熱情，這一定是龍子薇的降魔師朋友，來開會的。龍子薇的朋友就是他的朋友，要好好招待。

許德安把人領進去，抬頭一看，怎麼所有人都站起來了，還面色不善地一臉戒備？

許德安僵住。糟了，他不會放敵人進來了吧？

許德安不管三七二十一，為不了淪為人質給大家添麻煩，他二話不說也不回頭，毫無預警地撒腿就跑，跑到畢方身後去了。

眾人：「……」

結果畢方也撒腿跑，方向是許心安房間。他一邊跑一邊對何義道：「你先別說話，先別說！」

何義愣在那裡，聽得畢方進了房間大聲道：「心安，心安，醒醒，別睡了，快起來看熱鬧，不然錯過了，回頭妳又要埋怨我們！」

眾人：「……」

畢方把許心安抱出來，坐在沙發上。許心安揉著眼睛，看到客廳一群人，似乎清醒多了。

「眼鏡。」她說。

「給。」畢方把許心安的備用眼鏡戴她鼻樑上，看熱鬧沒裝備怎麼行？他都準備好了。

「可以開始了。」畢方說。

眾人：「……」想罵何義兩句都沒心情了。

何義愣半天，自己摸了把椅子拖過來坐下。

郭迅道：「畢方大神，就是他們把心安害成這樣的。」

大家給他一個贊許的眼神，挑撥得好。

何義看了看許心安，她臉色蒼白，穿著羽絨服，還披著棉被。

龍子薇冷道：「心安被驅魂陣的寒石咒傷了，會冷。」

「抱歉。」何義微低頭，真心實意地覺得愧疚，「我可以請醫生來為許小姐治傷。」

「不必了。」畢方道：「我渡了火丹給她，她會好的。」

「什麼東西？」許心安問。她回來的路上睡著了，一直睡到現在，什麼情況都不知道。

畢方摸摸她的頭，「不重要，回頭再跟妳說。」

郭迅道：「很重要。心安，那驅魂陣有寒石咒，妳雖保住了命，但若沒及時救治，這一生的剩餘時間都得穿著棉襖抱著暖爐才能過了。身體虛弱，四肢無力，生活不能自理，跟殘廢差不多。」

「對。」眾人齊齊點頭，挑撥得好。

「若不是畢方大神及時用命丹之火護妳心脈，又渡了火丹至妳體內，妳現在已經求生不得，求死不能了。」

「對。」眾人再齊齊點頭。郭迅的用詞是誇張了點，但是用得好。

「哦。」許心安還有些愣，拍了拍身前的空氣說：「謝謝你。」

眾人：「……」紛紛拿出降魔識妖眼鏡戴上，這才看到畢方張著一隻火焰般的巨大翅膀將身邊的許心安裹著，許心安拍的就是這翅膀。

何義有些尷尬，對方說的確是事實，許心安被董溪他們所傷也是事實，用驅魂法陣才能取到許心安的魂這件事也是師父教陳百川的。

「我很抱歉。」何義想了半天也只擠出這句來。既是不需要他提供醫療上的幫助，那他還是趕緊說正事：「我來這裡，是想把我知道的事都告訴你們。這事我師門難辭其咎。我師父對尋死店和魂燭有著很深的執念，覺得今生不得見世上最強降魔法器，會是他最大的遺憾，所以當陳百川上門講述自己的目標後，我師父決定幫助他。」

龍子薇問：「陳百川究竟想做什麼？」

「他想煉造魂燭，並以此駕馭掌控龍族，讓龍族為人類降魔效力。」

大家相互看看，暗忖之前推測得果然沒錯。

何義繼續道：「陳百川說他雖然身為尋死店使命繼承人，但他深覺自己能做的有限，他渴望能做更多的事，能有更大的成就。他問過父母長輩無數次魂燭什麼樣？在哪裡？要怎麼用？但是沒人能回答清楚。他沒見過魂燭，一度以為魂燭只是個騙局，是家族裡美化身分，束縛晚輩，加強降魔使命感的道具。這些話說到了師父心裡，因為師父也是如此。」

說到這裡，何義看了許心安一眼，道：「今天之前，我們確實是不知董溪幾年前就認識陳百川，我與師父都以為他們是因為陳百川上門求教後才認得的。我今天帶走董溪，問了她實情。我覺得陳百川那些讓師父動容的話是董溪教的，目的當然是要讓師父欣賞陳百川，這樣才會願意幫他，結果董溪說不是，她說那些話陳百川很早之前就對她說過，只是陳百川認識她之後才確定尋死店和魂燭並不是家族編出來的傳說。因為董溪告訴他，師父的師父就是一位尋死店主。」

龍子薇問：「他們認識很久了？」

何義點頭，「六年了。她今天把事情都告訴了我，她說陳百川與她之間因為尋死店而開始聯繫，她原本的想法是，確認陳百川是尋死店主，找出魂燭，然後就介紹給師父，了卻師父的心願，但後來她發現陳百川竟然與師祖一樣，並不知道魂燭在哪裡。於是他們討論研究探尋，想要找到魂燭，然後她發現她愛上了陳百川。之後她一直沒有告訴師父她結交了一位尋死店主的原因是，陳百川在古籍裡找到了重要的線索，又有了神奇的機緣。他有了一個大膽的想法和計劃，而她贊同他的計劃，決定幫助他。師父是整件事裡最後一步的關鍵環節。

為了不橫生枝節，他們決定要瞞到最後一步才找師父。」

何義頓了頓，接著說：「陳百川在古籍裡找到一個寫著『以魂入燭』的陣法，叫四魂陣。四個強魂者布陣，齊心齊力，可聚集最強大力量斬魔殺神。一開始陳百川想的是，也許尋死店傳承太多代，店主們有誤解，不知道其實尋死店不是單個組織，而是一個系統，是要所有尋死店主團結聯合在一起，才會有最大威力法器出現，所以大家找不到魂燭。」

大家的目光轉向畢方，畢方懶洋洋道：「我不想再重複了，雖然我遁世入世幾回，有些事確實記不清，但天帝當時的囑咐我是沒記錯的。符靈魂火送至各家，不留各家姓名，不讓他們互相聯絡。不往來不相交不結盟不張揚，確保魂燭安全，只在天地大亂神魔大劫時才用。大家以為的想像的傳說的認為合理的，都不要再問我了。」

大家再轉頭看何義。何義接著道：「但陳百川查來查去都沒有查到更多線索，這時他遇到了一隻神獸，那是他在山區獨自追殺一隻豹妖時遇見的。那豹妖誘拐遊客入林中深處後食其魂以助修練。一連死了好幾人，屍體身上無傷，沒掙扎沒尖叫沒目擊者，屍體旁邊有豹子的足跡，這很詭異。案子在警方那一直破不了，陳百川看出是妖獸所為，就去了。那豹妖的本事不小，陳百川受了傷，但還是把豹妖殺死。最後關頭，有一條蛇妖出來幫了他。那時陳百川不知蛇妖目的，也無力再拚殺，結果蛇妖不傷害他，卻將一隻龍帶到了他面前。」

大家驚呼：「蛟龍？」

何義點頭。

許心安聽得津津有味，聽到「蛟龍」時，偷眼看了眼畢方，他皺著眉頭，似乎很有疑慮。

何義道：「蛟龍當時是個魂影虛像，他說他還未從遁世沉睡中真正甦醒，偶爾醒來會到林中吸納日月精華，食些惡妖魂體，但很快會體力不支再度睡去，這麼巧這次短暫甦醒竟遇到尋死店主。」

龍子薇極嚴肅，「他認出陳百川是尋死店主？」

「對。」何義道：「陳百川也很驚訝。蛟龍告訴他，當初符靈魂火是他送的，所以他認得。」

眾人的眼神齊看向畢方，畢方撐著下巴道：「接著說。」

「陳百川自然很激動，就問了他好幾個關於尋死店的消息，就是畢方剛才說的那些，蛟龍跟他說的一致。陳百川就向他表達了自己希望能成為傑出尋死店主的心願，找到魂燭，斬妖除魔，造福人間。陳百川的志向打動了蛟龍，蛟龍道他也不知為何他們找不到魂燭，家中古籍難道沒有記載？是否有遺漏？陳百川說都找過了，他家沒人知道魂燭在哪裡，但世世代代伏魔降妖，他們也未曾因沒有魂燭而停歇。他說了四魂陣，說那是他能找到的唯一記載了『以魂入燭』的古籍法陣。蛟龍說他如今的狀況倒是不好幫他，因他還得沉睡。他讓蛇妖聽從陳百川的號令，助陳百川一臂之力，又將當初送符靈魂火的位置和家族姓氏告訴陳百川，讓他找到其他尋死店主共商大業。說完這些，他便隱去魂影，繼續沉睡去了。」

大家聽到這裡，互相交換了個眼神，偷偷瞄一眼畢方。聽起來這蛟龍比畢方靠譜多了，有點遠古神獸龍族之祖的感覺。

「騙子！」

眾人：「……」

何義嚴肅道：「我句句屬實。陳百川來找我師父時是如此說的，董溪今日與我也是如此說。」

「我說這個蛟龍是騙子。」

何義一愣，忙問：「何以見得？」

畢方道：「那是蛟龍啊，蛟龍這傢伙只差額頭上刻著愚忠兩個字了。他對天帝死心塌地，忠心耿耿。天帝說尋死店主互不聯絡互不往來，蛟龍是一定會執行到底的。要是尋死店主敢當蛟龍的面眉來眼前通個電話什麼的，蛟龍早給幾個耳光一掌拍死了，還給名單讓他去找其他店主共商大計？別傻了，那絕對不是蛟龍。」

黃天皓問：「不是蛟龍是誰啊？」

「我哪知道。」畢方答。

「可不是蛟龍跟你一起送魂燭的嗎？而且他是天帝的坐騎靈獸，跟天帝親近，他知道魂燭要送到哪也合理啊！不然，除了他，還會有哪條龍知道？」方書亮問。

「我哪知道。」畢方答。

龍子薇道：「好了好了，這個先略過。」她轉向何義，「後面又發生了什麼？陳百川去找你師父具體說了什麼？」

「陳百川得了蛟龍的指示後很高興，回家研究了典籍，又有蛇王在一旁指點，他很快找到了些有用的資料。他決定關了店，去尋找其他店主。從那時起，董溪就經常與他奔走，但一年後他們失望了，因為一些尋死店已經沒了蹤影，店主早不知去向。他們覺得也許有些就像我們師祖那樣，已經離店外出降魔，只是降魔師，而且後續無人，再無尋死店。有些店還在，只是改了行當，店主確是那個家族的，但已是普通人，不知何為降魔，魂力也只是普通。陳百川這時候有了危機感，他覺得他這個尋死店主恐怕這樣下去也會失去傳承，或者只能作為一個普通降魔師走完一生。他不想這樣，他有更遠大的理想，於是他有了一個大膽的想法和計劃。他打算繼續尋找尋死店主，如果遇到與他一樣的，他們就聯手，如果沒有，他就取他們的魂。他要用四個尋死店主的魂布四魂陣煉造最強法器，造出真正能用的『魂燭』。他還打算用四魂陣喚醒蛟龍，讓蛟龍成為他的靈獸。蛟龍不死，法器永恆，這兩樣在，降魔界就一直會有最強大的力量。」

「這理想簡直閃閃發光啊！」許心安撇嘴，「可是他要殺四個人呢！」

「是。」何義點頭，這確實是太極端了，「他來見師父的時候，說了那些話，師父頗為動容。當然，他還說了些別的，什麼身為尋死店主，身負天帝賜予的重責，就該勇於承擔，不拘一格，不刻板守舊規，做當做之事。我們師祖就是這樣一位尋死店主，正因為他如此，才會有我師父的今天，所以師父對這些話很贊同，對陳百川很欣賞。」

何義頓了頓，回憶當日情形：「陳百川拿出兩個引魂瓶，說這是他收的尋死店主的生魂，魂力強大，完好無損。他做了極惡之事，卻不後悔。說那些尋死店主只是普通人，空有強魂，卻無貢獻，他會為他做的事承擔一切責任。四魂陣裡，他還差一魂，已有目標，若無意外，他會想辦法去取。四魂陣中最重要的一魂，他要用自己的。若法陣驅使成功，法器魂燭便能為他所用，若是失敗，他就此死去，也不後悔。他下定了決心，哪怕獻出生命，也要完成這件事。他與師父說，他將一切坦誠相告，師父若是要為他強取生魂之事以圈內規矩懲處他，他坦然接受，但他更希望師父能理解他，指點他，幫助他完成這件事。」

黃天皓道：「最後你師父選擇幫助他。」

何義點點頭。

龍子薇道：「難怪他們要選在最後一步才去見你師父，去得太早怕你師父會阻止。他已經取完兩人的魂，擺在你師父面前，就是要賭一賭，人都已經死了，還不回去。是讓他們白白死去，還是乾脆就用了，成就所謂降魔大業。」

許心安問：「他去找你師父的時候，是已經盯上我了吧？」

「對。」何義點頭，「那時他應該已經知道妳了，但他要學連環結界最主要的目的不是取魂，而是為了計劃的最後一步。因為四魂陣有兩個，一個是攻擊法陣，一個是獻祭法陣，這兩個陣……」

龍子薇打斷他：「這個我們已經知道了，略過，往後說。」

何義噎了噎。大家對龍子薇投以讚賞的眼光，這樣理直氣壯地對這傢伙不禮貌，幹得好啊！

何義緩了緩，接著說：「四個尋死店主的魂已是他能找到的極限，但兩個法陣每個都需要四魂，他不可能執行兩次，因為除了他，其他三個魂都已經離體，只能用一次，所以他想了個辦法，希望能用連環結界，在兩個空間布兩個陣，一個空間完成了直接移到另一個空間繼續。」

大家驚訝，他們剛才還沒想到這一層，四個魂確實不夠用。

「這件事難度很大，超出了我師父的經驗，他之前甚至都沒考慮過用空間結界同時處理兩個法陣的問題，對他來說，是個挑戰，所以他很有興趣。陳百川又將兩個法陣的情況與我師父仔細說了，我師父覺得太大膽，太冒險，但是也有可能能完成，於是我師父指點了他如何布連環結界，並派我去實地幫他看地方指導細節。」

何義頓了頓，轉向許心安道：「他在金木大廈取妳魂的那天，我們並不知情。布好連環結界後，他說會找神魔或是妖獸練練手。今天我追問董溪細節，她才透露，原本計劃是先順利收了妳的魂，將畢方引過來，用畢方試這個連環結界。沒想到空境界和蛇妖對妳居然都不管用，那時畢方要來了，他們為了要妳的魂，不得不把妳轉走。最後魂沒取到，但他們測試了連環結界。只是如果用在布法陣上會更複雜，還得繼續想辦法。」

畢方問：「他們打算將法陣布在哪？」

既然有獻祭的計劃，那法陣之地必定會是那個假冒蛟龍的傢伙的藏身地。

何義搖頭，「還沒有定，因為陳百川並不知道等他準備好時蛟龍在哪兒。他拿到魂後，蛇王會幫他找到蛟龍所在，讓他獻祭。」

「也就是說，蛟龍知道他的計劃？」

「一部分。他只告訴蛟龍他會想辦法幫他甦醒過來，讓他順利入世。蛟龍答應了，並表示感謝。董溪說，那次是她跟陳百川一起去的。在L市的一座深山裡，蛇王帶著他們進了山。蛟龍就臥在那裡，一動也不動。他們施了請神術，蛟龍的魂影短暫出現與他們做了一次溝通，還指點他們如何鏟除一隻魔獸，但後來他們有次又悄悄去了同一個地方，蛟龍卻不在了。蛇王說也許蛟龍短暫醒來換了個更好的休養之地，有更多的靈力精氣供他恢復元神。等他安穩了，精神好了，就會通知他。」

許心安道：「所以他們被這個假蛟龍騙得團團轉啊！」

符良摸摸下巴，「未必是假的，冒充蛟龍的好處在哪兒？而且他確實知道尋死店有哪些。」

「所以陳百川能找到龍姊，找到心安。」黃天皓道。

龍子薇不說話，想起董溪接近她的目的，心裡不免難過。

畢方哼道：「好處我是不知道，我就知道他是假的，他騙了陳百川。」

「為什麼？難道其實他只是想騙著人給他獻祭好醒過來入世？」

「但是他知道尋死店，還特意想讓陳百川去找尋死店。」

「也許真的是蛟龍，畢竟我們沒見到，而陳百川見到了……」

「好了，不要在是不是蛟龍這個問題上糾纏了。」畢方不耐煩了，「是你們認識他還我認識他啊？我說他是假冒的，他就是假冒的。還有，你們有許多想法是錯的。」

大家都閉上嘴看他。畢方揮揮手，「行，給你們上上課。」

他清了清喉嚨，擺出正經狀，「我跟你們說，蛟龍是遠古神獸，雖然比我低一級，但他還是遠遠強於現在那些你們能見識到的妖魔鬼怪。」

「不用誇自己，說重點。」許心安提醒他。

畢方橫她一眼，「對我好一點，不然我收翅膀了。」

「不要。」許心安趕緊伸手抱著畢方的翅膀不放。

畢方接著說：「蛟龍是龍族，也是水獸鱗蟲一族，魚蛇龜等等都得敬他為祖，所以蛇王聽從他的指揮是沒錯，但是別的級別高有能耐的大神大魔也能馭使蛇王，譬如我。」

大家垮臉，這位神真的非要在每一句裡誇自己一下嗎？

畢方無視大家的表情，繼續道：「蛟龍因為天帝的恩德，一直跟隨他，他也只跟隨過這麼一個主人。我說過了，他死心眼，對天帝忠心耿耿。前兩天我去找他，最後見到他的精怪說，他在找天帝散於人間的魂魄，那是三百多年前。也就是說，三百多年前他到處瞎逛還在傻乎乎找他那個主人呢。現在你們區區人類，獻上四個強魂，就想馭使他，把他當寵物，作夢嗎？」

畢方一貫踐不拉嘰的語氣，「作夢嗎」這三個字鏗鏘有力。眾人啞口無言，這確實有道理。

「所以那個所謂蛟龍跟陳百川說他願意被他喚醒，擺明就是騙他。你們人類獻祭都有目的，蛟龍這種跟隨主人的靈獸很警覺，不會不提防獻祭這種事。」

「也許蛟龍有急事想醒呢？而且陳百川也騙了他說是幫助他醒過來，又沒說有要求。萬一蛟龍單純地相信了呢？所以高高興興答應了也不奇怪。再說，把他救醒也是對他有恩。你不是說他是一個感恩的神獸，也許他吃了魂覺得味道不錯，精神特別好，覺得獻祭的人對他有恩，就聽從那人的指揮了呢！」許心安發表看法。別人不好意思對畢方說，她是好意思的。

「人家睡得好好的，把他吵醒叫對他有恩？換了我，早一巴掌打死。」畢方繼續囂張著。

大家啞口無言，怎麼這麼有道理？

「那你說，既然能使喚蛇王幹活，是個厲害的神，幹麼要裝成蛟龍？」

「我怎麼知道？」畢方振振有詞，「按你們天真的想法，也許他喜歡玩角色扮演！」

眾人：「……」

許心安譴責畢方：「忍耐半天你的狂妄，結果你說上上課也沒講出什麼有用的內容來。」

「有內容啊，怎麼沒有？我告訴你們作為神的正常思想是這樣的，糾正一下你們覺得弄點什麼法陣就能使喚神，神還要屁顛屁顛高興的錯誤觀點。千萬不要這麼弄，不然最後怎麼死的都不知道。還有，不要看見龍形就以為是蛟龍應龍螭龍什麼的，我不得不說，你們神話書上好多都亂寫。」

許心安瞪他，「你們神還有思想呢？」

「當然。」

「什麼思想？」

「愚蠢的人類。」畢方還學電視「呵呵」配兩聲音效。

「啪」的一下，許心安忍不住又揍他了。

眾人好想鼓掌，神太囂張，是該打。

「妳對我好一點，不然我收翅膀了。」畢方又威脅她。

「不行！」許心安繼續抱著翅膀。

眾人：「……」

何義道：「如果這蛟龍是假的，那他一定另有目的。也許他想要尋死店主的魂，而我們不知道為什麼。我得趕緊告訴董溪，他們受騙了。」他一邊說一邊拿出手機。

大家都瞪他，還有臉在他們的地盤上給董溪通風報信。

何義道：「這事確實董溪有錯。我與師父在陳百川的野心上有不同的看法，我跟師父說我想來幫你們，師父同意了。他覺得每個人都有每個人的機遇，該有自己的志向，想做的就去做，不應被束縛。他是這麼對陳百川的，也是這麼對我的，所以我確實是誠心來幫忙。帶走董溪是因為師父看到董溪被神魔之火吞噬，我擔心董溪這樣被你們帶過來會被畢方傷害。」

「畢方才不會殺人，不會做傷天害理的事！」許心安大聲道：「畢方是個好神！」

畢方笑起來，被維護得很開心。

「畢方雖然懶惰、無賴、自以為是、臭美、耍大牌、臉皮厚、貪吃，但他是好神！」

畢方的笑僵在臉上。

大家看著許心安的表情也頗是微妙，這麼認真地說了一大串缺點，最後總結是好神，這真的是用心在誇讚嗎？

「我很抱歉……」何義正要說什麼，他的手機響了。他皺了皺眉，接起聽了一會兒，眉頭皺得更緊。應了兩句後掛了電話，起身道：「是方醫生打來的。陳百川在他那治傷，他說董溪在房裡陪陳百川，他離開了一會兒，再回去時兩人不見了。守在門外的弟子有兩個受傷，其他的並不知道發生了什麼事，我得馬上回去。」

龍子薇、黃天皓幾人馬上站了起來，「我們也去。」

「好。」何義沒拒絕。

一行人呼拉拉全走了，許心安看著拿起遊戲機準備玩的畢方道：「我不能去，對吧？」

畢方看她一眼，「妳說呢？」病號還湊熱鬧！

「女兒！」許德安撲過來抱住許心安。這麼多人終於走了，他忍了好久終於抱到女兒了。

「爸！」許心安倒爸爸懷裡。

「女兒，我想妳。」

「爸，我想你。」

畢方撇著眉頭按遊戲機，一臉忍耐。好肉麻，真是受不了人類！

肉麻父親帶肉麻女兒去廚房，熱飯菜給她吃，圓胖坐在那邊陪著。

許德安一邊看女兒吃飯，一邊眉飛色舞地講他今天聽到的事。

原來圓胖那天聽到許心安喊吃飯，很高興地奔來，到了門口，卻聞到了董溪的氣味。當初陳百川在鬼屋閣樓布置結界時，背的包用的東西上面有董溪的氣息，他身上也有董溪的氣味，所以圓胖聞過。牠聞出屋裡竟然是跟那男人有關的人，嚇得趕緊跑了。之後掙扎許久，牠覺得很不安，應該來向許心安示警，但來了之後卻發現許心安和董溪上了車，於是牠趕緊也鑽到車裡，跟著她們到了機場。

董溪在車上給許心安和許德安喝了加料的礦泉水令兩人昏迷，圓胖在車裡看到，很著

急。到了別墅後，牠就悄悄潛進屋子裡查看。因為陳百川和董溪一直在許心安那邊，於是牠就跑去找許德安，想把許德安叫醒，想辦法救人。

許德安被老鼠嚇到尖叫，後來雖然聽圓胖解釋了狀況，但叫聲已經收不回來。圓胖聽到那邊有人過來，許德安便叫圓胖去報信，自己留下拖延綁匪。圓胖也不知能向誰報信，只得趕緊跑回許家，正巧遇上畢方。

而龍子薇這邊通過平面配置圖找出董溪的嫌疑，又通過許德安的手機訊號定位找到了他們的位置。何義是通過座機登記的地址找到他們，應該是半路看到董溪被追，所以動起手來。

許心安聽了，遠遠對在客廳的畢方喊：「你看人類科技多牛掰哄哄閃閃發光，追蹤手機訊號就找到我了，你要不是遇著圓胖就沒辦法了吧？」

畢方一邊玩遊戲一邊回道：「那妳幫我買一個。」

許心安頓時閉嘴。

而這時方醫生的診所裡，大家看著空空的病房無語。何義抖了抖手腕，玄靈珠滾落地面，四散到屋裡的每個角落。何義感應著，片刻後嘆了氣，「他們被蛇妖帶走了。」

大家的臉色都很不好看，之後一連數日都在追查陳百川和董溪的下落，但這兩人就如同人間蒸發般，消失無蹤，沒有任何線索。

一轉眼，過年了。

第七章 迎向最終決戰的明天

這次過年對許心安來說很特別。

一是年前發生大劫案，她是當事人，人生閱歷又長進了。

二是她現在天天凍成狗，像尾巴一樣追在畢方身後求翅膀抱抱，禮義廉恥丟一邊。畢方開始教她打坐吐納，說他雖然渡了火丹給她護她心脈，但她只是普通人類，怕她受不了火靈之力，身體也會有損傷，所以逼著她開始修行。許心安挺好動，為了得到翅膀抱抱她也乖乖打坐。龍子薇也來教她法術，說是不指望她成為高手，但是研習法術也能助她消化火丹，強身健體。

三是今年過年家裡特別熱鬧。有爸爸有阿姨有神仙有妖怪，還有好幾個降魔師朋友。找不到董溪和陳百川，大家索性放開了先過年。該吃吃該喝喝，開開心心。

對許德安來說，今年也很特別。再見故人，內心頗激動，還以為這輩子心安的身世會是祕密，他們與龍家也不會再有來往，沒想到現在大家竟然坐一桌吃年夜飯。還有圓胖，真是乖啊。女兒現在圍著畢方轉，沒關係，反正圓胖圍著他轉。他領著圓胖看店，領著圓胖買菜，領著圓胖做菜。

只有一點不好，就是畢方和圓胖真的很能吃，許德安終於體會到害怕被吃窮是種什麼感覺了。

過完年初三，龍子薇他們又開始忙碌起來，接了新案子，還要繼續查董溪，來得少了，畢方則帶著許心安去了一趟綠蔭巷。

「踢館嗎？」這種壞事許心安沒幹過，有些激動。

還真是去踢館的。綠蔭巷布的那些結界幻境對畢方來說全都不是事，但畢方沒打架，他把結界毀了，把巷子裡的樹全挪到人家大門口去，大過年的，堵人家的門。

「應該留個字條，這樣才有氣勢。」畢方說：「妳字醜，妳來寫。」

許心安白他一眼，誰字醜？「寫什麼？」

「當然是教訓的話，要瀟灑帥氣點的狠話。」

許心安想啊想，一拍手掌，「就寫正義失去了善良就是狗屁！怎麼樣？」

「這文采配得上妳的字。」

「……」

畢方催她：「快寫。」

寫好後，畢方帶著她到人家大門那裡，讓她親手貼上去。然後他化成一隻巨大的鳥，馱著她在高建堯的大宅子上方飛了一圈，翅膀扇動，宅內飛沙走石，弟子們驚叫著紛紛躲屋裡去。許心安看到何義一臉無奈站在遊廊上看著他們，她招了招手打招呼，何義竟然也揮了揮手回應。

許心安哈哈大笑，覺得這人挺好的。

示完威回家，神清氣爽。

這天晚上，許心安打電話給裘賽玉。她前幾天跟家裡回老家過年，沒到許心安這兒來。

許心安跟她說了這段時間的恐怖經歷，告訴她自己差一點就死了。

裘賽玉聽得津津有味，感嘆這種事用電話說太沒氣氛了，應該找個鬼屋，大家帶好零食，點上蠟燭再講。許心安真是敗給她，「這種時候難道不該是安慰我一下？」

「妳要安慰？」裘賽玉很大聲：「我以為妳是在顯擺自己的傳奇經歷啊！」

「……」

「對了，妳說大神渡了火丹給妳，怎麼渡的？」

「什麼怎麼渡的？」許心安一時沒反應過來。

「就是用嘴啊，還是什麼雙修之類的。」

許心安的臉蹭的一下紅透透，「妳腦子裡能有些正常人的想法嗎？不帶黃色的那種。」

「正常人都會這麼想呀，妳看電視上都是這麼演的。」

許心安無語。

「所以到底是怎麼渡的？」裘賽玉追問。

「我不知道，我那時候沒醒著。」

「那妳知道這事的時候都不問嗎？這多重要呀！」

「只有妳滿腦子黃的才覺得重要吧。」

「我是啊！要是換了我，我一定要追問的！」裘賽玉道：「妳快去問！」

「不要。」

「對了，妳有沒有抱過大神？」

許心安臉又紅了，「幹麼？」這幾天抱的比她前面二十三年生命裡得到擁抱的時間都長。

「妳吻過他沒有？」

「妳到底想說什麼？」

裘賽玉振振有詞：「就是死裡逃生後，妳難道沒有回望一下自己的生命里程裡有哪些遺憾？妳想啊，妳沒有男朋友，沒牽過小手沒接過吻，就這樣死掉了，多不划算。現在雖然還沒有男朋友，但是有個超級帥的男神啊，都沒親過就結束了花朵一般的生命，多遺憾。趕緊親一下，親一下不吃虧。」

我去，聽起來居然有那麼幾分道理！

許心安轉頭想找找畢方的身影，沒料到一回頭就看到他站在身後，嚇了她一大跳。

畢方面無表情，彎腰，臉湊過來。許心安臉通紅，差點以為畢方要親自己，結果畢方很酷地對著她手裡的電話道：「是我吃虧好嗎？」說完轉頭就走了。

許心安氣極，到底在囂張什麼？許心安跟裘賽玉通完電話，憋了一股勁兒，蹭蹭蹭走到畢方面前。畢方正獨自坐在陽臺，看到她來還問：「又冷了嗎？」

許心安二話不說，彎下腰捧起他的臉，在他唇上飛快用力親了一口，親完就跑，路過客廳還故作瀟灑地跟她爸打招呼：「爸晚安，我去睡了。」

一臉正氣又鎮定地回到房間，完全不敢回頭看，趕緊關門。

媽呀，親完了又後悔，動作太快，沒感覺到什麼。他的氣味好像挺好聞的，嘴唇也很柔軟。

許心安背靠著門，有點慌張，他不會生氣吧？他生氣起來會怎樣？把她的房門也堵上，在她門口貼字紙？

眼前忽然一花，畢方在她面前憑空冒了出來。他也二話不說，把她按在門板上彎腰吻住了她的唇。他的吻跟她的不一樣，他一點都不著急，也不像她蜻蜓點水。他的唇瓣吮著她的，許心安這次可以確定他的氣味真的很好聞，味道也不錯。

許心安被吻得暈乎乎的，畢方停了下來，她的心在狂跳。

畢方對她微笑，「現在妳可以告訴裘賽玉了，我也沒吃虧，晚安。」

然後他把她撥到一邊，打開房門，吹著口哨出去了。

許心安愣了一會兒才反應過來。王八蛋，到底誰吃虧啊！

許德安在客廳看電視，忽然看到畢方得意地從女兒房間走出來。他呆愣，剛才畢方不是在陽臺嗎？什麼時候去女兒房間的？緊接著聽到女兒大喝一聲，拎著掃把跑出來。畢方一見，哈哈大笑，打開大門逃了出去，女兒毫不猶豫地拿著掃把追出去。

許德安傻眼，這是唱的哪一齣？

許心安這次追殺畢方三條街，因為畢方還好意思跟她說，妳要是覺得吃虧，讓妳再吻回來。

呸！許心安堅決表示自己沒有這個意願。

「那就是妳覺得沒吃虧唄！」畢方繼續說。

於是許心安又舉起了掃把，剛舉起來的掃把突然被一股力量扯開，許心安看到畢方身後張開了巨大的翅膀，很好看的青色，翅膀扇動一下，揚起了一投凌厲的風。許心安被吹得整個人飛起來，撞向身後的牆壁。她嚇了一跳，以為會撞得很疼，結果那風卻是有節制，只將她輕輕吹在了牆上。

貼上牆的一瞬間，畢方的臉就貼在她眼前。雙臂撐在她的臉頰旁，鼻子碰著她的鼻子。

「現在知道調戲神的後果了嗎？」畢方大神很嚴肅地問。

許心安一點都不怕他，她沒說話，畢方的嚴肅撐不住了，垮下臉彈她額頭，「這種時候應該很害怕，或者很害羞地說點什麼，電視都是這麼演。」

「我這不是在想嗎？」

「想什麼？」

「想很害怕或者很害羞地問你一下，通常小女子對付流氓的招數狠踢跨下，對神有用嗎？」

「……」

畢方大神的表情很精彩，許心安覺得這回合自己贏了，很愉快地拿著掃把散步回家。

後來聽許德安說起渡火丹的場面，就是畢方吐出一個火球，然後用手掌把火球從許心安的後背心壓了下去，送到許心安的體內。裘賽玉聽了表示遺憾，這渡的方式也太傳統了。

後來裘賽玉來她家做客時，又悄悄問許心安到底親過了沒。

許心安「哈哈」乾笑兩聲，沒承認。

裘賽玉又說妳不去我就幫妳去了，不能抱憾終生。

許心安「呵呵」乾笑兩聲，沒鼓勵。

因為笑得太難聽，被裘賽玉追打了。

春節過後，所有人的生活慢慢恢復了正常。

沒有陳百川，沒有董溪，何義也說找不到他們。蛇妖像是在這世上絕跡了一樣，帶龍字長龍樣的神魔也沒有蹤影。

畢方沒打算再去找蛟龍，許心安雖然沒說什麼，但覺得畢方在身邊她會安心些。整件事發生到現在，她最遺憾的就是畢方送她的靈羽被拿走了，可她沒好意思說，只在心裡偷偷惦記。如果找到那兩人，她一定要讓他們把靈羽還回來。

許德安和許心安照常經營著光明蠟燭店。翡翠街還跟從前那樣，只是也有些變化。譬如會有些奇怪的客人遠遠站在對街看光明蠟燭店，還拍照。許心安覺得奇怪，想了想，拉下眼鏡看。

能看清！是妖怪！

「畢方，有妖怪！」

畢方坐在沙發上喝茶吃點心，「我知道啊，小妖而已，大概聽到什麼風聲過來參觀。」

「參觀？」她家的店是旅遊景點嗎？許心安看著那妖怪，似乎有些想走過來的樣子。

「可惜看不出他是什麼妖。」許心安道。

「對妳來說有區別嗎？」

「也對。」什麼妖她都打不過，「他不會想進來參觀吧？」

「妳要是擔心，就把那個醜醜字的牌子掛出去。」

誰的字醜？許心安把牌子掛出去，對街那妖怪看到牌子後，果然離開了。

下午許德安看店，許心安帶著畢方去龍子薇那學習法術。晚上回來，聽許德安眉飛色舞地說今天生意出奇的好，大家看到「本店不接待妖怪」的招牌就非要進來看一看。他果斷包了幾款蠟燭做成「不接待妖怪」套裝組，「驅蚊、熏香、美容、製造浪漫氣氛」一整套，口號是「沒有妖怪，只有美女」，賣了不少。

圓胖猛點頭，他今天有幫忙包蠟燭，晚飯能理直氣壯多吃一點。

許心安：「……」她爸年紀不小，還挺會忽悠人的啊！

「做生意還是得靠爸爸啊！」許德安很得意，「明天接著促銷！」

第二天，許心安和畢方又去龍子薇那邊上課，回來時看到店門口「本店不接待妖怪」的牌子沒了，進門看到許德安苦著臉。

「女兒啊，那牌子我想了想，還是不能掛，真來妖怪了。」

「啊！」許心安嚇一跳。

這時候店門「叮鈴」一聲響，許德安一看，壓低聲音對許心安說：「看，又來了。」

許心安轉頭，看到一群視覺系的殺馬特少年進來。許心安忙把眼鏡往下拉，用她的近視眼看，一個個都看不清，確實是人類。

那群殺馬特少年在店裡轉了一圈，其中一個道：「就是蠟燭店嘛！」另一個道：「黑子發到群裡的照片明明很清楚，昨天下午他路過看到的，確實寫著『本店不接待妖怪』。」「馬哥說不是說我們。」「過來看看嘛。」

許心安父女倆就看到這群少年轉悠，過一會兒轉夠走了。許德安拍胸口，「好怕他們砸店。」

許心安：「……」

「不行，還得弄塊招牌招攬生意，妖怪那個先留著。」許爸捨不得那招牌，重新又寫一塊。寫什麼好呢？「啊，寫店內有男神！」

許心安：「……」她爸還知道男神呢？

圓胖一臉無辜地坐在櫃檯旁。許爸一邊寫招牌一邊道：「不是說你，別著急。」

許心安：「……」

許爸興沖沖地到門口掛招牌，回來對許心安說：「放心，畢方不在，我就把牌子收回來。」

「爸，畢方不在，你也能撐得住場面。」許心安拍爸爸馬屁，被爸爸白了一眼。

第三天許心安領著畢方又去龍子薇那裡上課。這兩天龍子薇有空，讓她抓緊時間學習。

下午回到店裡一看，招牌又換成「這個店有古怪」。

看來「男神」一整天不在，沒招牌可掛的老爸又寂寞了。

「生意還行。」許爸心情很不錯。

「好吧。」許心安點點頭，「店裡確實有個古老的妖怪。」

「誰古老啊？」畢方瞪眼。

正在幫忙搬貨，從畢方面前走過的圓胖承受了這一瞪，頓時僵住，保持著一條腿邁一半懸在空中的姿勢申辯道：「不是我，我還很年輕，才三百多歲。」

畢方：「……」

許心安：「……」

而這時在W市郊區的某個農房院子裡，陳百川正在打坐調息。

董溪走過來，讓他休息一會兒，「你的傷恢復得很好，還是不要太著急了。」

「我心裡有數。」陳百川的心情不好。事情沒成功，又被蛇王帶到這荒僻的地方藏著。

董溪道：「我覺得這樣也不是辦法，我們不能總躲著，還是回市區吧，找我師父商量商量，他是支持你的。」

「支持嗎？」陳百川並不覺得，「若他肯出手，我們也不至於如此。」

董溪抿了抿嘴，是他要做的事，卻怪別人不肯出手。董溪柔聲道：「他指點了你不少，不是嗎？最後關頭，是我師兄救了我們。師父和師兄對我不錯的，師兄雖然不贊同你的想法，但他不會傷害我們，會幫助我們。那天我答應等他回來，也許他能帶些什麼消息給我們。」

結果蛇王來了，陳百川匆忙決定跟蛇王走。

「他是站在許心安那邊的，能對我們多好？」陳百川搖頭，「他會阻撓我們的。」

「大家可以商量啊，有師父在呢！」董溪頓了頓，小聲道：「現在這樣，我總有種我們被劫持的感覺。」不讓他們離開，不給他們電話。這農家院裡吃喝不缺但是沒網路，董溪覺得不太對勁。她還是更願意相信師門，她想回去，可沒有車子代步，陳百川之前傷又重，她不敢丟下他。現在他傷恢復得不錯，她想勸他一起回去。

「百川、董溪。」蛇王的聲音忽然在身後響起，董溪嚇了一大跳。

兩人一起回頭，蛇王在身後不遠處正對他們微笑，「我的族人找到蛟龍的蹤跡了，這兩天應該就能確定具體的地方。用不了多久，你們就能見到他了。」

陳百川驚喜，與董溪對視，笑了起來，隨後又擔心：「可是我還沒準備好，還差一個魂。」

「沒關係。」蛇王道：「我會幫你們。」

董溪沒有笑，她有隱隱的不安，「蛟龍在哪兒？」

蛇王答道：「放心吧，不太遠，到時你們就知道了。」

「可以找我師門一起來幫忙。」董溪試探道。

蛇王搖頭，「不是每個降魔師都像你們一樣有大志明事理，有些人只想著降魔除妖，或是捉妖炫耀，卻不管對方是惡是善。蛟龍是龍族之始水族之祖，吉祥靈獸，多少降魔師會打他的主意。他是我們蛇族尊祖，如今毫無抵禦能力，我定要全力護他，不能冒一絲風險。你們是他選出的人，我只能相信你們，但別人嘛，我是不會允許別人知道蛟龍的所在。」

陳百川忙道：「這個我們明白。」

蛇王笑了笑，「明白就好。那你們安心住著，好好養傷。等見到了蛟龍，看看他是什麼狀況。時機成熟時，自然是要用到別人幫忙的，到時該找誰，怎麼做，我們再一起商量。」

陳百川一口答應。

蛇王看了董溪一眼，告辭離開。

陳百川轉身對董溪道：「好了，妳別多想了。妳師兄去找許心安是要幫他們的，而不是我們。妳師父也一直沒有出現。若不是蛇王帶我們離開，現在也許我們就落在畢方手裡了。」

董溪垂頭不語，無法反駁。

沒有那兩人打擾，許心安的身體恢復得也很不錯，除了比普通人怕冷外，其他一切正常。

她有認真學法術，符終於會畫幾個了，歪歪扭扭。馬步也能站穩了，只要時間不太長。身體靈活了，架勢有了，當然不能真打架。

許心安發現每個降魔師都有自己的法寶和武器，像黃天皓使的是赤鐵鞭，鞭上刻滿符咒，可以抽妖打鬼。他借給許心安玩，許心安打碎了花瓶和打傷了自己，黃天皓趕緊把鞭子收走。

方書亮的比較現代，他主要是用槍。子彈用朱砂石等物特製，彈頭刻有符咒，身上還備有刻了符咒的降魔匕首。

龍子薇的法寶是立天棍，平常是小小的三截棍，折起來放包包。用的時候可將兩頭一擰，便成了直棍。催動法咒，棍會變粗變長。用三截棍形態甩出去，還能做縛妖索用。這原本是龍家傳給尋死店主的，龍子薇受高建堯點撥，才敢真正繼承下來。

符良的法寶是他自己改造的降魔手機，能用聲波音樂驅鬼，用手機鏡頭投射符印，可釋放咒語，拍照還能映出妖魔真身。手機裡另存了許多魔神妖鬼的資料，查閱起來很方便。許心安最喜歡這個，覺得不懂的時候可以查資料，符印也能調出來照著畫，不怕忘記。大家笑說符良只是方便行動時給大家資訊支援，要是真開打，現查早死好幾回了。

秦向羽的武器是血符刀，刀刃上的圖騰符印吸了妖血後，刀的法力更強大。

郭迅的是雙魚短劍，劍身有弧度，扣在一起似魚形，分開是兩把彎刃劍。雙魚劍入水後還能憑靈力追妖斬魔，對付水系類的妖怪很好用。

許心安有點羨慕。回去後眉飛色舞跟爸爸講述了各種降魔除妖法寶，然後問許德安：「爸，咱家的呢？」她開始學法術了，也想有個法寶或武器裝裝門面，威風一下。

許德安發愁，早些年還見過那把寶劍的，後來好像不見了。

他領著許心安到倉庫裡翻找，找了半天只有古籍，沒見武器。

「所以咱家沒有法寶？」

「有，就是不知去哪了。」

「跟魂燭一個命運呢……」許心安抱腿坐在樓梯上，正感嘆，旁邊的畢方遞了一根掃把過來給她，「妳的法寶。」

許心安跳起來搶過掃把就要揍他，許爸坐在家傳雜物裡大叫：「不要打架，要團結友愛！」

可許心安一掄掃把，掃把卻不見了，握在手中的是根羽毛，淺青色，上面有些銀灰有些紅棕色的細毛夾雜著，顏色真是好看。

她驚訝地看著畢方，「又給我一根嗎？」

「對。」畢方把羽毛拿過去，羽毛在他手中也不知怎麼地變出一根細繩，成了項鏈的樣子。畢方幫許心安把羽毛戴到脖子上，「妳可以用它來做法寶，讓它幻化成妳想要的樣子，譬如刀劍等等，還可以將它拋出後捏指施咒，讓它變大，馭著妳飛。」

「哇，這個好！」許心安很高興，「這樣逃跑的時候就有交通工具了！」

畢方：「……」

「上次給我的那根也可以這樣用嗎？」

「可以，只是妳不懂法術，跟妳說了也是白說，所以只拿來當作感應聯絡用。」

「上次那羽毛有動靜了嗎？」

「沒動靜。」

「畢方，我要是不小心又把這根弄丟了，你再給我一根，我又不小心，你再給我一根……那會不會把羽毛都拔光了？」這樣她會很不好意思的。

畢方：「……」

當天晚上，許心安興致勃勃很想學坐著羽毯飛的法術，打電話問龍子薇，龍子薇跟她視頻，教她馭劍術：「沒用過羽毛的，妳試試這個。要是能把羽毛馭使穩當了，妳再上去。讓畢方在旁邊看著妳，別出意外。」

許德安在一旁猛點頭，「對對，讓畢方看著才好練啊！」

這簡直是無家長陪同請勿嘗試的意思，不過許心安不在意。她把羽毛放在院子裡，捏指唸咒，結果羽毛紋絲不動，倒是有風吹來，羽毛飄了飄。

畢方笑癱在椅子上。圓胖化為鼠形坐小圓桌上，抱著洋芋片在啃。

許心安指向畢方，「圓胖，咬他！」

圓胖嚴肅地搖頭，牠不敢。再啃了一口洋芋片，看到許心安親自過去揍笑翻了的畢方。

圓胖覺得這樣的生活很幸福，牠喜歡這裡，大家對牠很好，給牠飯吃，要是許爸爸不那麼喜歡抓牠洗澡就更好了。這裡真有家的感覺。降魔師看到牠也不殺牠了，還摸牠腦袋，讓牠站在肩膀看他們玩遊戲，這真是從來沒有過的好日子。

圓胖感恩，慶幸自己先前咬牙來對了。牠有努力想回報，牠很努力地聯絡城中各地的老鼠，讓大家幫忙尋找董溪和陳百川，不過都沒有消息。

畢方被許心安揍完，開始教她。他是不懂人類法術，但是龍子薇的馭劍術他看懂了，於是在這基礎上加工，針對羽毛的靈力，對咒語作了調整。許心安一試，羽毛竟然飛至半空。

「哇，成功了！」她非常高興。

畢方撇嘴，一臉不屑，「妳那成功的標準也太低了。」

許心安不理他，繼續苦練，這一晚練會了馭使羽毛飛行，還能幻化出刀劍的樣子來。握在手裡，簡直威風無比。許心安把手機給圓胖，要牠幫自己拍照。

許心安一會兒拿著刀，一會兒拿著劍，擺各種姿勢，圓胖認真幫她拍照。後來許德安也來了，拿了相機幫女兒拍照，說要去給列祖列宗上香，告訴他們許家降魔後繼有人。

畢方笑到在草地上打滾，眼淚都出來了，「求求妳，就會那麼一點點，急著臭美什麼？」

許心安理直氣壯，「就許你臭美，怎麼別人就不能臭美？再說，我是女生，臭美是應該的。」

接下來的幾天，許心安進展神速，彷彿第一天點開了竅，之後一日千里。她能看懂符咒了，古籍居然也能看明白，羽毛握在手裡變化出兵器自如瀟灑。拋到空中捏指一喝，羽毛刷地展開，似毯子般鋪在空中。當然她練功的時候還是得麻煩畢方幫她立結界擋著，不然鄰居早嚇得不是報警就是請道士了。

羽毛的第一次飛行是圓胖試的，那天剛下過雨，院子裡滿是濕潤的青草清香。許心安心情格外好，捏指運咒，羽毛展開，許心安誇讚了自己一下，正準備往上跳，畢方把她攔下，「讓圓胖上。」

「對，圓胖輕一點。」許心安沒多想，招呼一聲，身為鼠形的圓胖義不容辭地跳上了羽毯。

「坐穩趴好，要起飛了！」許心安大聲叫。

圓胖坐好又趴下，「到底是要坐還是趴啊……啊啊啊啊啊啊！」

圓胖剛問完就旋轉著飛向天空，然後羽毯失控，俯衝下來，迅速斜成快九十度。圓胖的尖叫還沒結束就滾了下來，一頭扎進泥地裡。

許心安呆愣，看到畢方「我就知道會這樣」的眼神才了然，把第一次讓給圓胖多明智。

圓胖爬起來，「畢方大神，怎麼不接住我呢？」

畢方安慰牠，「放心，摔不死。」

許心安淡定地把羽毛收起，「今天收工。」剛下過雨，不適合練這個。

許德安過來把圓胖拎走，「一身泥，洗澡去。」

「我不要洗澡啊啊啊啊啊啊啊！」

日子一眨眼又過去一個多月，天氣暖和，外套可以脫了，大家都穿起了單衣，只有許心安還穿著毛衣，簡直沒臉出門。她如今學了好些法術基礎，也算有模有樣了。某天，畢方感覺到他那根被陳百川拿走的靈羽被放了出來，但還沒等他再感應到什麼，靈羽又被封印，感應消失了。

對陳百川和董溪的追蹤調查一直在僵局中，不但降魔圈這邊查不出什麼，就連裘賽玉找了警局同事幫忙查也沒有查到有用的線索。董溪跟陳百川就像是人間蒸發了一樣，沒人再見到他們，但是他們前兩天把靈羽拿了出來，這說明他們還有在活動。

龍子薇和何義他們在降魔圈和能接觸到的魔怪妖物裡打聽，也沒有聽說蛟龍的消息。不過也確實如畢方說的那樣，人類降魔師提到蛟龍這樣的神獸都會說要是能馭使一隻就好了，

而魔怪妖物那邊卻是相反的態度：蛟龍嗎？馭使他？你們真牛逼，反正我是不敢的。

這日龍子薇他們開會討論下一步該怎麼辦，現在這樣也不是辦法，也許真得等陳百川他們主動出現，再來奪許心安魂魄時才能抓住他。

許心安沒什麼意見，抓不到人也沒辦法，大家都盡力了，反正她連著兩次都沒死，她不怕。好吧，是現在沒發生所以她不怕。畢方坐在旁邊揉她腦袋，「這次不會再弄丟妳了，放心吧。」

既然這樣，看來真的只能是以逸待勞，守株待兔了。

這時候龍子薇的手機鈴聲響，她看了看，是何義。

「龍子薇，我這邊有了董溪的線索。」何義的聲音嚴肅低沉。

龍子薇坐直身，衝大家擺擺手示意安靜，「發生了什麼事？」

「具體還不清楚，但南郊那邊出現了幾隻妖物的魂影。山貓怪、熊妖、雙頭犬……那全是董溪收過的妖。」

龍子薇皺眉頭，「她全放出來了？」

「是的。她應該沒施咒，只是放出來，所以妖物魂影沒攻擊人，但牠們已經造成附近村民的恐慌，有人報警了。我們就近的弟子接到消息過去看，確實是那些妖物的痕跡，現在在追蹤中。」

「她是什麼意思呢？」龍子薇心裡隱隱有了不好的預感。

「我跟師父推斷，她被囚禁了，無法與外界聯絡，放出妖物是想讓我們知道她在哪兒。」

龍子薇不語，心情很複雜，既生董溪的氣，又為她擔憂。

「我跟師父正趕過去，妖物的宿源是迷影鏡，只要能找到妖物，就能找到董溪。」何義道：「如果你們也有興趣，就到南郊神泉鄉來。妖物出現的範圍差不多是那一帶，到了再電話聯絡。」

龍子薇答應下來，電話剛掛，門鈴響起。符良去開門，領進哭得一把鼻涕一把眼淚的圓胖。

「心安，心安……」圓胖哭得委屈。

許心安趕緊安慰：「別哭，別哭，你是妖怪，怎麼能哭呢？妖怪都是很囂張的。」

圓胖沒憋住，哇的一下哭得更大聲：「我不是囂張的妖怪，我是善良又有正義感的妖怪！」

眾人：「……」

許心安扶額，「你不哭了才能好好說事情不是嗎？」抽了面紙給他，「快擦掉眼淚，好好說。怎麼了？是不是爸又讓你洗澡了？」

圓胖搖頭，「是洗過了。」

就是說確實被逼著洗澡了，但不是為這個哭的。

「好吧，那你到底為什麼哭？」

「有人上門踢館！」圓胖坐下，認真開始說。

原來今天下午許德安要出去買菜，就讓圓胖幫著看一會兒店，說有客人上門買東西就用收銀機的掃描器掃一下商品上的條碼，按收銀機上顯示的數字收錢就行。圓胖陪著看店也有一段日子了，見許德安做過很多次，覺得很容易，於是高高興興化成人形坐著。

可是過了半天許德安都沒回來，圓胖那時候還竊喜，覺得去越久，今晚的菜色越豐富。

又過了一會兒，有一隻妖怪進來，圓胖全身的汗毛都豎了起來。他雖道行淺，一般什麼魔他認不得只能感覺到妖氣，但面前這個是蛇，鼠類天敵，所以他認出來了。嚇得他戰戰兢兢，小心翼翼，特別客氣地招呼。結果那蛇妖也不像要買東西，周圍看了一圈後，似乎確認店裡只有圓胖一個人，他就指著櫃檯旁邊的招牌，喝問他：「這什麼意思？」

圓胖嚇一大跳，櫃檯旁邊的招牌好幾塊，每塊都是不同的字，他不認得，於是老實答：「不知道啊，你也一樣不識字嗎？」

那蛇妖聽了大怒，拖過圓胖把他揍了一頓。圓胖完全不是對手，那蛇妖一邊打一邊還說：「你就是妖，居然還敢歧視妖族！」打完後，丟下一封信，揚長而去。

秦向羽問：「那招牌上寫了什麼？」

許心安揉揉額頭。「本店不接待妖怪。」應該就是那塊了。

眾人：「……」

圓胖哇哇哭道：「妳說咱家店不接待妖怪，幹麼還要妖怪看店啊！」

眾人：「……」說得很有幾分道理。

圓胖繼續哭：「再也不看店了，會被妖怪打！我膽子小，晚上必須加菜！」

許心安一臉黑線，膽子小還敢要求加菜。

「當初這句話是寫給畢方看的。那時候我面對畢方這麼牛逼的妖怪都沒怕，你現在怕什麼？」

圓胖又哭：「那畢方大神揍妳了嗎？」

許心安：「……」

眾人：「……」聽起來確實是圓胖吃虧了。

許心安哄他：「好了好了，別哭了，讓我爸今晚給你加菜。」

「好。」圓胖抽泣著，慢慢收了眼淚，「許爸還沒回來，我著急想讓你們看信，就鎖了店門，到最近的市場看了一圈，沒找到許爸，我就先過來了。」圓胖頭低低的，這時候覺得自己做錯了，不該丟下店不管跑出來，有違許爸的囑託。

「什麼信？」許心安問。

圓胖把信拿出來，「這是戰書嗎？上面寫什麼？是不是約我去決鬥？我不去，我打不過牠！」

許心安把信接過來一看，臉色沉了下來，「是戰書，找我的，他們抓走了我爸！」

信上約許心安今夜子時到西郊西融山下西南角的一個岩洞裡見面，說許德安在他們手上。又說不介意許心安帶朋友來助陣，有幾個帶幾個，別客氣。

信不長，卻極盡張狂。

許心安很生氣，「幾點就幾點，沒錶嗎？文謅謅的講子時。我是十一點到，還是一點到啊？」

眾人：「……」

許心安氣得在客廳裡打轉，「卑鄙無恥下流，有本事衝我來，對付我爸算什麼英雄好漢！啊啊，氣死我了！」她猛地停下，問畢方：「畢方，你說我一生氣激動就會生出法力了是嗎？」

畢方愣，他說過嗎？他只知道前兩次都是危急時刻她突然迸發法力，其他時候沒感覺她有。

眾人：「……」一生氣就會生出法力，那他們還苦練多年幹麼？大家各自散開，去收拾

裝備和法器，準備出門應戰。

許心安一臉囧，她是認真的啊，她現在氣得頭頂冒煙然後感覺體內有說不出的感覺似要噴湧，所以她才問的。大家這樣反應，她一洩氣，那種感覺消失了。

龍子薇打電話給何義，說他們去不了神泉鄉了，許德安被劫持，對方留信約戰許心安，今晚子時。他們準備準備，一會兒就得出發。

何義的手機開著喇叭，問清地點，看向身邊的高建堯，高建堯正看著車窗外。何義對龍子薇道：「我們知道了。應該是同一件事，我們分頭行動吧。」

符良上網搜索衛星地圖，將去西融山的路線和西融山全貌列印出來。那個岩洞在網上搜不到，事實上，西融山比較偏僻，沒有村落，更沒有開發旅遊，倒是有些山友曾去那兒冒險，除此之外，並無其他消息。從地圖上來看，西南角林木繁密，狀況不明，只能隨機應變。

大家開了輛休旅車上路，一行八人全裝下。到了地方恐怕還有一段山路要走，時間緊迫。

圓胖被派回家裡等電話，牠猶豫很久，問需不需要牠去山裡找別的鼠妖幫忙。

「山裡的精怪比你這三百年的小妖厲害多了，你過去找人幫忙，人家一口咬死你。」畢方說。

圓胖一聽有道理，趕緊回家去。

路上大家買了食物一邊吃一邊討論。

眼下已知的狀況：董溪向師門發出求救訊號，暫時不能確定這是調虎離山還是真的有難。對方冒充蛟龍，目的不明，身分不明。對方有蛇妖助陣，還有沒有別的妖魔幫手暫時不清楚。密林之中，有沒有陷阱，暫時不知道。

畢方聽得撇眉頭，「你們說了半天，我一句話就總結完了：什麼都不知道。」

眾人：「……」說的一點都沒錯。
「啊，會不會是冒牌蛟龍自己想煉魂燭？牠也缺一個天下無雙的法器。」許心安猜。
「牠也要用四魂陣嗎？加上陳百川和妳，正好四個強魂。」郭迅問。
「會嗎？」許心安問畢方。
「不會。要用就去抓幾個神魔的，要人類的幹麼？你們人類覺得強的，在我們眼裡是個屁。」
大家靜默，怎麼這麼有道理？
「好了，想不到了。」秦向羽洩氣，「反正去那打打打就是了。」
「我們人有點少。」符良說了個重點。
「時間太緊，上哪拉人？」黃天皓道。
「我猜就因為這樣，所以董溪放出妖物，把她師門全引去了神泉鄉。她肯定好好的，調虎離山，就為了不讓她師門幫我們。」郭迅道。
「唉，人心難測啊！」秦向羽嘆氣，「之前她跟我們多要好，一起出任務，一起吃飯，說說笑笑的，哪知道原來真相是這樣！」
龍子薇啃著漢堡沒說話。
而董溪和陳百川剛吃完飯，蛇王就來了，「走吧，我帶你們去見蛟龍。」
「現在？」董溪驚訝。
「不方便嗎？」蛇王反問。
董溪不說話了。陳百川道：「蛟龍醒了？」
上次蛇王找到蛟龍後，單獨帶陳百川去，董溪被留在了農家院。那時蛟龍沉睡著，魂影

短暫出現，跟陳百川說他沒事他很高興。他知道發生了什麼，他有辦法幫陳百川達成夙願，只是需要陳百川多些耐心，再等一等。他現在找到的這個地方很好，很適合他修靈，待他過一段時間靈力提升，能夠甦醒，他會幫陳百川打敗畢方，拿下許心安之魂。

陳百川很高興。蛟龍讓陳百川好好養傷，說蛇王會好好照顧他，又說畢方法力無邊，他拿著靈羽不太安全，會被畢方找到，讓他把靈羽交給蛇王。

陳百川回去之後，把畢方的靈羽交給了蛇王，並且安穩地在農家院住下，過著沒有網路，沒有電話的日子。董溪再次向他表示了憂慮擔心，他反而怪董溪心不靜，思慮太多，不利修行，之後董溪不再提這事了。

現在，蛇王出現了。

「蛟龍醒了，要見你們。」

陳百川與董溪對視一眼。

「把東西都帶好，這裡我們不會再回來了。」

董溪心事重重，收拾東西的動作很慢，想跟陳百川說什麼，蛇王卻把陳百川叫走了。

董溪咬咬牙，背包一背，出了屋子，說道：「好了，可以走了。」

蛇王揮了揮手，有兩個蛇妖走進屋去。董溪回頭看了一眼，蛇妖們正在搜屋子。蛇王做了個請的手勢，董溪與陳百川跟著牠出去。

院子外頭，有輛車正等在那裡，蛇王領著他們上車。

董溪問：「我們去哪裡呢？」

蛇王笑了笑，「山裡，具體方位還真不好說。」

董溪點了點頭，不再問了。

車子開上了山路，蛇王似不經意地與他們閒聊起來：「這幾天你們休息得如何？我看百川的傷應該都好了。」

「是的。」陳百川答。

「我有派族人在周圍巡查，保護你們的安全。」

「多謝。」陳百川很客氣。

「應該的，你是蛟龍看重的人，就是我們蛇族看重的人，我們自然要以你的安全為重。也幸好派了人守衛，這兩天還真是有出事。有妖物在附近横行，驚擾了不少村民，還惹來了降魔師。」

董溪面無表情地聽著。

陳百川皺了皺眉，「什麼樣的妖物？」

「山貓妖之類的，魂影罷了，是之前被收伏過的，也不知怎麼地跑了出來，有好幾隻。我的族人將牠們全收了，放心吧，不會留下什麼麻煩的。」

陳百川看了董溪一眼，董溪仍舊面無表情。

車子飛速前進，夕陽的金色光芒拂過樹梢，透過車窗落在董溪的臉上，印下斑駁的光影。

高建堯與何義是在夜幕降臨前踏進神泉鄉的。

這裡的山上有天然泉眼，從前也是旅遊聖地，村民們靠山吃水，憑旅遊業賺了不少錢，但開發過度，配套措施和服務沒跟上，沒到幾年資源就沒了，遊客變少，慢慢蕭條下來。

高建堯站在坡邊，看著最後一點橙紅色的夕陽落在天邊那座山的另一頭，餘光被拖了下去，天色暗了下來，耳邊是弟子在報事：「我們一直追蹤妖物的氣息，但最後都沒能找到牠們。」

高建堯沒說話，若妖物仍在活動，定不會找不到。要麼就是董溪將牠們召回了，要麼就是有別人將牠們收了。

「可有別的降魔師來這邊活動？」何義問。

「沒有見到，而且我們打過招呼了，就算有降魔師來收妖，也不會不知會我們。」

何義看了看高建堯，高建堯擺擺手，示意那報事的弟子退下。

高建堯轉身繼續往村子深處走去，「有人想阻止我們找到她。」

何義跟在師父後頭，抖了抖手腕，玄靈珠滾落地面，四散開來。各種氣息立時從四面八方向何義湧來。在開闊的公眾地方尋找並辨識出殘留氣息太難了，除非他們要找的妖物仍在活動。

何義與高建堯信步走著，玄靈珠跟著他們，在一定範圍裡四散著滾動。走了很長一段路，高建堯道：「看來確實被收走了，不好找啊！」

何義不說話，他還在努力感應著玄靈珠發回的消息。各式各樣的人、動物、聲音、氣味，他沒有看到董溪，沒有看到陳百川，也沒有搜尋到妖氣。

高建堯走上了一個山坡，山坡下是村裡的運動廣場，一群婦女正開著音響在跳舞。高建堯盤腿坐下，將背上扁長的沙盤轉過來放到膝上，抽開了盒蓋，伸手抓了一把金色細沙，攤開手掌，對著掌心吹了一口氣，細沙如霧般飄散到空中。

「看看他們能收拾得多乾淨。」

許心安他們也沒閒著，終於在八點到了山邊。她打電話回去，圓胖說一切都好，沒什麼異常。

接下來沒什麼路可以讓車子走，所有人都下車。畢方走到山邊，伸展雙臂，天空頓時一片祥寧，星光都亮了許多。看不見盡頭的茂密樹林沙沙作響，大樹們都搖曳枝條，輕抖樹葉。有鳥兒輕鳴，飛出樹林，不一會兒，許多鳥兒飛了出來，不是受了驚嚇的撲騰亂飛，而像是愉悅的展翅。

畢方道：「跟我走吧，我知道那個岩洞在哪兒了。」

大家背好背包，跟著畢方走進了樹林。

這是一片未開發過的密林，沒有鋪路，腳下碎石泥塊樹葉紛雜，大家只得深一腳淺一腳一步步往前探。畢方牽著許心安走在最前面，遇到灌木長草，他用手掌輕輕一推，那些樹木植物就往兩邊避開，給他們讓出道來。

許心安覺得從來沒有走得這麼威風八面過，她道：「畢方，我跟你說，我爸膽子可大了，他知道我會來救他，一定正在等我。」

「神經粗和膽大是一回事嗎？妳回去查查字典。」

許心安不介意，繼續聊天：「畢方，你說，如果敵方大BOSS就是蛟龍或者跟蛟龍一樣厲害甚至比蛟龍還厲害，你能打贏他嗎？」

「不知道，跟蛟龍沒認真打過。認真打一場很累的，打兩下能打倒的我就打打，打兩下打不倒的我就走開。」

「你這是慫還是懶？」

「我這是聰明。」

秦向羽忍不住對符良說：「畢方大神說的話怎麼都很有道理？簡直是神的智慧閃閃發光。」

符良淡定道：「一直閃著光，沒看到是你眼瞎。」

許心安差點一踉蹌。秦向羽瞪符良半天，掏出十塊錢，「你贏了。」

符良收下，「不客氣。」

「這馬屁是怎麼說得出口的？」

「忍一忍就過去了。」

許心安又踉蹌。

畢方撞撞許心安的肩膀，「妳看看人家。」

「怎麼了？」

「多會聊天。」

秦向羽和符良跟著踉蹌，好想掏十塊錢給畢方大神！

走了一個多小時，許心安累得直喘氣，畢方看看她，「我幫妳背包包吧。」

許心安也不跟他客氣，把包包遞了過去。畢方背上她的包牽著她繼續走，走了一段路，停下來再看看氣喘如牛的許心安，嫌棄她：「妳真是運動太少，才走幾步就這樣，妳看看人家。」

眾人：「……」人家怎麼了，人家也在喘啊！

畢方又道：「行了，包包還妳。」

雖然這太有失紳士風度，但許心安不跟畢方計較，她重又把包包背上。

「我不幫妳背包了，我背妳吧。」畢方道。

許心安大喜，還客氣什麼，趕緊爬到畢方背上去。

「斯文點。」畢方一邊抱怨，一邊握著許心安的腿往上提。

許心安抱穩他的脖子，趴好了，舒服得喘了口氣。

「真廢物！」畢方埋怨著，背著她穩穩地往前走。

後面幾個喘氣的互視了一眼，郭迅道：「是畢方大神自己說的『你們人類想馭使神獸，作夢嗎』，是吧？」

「對！」其他人用力點頭。

神泉鄉這邊，金色的沙子漾起漫天薄霧，玄靈珠沿著牆根悄然無聲地滾動著。

在山坡上打坐的高建堯睜開眼睛，「果然，漏了一個。」

一隻小小的黃蜂被金沙裹著飛到了高建堯的面前，是蜂妖。

高建堯還記得當年董溪收這隻蜂妖時差點被螫死，是他把她救下。那時的她還不滿二十，含著淚對他說：「師父，我寧可去收虎妖，蜂妖太討厭了！」

而他告訴她：「莫看牠小，小的強隱於無形，有時比大的強更有殺傷力。遠大的志向有時毀於突然冒出來的小小一念，便是同樣的道理。不要逃避對手，突然冒出來的膽怯退縮會讓妳覺得妳有選擇對手的錯覺，但其實妳沒有。妳是降魔師，妳沒有選擇，斬妖除魔，是妳必須做到的事，無論牠是蜂妖還是虎妖。」他為她治傷，指點她如何收除蜂妖。之後她再度搜尋，將這隻蜂妖找到，成功收了牠。

一眨眼十多年過去，這些事卻似乎發生在昨日。

高建堯一捏指訣，喝了聲：「去！」蜂妖裹著金沙，朝西南方向飛去。

高建堯與何義跟著蜂妖走了好一會兒，走到了一座農家宅院前。這院子頗偏僻，背朝著村落，被一排小樓擋著，在正路上不容易發現它。

蜂妖從牆頭飛了進去，玄靈珠迅速從門板下面的空隙往裡鑽。

這次何義感覺到了，「有蛇妖之氣，很淡，已經離開了。」

高建堯「嗯」了一聲，毫不猶豫地翻牆而入。

院子裡空空的，沒什麼雜物，若不是收拾得太乾淨還真會讓人以為很久沒人住過了。四個房間都靜悄悄的，何義走了一圈，看到屋裡也是乾乾淨淨，什麼都沒留下。

蜂妖在院子裡打轉，過了一會兒，牠停在了西屋與院牆的夾角那裡。

何義走過去，看到牆角的土似乎被翻騰再踩平，與旁邊的略有不同。何義將那一小塊土挖開，在土裡翻出一塊圓形的小巧鏡片，鏡片後面刻著符印。

「師父。」何義將鏡片遞給高建堯，這是董溪迷影鏡裡的一塊鏡面。她拆下來，藏在這裡。

迷影鏡中的妖物放出後，不能與鏡子離得太遠，否則無法收回。董溪為防止自己被帶得太遠，於是把一塊鏡面放在這裡，這是為了讓師門通過妖物找到它。找到這塊鏡面，就能找到另一塊。

高建堯翻轉這鏡面，鏡面對著某個方向時，折射出一道鏡光。

「西邊。」何義想起龍子薇說的西融山。

「我們走吧，帶董溪回家。」

高建堯與何義帶著弟子上了車，鏡面放在車子擋風玻璃邊，月光映下來，鏡面朝著某個方向折射光芒，帶領高建堯他們駛向董溪的方向。

此時陳百川正與董溪牽著手，跟著蛇王走過窄長的彎彎繞繞的岩洞，進入洞腹。

洞腹別有洞天，寬闊得不可思議，由底到頂最高處看著有數十公尺的高度，面積看似差不多一個足球場大。洞壁由頂向下陡峭崎嶇，怪石嶙峋，洞頂長長的鐘乳石與地上的石筍相互交織，形成一幅猙獰的景致。

一個巨大似龍形的物體趴在洞壁邊，安安靜靜，似沉睡的巨獸。

陳百川捏了捏董溪的手，「那是蛟龍，前一段時間見他，他還不在這裡。大概是蛇王為了他的安全，將他移到這兒了。」

董溪點點頭，四下走動，認真仔細地打量這個地方。

洞壁掛著火把油燈，洞頂某些鐘乳石上也布了燈，洞裡光線稱不上好，但也能把周圍看清。

董溪走了好一段路，忽然看到高高的頂上吊著一個鐵籠子，籠子裡有個男人，倚在柵欄上閉著眼，一動也不動。董溪認得他，他是許心安的父親許德安。

董溪吃了一驚，轉向蛇王，「他活著嗎？」

「當然。」

「你們想要許心安？」

蛇王微笑，「約了她今晚子時會面。」

「然後呢？」董溪問。她心中的疑慮越來越大，不安的感覺越來越強烈。

蛇王一揮手，身後空曠的地上塵沙散開，顯出一個巨大的法陣圖騰。

「四魂陣，我們已經準備好了。」

陳百川與董溪互視一眼。陳百川道：「我恐怕還得做一些準備。」為什麼沒提前告訴他，他也需要準備。不是拿了強魂就能用的，他需要法器。

蛇王微笑著點了點頭，道：「沒關係，我們先處理許心安的那部分。」

董溪轉頭看了看臥在洞壁邊的蛟龍，問道：「蛟龍什麼時候會醒？」

「還需要一點時間，別著急，耐心等等。」蛇王道。

「我不著急。」董溪再看了看四周，道：「我只是感覺對計劃一無所知，能具體說說嗎？」

蛇王看看陳百川，陳百川顯然也在期待答案，於是蛇王道：「其實很簡單。許心安為了爸爸會來的，我們取她的魂，百川就可以用四魂陣做他想做的事。蛟龍醒來，會與百川一起聯手。」

「可許心安身邊有畢方，她來了，畢方肯定也會來。」

「那不是問題。」

「為什麼？」董溪追問：「蛇王有信心打敗畢方？」畢方是猛禽之尊，蛇類剋星，蛇王不會是對手，這個大家心裡都有數。

蛇王自然不敢誇大，否則就太假了，「畢方的靈羽在我們手上，只要催動法咒，壓制他的法力靈力，自然就能取勝。」

「誰催動法咒？憑藉一根靈羽反向壓制正主，這施咒之人也須得與畢方旗鼓相當，或者差不太多才行吧？」

「當然。」蛇王不能說不對。

「所以誰催動法咒？」

「蛟龍。」蛇王只能道：「蛟龍答應百川會全力幫他，他會應戰畢方。」

「他還在沉睡，怎麼確保在畢方來時他必定醒了呢？而且剛剛甦醒，法力靈力全然沒有恢復，神魔入世，怎麼都得再重新修行幾十年方可恢復如初，甚至更長時間。剛剛甦醒的蛟龍，如何壓制已然入世近千年的畢方？」

蛇王被問得一噎，但仍道：「蛟龍若無信心，自然不會承諾百川，這就不用擔心了。」

陳百川沒說話，蛟龍是承諾要幫助他，但沒說什麼時候、怎麼做。他以為是等他醒了大家再行商議，現在計劃定得這麼突然，完全沒有提前知會他，似乎這一切與他無關，這出乎他的意料。他看了董溪一眼，董溪這會兒倒是不追問蛇王了，只道：「那我們就等等吧。」

這時候的陳百川似乎也預感到了什麼，他不動聲色地看了看董溪。兩人目光交會，陳百川忽然明白了她在顧慮什麼，那些之前因期待而雀躍的心沉靜下來，他忽然理解董溪了。是他盲目了，事情確實不太對勁。

「我要逛一逛。」董溪故作漫不經心地到處走走看看。

「別走遠了，小心腳下，別摔了。」陳百川囑咐她，然後轉頭過來拉著蛇王聊天。

董溪應下，眼角餘光看到蛇王被陳百川轉移了注意力，於是她悄悄靠近蛟龍。背對著他拿出了迷影鏡，假裝檢查自己的妝容。撥撥頭髮照照鏡子，折轉了鏡面的角度，照向了身後的蛟龍。

鏡中一片迷霧，血紅色與黑色的霧影交織，幻化出一個魔怪的頭形，不似人不似狗不似龍，事實上，根本看不出是什麼。

董溪的心一點一點往下沉，迷影鏡辨妖識魔，而她身後的這一隻，她看不出是什麼。只是有一點是肯定的，這不是蛟龍。

董溪震驚。之前從來沒有懷疑過，從來沒有想過要驗證一下。

鏡裡紅黑色霧影中忽然睜開了一隻眼睛，金紅色的細瞳，狠厲的眼神。

董溪猛地嚇了一大跳，壓抑不住，從喉嚨迸出半聲尖叫，鏡子差點掉在地上。

黑色的轎車疾馳在山路上，擋風玻璃邊的鏡片隨著車子行進方向的不同而不時折轉，始終指向西方。高建堯閉著雙眼，手指輕輕撫著膝上的沙盤。

另一邊，龍子薇看了看錶，快十點了。符良剛才悄悄跟她說他看了指南針，他們走的方向有些偏了。龍子薇衡量了一下情勢，大家都不知道岩洞的具體位置，而這一路畢方經過的地方，樹兒點頭鳥兒歌唱的，他應該是跟山裡精怪溝通了。精怪指路，那就跟著畢方走下去吧。

又走了一會兒，眼前赫然開闊。

「哇！」大家驚嘆眼前的美景。他們此刻站在一座山頂上，眼前是連綿山脈，伴著蟲鳴鳥叫，在星光照映下，有著黑夜獨有的美。

「那兒，下面那個山腳黑乎乎的地方就是岩洞。」

大家不說話，下面到處都黑乎乎的。

「我帶你們抄了近路，不然得繞過整座山，走很遠。」畢方指了指某個方向，說道。

大家順著那方向看，還是黑乎乎什麼都看不到。

黃天皓道：「路是近了，可我們怎麼下去？」

畢方對許心安道：「把妳的羽毛拿出來。」

許心安從衣領裡扯出靈羽，解開了頸繩。

「化成羽毯。」畢方說。

許心安問：「我嗎？」

眾人猛擺手狂搖頭，「不，不，別客氣，千萬別客氣！」開玩笑，許心安那半吊子本事化個羽毯載他們六人，還不如他們六人痛快點直接往下跳呢！

「當然是我。」畢方道。

眾人又趕緊點頭，「那行，那行，畢方大神請！」

許心安丟出靈羽，靈羽輕飄飄在空中轉了幾個圈，飛了起來，越飛越大，化成了一張巨大無比的羽毛毯停在六人面前。

龍子薇道聲「多謝」，第一個跳了上去，而後方書亮、黃天皓、符良、秦向羽、郭迅依次跳了上去，正找個舒服的方式坐穩，羽毯「呼」的一聲飛了起來。眾人驚叫一聲，卻見畢方背著許心安直接往下跳，許心安的尖叫聲比他們六人的都大。

畢方帶著許心安和她的尖叫往下落，下面黑漆漆的看不到他們的身影，而羽毯載著六人往前飛去，六人目光均盯著谷底，卻見白光一閃，一隻青色夾著銀灰和紅金羽毛的巨大鳥兒馱著許心安飛了上來。許心安正大聲罵他：「你嚇死我了，不能正常飛嗎？」

六人心裡又同時想起了當初畢方那不屑一顧的語氣：「想馭使遠古神獸，作夢嗎？」

許心安被畢方剛才那一跳，嚇掉了半條命，待回過神來，發現自己和羽毯的六人一起飛翔在空中。眼前的景色如此美麗，雖然飛到空中會很冷，但她也不介意了。

「我可以讓他們幫我拍個照嗎？」許心安問。這是她第三次乘坐「畢方號」，但她還不知道畢方的原形全身長什麼樣，頭長什麼樣。第一次她狀態不好，睡過去了。第二次去綠蔭巷踢館太興奮也沒注意。這次時機不錯，精神好，還有同伴，拍個照片威風一下留個紀念可以吧？

「不行。」畢方答。

「那我幫他們拍個照可以嗎？」許心安又問，只要他飛得慢一點，她能掏出手機就行了。

「準備降落了！」畢方大聲通知，沒給她機會。

大家一聽，趕緊抓住身下超大羽毛的羽枝，做好準備。果然羽毯傾斜起來，向下俯衝。畢方領著羽毯衝到山腳一塊巨石上，瞬間化為人形，站穩腳步。羽毯穩穩落地，毯上六人抬頭一看，黑漆漆的岩洞口就在眼前。

六人趕緊跳下羽毯，畢方也把許心安放下，羽毯化成輕飄飄的羽毛飄到了許心安的手裡。

龍子薇道：「就是這兒了，大家小心。」

所有人點頭，掏出降魔眼鏡戴上。這眼鏡有些像潛水鏡，弧度緊貼眼眶，防止妖霧迷眼，後面有綁帶，防止眼鏡掉落。鏡片做過特殊處理，能識別妖魔鬼怪，鏡架上有小小的照明燈。

許心安也有些緊張起來，她把羽毛握在手裡，口袋裡裝好朱砂摔炮。

「我們來早了。」許心安道。

「跟壞人不用守時。」畢方答。

真是有道理！

畢方一抬手臂，也不知從哪飛來兩隻鳥，停在畢方的手臂上。畢方輕輕鳴叫了幾聲，兩隻鳥兒晃著腦袋點頭，輕輕啄了畢方的手一下，然後展翅飛去了洞裡。

「山裡的鳥精，讓牠們幫忙在前面探個路。」

大家點頭。畢方是鳥類靈妖之王，能馭使鳥精再正常不過。

過了一會兒，似乎沒什麼異常，畢方道：「我走前面。」大家又點頭。

「妳跟著我。」畢方又道。許心安忙答應。

進到洞裡，許心安一手拿著照明燈一手牽著畢方的手。前路被照亮了一大片，洞口不很大，一進去便感覺到陰濕之氣迎面撲來。地上是碎石塊和泥，潮濕，但是沒有水。

許心安冷得發顫，她體內的寒石傷還沒全好，大家穿得簡便俐落，只有她裹著厚毛衣。

「要忍著。」畢方感覺到她打顫，回頭對她說。許心安點點頭。

走了快一公里，都沒什麼異常，但這洞似乎很深，還彎彎繞繞。這時候出現一個彎道，再往裡就得往下走。畢方停了停，「鳥兒沒事，我們進去吧。」

大家順著道往下走，越走地勢越低，感覺越陰冷，但是空間也越來越開闊。又走了很長一段路，長得畢方在考慮要不要再背一背許心安的時候，他們看到了兩隻鳥兒停在這裡，立在壁上，很警覺地到處看。

「牠們為什麼不往前飛了？」許心安問。

「那表示再往下就有危險。」秦向羽道。

畢方突然道：「不是往下，這裡就有，大家小心。」

話音剛落，洞壁上忽然張開了一個大嘴，瞬間將兩隻鳥兒吞了進去。

而這時董溪的尖叫聲驚動了蛇王，牠與陳百川同時朝董溪的方向看了過去。

董溪已經轉身面朝蛟龍，正一步一步往後退著。

蛟龍緩緩抬起身子，越伸越長。董溪緊張得心狂跳，仰著頭盯著蛟龍。蛟龍俯視著她，猛地俯壓下來，頭抵到她的面前。

陳百川衝了上去，將董溪拉到身後，「蛟龍，你醒了。」

蛟龍的目光從董溪身上轉到陳百川，聲音低沉：「陳百川，我們又見面了。」

陳百川心跳如鼓，若無其事問道：「你這回是真的醒了嗎？」

「對。」蛟龍答。

「那太好了。」陳百川已經不知道該說什麼好。董溪在他身後用力捏他的手，他知道肯定有什麼情況，他小心翼翼，生怕蛟龍突然發難。右手已經放進了口袋裡，捏著一張符籙。他不應該怕蛟龍的，他們是朋友，他甚至想要馭使蛟龍作他的靈獸，但現在的狀況和氣氛完全不在他的預料範圍內。過去種種念頭煙消雲散，只想到先把眼前的事情應付過去。

洞壁裡忽然發生窸窸窣窣的聲音，還有滾石土塊落下。陳百川與董溪轉頭一看，蛟龍舒展伸長了身體，龍身沿著洞壁蜿蜒，又拖到了地上，環成了大大的一個圈，就像在包圍他們。

「我們在等許心安。」陳百川故作無事，「蛇王說你會幫我們打敗畢方，取到許心安的魂。」

「是的。」蛟龍道：「我也需要你幫我一個忙。」

「你說。」

「我需要你的魂。」

董溪與陳百川同時心一沉。陳百川感覺到董溪在他身後僵住，把他的手捏得生疼。

陳百川努力保持鎮定，問：「要我的魂做什麼？我一直都在。」

蛟龍轉動身體，伸長脖子，俯視著陳百川，「尋死店主活著，就是威脅。這些年，感謝你跑遍各地幫我尋找他們。我需要時間恢復法力靈力，還真不方便到處走。若是讓妖物去辦這事，又恐怕驚動了降魔圈，反而壞事，所以，你是最佳人選，你做得很好。」

陳百川的鎮定再也偽裝不下去，他變了臉色，脫口道：「你這是什麼意思？」聽起來像是在說他借刀殺人，而他就是那把刀。

「他是魔，百川，他不是蛟龍。」董溪緊緊貼著陳百川，小心戒備著，護好他的後方。

蛇王就在不遠處看著他們，嘴角掛著冷笑。

陳百川大吃一驚，「不是蛟龍？那你是誰？」

「對你有什麼區別呢？」假蛟龍問。

陳百川一噎，「我總得知道我在跟誰說話。」

「你沒資格。」假蛟龍抖了抖龍身，一股勁力橫空掃來。陳百川猛地一震，全身似被刀割了一般的疼。

「渺小、貪婪、自以為是的人類。」假蛟龍冷哼著，語氣裡滿透著厭惡與不屑，「真不知道天帝究竟看中你們什麼，竟然把符靈魂火交給你們。」

「你是為了魂燭？」陳百川驚訝。

「魂燭不滅，我心難安。」假蛟龍道。

陳百川的心怦怦狂跳，「魂燭在哪裡？」

「它一直都在。」假蛟龍道：「我倒是很意外你們竟然找不到它，但它始終是個隱患，尤其當你堅定地告訴我，你想用四魂陣創煉出魂燭，哪怕犧牲自己的性命也要冒險一試時，我就覺得真的太危險了，也許你會發現它。」

「發現了又怎樣？我們只想保護自己。魔妖當道，須得鏟除，不然世上永無安寧。」

「不安寧的難道不是你們人類？從前我也曾受傷遁世，醒來後吸取天地之靈，萬物之光，恢復得很快。這次我醒來，到處烏煙瘴氣，萬物蕭條，要尋純淨靈氣找個清修聖地竟如此之難。山林毀鳥獸亡，這世界早已不是從前的世界，這些都是你們造成的。修行越來越少，打殺爭鬥越來越多，什麼是魔？難道你們不是？」

「人無完人，所以才需要自省，才需要努力，才需要有進取之心。」

假蛟龍嘆氣，「你真讓我擔心，但你對我很有用，你的野心、貪婪正是我需要的。你想稱霸降魔界，你想要世上強大的法器，所以不需要我多說什麼，你把那些還能找到的尋死店主都消滅了，多謝你。」

龍頭抬了起來，瞳目顯出詭異的神色，竟似在笑。

董溪拉著陳百川後退了一步，卻聽到蛇王那邊有動靜。她轉頭看，看到蛇王將兩個引魂

瓶放到了那個巨大的四魂陣東西方向上。

陳百川也看到了，他心裡一驚，那是他隨身帶著的兩個尋死店主的魂，竟被蛇王拿走了。

「還有兩個位置。」假蛟龍道。

董溪和陳百川同時回頭看向牠。

「你和許心安。」假蛟龍道：「我需要你的魂，也需要許心安的，四個尋死店主的強魂剛剛好。四魂陣真是好東西，謝謝你告訴了我。」

「你要用四魂陣做什麼？」陳百川不明白。

「你又要用四魂陣做什麼？」假蛟龍反問。

陳百川語塞，他要用四魂陣煉造最強法器，駕馭神獸為己所用，但後面的目的他沒告訴蛟龍。自己想收伏他，也算心懷不軌，自然不能說。蛟龍的語氣嘲諷，顯然是洞悉了他的意圖。

「他想對付畢方。」董溪忽然道：「他是火系的魔。」她懂了，突然想明白了。「他不是剛剛才醒的，他早就醒了，但他修行太慢，他等不及。」

假蛟龍哼道：「還挺聰明的。原先倒是沒想過會有畢方，只是打算先解決尋死店主，沒想到畢方自己送上門來，倒是個意外收穫。」

「你打算用他的靈羽反制他的法力，再用四魂陣收伏他？」

「都到了現在這步了，便也不怕告訴你。沒錯，我正是如此打算的，而且不止畢方，集齊四個尋死店主的魂，加上四魂陣，我想收伏誰就能收伏誰。」

陳百川防備地退後一步，道：「好，我願意幫助你。」必須穩住對方，再想退路。「等拿到許心安的魂，我催動四魂陣，你壓制靈羽，我們可以合作。之後你要對付誰，我都可以幫你。」

「不需要。」假蛟龍冷冷地道：「你的心思太重，我信不過你。到時候你入了陣，是要對付畢方還是要對付我？」

陳百川再度語塞。

「你只需要把你的魂交給我就可以了。你不會用，我會……」假蛟龍說著，忽然動了一動。

蛇王也立定不動，似在聽著什麼，過了一會兒道：「他們來早了。」

董溪的心狂跳，是許心安和畢方他們來了嗎？

蛇王揮了揮手，洞壁上、鐘乳石上、石筍上忽然都有窸窸窣窣的動靜。

陳百川定睛一看，竟是許多蛇在遊走。

「我去看看。」蛇王道。

「一定要把他們引進來。」

蛇王應了，轉身瞬間沒了蹤影。

陳百川的心狂跳，一步一步往後退著。假蛟龍的龍頭逼近陳百川，幾乎貼上了他的臉。

龍瞳猛地一閃，陳百川與董溪同時出手了。

陳百川的降魔符飛至半空，變得巨大，向假蛟龍捲了過去，他自己則就地一滾往後撤，反手從背包裡抽出降魔杵。杵尖三菱形尖角，帶有血槽。杵頂上有兩根半環交疊，形成鏤空的球狀，球狀中間是一顆水滴形的火色琉璃珠，彷彿握在手上的燭火。這是他的法器。

少年時起，他便心心念念能手握魂燭，滅盡四方妖魔，所以特意求了祖父的好友榮老爺子為他煉造稱手的法器，由他親自設計圖樣，最後拿到了與他心裡想要的一模一樣的法器。他打算用四魂陣煉造魂燭，便是催動這降魔杵頂上的火形琉璃。這就是他的燭光，要殺盡所

有妖魔。

陳百川將降魔杵向假蛟龍射出，同時間董溪的迷影鏡放出，鏡光於空中旋轉著越轉越大，映照之處，有極強的吸力要將假蛟龍定住吸入。

但陳百川一眼就看出了不對勁。他與董溪太熟了，他們共同對敵的次數數都數不清。董溪的迷影鏡光明顯少了一半，所以旋轉的鏡光不夠厚，不夠密，自然力量也少了一半。

假蛟龍根本沒將這兩人的攻擊放在眼裡，他龍瞳一閃，龍鬚捲向陳百川。陳百川的符籙張大如幡，向他裹了過來。他猛地張大嘴，一股火焰從嘴裡噴出，將符籙燒毀吞下。

鏡光輪轉，照射著他的眼睛，降魔杵直直朝他喉間射了過來。假蛟龍頭一偏，數根龍鬚一擺，抽向隨著他眼睛方向轉動的迷影鏡，其他幾根龍鬚則捲向降魔杵，要將它收走。

陳百川與董溪同時捏指訣，手勢一劃。迷影鏡幾個翻轉，避開龍鬚，再次照向假蛟龍的眼睛。假蛟龍被鏡光照到，忙甩頭閉眼，龍鬚一頓，降魔杵與迷影鏡趁勢收回。

陳百川與董溪迅速往後退。

假蛟龍龍頭一仰一甩，撞斷一根巨大的鐘乳石，龍頭隨著墜落的碎石塊向這二人俯衝下來。

陳百川與董溪撒腿跑向剛才他們看好的一根石筍後頭，龍鬚刷刷地抽向他們。兩人速度很快，腳底啪啪啪數聲險被抽中，最後一個飛撲，躲到了巨大的石筍後頭。

然後眼前猛地數道灰影，兩人同時後仰躲閃，摔倒在地面。那數道灰影竟是龍鬚，沒擊中二人，卻捲住了石筍，轟隆一聲，巨大的石筍被整個捲碎撥開。

石塊泥塵四下飛濺，陳百川與董溪抬臂扭頭躲閃。再轉過頭來，龍頭已經近在眼前。

陳百川與董溪互相扶持著站了起來，身後已靠近洞壁，沒什麼退路。他們仰頭盯著龍頭，一步一步退著，直貼在了洞壁上。

「妳的鏡子怎麼了？」陳百川問董溪。

董溪不說話，看著假蛟龍，明白就算她的鏡子完好無損，她與陳百川都不是假蛟龍的對手。

「你究竟是誰？」她問。

假蛟龍忽然仰起脖子，頭抬至半空中，似在傾聽或感應。片刻後，他的腦袋又俯衝下去，離陳百川、董溪只有一公尺遠。牠的龍瞳閃著詭異的光芒，說道：「他們越來越近了。他們不會有退路，你們也一樣。陳百川，來吧，把你的魂給我。」

話音未落，龍鬚捲了過來。然而下一秒，龍鬚頓住了。

董溪搶過陳百川手中的降魔杵，抵在了他脖子的動脈上。

龍瞳微瞇，戒備地看著董溪。陳百川目瞪口呆，「董溪，妳這是做什麼？」

董溪對假蛟龍喝道：「你取了百川的魂，加上自己，便能驅使四魂陣，再有靈羽壓制畢方法力，你便能殺了畢方，再殺許心安。你可以吸奪畢方的法力靈丹，加上世上所有尋死店主沒的沒，死的死，你便再無對手，能在這世上為所欲為。」

陳百川喘著氣，心跳如鼓。降魔杵刺得他脖子有些疼，他知道董溪說的全對，但此刻他的注意力被抵在脖子上的降魔杵分走了大半。

假蛟龍沒說話，只是看著董溪。

「尋死店主的強魂有什麼特別？為什麼你說集齊四個加上四魂陣你想收伏誰便能收伏誰？」神魔的魂不是更強嗎？為什麼他強調尋死店主的魂？

假蛟龍還是不說話，他盯著董溪，龍鬚蓄勢待發。

董溪喝道：「你不要輕舉妄動。你的龍鬚一動，我的降魔杵便已刺進他脖子裡了。」

假蛟龍沒有動，陳百川的冷汗已冒了出來，「董溪，妳這是做什麼？」

董溪的手很穩，答得也很清楚：「不能讓你成為魔妖統治世界的工具。」

陳百川閉了閉眼，心裡知道她說的沒錯。

「我們的職責就是斬妖除魔，守護人間安寧。我們立定了遠大的目標，為此不惜犧牲了一些普通人的生命，現在是考驗我們的時候。百川，我們降魔師是不怕死的，每次與魔妖的戰鬥都是到鬼門關走一趟，所以，死又何懼？我師父說過，人生沒有結果，因為每個人最後都是死，人生只是過程，這過程裡你經歷什麼，得到什麼，失去什麼，才是真實的。如今這一刻，怕會是我們最重要的一次經歷，過程裡最重要的一環。」

陳百川的心越跳越快，彷彿要蹦出喉嚨。

假蛟龍不動聲色地挨近了他們一些，眼睛緊緊盯著董溪，尋找著時機。

董溪看清楚他的一舉一動，手中降魔杵往下壓。陳百川痛哼一聲，血順著脖子流了下來。

董溪又道：「你問我鏡子怎麼了？我留下了一半在那農家院裡，我想讓師父他們找到我，我知道他們一定會找我。師父很疼我，雖然我不是他心中得意的弟子，他沒有找到得意的弟子，我覺得他有遺憾，他心中最期待的降魔師就是尋死店主，所以我知道他一定會喜歡你。但無論如何，他會找到我。我大師兄也是，他不贊同我的做法，他生氣我隱瞞了和你認識私下幫助你的事實，但他還是會救我。我留下鏡子，想讓他們找到我，但是我後悔了，我不該那樣做，我不知道如今面對的是這樣的情形，我會讓他們陷入危險之中。」

陳百川聽不進她在說什麼，他的脖子很痛，他很生氣，他簡直不敢相信董溪會這樣對他。

董溪繼續說：「師父撫沙盤，看到我被神魔之火吞噬，那是我會有生命危險的預示，師兄警告了我，但我還是跟你走了，我不後悔這件事。百川，跟你在一起的每件事我都不後悔。你想做的事，我就陪你一起做，你想達成的目標，我就助你達成。我常聽師父說的一句話，是師祖告訴他的，師祖也是尋死店主，你知道的。師祖說，我們降魔師要用自己的本領，除盡每一個應當被除盡的妖魔。我教你在師父面前說類似的話，我知道師父一定會特別欣賞你，但是，百川，眼前這個妖魔我們是殺不掉的，我們的本事不夠。在畢方到來之前，他會先殺了我們，取走你的魂。生魂才是強魂，對他才有用。他會用你的生魂滅殺畢方，鏟除對手。殺了畢方，他就能取走許心安的魂，集齊四魂，肆虐人間。我們不能讓他這麼做，絕不能讓他得逞。百川，我支持不了太久，我必須殺了你，然後我會陪你走。你也會做這樣的決定，對不對？我們身為降魔師的過程，一起結束吧。」

假蛟龍大驚，龍鬚一振，正欲不顧後果先動手，豈料冷汗涔涔的陳百川突然一把推開董溪。

董溪防備著假蛟龍，卻沒有防備陳百川，甚至沒有箝制住他，只用降魔杵抵在他的脖上。這一推，兩人俱是震驚。董溪不敢相信，陳百川也不可置信，但假蛟龍已然有了反應。

「噗」的一聲，一根龍鬚刺進了董溪的胸膛。

董溪的眼睛仍看著陳百川，似是沒感覺到其他痛苦。

陳百川也在看著她，仍在震驚中。他怎麼推開她了？他怎麼可能推開她？

兩個人的對視不到一秒。假蛟龍的速度太快，刺進董溪胸膛的龍鬚一抬，董溪整個人被甩上了半空。她這時候似是才發覺發生了什麼事，隨著她淒厲痛苦的尖叫，假蛟龍龍嘴一張，噴出一股火焰，火焰將董溪吞沒，龍頭向前一咬，連火帶著董溪一起吞進了肚子。

噗噗兩聲，降魔杵和迷影鏡掉落在地，鏡盒裡僅剩的那一半鏡面裂成了兩半。

陳百川腳一軟，跪在了兩件法器的面前。

他不敢相信，自己竟推開了她。

明明她說的每個字都是對的，他們降魔師是不怕死的，他們為了達成降魔除妖的目的甚至犧牲了其他人的生命。不能讓這假蛟龍得逞，不能讓他利用他來肆虐這個世界。她說的對，他也會做這樣的決定，但他為什麼推開她？

他聽到要死的那一刻，竟然推開了她。

陳百川兩眼通紅，眼睛脹得發痛，眼淚卻流不出來。

『你好，我叫董溪。』他甚至還記得第一次見到她時她的微笑。

『你已經決定了嗎？那好，我一定會幫你。』她從來都是這麼說的。

『你一定會成為世上最偉大的降魔師。』她對他充滿信心。

『你說，我們有一天會不會結婚？』她靠在他的肩頭，問他：『我師父沒結婚，我幾個師兄都沒結婚，好像降魔師裡很少有人結婚呢！』

『我們會的。』他那時這樣回答她，他是真心的，『我們會結婚。等我們完成了這件事，煉造出魂燭，拿著最強法器天下無敵時，我們就結婚。』

『我們身為降魔師的過程，一起結束吧。』她說。

可他推開了她，他推開了她。

陳百川看著自己的雙手，仰頭厲聲大叫。

假蛟龍哈哈大笑，他圍著陳百川繞了一個圈，將降魔杵和迷影鏡撥到了遠處。

「我現在終於明白為何魂燭會失傳。其實我不該擔心，我真是多慮了。當初我那樣做，就料想你們尋死店主該會有今天。因為你們人類是懦弱、自私又卑劣的。我沒有看錯你們，是天帝錯了。魂燭註定失傳，以魂入燭這樣的精神，你們根本沒有。」

洞外忽然「轟」的一聲巨響。

假蛟龍防備地擺頭，而後龍鬚一捲，將陳百川捆住，丟進了一個法陣裡。

他知道取許心安魂時出過各種意外，尋死店主也許真有些說不清的異能，他不能冒險，藉助法陣，他會更安心些。

陳百川踉蹌地摔坐在法陣中間，他發現自己動不了。他抬頭茫然地看著假蛟龍，他甚至反應不過來他在做什麼。眼淚終於滑下面頰，他的腦子嗡嗡作響。他動不了，也不想動，他什麼都不明白，他只知道他推開了董溪。

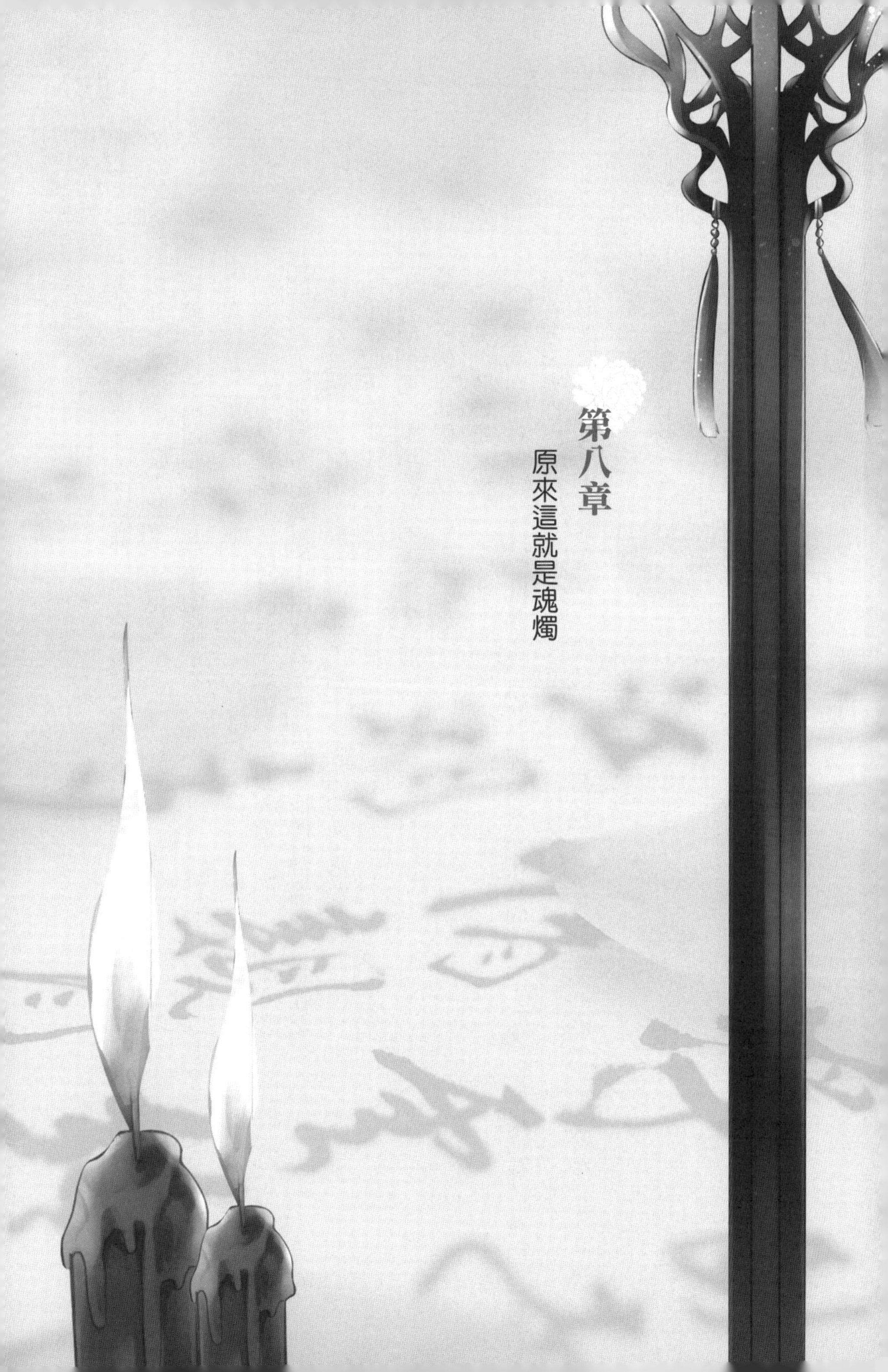

第八章 原來這就是魂燭

黑色的轎車在夜色中疾馳，在迷影鏡的指引下離西融山越來越近。突然，擋風玻璃前的迷影鏡面「咯」的一聲裂開了一條縫。

何義一震。高建堯猛地睜開了眼睛。

「師父！」何義急忙喚。

「我知道。」高建堯怔了好一會兒，應道：「我知道。」

凶多吉少。他原希望沙盤的指引會變，但沒有，他們還是遲了一步嗎？

高建堯又閉上了眼睛，壓在沙盤盒上的手掌因用力而青筋暴起。

『小丫頭，妳叫什麼名字？』

『我叫董溪。』那時候的董溪才八歲。

『我收妳為徒好不好？』

『那得問我媽媽。』

『爸爸媽媽已經同意了。』降魔家庭自然是都知道高建堯的大名，能得他收自己孩子為徒，簡直歡天喜地。

『那當你徒弟要做什麼呢？』

『降魔師。』

『降魔師是什麼？』

『是英雄。孩子，我們降魔師是英雄。』

『好，那我當你徒弟，我想做英雄。』八歲的董溪答。

十八歲的董溪說：『師父，你騙我。降魔師就是降魔師，不是英雄，但我還是想努力試試。』

二十八歲的董溪說：『師父，我不想做英雄了，我要做個降魔本領高超的女人。』

而洞穴的某處，巨蛇張嘴吞掉了鳥靈，動作之迅速，事情發生之快，所有人都嚇了一跳。離鳥兒最近的黃天皓依著本能就地滾開，一揚手，赤鐵鞭抽向那張嘴的方位，打出一個火團射了過去。蛇嘴吞下火團，隱回石壁裡。鞭子抽到壁上，石塊泥塵落下，其餘沒什麼情況發生。

可下一秒地動山搖，兩邊洞壁現出巨大的蛇身，沒頭沒尾，身體是灰黑色，跟石壁簡直融為一體，巨大厚重的鱗片順著石壁向前滑動。郭迅抬頭，驚道：「上面也有！」

「這是一條還是幾條？」符良左右看了一下，沒看到頭尾辨不出來。

「快走！」方書亮喊。

龍子薇猶豫了半秒，不知該退出還是衝進去。

「走不了啦，牠就是來阻止我們退縮的！」畢方喊著，隨著他的話音，洞裡轟隆隆地響，碎石泥塵不斷往下落，身後頂上的洞壁快被巨蛇拖塌，沒有退路，只能往前。

「快跑！」黃天皓大叫一聲，向前衝去。

巨大的石塊砸了下來，畢方展臂一振，眾人被一股力道甩到了前方。

巨石落下，砸在大家剛才站著的地方。

洞繼續坍塌，大家就著那力道拚命往前跑，一口氣衝出一大段距離，突然眼前一亮，發現他們跑到了一個寬敞的洞腹裡，可還沒來得及高興，「嘩啦」一聲，旁邊的洞壁忽然迸開個大口子，一股水流沖了進去。

「那邊是水洞！」郭迅叫著。

「他娘的，岩洞居然這麼複雜！」黃天皓罵。

「出口在哪裡？」符良左右看看。水流很急，很快淹到了大腿。

「在後面，剛才被堵死的地方！」龍子薇大聲回答。

「有蛇！」許心安尖叫：「水裡有蛇！」

眾人這時也看清了，伴著水流沖過來的還有無數條水蛇，眨眼功夫已經將他們團團包圍。

轉眼間水淹到了腰部。郭迅手一揚，雙魚短劍射出。

雙魚劍遇水則靈，如魚般遊走穿梭，飛快斬斷好幾條蛇。

方書亮的槍在水裡完全派不上用場，只好拔出匕首揮砍，一邊還罵髒話，發誓回去之後要開始修練水系法術。

秦向羽揮舞著血符刀，連砍數條蛇妖。水中使力不便，動作有些吃力，但血符刀吸血殺妖，水中蛇妖之血被刀慢慢吸納，刀身越來越黑，威力變強，彌補了秦向羽動作受制的缺憾。

符良大聲叫道：「老子的手機是防水的！」

眾人齊聲應：「有屁用！」

確實沒屁用，符良老老實實拿著降魔匕首應戰。

龍子薇甩出立天棍，立天棍在水裡翻騰抽打，龍子薇捏指唸咒，棍身上的符印閃閃發光，震退了一大群水蛇妖。

許心安被護在中間，她口袋裡的朱砂摔炮沒用，手上還有根羽毛，水已經漫到胸口，她慌慌張張，羽毛也不知道能有什麼用。她舉高照明燈，現在她的用處好像就是幫大家打燈。

這時候她發現了重點：「畢方呢？」

「轟隆」一聲，頭頂上的一聲巨響回答了她。

一塊大石落了下來，砸在離眾人不遠的水裡，激起水花，將所有人淋了個濕透透。

許心安抬頭看，畢方身後張著雙翼飛於空中，徒手抓著巨蛇將牠的頭從洞頂拖了出來。巨蛇嚎叫翻滾，凶狠地回身嘶咬。畢方一腳踩在牠的頭上，踏步躍到牠的頸後七寸。

巨蛇扭身掙扎，牠的身和尾從壁裡橫抽出來，帶著強勁的風動之聲，呼的一下向眾人掃來。大家彎腰躲進水裡閃避。許心安傻乎乎還高舉著燈，被龍子薇一把壓著頭按進水裡。

許心安咕嚕咕嚕灌了好幾口水，她的手還高舉著，照明燈還在水面上，要幫畢方照明打壞人。

蛇尾橫掃而過，大家一邊應戰水裡的蛇妖，一邊冒出水面喘氣。

「畢方加油！」許心安大叫。

「我們要淹死了！」眾人齊聲大叫，這才是重點中的重點好嗎？沒看水已經淹到脖子了嗎？

洞頂半空中，巨蛇甩尾襲向畢方，同時數十條大蛇也向畢方衝射而去。

畢方在蛇頭後方旋身，巨蛇嚎叫一聲。唯一有空閒的許心安注意到畢方的手居然是在蛇身裡，想必是抓破了鱗片皮肉，探進去捏住了蛇骨。

畢方這一旋身，避開了蛇尾的攻擊。身後的雙翅左右舞動，如兩片巨大的刀刃刷刷地將飛射而來的蛇砍斷扇飛。

「撐住！」畢方大叫。

「撐不住也不能怎樣啊！」郭迅大叫。

巨蛇蛇身扭動，試圖將畢方勒住。畢方手臂用勁，藉著手支撐的力道，飛起兩腳踹開蛇身。身體在空中旋轉，身後的翅膀揮動，又砍倒一批飛來的大蛇。他雙手用力，拉著蛇身撞向洞壁，「轟」地一下，洞穴震了震。

許心安的個子最矮，雙腳已經開始踩水才能冒出頭來呼吸。她的手臂很酸，但仍堅持高舉照明燈。一聲不吭，不敢讓畢方分心。

畢方抓著巨蛇又撞向另一邊的洞壁，同時間水裡忽然燃起一片火光，嗶地一下，燒著源源不斷進攻的水蛇。

「哇靠，水裡也能有火！」方書亮道。

眾人也是驚訝。水中的蛇被火一燒，迅速後退，飛一般的速度散開了。

「是畢方的火。」小短腿一邊努力踩水一邊舉著燈做著場外講解：「他現在占了上風，控制住了局面，就有空幫我們了。」

話音剛落，只見畢方駕著巨蛇，用蛇頭轟地一下撞開了洞壁。大家齊聲驚呼，被水流帶著一起沖向了另一個洞穴。

這是一個寬闊得驚人的地方。

眾人被水流沖到地上，第一眼看到眼前景象時都感嘆：真壯觀！

地方太大太寬，水順著地勢流走了，大家紛紛爬了起來。

許心安頑強地舉著燈，大聲叫：「畢方加油！」

大家抬頭看，畢方拽著巨蛇又戰到了這個洞的上方。雙雙撞倒了好幾個巨大的鐘乳石，大家急急趕往後退。許心安舉著燈看，被龍子薇架著胳膊扛走。

巨蛇嚎叫扭動著，蛇尾再次甩來抽向畢方。畢方手一提，「喀」的一聲，似擰斷了骨頭什麼的，手卻已抽了出來。巨蛇嘶叫著，尾巴抽打未停，還努力轉身想咬向畢方。

畢方的手上忽變出兩把劍，翅膀猛砍狂扇大蛇，手中的劍卻砍向巨蛇蛇尾。巨蛇哀嚎，翻滾著帶著畢方衝向洞頂。

戰場太大，被砍倒的蛇身掉落，血濺得一地，大家繼續往後退，許心安繼續被龍子薇扛著走。抬頭再看不清畢方和巨蛇，只聽得洞頂劈劈啪啪的打鬥動靜。

方書亮、黃天皓和郭迅等人手握法器留心四周，除了畢方這頭的廝殺，其他倒沒發現什麼異常動靜。忽聽得「砰」一聲，巨蛇的一截身體砸了下來。眾人嚇了一跳，忙抬頭看，被砍斷身體的巨蛇嚎叫著，聲音差點震破眾人的耳膜。

隨著這叫聲，巨蛇與畢方一同落了下來，掉到地上，震起一大片塵土煙沙。

只見畢方手執雙劍，站在一個巨大的蛇頭後方，在牠七寸處重重刺了進去。雙劍順著蛇身往下滑，直將將蛇劈成了兩半。

「畢方！」許心安提著燈向畢方跑去。

畢方收了劍和翅膀，化成正常人形，對著許心安皺眉頭，「妳是不是傻？這裡到處都有燈。」

「咦？」許心安轉頭往四周看，還真的都是燈。她把燈放下，這時候才開始發抖。她本就怕冷，衣服又濕了，在這陰濕的洞裡，自然是受不了。

畢方張開火焰翅膀將她摟著，片刻後放開，「好了。」

許心安的衣服一下子就乾了。

眾人內心齊嚎：「大神，在下的衣服也是濕的！」

這時候忽然有個聲音響起：「蛇王真是沒用，竟撐不到把你領進來。罷了，沒牠也無妨。」

聲音響起得太突然，眾人吃了一驚。

洞腹太大，又有奇石和凹凸洞壁擋著，剛才竟沒看到另一頭還有人。

大家拿好法寶兵器，向洞腹那頭走去。越走越覺得開闊，心裡的緊張感也越來越強烈。

他們看到最遠那方的洞壁頂上懸浮著一個大大的玻璃符瓶，瓶子裡裝著畢方之前送給許心安的靈羽。就在他們觀察這瓶子的時候，忽見光符一閃，瓶身上的紅色符印開始發光。

畢方臉色一沉，但沒人注意到。

大家看到的是瓶身下面吊著一個大大的籠子，籠子裡關著個人，靠在柵欄上兩眼緊閉。

「爸！」許心安大叫。龍子薇拉著她，生恐她往前衝。

玻璃符瓶上方並無繩索，瓶子自己懸浮。籠子掛在它下面，一旦落下，定會摔得粉碎。

「畢方，我爸爸！」許心安去拉畢方的手。那瓶子和籠子都懸得非常高，旁邊並沒有可攀爬落腳的地方，怕是只能靠飛的才能把許德安救下來。

畢方沒有動，沒有說話，他一臉凝重。

洞裡的氣氛壓抑到極點。

「四魂陣。」方書亮忽然道。許心安順著他的目光看過去，看到遠處地上畫著一個巨大繁雜的陣符圖形，圖形中間四方形的東西兩個方位擺了兩個小瓶子。許心安認得，好像是引魂瓶。

四魂陣在這裡，但只有兩個魂。

這時候郭迅指向一處，「陳百川在那裡。」

離四魂陣不太遠的地方，陳百川在一個符陣當中癱坐著，面如死灰。他像癡傻了一樣，整個人呆呆的，彷彿不知道剛才這裡一連串的動靜。

「沒見著董溪。」符良小聲道。

這時方才那個聲音道：「董溪嗎？她是個麻煩，所以我把她吞了。」

眾人大驚，舉目四望，看不到誰在說話。

聽到董溪的名字，陳百川似醒了過來。

他抬眼看到了眾人，大聲叫：「畢方、許心安，你們快走，別讓他……」

「嗖」地一聲，沒等他說完話，一根長鬚從洞壁裡伸了出來，一下子勒住了他的喉嚨，猛地一抽。一道光似是從他體內被抽出，然後陳百川撲通癱倒在地，再也沒動彈一下。

戴著降魔眼鏡的眾人心中一驚，這是抽了陳百川的魂。

這時候洞壁上有東西在滑動，慢慢地現出了金紅色的光芒，巨大的鱗片刮得洞壁撲撲作響，向下落著石塊泥塵。一個龍形的頭顱猛地竄了出來，大家齊聲驚叫：「蛟龍？」

「跟你們說了多少次，不要看到龍形就叫龍。」畢方淡淡地道。

「說過嗎？」

「沒印象。」

「好像有說。」

「不記得了。」

大家七嘴八舌。

「安靜！」許心安主持大局。

龍頭笑了起來，「許久不見了，畢方。」

「好久不見，祝融。」

眾人大吃一驚，居然是祝融！祝融長這樣嗎？神話書上不是這麼寫的呀！

許心安一臉黑線，當初第一次見畢方，畢方踐踐地跟她說「我是畢方」時，她當時還想著難道要說「兄弟，我是祝融」，沒想到今天居然真看到了這番情形。

「你原來那醜八怪的魔怪樣子更酷一點，幹麼化成龍形？」

「沒辦法。」祝融道：「你剛才也看到了，人類一見到龍就會激動，崇拜和敬畏能讓我吸收到更多的能量。」

剛才很激動的人類們猛翻白眼，他們才沒有這麼膚淺好嗎？崇拜敬畏個屁呀！

「你與那誰誰之戰後就沒消息了。」畢方繼續淡淡地道。

「誰誰？」許心安悄聲問。

「不記得了。」畢方悄聲答：「這傢伙成天打架，誰記得他跟誰打啊！」

眾人：「……」那說個什麼勁兒？

祝融緩緩移動身體，金色鱗片布滿洞壁，看不到頭尾。

「你還是這麼討人嫌啊，畢方。」祝融道。

「你只是不服氣我長得帥。」畢方回道。

人類們猛翻白眼，神的對話水準也就這樣了。

畢方又道：「你醒了多久？你說你沒事醒了幹麼？又沒人歡迎你。」

祝融不理他的揶揄，道：「醒了有些時候，終是弄明白如今的狀況。原來都這般久了，天帝已不在，神魔俱滅，剩下滿世界的人類小妖烏煙瘴氣。」

被羞辱的人類們再度對著祝融猛翻白眼。

畢方道：「看來你那一戰傷得很重啊！」

人類們又想翻白眼了，這話說得好像他知道是哪一戰似的。

「差一點就魂飛魄散了。不過神魔之魂得永生，我這不是又回來了嗎？」

畢方點頭，「看起來精神不錯，審美也提高了。」

眾人：「……」審美也提高了是誇獎嗎？

不過祝融似乎沒領悟言詞裡包含的感情色彩，他說：「那一戰幾乎要了我的命，我醒來之後，發現靈力幾乎消亡，法力也被壓制。我在山中休養，吸收日月精華，食精怪魂靈內丹，苦苦重新修煉，但我發現進展實在太慢。這世間萬物，遠遠比不上從前了。」

「這種事向來是急不得。」畢方道，一副朋友的口吻，「你現在有什麼打算？」

「打算嗎？」祝融笑了起來，震得洞腹裡嗡嗡作響。龍頭猛地升至高空中，一下子漲大十多倍，巨大、猙獰、恐怖，又猛地衝了下來，嚇了所有人一跳，下意識地後退幾步。只有畢方穩穩站著，面無表情地仰著腦袋看著龍頭。

祝融龍鬚一掃，將陳百川的屍體掃開，然後道：「我要許心安站到那個法陣裡去。」

許心安嚇一跳，聽到畢方道：「你家小弟陳百川沒告訴你嗎？許心安的魂誰也取不走。」

「那是他，不是我。」

「你把我的靈羽放了，我就讓她站過去。」

祝融搖頭，「她站過去，我就放了她父親。」

大家的頭隨著對話一會兒看看這個，一會兒看看那個。

郭迅忍不住問：「現在劇情進行到哪裡了？」怎麼不太懂？祝融想取許心安的魂？做什麼用？

許心安問畢方：「你的靈羽怎麼了？」

祝融替畢方回答：「我藉由靈羽，反制了他的法力，他如今不是我的對手。」

「口氣挺大的，一聽就是吹牛。」許心安不相信，「剛才畢方三兩下就把那條巨蛇打敗了。」

「那是剛才。我是擔心畢方如果早早發現自己的法力受制便不敢進來，他逃跑的功夫很厲害。如今他站我面前，我自然就得壓制他。」

許心安看了看畢方，他沒有否認，那祝融說的是真的？剛才他們看到放靈羽的瓶子瓶身上紅色符印開始發光，就是在那個時候動的手腳吧？

許心安有些為畢方擔憂起來，可是絕不能讓祝融得意，她對祝融道：「你要是這麼容易打敗畢方，就不會想要取我的魂擺四魂陣了。你跟陳百川學的，想用四魂陣對付畢方是不是？」

「沒錯。」祝融索性承認，「若能食到與我一般的遠古魔神之魂魄靈力內丹，那修為必可一日千里。我恢復法力，指日可待。」

眾人聽了暗想，人家還真是不稀罕人類的強魂啊，目標定的都是遠古神魔級別的。

畢方道：「長得醜，想得還挺美的。」

祝融這回聽懂嘲諷了，龍頭一震，喝道：「畢方，你莫狂妄！你心裡清楚，你如今靈羽受制，法力施展不開，今日便是你的死期！」

許心安很不安，看了看畢方。畢方手一撥，將她撥到自己身後去。祝融看著他們的動靜，再次道：「許心安站到那法陣裡，我便放了她父親。」

畢方卻是問：「陳百川能找到其他店主，是你的指示吧？你怎麼知道尋死店有哪些？」

祝融哼道：「我才是火神，當初符靈魂火該由我送出才是。」

「可惜天帝偏偏選了我。」

祝融罵道：「天帝一向偏愛於你，可你傲慢無禮，目中無人，懶惰貪吃。」

「重點是長得帥，你怎麼不說？」

祝融道：「哼，你懶成這般模樣，也不屑與帝宮為伍，無心帝位。對天帝來說，這才是安全的朋友。但也因為這般，我去與他道，恐怕你送符靈魂火送到半途嫌累跑去玩耍，天帝聽了果然不放心，便允了我下界再去看看，以防有何閃失。」

「所以你知道尋死店都在哪裡。」畢方懂了。

「我確是知道，但醒來之後，卻發現歲月久遠，時過境遷，很多事情不一樣了，要找到尋死店當真是不容易，幸而我找到了陳家那小子。我出面不便，省得事情沒辦好便被神魔妖靈發現，若找我麻煩，我也是頭疼，所以教陳家小子把這些事辦了。」

「可是他也沒有找到魂燭。」許心安試探著。

祝融沒有答，眨了眨龍瞳。

畢方問：「當年你對靈符魂火做了什麼？你套天帝的話，想知道魂燭的下落，一定有目的，所以醒來了也才會急巴巴地找尋。這麼惦記著，你要做什麼？」

祝融笑了，「你真是不笨。我確是做了些事，知道魂燭在哪的，如今全天下怕是只有我一個。我去了那些降魔世家，他們果然依你所交代的，將魂火封在燭燈裡，結了印作了標記，但我覺得這般太不牢靠，若有天被其他魔神拿來對付我，或是天帝動了什麼念頭，那豈不糟糕？」

「或者是你想著，有一天要拿魂燭對付天帝？」

「有所準備總歸是好的，不是嗎？」祝融並不否認，「總之，我施了法，讓魂火另有歸處。」

「那些人家是天帝親選，布了靈印，只有他們才能催動魂火之咒，你根本帶不走。退一步說，帶走了也無用。」

「確是，所以我沒帶走，我只是換了個地方，但魂燭與尋死店主靈力相通，法力相融，我換的地方怕是也瞞不過他們，所以我要找一個他們明知道在哪兒卻不能用的地方。如今想來，我當真是聰慧的。」

人類們又想翻白眼了，你們遠古大神魔們都有毛病嗎？好好說話不行嗎？非得誇自己一下。

「你藏到哪裡了？」畢方問。

祝融不答，只道：「那時起我便想著如何能將魂火收為己用，卻沒有想到，除非尋死店主效忠於我，但人類生命短暫，是靠不住的，待到下一任尋死店主時，又不知是何情形，這般累得慌。最好便是魂火是我的，讓我來催動。」

「你破不了天帝靈印。」

「確是，但陳百川卻告訴了我一個好方法。」

「四魂陣？」方書亮低聲問。旁邊的黃天皓用手捅了他一下，這究竟是有多愛四魂陣啊？知道是你發現的還不行嗎？

「你打算用尋死店主之魂獻祭破印？」

祝融沒答，卻是龍鬚一展，一隻引魂瓶擺在了四魂陣的南角上。

許心安心裡一震，這是陳百川的魂。

「尋死店主還真是不好找，找了這麼久，也只找到四個。」祝融慢悠悠地道。龍瞳閃著紅光，盯著許心安看。四魂陣裡，還缺一角空著。

許心安下意識往畢方身後再縮了縮，有些同情起陳百川來。他這麼賣力為祝融奔走做壞

事，殺人放火劫魂，到頭來卻不知道其實自己就在祝融的死亡名單上。還有董溪，董溪一定很愛陳百川，現在卻也丟了性命。

「可是不是說神魔看不上人類之魂嗎？」方書亮提問：「找四個神魔魂應該威力更大吧？」

「我哪知道？」畢方道：「你問祝融啊！」

眾人：「……」

祝融沒回答，自顧自說：「原本這事是該早些解決，但陳百川受了傷，許心安也受了傷。受了傷的魂魄，怕不好用了，所以我才等到今天，想不到我祝融也有這麼耐心的時候。」

許心安探出頭去，大聲喝問他：「你把我爸怎麼了？」

「沒怎麼樣，他只是在睡覺而已。如果妳自願將魂送予我，我便放他一條生路，妳的人類朋友們也都可以出去，平平安安地離開這裡。」

「如果我不呢？」許心安聲音響亮。

祝融笑起來，「就算妳不願意，我也能拿到妳的魂，然後妳爸爸和妳的朋友全都得死。」

「那你先把我爸爸放了，我確認他沒事，我們再來好好商量。」

祝融卻道：「我都說了，無論妳願不願意，我都能取到妳的魂，所以幹麼跟妳商量？」

「這不是互動性強一點嗎？」許心安瞎掰。

眾人：「……」

許心安接著道：「再說，魂還分好壞呢！我一頭撞死在這裡，你不就拿不到強魂了嗎？

所以你才想要我自願給魂，但是你又知道不可能，那你還嘰嘰歪歪地問，證明你也挺無聊的，明知道不可能還要問，問完了人家答覆你了你又耍傲嬌。」

祝融：「……」到底是誰在嘰嘰歪歪？

「所以還是商量一下吧。你把我爸放下來，我最起碼得確認他是死是活對吧？反正你不是說自己很厲害嗎？我們又跑不掉。」許心安說完，把頭縮回畢方身後，用感應力問他：「你想到應對的辦法了嗎？」

「沒，光顧著聽妳瞎扯了。」

「……」

這時候祝融應道：「妳父親沒死。」龍鬚一伸，竟長到遠處那籠子那裡，探進籠子在許德安額上一點，許德安醒了過來。另一條龍鬚一拂，指向驅魂陣，「妳過去，站到那個驅魂陣裡，我便將妳父親放下。」

許德安看了看眼前的狀況，意識清楚起來，聽到祝融這麼說，趕緊大叫：「女兒啊，妳不要過去！爸在上面挺好的，登高望遠，風景如畫，爸不想下去……」話沒說完就被龍鬚勒住脖子，「唔唔」叫著喘不過氣來。

許心安一急，從畢方身後跑了出來，靈羽架在脖子上，大聲喝：「放開我爸，不然我馬上抹脖子，讓你取不到魂！反正都是死，怎麼都不能讓你占便宜！」

祝融愣了愣，勒著許德安的龍鬚倒是鬆了勁，讓他能喘氣，但還是問一句：「用羽毛嗎？」

「等等！」許心安集中精神施咒，靈羽化成一把短劍，「新手難免會有失誤。」

眾人：「……」

「妳耍我。」祝融有些生氣，一條龍鬚抖了抖，向許心安抽了過來。

一道白光向龍鬚射去，龍鬚一甩，轉了個彎避開。許心安再度被畢方拉到身後，她探頭看，剛才射向祝融龍鬚的是一根小小的羽毛。有點心疼，好怕畢方多打幾架就變禿頭。

祝融勒著許德安的龍鬚一緊，許德安立刻痛苦地扯著龍鬚掙扎起來。

「別浪費我的時間，過去站在驅魂陣裡，不然我就殺了他。」

許心安大聲叫：「等一下，我去就是了！」

身後的龍子薇忽然往她手裡塞了道符籙，在她後背畫了一個圓，打了一個叉。

許心安明白了，阿姨是讓她破掉驅魂陣。「我這就過去！」許心安大聲叫。

「畢方，我去了。我走慢點，你想想辦法。我把那法陣破了，你同時發動攻擊，搶回靈羽，救下我爸，行嗎？」

「好。」畢方反手捏了捏許心安的手以示鼓勵。許心安從畢方身後走出來，一步一挪朝那個驅魂陣走過去。「我走一步，你就鬆開我爸一下，這樣才公平。」

祝融將許德安徹底鬆開。許心安頭皮發麻，她明白祝融這樣做是表示他要再勒住許德安只需要一瞬間，根本不在乎什麼鬆一下鬆兩下的。

「那個，我想問問，你說要是不用這種下三濫的手段，你跟我家畢方比起來，哪個厲害啊？」許心安走得很慢，話還很多。

畢方搶答：「這廢物連人形都化不了，妳說哪個厲害？」

祝融被刺激到，「化人形有什麼了不起，連個百年小妖都能辦到。畢方，你少在那裡吹牛。你心裡知道，你法力受制，沒什麼可懼的。」

許心安一邊走一邊偷偷看看龍子薇，晃了晃手裡的靈羽。龍子薇點點頭，明白許心安的意思是讓他們幫忙搶回受制的靈羽。

畢方在懶洋洋地答：「那又怎樣？法力受制了我還是這麼帥。哪像你，當年化人形也醜，現在化成龍形也醜，從沒見過這麼醜的龍。」那語氣是嫌棄又遺憾。

「……」

大家看不出祝融的臉色，不過都在心裡想像了一下。

祝融的注意力都在畢方身上，微瞇龍瞳，惱怒道：「畢方，你莫囂張，今日便是你的死期！」

畢方道：「這臺詞太舊了，電視都不這麼演了，換一換。不過話說回來，我還挺怕的，要不我們商量商量，你別費勁殺我了，我去幫你找些魔妖的魂啊內丹啊什麼的填填肚子怎麼樣？」

祝融冷道：「你會去幫我找？哈哈哈哈，天大的笑話！」

畢方嘆氣，「是挺好笑的。」

「神魔兩界誰人不知，你畢方幹什麼都懶，若有懶神之位，天帝怕是會封給你了。我聽陳百川說了，你如今倒是懶到另一境界去了，竟是覺得活著沒甚意思，那是懶得活了？你找尋死店是想尋死的？」祝融哈哈大笑，「我那時聽了，居然一點都不驚訝。你這人，半點野心沒有，又懶又張狂。」

畢方淡淡地道：「你是餓漢不知飽漢愁。活得夠久，足夠了。來來去去都是同樣的日子，看看花草樹木，聽雨點滴滴答答，陽光很好，星空很美，可時間久了，確實會膩。遁世睡覺嘛，還是會醒。你說你怎麼就想不通呢？難求的才珍貴，短暫的要珍惜，永恆的生命真的沒什麼值得留戀。無邊的法力又能怎樣？差不多就足夠了。當了天帝也不見得快樂，天下

無敵，多麼寂寞。祝融，你也曾登上帝君之位，你也有無窮法力，真的夠了，貪婪是沒有好下場的。」

祝融道：「你既是不想活了，就把魂靈內丹送我吧。這樣我們都省事，不是嗎？」

「那你早點這樣好好商量不好嗎？弄個什麼四魂陣，嚇唬誰呀？」

「你若是個老實聽話的，不就不用這麼麻煩了？你扯了半天……」祝融忽然反應過來，猛地轉頭，這才發現許心安磨蹭半天還沒走到一半，頓時怒了，「怎麼還未入陣？想看妳父親喪命嗎？」

「不，不，不想看！」許心安大叫：「我腿短，走得慢！」

「胡說八道！」這都能瞎扯，以為他傻嗎？祝融甩出一條龍鬚，捲向許心安。

畢方這時突然出手，飛身而起，化身一隻巨大的鳥兒衝著祝融的眼睛啄了過來，「你的順序弄反了，你得先吃了我，才能取這丫頭的魂！」

祝融大喝：「那就先吃你！」

他的話音剛落，龍瞳猛地變成金色，龍身亦是紅髮金，像燒紅的烙鐵，又似即將迸發的岩漿。整個洞裡猛地悶熱起來。龍鬚暴長，刷地一下朝著畢方捲了過來。

龍子薇等人早已蓄勢待發，畢方和祝融一動手，他們悶頭就朝靈羽和許德安的方向奔去。救下許德安，釋放靈羽。畢方不再受制，他們才有活命的機會。

許心安還沒來得及看畢方的真身長什麼樣，龍鬚捲到跟前。她全憑本能反應，向後翻身一躍，右手靈羽幻化一劍，轉身揮去。

祝融的龍鬚縮了縮，避開她這劍，從她左側抽了過來。

許心安看也未看，左手本能地一揮，卻不知怎地又幻化出另一把劍來。這劍出現得突然，祝融反應不及，龍鬚被砍下一大截。

祝融吼叫一聲，一邊甩頭躲開畢方的狠啄，一邊那被砍掉的龍鬚再度生出，同時有七八根龍鬚捲向畢方。畢方揮翅橫掃，翅如利刃，刷地砍斷幾根龍鬚。爪下一抓，抓住兩根龍鬚用力扯。

許心安仰頭看著畢方的真身，這次將他全貌看得清楚。頭頂紅棕色羽毛，黑而圓的眼睛，兩頰雪白，眼睛外有一圈微藍，映得眼睛靈動有神。深棕色的長喙，看起來堅硬銳利。白色的腹羽，青色夾著銀灰和紅棕羽毛的身子。現在他的翅膀青色中夾著火焰，撲動金色的光擊向祝融。

祝融猛地一扭，將頭部轉到另一邊，身體還圈著這洞腹範圍，尾巴卻不知道從哪冒了出來，狠狠抽向畢方。

畢方旋身一轉，在空中翻滾，翅膀在空中旋轉，羽翼如漩渦刀片般連砍了祝融好幾下，而後整個身體順勢斜飛而出，擦著祝融尾部穿出了祝融攻勢的包圍圈，避開了這一擊。

祝融身體被砍傷，血湧了出來。他痛吼地扭身甩尾，攻向畢方，且數條龍鬚捲向了許心安。

許心安悶頭就跑。她左手的劍沒了，跟出現時一樣突然。剛才突受攻擊不受控地爆發，也不知怎麼變出劍的，都沒來得及驕傲一下，就發現劍沒了，所以還是有實物在手實在一點。

許心安握緊右手靈羽幻化的劍，聽到身後似有風聲響，趕緊低頭就地滾去，居然躲開了龍鬚的抽打，但下一秒她腿上一緊，被祝融的龍鬚捆住了腿，整個人被倒提了起來。

許心安放聲尖叫，感覺自己在空中一晃，被甩向了驅魂陣的方向。

眼鏡！她的眼鏡！這已經是第三副了！

什麼都看不清了，眼前的東西都模糊，只看清了那個驅魂陣。

畢方翅膀一振，向許心安的方向俯衝過來，卻被祝融抓住機會，一根龍鬚狠狠抽去，「啪」的一下抽中了畢方的翅膀。畢方身形頓時一斜，似要摔落下來。祝融龍尾這時用力甩，抽畢方一尾。

畢方長啼一聲，被抽到了地上，滾了好幾圈才停下來。

龍子薇幾人這時已趕到許德安籠子的下方，許德安此時屏聲靜氣，不敢大叫，以免引得祝融的注意。他在高處，看得明白，祝融抓著了他女兒，他拚命朝龍子薇揮手，指向許心安的方向。龍子薇心急如焚，卻是來不及顧許心安那邊。況且她很明白，他們不是祝融的對手，只能先放出靈羽，讓畢方對付祝融，但此刻畢方已經受傷，他們的勝算似乎少了好幾分。

龍子薇拿出立天棍，一抖一轉，三節棍變成了直棍。捏指唸咒，棍子變粗變長，搭在了關許德安的籠子上。

一大把紅色一公分左右的紅色珠子正悄悄滾了進來，但是沒人注意到。

方書亮、黃天皓踏著棍子兩個縱躍，跳向了籠子頂部。

祝融把畢方打飛，眼看著他負傷倒地，正欲乘勝追擊，一轉頭卻看到了許德安這邊的情景。他龍鬚一振，尾巴一甩，朝著方書亮他們攻了過來。

許心安被丟在了驅魂陣裡，祝融的龍鬚捲向她的脖子，要取她的魂。許心安揮劍便砍，龍鬚轉了彎，再次襲來。許心安轉身欲躲，法陣範圍卻似長了牆壁，她撞了一下，被反彈回來。龍鬚成功捲住了她的脖子一扯。許心安只覺頸脖痛了下，她揮劍再砍，這次成功砍斷了龍鬚。

祝融心裡一驚，剛才那一扯便該將許心安的魂扯出來，可竟然不成功。

許心安揮劍的同時拿了龍子薇交予她的符籙，捏在指間火速唸咒。祝融見狀，兩根龍鬚飛射而來。許心安別的看不清，祝融和龍鬚卻是看得異常清楚。

近視眼似乎幫她把所有的東西分成了兩類。看不清的隨他去，看得清的就要打。許心安非常會安慰自己，這樣也不錯，有助於集中精神。

她也不知自己是怎麼辦到的，總之下意識心念一動，化符為刃，手指一彈，符籙如利刃般於空中呈弧形轉了個圈，砍斷那兩條龍鬚。右手的劍揮去，又砍斷一根。符籙轉眼回到許心安身前，「噗」的一聲符印發亮，正是破陣咒。祝融張嘴吐氣，一團火焰噴至，直接將那符籙燒了。

許心安只看到一團火忽然燒了過來，然後符籙變成灰燼，沒了。

她愣了愣。

哇靠！靠靠靠！她的符籙！

許心安心裡的髒話還沒有罵完，一根龍鬚又捲住了她的脖子。她提劍要砍，手腕卻也被龍鬚捲住。脖子生疼，痛得她喘不上氣來，心想魂沒走脖子先斷了。

危急時刻，幾顆紅色珠子射向了龍鬚。珠身圓潤，卻切斷了龍鬚。許心安的脖子手腕一下子得到解放，她連忙大聲咳嗽，用力吸氣，感覺到新鮮空氣湧進了肺裡。

越來越多的紅珠滾湧過來，在她腳下擺成一個陣形，然後猛地朝外展去。許心安看到驅魂陣消失了，她不及細想，轉身就跑。這次沒有壁壘擋她，她自由了。

祝融怒吼一聲，龍鬚猛地暴長，甩鬚向她襲來。

紅色珠子彈躍而起，在許心安身後形成一個陣形保護她。

祝融的龍鬚狂掃，掃落珠子，法力一振，不遠處向珠子施術的男人悶哼一下，似被人猛

踹了一腳，翻滾在地。他衝著許心安大叫：「快跑！」

許心安看不清人，聲音卻是認得的，加上紅色珠子的出現，她知道是誰了。

玄靈珠！何義！

許心安奮力疾奔，可剛跑幾步，兩根龍鬚再次捲了過來，捆住她的雙腿，讓她摔倒在地。

玄靈珠被擊落，來不及聚回救她。

許心安又被倒提了起來，她簡直快氣瘋，「呸呸」吐出了嘴裡的泥，哇哇大叫：「你他媽的到底有完沒完？你就只會這招嗎？」

祝融不理，一根龍鬚過來捲住她的腰，另一根捲向她的脖子，這是要再嘗試抽她的魂。

這時忽然有一片金沙漫開，遮住了祝融的視線。一位老人踏沙而起，幾個縱躍跳上龍頭，一腳踹上祝融的眼睛。

許心安看到金沙就已經知道來人是誰。看不清樣貌，姿態卻是看到了。步履輕盈，身手矯健，居然能踏沙而上，許心安這時候真切地感受到這位老頭真的是高手。

祝融沒料到突然會受此一擊，眼睛吃痛，捲著許心安的龍鬚鬆了鬆。

許心安放聲尖叫。哇，不要在半空中鬆開啊，會摔死人的！

這時候她又看到了恐怖的景象，再次放聲尖叫：「大家小心！好多蛇好多蛇！妖怪啊啊啊！」

看得清楚的就是怪，她的近視眼太好用了。

四面八方，洞壁、地裡、鐘乳石上竄出無數條蛇。

蛇王已經死翹翹了，你們這些做小弟不用這麼積極啊！許心安大聲呼喊，向大家示警。

但她的超級大近視讓她看不到大家的反應，而後她繼續尖叫，因為玄靈珠飛至，切斷了龍鬚，她倏地往下摔落，半空中翻了個身。兩顆玄靈珠飛至她腳下托著她，許心安找不到平衡點，雙臂亂舞，嗷嗷亂叫。她不是哪吒，腳踩東西不管用啊！許心安一個倒栽蔥往地上摔去。

一個人影飛至，將許心安抱住，在地上滑行一段路，將她帶到安全地帶。

是畢方。他變回了人形，左手臂血流不止，很是顯眼。

「本事最差的是妳，話多最吵的也是妳。」畢方道。

「謝謝你的評價。」許心安很不服氣，她也不想這麼吵啊，她明明是淑女！

畢方沒等她說完話，調頭一躍，再度加入戰局。

祝融的尾巴攻向龍子薇他們時，大家齊聲大喝著小心。

籠頂上的黃天皓赤鐵鞭一甩，暴長十公尺捲住最近的一根鐘乳石，用力一扯。方書亮與他齊力一盪，將籠子盪開一段距離，堪堪避開龍尾。龍子薇一腳踢向立天棍，棍子倏地變得更大，棍身符印金光閃閃，法力催動，向龍尾戳了過去。

郭迅踏上棍身，雙魚短劍在手，扎向祝融的身體。立天棍身向前衝，帶著他也向前。雙魚短劍在龍身上劃了長長一道口子，卻竟然沒有傷他分毫。

郭迅吃了一驚，並不戀戰，順勢從棍身上翻身而下，避開龍尾的襲擊。

龍尾打到了立天棍上，立天棍悶響一聲，翻了起來。龍子薇腳下一踏，站穩馬步，捏指唸咒，立天棍旋轉，橫打龍尾一記，迅速避開。

立天棍轉到符良的方向，他大喝一聲：「龍姊助我！」躍上了棍子前端。

多年合作的默契讓龍子薇知道符良的意圖，她手腕轉動，掌心翻轉，立天棍隨著她的手勢立了起來，將符良高高舉起。符良用降魔手機照向祝融，「喀嚓」一聲，閃光燈閃了閃，一道降魔咒光符打了過去，射向祝融的眼睛。祝融轉頭，避開那道光。秦向羽趕上前去，血

符刀砍向龍身。「鐺」一聲，竟似像砍到了鋼板，震得虎口發麻。

龍子薇眼角已看到何義在救許心安，她不敢分心，催動立天棍將符良送下。接著棍身一轉，擋住了數根龍鬚對秦向羽的進攻。

這時突然漫天金沙，黃天皓在籠子頂上看得清楚，大聲叫道：「高老先生來了！」

高建堯對祝融眼睛的一擊得手，何義緊密配合，切斷龍鬚，許心安獲救。

在許心安嗷嗷的尖叫聲中，無數條蛇向龍子薇他們湧了過來。

郭迅大叫：「靠靠靠！」雙魚短劍舞得虎虎生風，連砍十多條蛇妖。

龍子薇立棍，捏指訣，立天棍以許德安的籠子為軸心，畫了一個大圓。符良從背包裡拿出朱砂噴砂器，沿著那圈噴了好幾輪朱砂，又畫了符。蛇妖被擋在圈外，郭迅與秦向羽奮力拚砍，將圈內的蛇妖砍殺乾淨。

祝融被高建堯惹得怒火沖天，嗷叫一聲，龍身翻轉，洞中掀起黑霧塵沙，高建堯被甩了出去。他於空中翻轉，欲平穩落地，怎知龍尾已在身後等他，眼見著就要抽到他身上，畢方趕到。

畢方一記右拳，擊在龍尾上，轟的一聲巨響，將龍尾攻勢攔下。受傷的左臂一拂，將高建堯拂向了何義的方向。何義忙踏步上前，接住了師父。

龍尾又擺，再次抽向畢方。畢方閃身轉向龍身，祝融龍身再度翻轉，龍鬚齊刷刷攻向畢方。

這時玄靈珠齊發，一齊射向龍鬚。

高建堯掀起沙盤，金沙再度瀰漫，刷向圍攻他們的群蛇。群蛇遇沙則退，許多被金沙包裹，扭動掙扎數下便不再動彈，化為塵埃，漸漸消失。

玄靈珠在龍鬚叢中遊走，龍鬚生長得快，玄靈珠也快。

祝融甩動龍頭，震開好些珠子，張嘴欲將珠子吞下。

畢方已躍到他頭上，一拳揍在他的眼睛上，抓著他的龍角，對著他的眼睛又是用力踢去一腳。

祝融沒吞下玄靈珠，尾巴卻是狠甩過來。何義一心催動珠子，對身後沒了防備。高建堯見此情形，沙盤一擺，翻掌推去，整個盒子飛過去護著何義背心。何義驚覺有異，猛地一滾，但還是被龍尾掃中。

「鐺」一聲巨響，沙盤擋住這致命一擊，高建堯卻受法力波及，猛地吐出一口鮮血來。

黃天皓和方書亮在籠子頂上正查看禁制靈羽的符瓶，這瓶子敲不開，只能破符。

符良將手機丟了上去，「用這個。」

黃天皓接住，翻開螢幕用鏡頭掃描了一圈符瓶上的符印，手機裡的程式馬上搜索起來。

祝融這邊龍尾一擊得手，再次擊來。

他身體整個翻轉，龍頭搖甩，龍鬚全數捲向畢方。龍尾高高擺起，用力砸向地面的高建堯。

畢方躍起，向龍身上滾去，但一根龍鬚還是捲到了他受傷的胳膊，數條龍鬚跟進，將畢方緊緊纏住，向外拉扯，要將他撕開。

許心安正努力用她的靈羽劍殺小蛇妖，遠遠看到畢方危情，急怒攻心，手腕一揮，甩出靈羽劍，劍朝祝融的眼睛射去。

祝融甩頭，劍刺在龍鱗上，毫無結果。許心安手腕轉動，捏指一揮，那劍跟著她的手指旋轉，刷地砍向綁著畢方的龍鬚。

高建堯這頭眼見巨石般的龍尾砸來，忙就地滾去。龍尾轟隆一聲砸到地面，所有人都震了震。高建堯沉著冷靜，左手捏指訣，右手翻掌推去，金沙從各處撤回，散向龍尾。

轉瞬之間，金沙裹住龍尾，從鱗片夾縫鑽了進去。

祝融痛得鬆開畢方，幾條龍鬚被許心安砍斷。

何義雙臂一抱一揮，玄靈珠襲向眾小蛇妖，殺滅一片。

那邊手機掃描結果出來，隨後附著一道破符咒。黃天皓精神一振，「找到了，我來解決它！」

祝融聽到聲音，龍頭一甩，朝他們這邊撞了過來。方書亮甩手，兩道符射出，打向他的眼睛。祝融不敢冒險，只得側頭避開，但仍舊不改攻勢，猛撞過來。

龍頭上的畢方扯著龍鬚，飛身盪起，一腳踹向祝融的脖子，逼著他更改方向。龍子薇的立天棍一揮，抵著祝融的龍頭，藉著畢方的力，施咒運力，抵住祝融的攻勢。

籠子上方，黃天皓依符施咒，用朱砂丹在瓶子上畫好了符，與方書亮兩人一起捏指，口中唸唸有詞。只聽「啪」地一聲，困著靈羽的魂瓶裂開，迸裂的力道將方書亮和黃天皓從籠子上頭震飛下來。關著許德安的籠子也應聲而落，砸向地面。

龍子薇急急收棍，立天棍一轉，擋住籠子的落勢，讓它緩了緩，最後輕砸在地面。

許德安早有防備，半蹲抓住籠子柵欄，減去衝勢，毫髮無傷。

方書亮和黃天皓就沒這般幸運，符瓶迸發之力將他們高高拋起，眼看就要摔向地面。

許心安看不清是誰，就見到兩個人影飛向半空，落了下來。她手一揮，靈羽劍朝那方向飛了過去，瞬間展開，變成了一張巨大的羽毯，「噗噗」兩聲，方書亮和黃天皓摔在羽毯上，羽毯載著他們滑行，安全落地。

秦向羽用血符刀一刀砍斷了關許德安籠子的柵欄門鎖，將他救了出來。幾個人迅速帶著許德安退到遠處。方書亮、黃天皓和龍子薇再度衝向祝融，想助畢方一臂之力。

畢方的靈羽飛出，畢方長嘯一聲，身上飛出兩隻大鳥影子，一左一右分頭襲向祝融，而畢方手中幻化出長劍，背後展開巨大的翅膀，燃著熊熊烈火，氣勢如山，力若千鈞。長劍刺向祝融的龍頭，兩隻靈體左右襲向祝融，三個方位一同攻進，簡直天衣無縫。

祝融忽然哈哈大笑，「畢方，你以為你靈力恢復便贏了嗎？」

他話音剛落，畢方忽然慘叫一聲，從龍頭上摔了下來，兩隻靈體大鳥也忽地消失無蹤。這一變故令所有人大驚失色，不是已經占上風了嗎？怎麼回事？

驚疑之間，高建堯也大叫著倒在了地上。

金沙潛入龍鱗，原以為能壓制祝融少許，但龍鱗下突然竄出數條小金蛇，直衝高建堯而來。高建堯萬料不到有此一襲，頓時中招。

「師父！」何義撲向高建堯。

眾人毫不遲疑，龍子薇、黃天皓等人攻向祝融，符良舉起手機，閃光燈閃爍，驅妖符打在高建堯身上。金蛇被阻撓，沒能鑽進高建堯體內。何義趕到，捏指施咒，點在蛇身上，金蛇轉身朝何義撲去。高建堯大喝，金沙從祝融身上撤回，往他和何義身上撲來。金蛇瞬間被金沙裹住，扭動掙扎，消失不見。

龍子薇他們的進攻轉移了祝融的注意力，他似乎沒有剛才那麼勇猛了，但畢方仍在地上喘息，一臉痛苦，動彈不得。

而這時許心安看到四魂陣上那三個魂瓶就像點著的蠟燭，燃起了火苗。缺的那個方位上，一個魔怪似的扭曲火影，似燃燒的火焰，發出詭異的亮光。

四魂陣需要四魂，目前已有三個尋死店主的強魂，另一個恐怕是祝融自己。

唯有以魂入陣，方能掌控。

當初陳百川就是打算自己占上法陣的一角，以身試險。是這樣嗎？現在祝融還能動，難道他只驅了他的一魂入陣？也對，他是魔神，一魂足以抵上人類數魂數十魂，是這樣嗎？

許心安不懂細節，她看到畢方受苦，頓時心如刀絞。

「這陣怎麼破？」許心安厲聲問。

「四魂陣無破解之法。」方書亮道。他研究了四魂陣很久，這法陣在傳說中之所以神聖厲害，就是因為它無破解之法，而且集四人之魂便能降魔殺神，威力無比。「但這陣需要四魂一心。」只要有一個與其他三個的意念不一致，這陣就動不了。

大家沉默不語，如今其餘三魂皆無意念，祝融的意念就是四魂的意念。

許心安瞪著那四魂陣，腦中一片空白。她手一揮，靈羽劍刺向四魂陣。剛碰到陣的外圍，靈羽劍就調轉頭朝許心安刺來。

畢方猛地撲來，旋風般將許心安捲倒。靈羽劍從他們臉邊擦過，釘在了不遠處的地上。

「妳這笨蛋，妳會被這陣反噬！」畢方大聲喝。

「我該怎麼幫你？」許心安比他還大聲。

「快走。」畢方低聲對她說。「快走。」他重複。

許心安的「不」還沒說出口，祝融已仰頭張嘴，噴出魔神之火。龍子薇等人狼狽滾地躲過，祝融大喝：「尋死店主不能走！」

那意思是別人可以走？

許德安終於找到說話的機會，大聲喊道：「我是尋死店主！光明蠟燭店是我的！」

大家都用譴責的目光看著許德安。這種危急時刻你就不要添亂了好嗎？

許心安沒聽清爸爸嚷嚷什麼，她正全心疑惑中，為什麼尋死店主不能走？祝融已經能催動四魂陣了不是嗎？她只是個普通人，沒什麼法力，咒都唸不全，她也沒有魂燭，為什麼祝融怕她走？為什麼四魂陣要用人魂，他收其他神魔的魂不是更有威力嗎？

高建堯瞪著祝融，剛才那個神魔之火他看到了。迷影鏡裂開他便有了不好的推測，為免其他弟子白犧牲，他只帶著何義入密林。進到這洞裡後他看到了陳百川的屍體，卻沒有董溪的。迷影鏡的另一半找到了另一半，摔在地上，跟陳百川的降魔杵在一起。

沙盤的指示靈驗了，只是他誤以為神魔之火是畢方，其實不是，原來是祝融。

許心安的疑惑他也有，他知道該怎麼尋找答案，但他受了重傷，已經沒辦法完成。

金沙已全部聚回沙盤，高建堯用力一推，沙盤滑向許心安的方向，「許心安，拂沙。」

許心安茫然地看著高建堯，拂沙？

畢方大怒。他家許心安現在最重要的是逃命好嗎？拂個屁沙！

畢方大喝：「你們帶心安走！」

他不怕死，但他有一心願未了，許心安必須平安，她必須平安！

畢方忍著身體幾欲被撕裂的痛楚，壓制胸腹間似有什麼要破體而出的翻騰，捏指唸咒，手一揮，兩支靈羽化成巨大的刀刃朝祝融的龍腹砍去。他剛才看清了，那段龍腹後面便是出路。

許心安聽到畢方的聲音，靈光一現。她在綠蔭巷裡的經歷閃過腦海，高建堯通過她偷窺畢方，她不高興，她掀了桌子，她一掌按到了他的沙盤裡。

掌下是柔軟的細綿沙粒，許心安跪在沙盤前，手掌埋進沙裡。

眾人目瞪口呆，不是吧？這種時候玩沙？

高建堯大叫：「畫鎮魂法陣！何義，為許心安護法！」

大家有一瞬間的愣神，到底是聽畢方的，還是聽高建堯的？

但祝融沒給他們考慮的時間，他暴喝一聲，從他的鱗片下忽然冒出無數條小金蛇，大大小小，不分方向，朝著洞裡的所有人飛射過去。眾人始料不及，大吃一驚，慌忙應戰。畢方更是驚得忙指尖調轉，靈羽劍刃飛向許心安，刷刷幾下，砍斷射向她的那些小蛇妖。

祝融的龍鬚這時卻已齊齊抽向畢方。「啪啪啪」的幾聲響，將畢方四肢牢牢捆住。

立天棍、血符刀、雙魚劍、赤鐵鞭等，齊齊攻了上去。

符良想了想，按高建堯說的，用降魔匕首在地上開始畫鎮魂法陣。

許心安似完全不知道周圍發生了什麼事，她像是陷入了沙裡，細沙在指縫間流過。

她不擔心能不能做到，她什麼都沒想，就如當初在綠蔭巷時一般。

有片段畫面在她眼前閃過，她重新站到了這洞腹中。

她看到了董溪。董溪拿著降魔杵抵在陳百川脖子上，他們的對面是正俯視著他們的祝融。

畫面閃動而模糊。

『你取了百川的魂，加上自己，便能驅使四魂陣，再有靈羽壓制畢方法力，你便能殺了畢方，再殺許心安。你可以吸奪畢方的法力靈丹，加上世上所有尋死店主沒的沒，死的死，你便再無對手，能在這世上為所欲為。』

這是董溪的聲音。

畫面繼續閃著，有幾個聲音在響。

『我需要你的魂，也需要許心安的，四個尋死店主的強魂剛剛好。四魂陣真是好東西，謝謝你告訴了我。』

『你打算用他的靈羽反制他的法力，再用四魂陣收伏他？』

『都到了現在這步了，便也不怕告訴你。沒錯，我正是如此打算的，而且不止畢方，集齊四個尋死店主的魂，加上四魂陣，我想收伏誰就能收伏誰。』

『尋死店主的強魂有什麼特別？為什麼你說集齊四個加上四魂陣你想收伏誰便能收伏誰？』

畫面又是一跳，這次是董溪的聲音。

『我們的職責就是斬妖除魔，守護人間安寧。我們立定了遠大的目標，為此不惜犧牲了一些普通人的生命，現在是考驗我們的時候。百川，我們降魔師是不怕死的，每次與魔妖的戰鬥都是到鬼門關走一趟，所以，死又何懼？我師父說過，人生沒有結果，因為每個人最後都是死，人生只是過程，這過程裡你經歷什麼，得到什麼，失去什麼，才是真實的。如今這一刻，怕會是我們最重要的一次經歷，過程裡最重要的一環。』

許心安的心跳得很快，她甚至能感受到董溪在說這些話時的心情。

平靜，視死如歸，還有全心全意的信任。

手掌繼續拂著沙，沙在指縫間流過。

許心安在一片迷霧中前進，然後她看到了一個古代的村落。一個人頭獸身頗醜陋看不出究竟像什麼的人對一個著勁裝的漢子道：『每一次催動魂燭，都得經歷烈火燒心的痛苦。如死一般，卻又求死不得。唯有這樣，你才配使用魂燭。』

『這是天帝的意思？』漢子問。

『自然。』那古怪模樣的人道：『要用世上無雙的法器，自然要經受世上無雙的痛苦。太輕易了，你們會濫用，天帝也會擔心出亂子。』

說得真有道理啊！許心安心想，若換了她，她會信的。

還想再聽聽說了什麼，畫面卻模糊起來，迷霧將她裹住，她迷路了。

許心安轉頭四望，發現自己又回到了岩洞裡。

她看到陳百川一把推開了董溪。

『我們身為降魔師的過程，一起結束吧。』

畫面閃斷，跳著。

她聽到祝融對陳百川說：『我現在終於明白為何魂燭會失傳。其實我不該擔心，我真是多慮了。當初我那樣做，就料想你們尋死店主該會有今天。因為你們人類是懦弱、自私又卑劣的。我沒有看錯你們，是天帝錯了。魂燭註定失傳，以魂入燭這樣的精神，你們根本沒有。』

許心安大怒，她想罵人，她想大聲反駁祝融。

剛張開嘴，卻發現自己回來了。

身邊是畢方痛苦地哀號。許心安猛地回頭，發現畢方被祝融的龍鬚拉扯在半空中，似要將他撕開。畢方體內有個透明的影子正在掙動著似乎要衝出他的身體，就像之前陳百川被祝融抽出魂魄那般。

「不要！」許心安大吼。正在攻擊眾人的金蛇忽然調轉方向，撲到祝融的龍鬚上，一口咬住。

眾人呆住，祝融大驚。

這攻擊對祝融沒太大的傷害，但完全超出了他的預料。他的龍鬚一抖，甩開畢方，抽了幾抽，將蛇妖們抽個稀巴爛。

畢方虛弱無力，動彈不得，這一甩被甩到了半空，眼看著就要砸向地面。許心安拚命朝他的方向奔來，右手一揮，靈羽朝著畢方的身下滑去，整個張開，化為羽毯。

快要將畢方接住之時，祝融的龍鬚甩到，竟在半空中將畢方截住。他張大了嘴，做好了吞下畢方的準備。

許心安左手一揮，另一根靈羽殺到，刷地砍斷了龍鬚。

畢方摔在羽毯上，羽毯將他馱著飄到安全地帶，輕輕落在地面。

祝融震怒，吼叫著，身體翻滾，整個洞都似要崩塌。

龍子薇他們大驚失色，迅速後撤。

許心安奔至畢方身邊，「畢方，你撐住！」

畢方無力回答。祝融催動四魂陣，畢方猛地一震，身軀掙動，身上有光影似要衝出體外。

「畢方！」許心安聲音裡已帶哭腔，但她知道不能哭，她有重要的事情要做。

兩支靈羽化身刻符刀，刷刷地在畢方四周遊走起來。

刀刃入地三寸，極快速地在畢方身邊畫出了一個大大的鎮魂法陣。透明的光影重回畢方體內，畢方喘著氣，連抬胳膊的力氣都沒有。

符良在一旁看得傻眼，他這熟練工畫這法陣到現在四分之一還沒畫完，許心安就完工了？

所有人都呆住，兩把刻符刀這麼神速地刻出巨大的咒符法陣，不但要有極強的法力驅使，也要對法陣圖騰爛熟於胸，而許心安只是一個新手。他們太清楚她的程度到哪裡，可她現在竟然做到了，就在他們眼前做到了。

祝融的龍頭猛地逼過來，他居高臨下，面目猙獰，「區區一個鎮魂法陣就能阻止我嗎？」

他再次催動四魂陣，畢方「啊」地痛苦慘叫，縮起了身子。

龍子薇大叫：「用朱砂加持法陣之力！」大家急忽忙從背包裡掏朱砂粉。高建堯抬手，準備拂去金沙助他們一臂之力。何義捏上指訣，要催動玄靈珠護陣。

可許心安卻站到了鎮魂法陣的中間，站在畢方身旁，她伸出手，靈羽化成一把小巧的刻符刀，在她掌心轉著圈迅速刻了一個符。許心安的手掌湧出了鮮血，她翻掌朝下，「噗」的一聲，她的血滴在了鎮魂咒符的中心。幾滴鮮血迅速化開，隱到了咒符的符印裡。

她冷冷地道：「區區一個鎮魂法陣阻止不了，那麼加上尋死店主的血符呢？」

洞裡非常安靜，所有人掏朱砂粉的動作都停下了，拂沙的手不動了，玄靈珠也老老實實待著。大家如定格一般，看著許心安和祝融。

許心安道：「我終於知道為什麼尋死店主之魂這麼重要。」

祝融也沒有說話，他正瞪著許心安。

鎮魂法陣中的畢方已經緩過勁來，他躺平在地上，大口大口地喘氣。

別人不說話，畢方說話了：「許心安，妳這笨蛋，妳難得爆發一下，趕緊抓住這機會跑啊！我反正是要死的，不用管我！」

「你閉嘴！」許心安罵他：「吵死了，我現在不想跟你說話！」

畢方笑起來，「妳真的很凶。」

「你真的很吵！」

哇靠，這種時候不要打情罵俏好嗎？大家面面相覷，朱砂粉到底還用不用？蛇妖打得差不多，剩下的居然跑了，那他們現在有點閒，看看戲不過分吧？

「許心安，妳快走，妳的爆發每次只靈一下，趁著鎮住他了，快點走。我現在覺得好多了，有這法陣護我，我還能堅持一下。我引開他的注意力，你們快跑吧。」畢方用意念向許心安遞話。

許心安道：「你閉嘴！」

大家又傻眼了，誰閉嘴，有誰說話嗎？

「我反正也是想找魂燭安樂死，現在雖然不安樂，但結果也是一樣的。妳不用太難過，我沒有遺憾，但是如果妳出了什麼事，我會死不瞑目。心安，妳乖，聽話，只聽我這一次就好。」

「我叫你閉嘴，你沒聽見嗎？你不要惹我哭啊，我告訴你，我現在很火大，你再惹我哭，我會踢你！」許心安轉頭對地上的畢方哇哇叫，說是不哭，但眼淚已經流了下來，「死什麼死？你一點都不想死，你明明生活得很開心，你已經不想死了！就算要死，也是我打死你，幹麼要讓這個醜八怪死妖怪弄死你啊？憑什麼呀？」

許心安簡直凶悍到一個境界，畢方不敢頂嘴，擺擺手，「行行，妳厲害，聽妳的！」

符良小小聲問龍子薇：「所以要聽心安的什麼？」

龍子薇搖搖頭，她哪知道？她現在完全狀況外了。

高建堯期待地看著許心安，她拂沙看到什麼了嗎？沙盤給她指引了嗎？

許心安轉過頭來，瞪著祝融。祝融轉動身軀，似乎也在琢磨眼下的狀況。

許心安說話了：「喂，妖怪，我管你是豬融還是融豬，也沒興趣管你多少千多少萬年前的帝王歷史，總之現在你給我聽好了。你有四魂陣，我有鎮魂法陣，你獨自一人，而我們這邊有好多人，懶得數數了，反正你一眼就看到我們人數比你多太多。」

眾人：「……」人數多在這種場面管用嗎？

「我都看到了，你真的用心險惡。你欺騙尋死店主，讓他們若要使用魂燭便得經受烈火燒心的痛苦。有多少人能承受這種痛？所以魂燭鮮少人用。無人用，便失傳，最後只你有知道。」

「烈火燒心？」畢方聽到這裡明白了，「你居然把符靈魂火封在尋死店主的魂魄裡？」

事情到了這一步，祝融也沒什麼好隱瞞的了，「沒錯，我這也是為了魂燭好，封在魂魄之中，隨著天帝封持的靈印傳承下去，永遠都會在使命繼承人身上，永遠不會丟，這不是挺好？」

高建堯目瞪口呆，他師父找尋了一生的魂燭，居然就在他自己身上？陳百川費盡心機殺人奪魂想煉造魂燭，這最強法器居然就在他自己身上？

祝融笑了起來，「如今你們知道了，尋死店主之魂就是魂燭，他們沒有經受烈火燒心的勇氣，就不可能成功催動這法器。引魂入燭，若無自我犧牲的覺悟和決心，怎麼能點燃魂燭？陳百川漂亮話說太多，最後還不是怕死？魂燭為什麼失傳，尋死店為什麼消亡，全是因為你們人類懦弱卑劣，怪不得別人。與其這樣，不如把魂燭給我用。我有了他們的魂，相當於就有了魂燭。」

許心安也冷笑，「你有魂燭？我也有。你那三個死人魂，我的卻是活生生的強魂。你以為點了魂火加個陣就叫魂燭？那是山寨版，我卻是正版。我本來不想對你用燭咒的，因為聽說那樣是安樂死，太便宜你了。你欺負我家畢方，我要你死得很難看。」

祝融起了戒心，全身戒備，大喝道：「少虛張聲勢，妳根本不會燭咒，燭咒早已失傳，沒人會！就算妳知道符靈魂火在哪裡，妳也不會用！就算妳知道符咒是什麼，妳也受不了烈火燒心之痛！妳根本就不知道怎麼用魂燭，空有強魂，有屁……」最後那個「用」字還沒出口，他就愣住了。

許心安的右手掌心忽然亮出一束火光，就像點燃了蠟燭，燭光燃在她的掌心。

「不好意思，我會用。」她的聲音有些抖，身體也有些抖，手掌也有些抖，臉色還發青，但是掌心那燭光燒得穩穩的，「你說的對，確實很痛。」她咬著牙根在說話。「可是我的朋友、家人，我關心的人都在這裡，這點痛又算得了什麼？」

「……」一陣沉默之後，眾降魔師們突然都炸了。「我靠！」「媽蛋！」「他媽的！」「魂燭！」

畢方驚訝地看著許心安燃著燭光的手掌。

許德安激動到淚流滿面，「列祖列宗，你們看到了嗎？我們家心安爭氣了啊！尋死店沒有失傳，許家降魔沒有失傳！」

高建堯紅了眼眶，內心的激動無以言表。師父，有生之年，我看到了魂燭！

祝融瞪著那燭光，而許心安瞪著他，「多謝你，如果不是你的指點，我不會明白原來魂燭就是我，我就是魂燭。在我想明白的那一瞬間，靈印解開了。我腦子裡忽然想起了許多東西，許多我以前根本不知道沒看過沒想過的東西。我在手掌刻下的，就是靈符。天帝送下來的符靈魂火，現在就在我的掌心上。我知道燭咒是什麼，我也會用。你低估了人性，人無完人，但不是所有人都怕犧牲，只是要有價值。你看錯了人類，天帝才是對的。你這麼醜，還蠢，畢方說的對，沒見過這麼醜的龍。我說了這麼多，你怎麼還沒氣死？」

眾：「……」講這些是指望他氣死嗎？

許心安一步一步向前，祝融往回縮，一點一點後退。

許心安凶巴巴地道：「魂燭我真的不想用，我自己痛得要死就算了，但你卻會死得很安

樂！你快向我爸道歉！向畢方道歉！」

祝融一言不發，只防備地看著許心安。

「你有沒有什麼金銀珠寶，交出來！」許心安又說。

身後降魔師裡，有人「噗哧」笑了出來。

祝融怒了，他大吼一聲，催動四魂陣做最後一搏，同時張嘴向許心安咬去，想將她一口吞下。

許心安挺直站著，不懼不驚。她唇瓣輕動，輕聲誦唸了一句咒。

「啪啪啪」連著三聲，三個魂瓶全部裂開，祝融那巨大的腦袋已抵在許心安面前，表情猙獰，張大了嘴就要將她吞下，但瞬間卻僵住，而後突然「砰」一聲，身軀和頭都重重倒在了地上，揚起一大片塵灰。

塵灰落下，許心安淡淡地道：「我說過了，山寨貨比不過正版，你那缺了一角的四魂陣也比不上尋死店主的魂燭。」

大家奔上前查看。

「牠死了嗎？」「真死了。」「就這樣結束了？」「嫌不夠轟轟烈烈還是怎麼的？」

「特效確實有點差啊！」「也該結束了，我們打了很久，我有點餓了。」

許心安沒理會大家的嘰嘰喳喳，她收了魂燭，轉身走向畢方。

「喂，妖怪，你自己說，你還想不想死了？」

畢方嘆氣，「凶巴巴的，妳怎麼嫁得出去？」

「你管我！」許心安繼續凶，「快說，還想不想死？」

畢方沉默了一會兒，「妳說的對，我最近過得還挺快樂的，飯菜也很好吃。」他竟然覺得這樣的日子不足夠，他貪心得還想要，「這樣吧，我先不死了，等我想死了，妳再……」話沒說完，許心安哇哇大哭，撲進了畢方懷裡，「你這沒出息的，我打死你！」

「是，是，沒出息。」

「你差一點就被他殺了！」

「是，是，差一點。」

畢方嘆氣，拍著許心安的背安慰她。誰來說明一下情況，為什麼他傷最重，沒了半條命，還要花力氣安慰這個最凶的人啊？

許德安在一旁也抹眼淚，「心安，爸爸在這啊！」

他也想問，女兒不是應該到爸爸懷裡哭嗎？被劫持等待他們來營救的那個人好像是他吧？還有那些人，那些號稱降魔師的，你們不要圍著祝融打轉研究，這裡該怎麼善後啊？

兩個小時後，何義背著高建堯，大家扛著畢方，走得半死終於走出了岩洞。

畢方到了樹林後，擺了擺手，讓他們將他放下，「留我在這就行了，你們走吧。」

「那怎麼行？」許心安蹲他面前，「我們不能丟下你不管。」

「笨蛋！」畢方道：「我是木神，我在這裡才能吸取靈氣。日月精華，木鳥之靈，對我才是最有幫助的。」

許心安愣了愣。

「我要在這裡養傷，不然跟你們走，我怕是幾十年都恢復不了。」

龍子薇過來拉許心安，「他說的有道理。我們帶他走，對他沒有好處。」

許心安咬咬唇，有些想哭，但是天下沒有不散的筵席，這個她懂。

「那……那我們走了。」

「好。」畢方對她微笑。

「你好好保重。」

「好。」

大家過來與畢方道別，許心安被擠到了後面。

走的時候，她一步三回頭，然後忽然叫道：「等一下，我們這麼英勇無畏，創造歷史，天下無雙，難道不該拍個照留念一下？」

「對！」大家覺得有道理。

許心安奔回來，拿出手機調好螢幕，在畢方極嫌棄的眼神中要求他按這個鍵。

大家擺好隊型，就連高建堯也靠著何義擠在隊伍裡。

許心安跑到隊伍中間，大家齊齊比劃剪刀手。

畢方幫他們拍了。

「再來一張！」有人喊。

畢方忍耐，再拍了一張。

「剛才我好像笑得不夠好看，再來一張！」許心安要求。

於是又一張。

一張又一張，在畢方決定裝死之前，這群人終於願意放過他了。

這次離開，許心安又一步三回頭。畢方看著她，生怕她又回來提要求。

但是這次她真的走了，畢方竟然覺得若有所失。

走啊走，大家實在累得不行，有人建議不如用用羽毯。許心安拿出靈羽，捏指唸咒，一張羽毯出現在大家面前。大家歡呼著跳了上去，何義也把師父扶了上去。

羽毯順利起飛，還沒飛多遠，空中傳來慘叫聲。

「救命啊！」

「快控制住！」

「心安！心安！」

「我在努力，在努力！」

羽毯像雲霄飛車一樣劇烈起伏，大家在上面尖叫，終於羽毯顛簸著滑到了地面。

「對不起，對不起，我是新手！我的眼鏡沒了，路也看不太清楚！」許心安大聲道歉。

「不怪妳！」黃天皓喘著氣，心跳還沒有平復，「剛才是誰提議偷懶坐羽毯的，站出來，我保證打死你！」

「……」當然沒人承認。

許心安笑了起來，大家也笑。

忽然有個人大叫：「哇靠，剛才光顧著我們自己拍照，沒有跟畢方大神一起合影啊！」

眾人：「……」

對哦，怎麼會漏掉大神，漏掉誰也不該漏掉大神啊！

提醒的那個人被群毆了，「早不提醒，現在才說！」

許心安好想哭，嗷嗷嗷嗷嗷，怎麼會漏掉畢方，她居然沒跟畢方合過影！

一群人吵吵嚷嚷打打鬧鬧繼續往前走。

高建堯在這些笑鬧聲中想起董溪，想起他欣賞的那個陳百川，有些傷感。他囑咐何義，等回去了，組織人手回來為他們收屍。

那一夜之後，降魔界開始流傳幾句警言。

第八章

原來這就是魂燭

野心致命，貪婪必死。
勇氣才是最強的法器。
正義裡要有善良，才是真正的正義。

尾聲

後來，綠蔭巷的弟子們重回西融山岩洞。

再後來，高建堯召回了其他在外的弟子，為董溪舉行了葬禮。

董溪沒有屍骨，她的骨灰盒裡放著迷影鏡。

陳百川的屍體火化，骨灰送回S市，交給了榮老爺子。

高建堯原想將這兩人合葬，但向許心安打聽她拂沙看到了什麼時，聽說陳百川將董溪推開，於是高建堯打消了合葬的念頭。

那一戰之後，許心安家裡變得很熱鬧。大家三天兩頭到許心安家聚餐，一起聊天，說各種各樣的降魔故事，還誇許爸的手藝。許心安說那不如不開蠟燭店，改開餐館，店名就叫「本店不接待妖怪」，然後很多降魔師會來吃飯，肯定賺錢。

眾降魔師都瞪著她。許心安摸摸鼻子，「好吧，不開餐館，繼續賣蠟燭。」

只是賣蠟燭她會想畢方。她看店的時候只要店門鈴鐺一響，她就期待進來的那個人是畢方。

她經常會想起第一次畢方走進來的情形，他說：「我是畢方。」

她想念他，但他沒說什麼時候養好傷，也沒說養好了傷會不會回來。

眾降魔師跟她混熟了，聊天的時候也會聊起畢方尋找尋死店的事。

大家坐在一起談論：人生沒有終點，人生是過程，這個過程要怎樣呢？

有人說努力，有人說善良，許心安想了想，她說：「要滿足。」

尾聲

她覺得她真的理解了畢方。

他不是懦弱，他拚了命地保護他們這些人類朋友。他也不是消極，他每天都過得很開心。他只是真的滿足，無盡的生命，他覺得這過程足夠了。

就像董溪那最後的感覺。

許心安忍著沒用靈羽聯絡畢方，她怕打擾他養傷，又怕畢方問她：「找我幹麼？」她也不知找他幹麼，所以她沒找。她不知道他是否還在那山裡，也不知道他的傷是否好了。

五個月後的某一天，許心安獨自看店。

店門「叮鈴」一聲，許心安抬頭說：「歡迎光臨。」

然後一個熟悉的身影映入眼簾，走進她的視線裡。

高高的個子，紅棕色的頭髮，懶洋洋的笑容，帥到沒天理的臉。

「嗨，請問這裡是尋死店嗎？」

許心安的心怦怦亂跳，但她還是要裝模作樣地指了指旁邊的一個告示牌。

這麼久了，這個牌子她一直沒擦。

本店不接待妖怪。

畢方懶懶地趴在收銀檯上，「我不是妖怪，我是神。」

許心安終於忍不住笑了，笑了一會兒又板起臉，「不許撒嬌，幾萬歲的人了。」

「我這次入世才八百多年，之前的可以不算。」

「那也八百多歲了。」

「晚上做燉豬腳好嗎？」

拌嘴拌得開心，店門「叮鈴」一聲又響了。這次走進來一個女人，婉約美麗，透著一股嬌柔。

「不好。」

「宮保雞丁？」

「不好。」

「糖醋排骨？」

「不好。」

「狐精。」畢方小小聲跟許心安道。

許心安忙把眼鏡往下拉，看得清楚，再把眼鏡推回鼻樑。嗯，確實是妖怪。

「請問，這裡是尋死店嗎？」那女人嬌嬌柔柔地問。

畢方清咳兩聲，沒說話，只指了指旁邊的招牌「本店不接待妖怪」。

那個女人的臉垮了下來。

許心安轉頭看電腦，裝作一副很忙的樣子。開玩笑，她家店是賣蠟燭的，她的法術經常失靈，魂燭也再沒變出來過，她沒興趣拓展新業務。

畢方也不管那狐精，自顧自地進收銀檯後面的櫃子翻零食。他才剛回來，傷也沒好全，一點都不想幹活。不對，不管他回來多久，有沒有傷，他都不想幹活。

狐精站半天見沒人理，跺跺腳走了。

畢方很高興，胳膊圈著許心安的脖子，塞了片洋芋片進她嘴裡。

「妳還沒說歡迎我回來。」

「誰理你！」許心安道。吃下洋芋片，向畢方訴苦：「我跟你說，我這段日子過得可苦

了。他們天天來找我練功，可我沒這天賦，學得很慢。」

畢方點頭，「妳的笨挺明顯的，他們居然沒有感受到。」

「還有啊，何叔都五十了，還單身著。他說之前一直跟著高老先生做事，沒想過成家。我覺得其實我阿姨挺合適的，她也四十多了，一直因為降魔伏妖的事業耽誤了終身，而且他們倆都是降魔圈的人，有共同的話題，能聊到一塊去。可是，我覺得我爸對阿姨又似乎挺有心的，也不知道他是不是有那個意思。他們年紀大了，表達方式都挺含蓄的，你說我撮合哪對好？」

畢方沒回答，看著她的眼神有些同情。許心安似乎領悟到了什麼，她想了半天，慢吞吞轉身，發現剛才她嘴裡說的三位主角都站在她身後，看那架勢，又是來勸她練功的。

三個人此刻的臉色都不太好，微妙得難以形容。

許心安也覺得此時此刻如此情形太難應付，想半天也沒想出對策來，她乾脆扶著額頭，叫道：「哎呀，頭好暈！」然後朝著畢方的方向「昏倒」過去。

三位長輩都瞪著她。真會裝啊，怎麼不往地上暈呢？還知道倒在人身上有個墊底的。

畢方看看身上的許心安，再看看許德安他們三個，冷靜地道：「真是不好意思，你們沒看錯，她是裝的。」

畢方把許心安往地上一丟，許心安摔得痛，「哇」地一聲跳了起來。

「你居然摔我？」左右一看，奔過去抄起掃把向畢方掄了過來。

畢方轉頭就跑。許心安大叫著：「打死你這個叛徒！」一邊追著畢方跑出去了。

一口氣追殺了半條街，跑到轉角處，兩人一起停了下來，一起轉身探頭看。

「沒追來。」畢方說。

「多虧你反應快。」許心安說：「就是摔得太重了，下回輕一點。」

「輕一點就不像了。」

「我反應也很快，快誇我聰明。」

「幹麼誇？」

「帶你去吃家新餐廳，菜可好吃了。」

「妳真聰明。」

「走。」

拿著掃把，手拉著手，兩人高高興興地覓食去。

「畢方，我真高興你回來了。」

「我也是。」

（全文完）

後記

說起來，這本書對我來說還挺特別的。

這是我第一本沒有在網路上連載而直接先以出版形式呈現給大家的故事。沒有網路連載的預熱宣傳，還真不知道這本的銷售成績會怎樣呢，我是有些忐忑。

要寫這本書是因為繁體編輯跟我約稿，她們有一個企劃，計畫出幾本帶有中國元素的神怪玄幻類的小說，內容要求主角之一必須是中國古神話中的神怪人物。

因我之前寫過《逢魔時刻》、《小魔王的戀愛功課》這樣的現言玄幻，所以編輯知道這題材我能寫。我也對這類故事有偏愛，但自小魔王那本之後再沒寫過，心裡有些懷念，於是我一口應承下來。

第一次完成的是十萬字出頭的字數，這是繁體單冊的長度要求。交稿的時候企劃取消了，但這故事繁體編輯還是要的，只是上市時間往後推。

而我當時覺得簡體沒辦法出版，因為是玄幻神妖的題材，但我還是把這故事塞給簡體編輯看了，因為她喜歡《逢魔時刻》，這本題材差不多，於是我塞過去了。

某天，簡體編輯忽然說試試看問問出版社能不能出，如果行的話，我就擴寫到十五萬。然後出版社竟然說可以，只是到時內容審查上會嚴格些。

真是驚喜！

於是我跟繁體編輯打好招呼後開始修訂擴寫，原本想著才增加不到五萬字，不多，應該很快能完成。結果寫到十三萬時我覺得要糟，十五萬搞不定啊，於是我跟編輯說大概得十六

後記

萬吧。寫著寫著，還搞不定，我又說大概得十七八萬吧。最後的最後，竟然寫到了十九萬多。

今天，這個故事跟你們見面了。

這故事最早在我腦子裡冒出來的設定是尋死店，一家可以讓神魔結束生命的店。這緣於我的搞怪疑問——神仙會死嗎？長生不老，會寂寞吧？

於是光明蠟燭店的設想出來了，法器魂燭的設想出來了。

而男主要定誰？我胡亂翻著《中國神話傳說詞典》。咦，有個叫畢方的，火神木神，還是隻鳥，挺好，就是他了！

一開始我想的書名叫《尋死店》，但是編輯說覺得有點消極，導向不太好。好吧，再努力想，想個與劇情有關的，某天腦子裡突然冒出來個名字——《本店不接待妖怪》。

這次名字通過了。

不過在簡體申報名字時卻有些小麻煩，因為「妖怪」這個詞不能用在書名上，那段日子我跟簡體編輯抓狂想啊想，我寫了好多個名字過去都被否掉了，腦力激盪盪到快沒了，最後我開始胡扯亂編。《這個店有點厲害》、《這個店有古怪》……一連串瞎編之後，編輯在電腦那頭敲：等等，剛才那個這個店有古怪……

於是，簡體的名字也有了，《這個店有古怪》。

我很少看神話書，所以在此之前我不知道畢方是誰，定下了他是男主後，我在網上搜了搜，還買了袁珂《中國神話傳說》來啃。關於畢方的資料很少，《山海經》、《韓非子》等等上面也就一句話。不過我個人覺得寫神魔的故事有個好處就是可以隨便發揮，反正神話也是編的，所以神話裡的畢方單足單翅，我在書裡將它寫成了雙足雙翅，能很酷炫地飛，還能翅膀如刃，刷刷砍殺。男主角嘛，應該的。

至於魂燭，想說的是「以魂入燭」，其實就是所謂的犧牲精神——那是人性的弱點，也是人性的光輝點。

我自己很喜歡故事中兩個人物的設定，陳百川和董溪。分開看，這兩人沒什麼太特別，但擺在一起卻有些意思。這是一對戀人。陳百川野心勃勃，立下大志，並為此不擇手段。董溪並無大志，在遇到陳百川之前，她是一個踏實的降魔師，但遇到陳百川之後，她一心只為輔助陳百川，他想做到的事，她拚盡全力幫他。

陳百川有著堅定的信念、決心以及全力以赴的姿態，董溪從小時候懷揣成為英雄的夢想到長大時只做好一個降魔師的樸實念頭，再到只想成為一個降魔本領高強的女人——是女人，能與他在一起，降魔本領高強，能陪伴他左右，支持他輔佐他。

直到危機降臨，瀕死關頭，這兩個人卻有著截然不同的表現……或許每個人並不真正瞭解自己，你所以為自己能做到的並不真實。

那是我最喜歡的一場戲之一，為這場戲我想了好幾天，卡在這裡。他們的結局已定，但過程要怎樣我卻糾結。最後我終於想到如何表現我想表達的。我覺得到最後一刻時，這兩個人物才鮮明起來。

說到這裡，我想說說這個故事裡我想表達的——欲望。

欲望有好有壞，有激勵有唆使，目標遠大與貪婪無度的區別在哪裡？消極懦弱與滿足無求的差別是什麼？

在高建堯眼中，消極懦弱的畢方最後拚死救下了他們，而那個讓他欣賞的敢作敢為的陳百川最後卻讓他失望。

高建堯說人類需要強者，畢方卻說從遠古至今，善惡一直都在，所謂滅絕邪惡的理想，

就連神也無法做到。

畢方的話，其實在每個人物身上都得到了體現。善與惡，一念間，永共存。

沒有人是完美的，有缺點有優點，有自私有善念，有膽怯有勇氣。欲望永遠都在，只是無須懼怕它，揚善念，勇除惡。以魂入燭的精神，是存在的。

金沙的法力由欲念驅使，所以窺人心，得指引，能夠用來做好事。啊，對了，金沙是這本書裡我最喜歡的法器了，覺得是很是牛掰瀟灑，比畢方的翅膀帥多了（笑）。

寫這文時還是很開心的，因為男女主角我很喜歡，都是神經病（大笑）。不知道你們有沒有心裡最喜歡的搞笑臺詞，我有。

我最喜歡的那句臺詞是許心安的（這後記寫了這麼久，女主名字終於出現了啊）。

許心安被董溪他們抓到，董溪對她說「我很抱歉」時，許心安回道：「妳能幫我把我的眼鏡找來嗎？讓我看清楚妳愧疚的眼神。」這句寫的時候不覺得，但回頭看時我笑了好久。後來修訂一遍內容時看到這裡我又笑了好久。（這作者笑點是很奇怪）

總之，這個故事一如既往，有我愛念叨的小道理，也有我自以為的輕鬆搞笑。

我很喜歡這個故事，希望你們也喜歡。

祝閱讀開心。

麼麼噠。

狂想館007

本店不接待妖怪

國家圖書館出版品預行編目資料

本店不接待妖怪 / 汀風著. -- 臺北市：晴空出版：
家庭傳媒城邦分公司發行,
2016.01
　冊；　公分. --（狂想館007）
ISBN 978-986-92580-4-3（平裝）

857.7　　104027292

作　　者　汀　風
封面繪圖　Nata
責任編輯　施雅棠
國際版權　吳玲緯
行　　銷　艾青荷　蘇莞婷
業　　務　李再星　陳玫潾　陳美燕　枡幸君
副總編輯　林秀梅
副總經理　陳瀅如
編輯總監　劉麗真
總 經 理　陳逸瑛
發 行 人　涂玉雲
出　　版　晴空
城邦文化事業股份有限公司
104台北市中山區民生東路二段141號5樓
電話：（886）2-2500-7696　傳真：（886）2-2500-1966
發　　行　英屬蓋曼群島商家庭傳媒股份有限公司城邦分公司
104台北市中山區民生東路二段141號2樓
書虫客服服務專線：(886)2-2500-7718；2500-7719
24小時傳真服務：(886)2-2500-1990；2500-1991
服務時間：週一至週五09:30-12:00；13:30-17:00
郵撥帳號：19863813　戶名：書虫股份有限公司
讀者服務信箱E-mail：service@readingclub.com.tw
晴空部落格　http://sky.ryefield.com.tw
香港發行所　城邦（香港）出版集團有限公司
香港灣仔駱克道193號東超商業中心1樓
電話：852-2508-6231　傳真：852-2578-9337
E-mail：hkcite@biznetvigator.com
馬新發行所　城邦（馬新）出版集團【Cite(M)Sdn. Bhd.(45832U)】
411, Jalan 30D/146, Desa Tasik,Sungai Besi, 57000 Kuala Lumpur, Malaysia.
電話：(603) 9057-8822 傳真：(603) 9057-6622
Email：cite@cite.com.my
美術設計　洸譜創意設計股份有限公司
印　　刷　沐春行銷創意有限公司
初版一刷　2016年 01月07日
定　　價　260元
I S B N　978-986-92580-4-3